오직 달님만이

오직 달님만이

장아미 장편소설

황금가지

"옛날 옛적 한 소녀가 호랑이 등에 올라타 바다를 건너오니
그 섬에도 그리하여 범의 자식들이 살게 됐도다."

하나.

달은 초령목 꼭대기에 걸려 있었다.

이끼 낀 돌무덤 사이로 도깨비불이 깜빡였다. 열구름이 하얗게 부서지는 입김 같았다. 풀벌레 소리조차 들리지 않았다. 밤의 정적이 살아 있는 것들의 입을 틀어막고 있는 듯했다. 솨, 솨, 달음질하는 바람 속에 색이 다른 실처럼 섞여 있는 것이라곤 숨소리뿐. 어둠이 깔린 산길을 두 남녀는 부리나케 걸어 올라갔다.

모현은 목이 탔다. 계곡에 무릎을 꿇고 엎드려 물 한 모금만 마시게 해달라고 부탁해볼까. 나뭇잎에 고인 이슬방울로 입술이라도 적셔볼까. 침을 삼켜 마른 목을 축인 모현이 마음을 고쳐먹었다. *어림도 없는 부탁이지. 곧 죽어 없어질 몸, 갈증 따위가 뭐 대수라고.*

촛대바위를 지나면서부터 단오는 급격히 말수가 적어졌다. 앞서가는 단오의 등판을 쏘아보며 모현은 치마를 움켜쥐었다. 아침 녘에 받아 입은 비단 치마의 끝단에 진흙이 묻어 있었다. 숲 사잇길을 질리도록 걷고 또 걸어온 탓이었을까. 윗입술을 타고 흐르는 찝찌름한 땀의 맛을 느끼며 모현이 이마로 흘러 내려온 족두리를 정돈했다.

두려움에 사로잡혀 있던 건 모현이 아니었다. 단오였다.

모현은 한겨울 밤 뒤꼍에서 오줌을 누고 난 다음처럼 단오가 몸서리치고 있다는 사실을 알아차렸다. 오랏줄을 당기는 단오의 손이 걷잡을 수 없이 떨리고 있던 까닭이었다. 단오는 희현의 남편이었고 모현에게는 형부인 몸이었다. 혈연으로 이어져 있지 않다고 해도 엄연한 일가였다. 이 밤, 살해당할 운명인 소녀에게 어느 정도는 동정심을 품고 있는 것이 마땅한 이치이지 않을까.

모현이 아랫입술을 질겅였다. 살려달라고 빌어볼까. 자기를 제발 놓아 보내 달라고. 깊고 깊은 숲속에서 숨어 살겠다고. 두 번 다시 마을로 돌아오지 않겠다고. 그 생각의 터무니없음을 깨닫고 마침내는 긴 한숨과 함께 힘없이 고개를 떨구고 말았지만.

그래, 모현이라고 무섭지 않았던 건 아니었다. 모현은 열아홉 살이었다. 단오는 서른하고도 여섯이었고 생쥐처럼 조그맣고 꾀죄죄한 두 남매의 아비이기도 했다. 운혜(雲鞋)에 밟히는 치맛자락을 끌어 올리며 소녀는 이 밤 누구에게도 재액이 닥치지 않기를 기도했다. 단오는 물론이고 이 순간 세상모르게 잠들어 있을 갓난아기며 젊은이들, 근심걱정에 밤을 지새우고 있을 어른이며 노인들, 아랫마을에 뿌리내린 어떤 이들에게도. 두 손이 결박된 채로 원치 않는 길을 걷는 자기 자신에게도 역시.

물웅덩이에 비친 달그림자가 바닥에 떨어뜨려 산산조각이 난 면경(面鏡)처럼 불길하게 흩어졌다.

성긴 숲 가장자리를 벗어나는 즉시 병풍 같은 밤하늘이 펼쳐졌다. 뺨 언저리에서 나풀거리는 귀밑머리를 느끼면서 모현이 눈을 들어 멀리, 검은 하늘과 배를 맞댄 바다 너머까지 다시 못 볼 풍경처럼 공들여, 굼뜨게 응시했다. 듬성듬성한 초목 저편 가파른 능선 아래로 섬의 반쪽이 드러나 있었다.

어서 오지 않고 뭐하냐는 듯 단오가 찌푸린 눈으로 모현을 돌아보았다. 모현이 걸음을 재촉했다. 통곡바위에 닿으려면 걸어온 거리의 절반 이상은 더 짚어가야 했다.

달빛에 젖은 대해(大海)가 거대한 몸뚱이를 뒤척이며 은빛 비늘을 번뜩였다. 아, 하고 감탄사를 뱉을 때의 입 모양처럼 오목하게 패인 개의 어귀에는 나뭇잎 같은 배 몇 척이 떠 있었다. 고작 앞바다를 오갈 뿐인 작은 고깃배들이었다.

먼 하늘을 나는 새의 눈에는 빚다 만 송편처럼 보일 이 섬은 뭍에서 배를 타고 한나절은 꼬박 들어가야 당도할 수 있는 바다 한 자락에 위치해 있었다. 이 외딴 섬에도 범이 살아 백성들을 괴롭혔다.

바람결에 호령 소리가 휘몰아쳐 모현이 입은 치마폭을 나부끼게 했다.

“범님 때문이오.”

새치름한 눈을 더욱 가늘게 뜨고 무당 천이는 외쳤다.

“범님께서 채울 수 없는 허기에 허덕이고 있기 때문이요. 이 모든 화는 그 때문이요. 검은산에 머물며 우리를 보살피시는 그분, 범님의 굶주림 때문에. 노여움 때문에.”

절벽 아래에서부터 불어 닥쳐오는 바닷바람에서 말린 생선 냄새가 풍겼다. 묶여 불편한 손으로나마 옷고름을 접어 쥐고 모현이 인중에 고인 땀을 훔쳤다. 앞부리에 구름무늬를 놓은 운혜가 벗겨질 듯 헐떡거렸다.

변 들고 바람 이는 곳곳마다 빨래처럼 널려 있을 바닷고기들. 손톱만 한 살점 한 점 받아먹을까 싶어 목을 빼고 앉은 김에 꾸벅꾸벅 졸아댈 개와 고양이들. 동그랗게 감친 털오리처럼 분간 없이 섞여 다니며 영문 모를 웃음을 터뜨려

댈 아이들. 소쿠리를 끌어안은 여자들이며 짚을 꼬는 남자들. 범상해 아까운 줄 몰랐던 하루하루가 앞치마에 담은 달걀처럼 모현에게 더없는 온기로 다가왔다.

밤은 짙푸르렀고 수심 많은 자들이 꾸는 꿈을 먹어치우며 끝없이 부풀어 오를 듯했다. 모현은 자신이 물이 불어난 개울 한편에 서 있음을 알았다. 이제 와 되돌아가기란 불가능했다.

한번 구멍 나기 시작한 버선은 아무리 열심히 꿰매도 결국은 손쓸 수 없을 만큼 뜯어져 버리기 마련이라고, 누가 말했는지 모를 충고가 틀림없다고 모현은 생각했다. 대가리를 들이민 이상 놈은 쉽게 엉덩이를 빼려 하지 않을 것이라고. 입안 가득 먹잇감을 물고 있는 한 주둥이를 벌리려 하지 않을 것임을. 그것에 어떤 이름이 붙여야 옳든지 간에. 불운이든 재앙이든 살이든 뭐든.

"잠깐 쉬었다 가지."

갈증조차 잊고 발길을 놀리던 모현이 그의 제안에 반색하며 손을 더듬었다. 서녘으로 지는 볕을 똑바로 받고 있어서인지 윗면이 반질반질한 진회색 암석이 미지근하게 데워져 있었다. 치마폭을 오므린 모현이 지친 다리도 쉴 겸 돌을 찾아 엉덩이를 낮추었다.

그때 느닷없는 일격이 날아와 모현을 넘어뜨렸다. 수풀

속에 엎어져 모현이 고개를 비틀었다.

"왜 이러세요?"

반항은 생각지도 말라는 듯 크고 억센 손이 모현의 멱살을 잡고 흔들어댔다. 모현의 뺨이 흙바닥에 뭉그러졌다.

"내게 왜 이러시는 거예요? 장난이라면 그만두세요. 제발, 부탁이에요."

모현의 등을 찍어 누르며 단오가 속삭였다.

"그러지 않겠다면 어쩔 건데?"

치마를 헤치고 단오가 안의 옷을 움켜쥐었다. 상체를 젖혀 그를 마주 바라보며 소녀가 애걸했다.

"이러지 마세요, 제발."

"어허, 처제. 가만히 좀 있어 봐."

단오가 이죽거렸다.

"어차피 죽을 몸, 누구 손에 닿은들 무슨 상관이라고."

모현이 덜덜 떨리는 무릎을 올려 단오를 차 냈다. 그러자 단오가 모현의 낯을 후려갈겼다.

"내 말을 제대로 이해하지 못한 모양이야."

모현의 눈앞에 번개가 치고 불길이 일었다. 입안에서 피맛이 났다. 그것은 위험과 잔인함, 두려움의 맛이기도 했다. 부은 혀를 놀려 모현이 가까스로 말했다.

"언니를 생각해서라도, 형부."

"네년 입장에서도 아쉽지 않겠느냐. 사내의 손길 한번 받지 못하고 명을 다해야 한다니. 괜찮다. 이건 사내들뿐 아니라 계집들에게도 퍽 즐거운 일이니. 입심 사나운 아낙들이 빨래터에서 멱 감는 소녀들에게 주워섬기곤 하는 거짓 충골랑 잊어버리려무나. 그건 그년들이 남편 놈을 단속한다는 이유로 지껄여대는 헛소리에 불과할 뿐이니."

단오가 모현이 입은 저고리의 고름을 물어 당겼다. 모현이 몸부림쳤다. 단오가 모현을 자기 앞으로 끌어내렸다.

불결하기 짝이 없는 그의 입김을 느끼며 모현은 극심한 현기증을 느꼈다. 돌연한 물음으로 머릿속이 혼란스러웠다. 그래, 채삼꾼으로 수백 번은 넘게 오르내렸을 산길을 걸으며 단오는 왜 그렇게 떨었던 걸까. 평소답지 않게 초조해하며 그토록 여러 번 지나온 궤적을 되짚은 까닭은 무엇이었을까. 들키고 싶지 않아서였을까. 그 어떤 도움의 외침도 속절없이 파묻혀버릴 만큼 마을에서 적당히 떨어져 있으면서 통곡바위와도 가깝지 않은 어느 한 지점을 가늠하기 위해서는 아니었을까.

그렇다. 그의 조바심은 안내자로서 사명과는 상관없는 사악한 속셈 때문이었으리라.

그런 생각이 들자 모현은 이대로 죽어버리고만 싶었다. 차라리 지금 당장 목숨을 끊을 수 있다면. 치욕에 몸서리칠 필요 없이, 깔끔하게 죽어버릴 수만 있다면.

그것이 그 순간 모현에겐 가장 쉬운 선택이었다. 포기해버리는 것. 앞니를 맞물려 길게 빼문 혀를 끊어버리는 것. 독약처럼 목구멍으로 넘어가는 뜨뜻한 피를 삼키며 그저 천천히 식어가는 것. 자기 몫의 비참을 받아들이는 것.

안 돼, 이런 식으로는. 모현의 주먹에 기운이 돌았다. *고분고분하게 당해주지 않을 거야. 피할 수 없다면 괴롭혀주겠어. 끝까지 심술을 부려볼 테야. 내 발로 박차고 가주겠어. 고삐에 매인 가축처럼 얌전하게 끌려가 주지는 않을 테야.*

고갯길을 넘는 내내 팔을 뒤틀어댄 덕분인지 모현의 손목을 결박한 동아줄이 느슨해져 있었다.

"제기랄. 무슨 놈의 치마가 이 따위람. 금방 뒈질 년에게 이렇게 호사스러운 비단옷을 입혀놓다니. 거추장스럽게."

욕설을 퍼부으며 단오가 치마를 쥐어뜯었다. 수치심에 머릿속이 아득해질 지경이었지만 모현은 이를 악물고 몸에 힘을 주었다.

"괜찮다니까."

단오가 실실거렸다.

"힘 빼지 말자니까, 처제."

저런 새끼가 언니의 남편이라니. 모현이 어금니를 맞물렸다. 단오가 겹쳐 뀐 옷 뭉치를 끌어 내렸다. 묶인 팔목을 비벼대면서 모현이 단오의 몸뚱이에 눌려 있던 오른 다리를 빼냈다. 손등의 피부가 쓰라렸다. 단오가 빠져나온 종아리를 움켜쥐려는 찰나 모현이 그를 걷어찼다. 그러나 단오는 꿈쩍도 하지 않고 모현의 따귀를 올려붙였다. 턱이 나갈 만큼 무자비한 손질이었다. 비명도 지르지 못하고 모현이 눈을 끔뻑였다. 하마터면 정신을 놓을 뻔했다.

단오가 모현의 허리께를 주물렀다. 가쁜 그 숨소리를 의식하지 않으려 애쓰면서 모현이 반복적으로 손을 움직였다. 조금만, 조금만 더. 오른 손목을 여러 번 거듭 비벼대자 줄이 전보다 몰라보게 헐거워졌다.

단오가 바지춤을 풀었다. 그 순간 모현이 단호하게 휙, 팔을 당겼다. 살갗이 쓸리며 통증이 손목을 태웠다. 줄을 고정하고 있던 매듭 한쪽이 풀어지면서 오른팔이 자유로워졌다. 흙바닥을 더듬던 손에 돌이 잡혔다. 모서리가 뾰족한 돌멩이를 쥐고 모현이 단오의 정수리를 후려갈겼다.

악, 소리를 지르며 단오가 머리통을 감쌌다. 사력을 다해 발길질하면서 모현이 단오에게서 벗어났다. 그 와중에도 단오는 팔을 뻗어 모현의 머리채를 휘어잡으려 했다.

단오에게서 떨어진 모현이 그를 향해 돌을 던졌다. 돌에 팔꿈치를 맞은 단오가 분을 못 이겨 헐떡거렸다.

“이년이! 곰살갑게 대해주려고 했더니. 내 손에 잡히기만

해봐라. 호되게 쓴맛을 보여줄 테니."

옷차림을 추스르며 모현이 가슴 근처를 더듬었다. 치마허리 밑으로 무엇인가 만져졌다. 오동나무 칼집, 어젯밤 여민에게서 전해 받았던 칼이었다. 무기를 패용하고 있음을 들키지 않은 건 모현에게 있어 진정으로 다행한 일이었다.

모현이 치마허리에 숨겨놓았던 장도를 끄집어냈다. 손잡이를 틀어쥐고 나무 칼집을 벗겨냈다. 짧은 날에서 섬광이 번뜩이는 성싶더니 찰나의 노기가 숲을 가로질렀다. 왼 손목에 걸친 동아줄 안으로 칼날을 밀어 넣고 모현이 힘주어 당겼다. 사력을 다한 칼질 끝에 줄이 끊어져 흘러내렸다.

"칼을 지니고 있었겠다."

주먹손을 쥐었다 풀며 단오가 어깨 근육을 꿈틀거렸다.

"그래봤자 계집 힘으로 사내를 이기기란 불가능할 터. 내가 이 순간을 얼마나 기다렸는데. 그까짓 무딘 칼 한 자루에 겁먹을 것 같아?"

모현은 두렵지 않았다. 자신의 손에는 무기가 쥐어져 있었으니까. 칼날이라고 해봤자 한 뼘 길이에 불과한 짤막한 장도가 이토록 큰 용기를 불러일으키다니 모현은 놀랍기까지 했다. *이건 남을 해치기 위해 만들어진 물건이지. 그래, 이것으로 나를 지킬 거야. 차라리 내 손목을 긋는 것으로 나를 구하겠어.*

스스로를 결딴내는 한이 있어도 저치 앞에 결코 굴복하지 않겠다고, 모현은 다짐했다.

그때 웬 짐승의 울음소리가 숲 가장자리를 울렸다. 고개를 젖히고 선 단오의 낯에 어리둥절한 빛이 서렸다. 그 틈을 놓치지 않고 모현이 단오에게 달려들었다. 장도를 휘둘러 단오의 손등에 상처를 내주었다. 단오가 놀라 모현에게 주먹질을 하려 했다.

또다시 낮게 그르렁거리는 짐승의 소리가 들렸다. 이 산의 주인이 누구인지 알려주려는 듯. 자신의 영역에서 분란을 일으켰다가는 끔찍한 결말을 맞게 될 것이라고 경고라도 하는 것처럼.

단오가 모현과 거리를 벌린 채 숲 저편을 쏘아보았다. 나무 그림자 속에서 노란빛이 서너 번 점멸하는 듯하다가 꺼져버렸다. 발소리를 죽이고 뒤돌아간 모현이 단오의 목덜미를 노렸다. 노골적인 그 공격은 단오를 털끝만큼도 다치게 하지 못했지만 모현의 살기등등함은 그를 질리게 만들기에 충분했다. 식은땀을 흘리며 단오가 뒷걸음질했다.

"네년, 네년이 나를 치려고?"

나무뿌리에 발이 걸려 단오가 고꾸라졌다. 모현이 실소를 터뜨렸다. 썩어 문드러진 나무의 밑동을 짚고 일어서며 단오가 모현에게 욕설을 퍼부었다.

"몹쓸 년, 내 손에 잡히기만 해봐라."

단오가 모현에게 달려들었다. 분노에 등을 떠밀린 단오가 단숨에 간극을 좁혀오며 모현의 팔을 붙잡아 비틀었다. 손목이 꺾이는 고통에 모현이 비명을 질렀다. 단오가 모현을 때려눕히더니 겹겹의 화려한 치마를 잡아 뜯었다. 그 바람에 바윗돌에 뒤통수를 부딪친 모현이 충격 속에서 눈을 끔뻑였다.

단오가 모현을 만지고 희롱했다. 모현이 제 몸 위에 올라앉은 단오를 밀어내려 했다.

"놔요. 저리 떨어지라고."

단오는 대꾸하지 않았다. 저고리의 고름이 풀리고 치마가 들쳐졌다. 애원하고 설득하고 협박하면서 모현이 쉼 없이 바르작거렸다.

"마을 사람들이 다 죽어가도록 놔둘 작정이에요? 이건 언니를 대신한 일이기도 하잖아요. 내게는 지켜내야 할 책무가 있어요. 놔주세요. 풀어주세요. 제발요."

그럼에도 단오가 코웃음만 칠 뿐 멈추지 않자 모현이 발버둥질하며 악을 써댔다.

"놔, 놓으라고."

기껏 말 몇 마디로 그를 저지할 수 없음을 깨달은 모현이 단오의 팔뚝에 앞니를 박아 넣었다.

"허, 이 계집이."

화가 머리끝까지 치민 단오가 손찌검하려는 듯 왼손을 치켜들었을 때였다. 단오의 등 뒤에 음영이 져 있다는 것을 모현은 뒤늦게 알아차렸다. 산안개 속에서 느닷없이 나타난 그것의 형체가 번져 있었다.

호랑이, 범님! 실로 거대한 맹수였다. 뒤를 돌아본 단오가 넋이 나간 듯 중얼거렸다.

"호랑이잖아. 진짜로 호랑이가 있었다니. 이럴 수가."

호랑이가 순식간에 단오의 들린 손을 물어뜯었다. 단오가 처절한 비명을 터뜨렸다. 황급히 흙바닥을 훑던 모현의 손에 칼 손잡이가 잡혔다. 단오를 밀쳐내고 모현이 장도를 낚아챘다. 뜯겨나간 단오의 왼 손목에서 선혈이 뿜어져 나왔다. 무릎에 힘이 풀려 몇 번이고 나동그라진 뒤에야 모현은 바윗돌을 짚고 가까스로 일어나 설 수 있었다.

호랑이가 단오를 덮쳤다. 묵직한 앞발로 인간 사내의 가슴팍을 짓밟았다.

"살, 려줘."

단오가 발버둥 쳤다. 아가리를 벌려 호랑이가 단오의 목덜미를 물었다. 단오의 입가에 피 거품이 부글거렸다. 모현이 뒷걸음질했다.

"나, 를, 두고 가, 지 마."

호랑이가 경고하듯 으헝 소리를 냈다. 단오의 눈이 흐려지는가 싶더니 마지막 희망마저 지워져 갔다. 늦었다. 더는 돌이킬 수 없었다. 모현이 비척거리며 어둠 속으로 스며들었다. 숲 그림자에 섞여 지워져 갔다. 단오를 버려두고 달아났다.

달아오른 뺨 위로 눈물방울이 눈송이처럼 녹아내렸다. 산길은 굽이굽이 돌아 흘렀다. 끝없이. 둥글게. 어디가 처음이고 어디가 끝인지 모를 그 궤적.

모현이 뜀박질했다. 버선발로 족두리마저 잃어버리고 이제 막 혼례를 올린 새 신부라기에는 지나치게 불운한 몰골로.

터져 나오는 눈물을 억누를 방법이 없었다. 모현이 뺨을 타고 흐르는 눈물방울을 털어냈다. 이 넓은 세상에 누구 하나 제 안위를 근심해주지 않았다는 설움이 속눈썹을 적시며 쉴 새 없이 북받쳐 올랐다. 내 편 같은 건 없지. 가진 것이라곤 칼 한 자루뿐. 모현이 오른손에 쥐고 있던 장도를 쏘아보았다. 이까짓 칼이 뭐라고. 수풀 속으로 무기를 던져버리려던 모현이 팔을 늘어뜨렸다.

나는 혼자야. 혼자 태어난 것처럼 혼자 거꾸러지겠지. 그래도 말이지, 그건 어느 귀한 댁 자식이라 해도 마찬가지일 거야. 죽음에 예외란 없으니까. 태어난 이상 누구나 반드시

죽어야 하니까.

슬픔이 잦아들자 환청처럼 가느다란 물소리가 들렸다. 이 근방 어디에 계곡물이 흐르는 걸까. 벌겋게 달아오른 낯으로 그러나 더는 눈물을 흘리지 않고 모현이 발을 놀렸다. 그래도 지금은 살아 있으니까. 두 손을 묶고 있던 오라를 풀어버리고 이렇게 자유로워졌으니까. 이슬에 젖은 수풀을 헤치며 비틀비틀 걸음을 뗄 때마다 땀에 전 속속곳이 허벅지 안쪽에 거추장스럽게 휘감겼다.

그러자 화로 속 식은 숯 같은 분노에 불길이 일렁였다. 자신을 이 산 위로 떠밀어 올린 무수한 손길들에 화가 치밀었다. 풀들을 밟아 뭉개며 모현이 어금니를 맞물렸다. 자신을 후려갈기던 단오의 손길이며 거친 숨결을 되새기고 있자니 목 안쪽이 뜨거워지면서 욕지기가 치밀었다.

끝났어. 그 새끼는 뒈져버렸으니까. 손바닥에 묻은 흙을 털어내며 모현이 뇌까렸다. *이제 두 번 다시 내게 손을 대지 못할 거야. 두고 봐, 앞으로는 어떤 사내도 나를 함부로 대하지 못하게 할 테니까.*

나무 그루터기인지 뭔지 모를 뾰족한 것에 발바닥을 찔려 모현은 그 자리에 털썩 주저앉고 말았다. 버선 바닥에 피는 비쳐 있지 않았다. 대수롭지 않은 상처일 것이었다. 하루 이틀이 지나면 금방 아물어버릴 사소한 생채기. 지금에 와서 어떤 통증도 모현을 그다지 고통스럽게 만들지 못하겠지만.

이젠 어디로 가야 할까. 진창에 엉덩이를 뭉개고 앉아 모현이 달무리 진 하늘을 올려다보았다. 이 산중에 자신이 향해야 할 곳은 어디일지 모현은 옷고름을 만지며 고민했다. *그만 마을로 내려가 봐야 할까. 사람들은 나를 받아들여 주기나 할지. 하물며 언니에게는 또 뭐라고 전해야 할까. 형부가 나를 겁탈하려 했다고? 그러다 갑자기 들이닥친 호랑이에게 공격당해 죽임당하고 말았다고?*

안 돼. 이대로 돌아갈 수는 없어.

모현이 산 아래로 이어지는 내리받이를 응시했다. 그 끝에서 자신을 기다리고 있을 정경이 깨진 구슬 조각처럼 황홀한 광채를 퍼뜨리며 뇌리를 스쳐 지났다. 타닥타닥 솔가지 타는 소리와 흰 김, 밥 뜸이 드는 동안의 짧지만 조바심 나는 기다림. 아기를 등에 업은 여자들의 노래며 벌어진 옷깃 사이에서 새어 나오던 달짝지근한 체취. 빨랫줄에 늘어져 있던 젖은 옷가지들의 춤사위. 빗줄기를 피하려는 듯 마루 끝에 앉아 있던 두꺼비며 들꽃들 사이를 까불거리며 날아다니던 부전나비와 무당벌레, 참실잠자리.

무더운 오후, 자갈밭에 누워 씹어 먹었던 오이의 맛. 대접 가득 받아놓았던 숭늉. 발등을 간질이는 냇물. 모닥불을 피워 잡은 자리에서 곧바로 구워내던 민물고기들. 언니의 빰에 달라붙어 있던 꽃잎. 아침마다 땋아주던 머리카락. 썰물. 모래밭에 찍힌 발자국. 흔들리던 소달구지. 겁에 질린 얼굴. 맞잡은 손.

그리운 풍경은 지워버리고 모현이 마음을 다잡았다.

어서 오라는 듯 도깨비불이 너울거렸다. 그건 죽어버린 길잡이를 대신해 모현을 이 산의 주인에게 모셔 가려 한 원귀들의 손짓인 성싶었다.

밤이 하나뿐인 눈을 빛냈다. 그림자를 앞세우고 모현이 휘적휘적 발을 놀리기 시작했다. 이 숲을 따라갈 수 있는 만큼 걸어가 보기로 했다. 산속으로 되도록 깊이 들어가, 어디든 발길 닿는 대로 멀리 달아나 보고자 하는 마음으로. 모현이 어깨 밑으로 흘러내린 원삼을 벗어던졌다. 몸싸움을 벌여대는 통에 헝클어진 머리를 가다듬으며 뜯긴 머리꾸미개들도 뽑아 내동댕이쳤다. 거치적거리기만 하던 노리개 역시 끊어 던져버렸다.

모현은 달빛 아래 드러난 상흔 같은 산길을 걸었다. 색이 짙은 돌들 사이 오솔길을 돌아 나가니 별안간 사위가 밝아졌다. 동그랗게 빈 공터였다. 전나무 군락으로 에워싸인 가운데로 검은 바윗돌이 솟구쳐 있었다. 제단을 닮은 모양새의 크고 널찍한 돌덩이였다.

모현은 극심한 피로감에 시달렸다. 저것이 통곡바위일까. 제물로 바쳐진 소녀들이 무고한 몸을 누였다던 바로 그 바위? 여기가 어디라고 해도 상관없었다. 모현은 눕고 싶을 따름이었다. 쉬고 싶었다. 돌의 표면은 이상스러울 만큼 따스했다. 방금 전까지 어떤 거대한 존재가 그 위에 걸터앉아 있기라도 했던 것처럼.

모현이 상체를 수그리고 제 오른팔에 옆얼굴을 갖다 댔다. 잠은 떠난 흔적도 없이 들이닥쳤다. 닳디 닳은 돌 같은 잠이었다. 모현의 호흡이 깊어졌다.

얼마나 그렇게 누워 있었을까. 모현이 눈을 떴다. 뺨에 쏟아지던 뜨거운 바람. 모현을 깨운 것은 콧김이었다. 등화 같은 눈. 그 안에 비쳐 있던 자신의 모습. 호랑이였다. 호랑이는 꿈쩍도 않고 모현을 지켜보고 있었다.

모현 역시 그를 마주 보았다. 적의를 담아, 열렬하게.

손으로는 돌 가장자리에 놓아두었던 장도를 찾아 쥐면서, 모현이 일어나 앉았다.

기어코 나를 쫓아왔군. 가만히 당하고 있지는 않을 거야. 흉터를 남겨주겠어. 저 맹수에게 잊지 못할 일격을 가해주고 말겠어.

호랑이와 대치하기 위해 바위에서 내려온 모현은, 달빛 아래 드러난 그의 풍모에 기가 질리고 말았다. 치솟은 어깨는 당당했고 꼬리는 낭창낭창했으며 앞발은 묵직해 보였다. 당장에라도 혼절해버릴 것 같았지만, 모현은 눈을 질끈 감고 칼을 앞으로 내질렀다. 굳은 결심과 달리 그 몸짓은 어설펐고 짧은 칼날로는 호랑이의 코털 한 올 건드리지 못했다.

호랑이가 슬그머니 발을 뗐다. 서로를 노려본 채로 모현과 호랑이가 원을 그리며 돌았다. 잡을 듯 말 듯, 잡힐 듯 말 듯, 위협하고 위협당하면서, 놀이하듯 그렇게.

긴장의 끈을 먼저 잘라낸 것은 모현이었다. 칼 손잡이를 쥐고 모현이 다시 앞으로 달려나갔다. 그러자 호랑이가 사뿐히 뛰어올라 모현의 공격을 피했다. 허공을 벤 탓에 몸의 균형이 무너져 모현은 하마터면 엉덩방아를 찧을 뻔했다. 한 발짝 물러선 모현이 신음을 토했다. 호랑이가 모현의 오른 어깨를 물고 있던 까닭이었다. 달군 쇠붙이로 지져대는 것 같은 통증이 어깨를 뒤덮다 못해 온몸에 엄습했다.

그 순간, 기이하게도 무릎을 꿇고 앉은 모현의 귓가에 낮고 그윽한 남자의 음성이 울려 퍼졌다. 몸속으로 녹아드는 것 같은 말소리. 그건 통증이 불러일으킨 환청이었을까.

"그대였어. 그대를 찾기 위한 여정이었지. 잘 왔다, 소녀야. 이로써 예언은 이루어졌으니."

모현의 시야가 흐려졌다. 호랑이가 주둥이를 벌려 어깻죽지에 박아 넣었던 이를 빼내자 모현이 힘없이 고꾸라졌다. *이렇게 죽게 되는 걸까?* 주먹으로 바닥을 짚고 모현은 어떻게든 일어서려 애썼다. 그토록 애처로운 사투에도 결국에는 허물어져 내려 흙 땅에 얼굴을 박고 말았지만.

고통이 시들어갔다. 상처 부위를 핥는 뜨뜻한 혓바닥이 느껴졌다. 모현은 반은 겁에 질리고 반은 자포자기한 채로 오들오들 떨었다. 눈가에 눈물이 넘쳐흘렀다. 그때 호랑이가 대가리를 쳐들었다.

이 소리는 뭐지? 감기는 눈을 홉뜨며 모현이 귀를 기울였다. *호랑이가 아니야, 다른 맹수.*

호랑이가 으르렁거렸다. 무언가가 느닷없이 호랑이의 뒤편에 들이닥쳤다. 만월이 지켜보는 가운데 거대한 형상이 호랑이와 얽혀들었다.

모현이 중얼거렸다. *이 밤, 이 골짜, 기에서, 도대, 체 무, 슨 일이.*

질문의 매듭을 짓기도 전에 모현은 정신을 잃고 말았다.

둘.

마을 어귀 색색의 천들이 늘어진 당산나무 아래에 여자들은 꿇어앉아 있었다.

혼인했든 아니든 상관없었으며, 나이가 많든 적든 무관했다. 출가할 때를 놓쳤거나 지아비를 잃었거나 아이를 낳을 수 없는 몸이거나 가난하거나 늙었거나 병들었거나, 용납 불가능한 결점을 지닌 여자들이란 처벌 받아 마땅한 존재들이었으므로. 더군다나 여자치고 그런 흉 하나 없는 자는 드물었다. 애티를 벗지 못한 아주 어린 소녀들만이 제게 주어진 운을 시험하는 듯한 이 끔찍한 노름판에서 제외됐을 뿐이었다.

갓끈을 만지며 무당이 군중 속을 헤어나왔다. 옷의 깃이 빳빳했다. 저고리는 서리처럼 희었고 치마는 대해처럼 푸르렀으며 철릭은 휘몰아치는 불길처럼 새빨갰다.

바야흐로 네 번째 신부 간택의 순간이었다.

"먼젓번 신부는 기운이 약했어. 무섬증을 이기지 못하고 벌벌 떨어대다 한입에 잡아먹히고 말았지. 그래서야 산군님을 감복시킬 수 없지. 암, 그렇고말고."

놋쇠 방울을 흔들어대며 무당 천이가 끌끌 혀를 찼다. 머리를 조아리고 엎드린 채로 모현은 단오의 손에 잡혀 바윗골로 끌려 올라간 대장장이네 넷째 딸을 떠올렸다. 모현보다 한 살 손아래의 순하고 어여쁜 소녀는 제비꽃을 좋아했다.

포승에 손목이 묶여서도 말갛게 웃던 그 애는 피에 젖은 댕기로 돌아왔다.

"어디 보자, 이번 제물로는 어떤 아이를 골라야 할까. 어느 집 여식을 바쳐야 산군님을 흡족하게 만들 수 있으려나."

휙, 휘익, 휘파람을 섞어 불면서 무당이 혼잣말을 중얼거렸다.

천이는 탄탄하게 올라붙은 뺨이 나이보다 훨씬 젊어 보이는 여자였다. 정작 천이가 몇 해나 살았느냐는 물음에 제대로 된 답을 내어놓을 수 있는 이는 없었지만, 오싹하도록 아름다운 사람인 것만은 틀림없었다. 그 낯을 가만히 주시하고 있자면 까닭 없이 오금이 저릴 만큼. 몇몇 사내들은 음흉한 눈초리를 숨길 생각도 없이 대놓고 뻔뻔하게 그의 자태를 훑고 있었다. 냉랭한 듯싶다가도 나긋하게 돌변하는 태도부터 요사스럽기 그지없는 여자였다.

모현이 언니의 손을 쥐었다. 희현은 고개를 숙이고 바닥에 코끝을 대다시피 하고 있었다. 나이 지긋한 사내들은 방관하듯 뒷짐을 지고 횃불 든 청년들 옆에 도열해 있었다. 처며 딸자식을 바라보는 가장의 입술이 검게 타들어 갔다.

두어 달 전. 나뭇짐을 하러 산마루를 헤매던 청년은 어느 들짐승이 싸질러놓았는지 모를 분변을 밟고 미끄러지기 직전 손을 뻗어 팽나무 가지를 그러쥐었다. 휴, 한숨을 쉬던 그의 눈에 나뭇가지에 매달린 털가죽 비슷한 형상이 들어왔다. 그것은 가지 끝에 대가리가 꿰인 토끼였다. 도끼를 휘둘러 이를 꺾어낸 청년은 토끼 사체를 지게 구석에 찔러 넣고 마을로 내려왔다.

희한한 일이기는 했다. 맹수라면 먹지도 않을 사냥감을 잡아 나뭇가지에 꽂아두는 수고를 무릅쓰지 않았을 것이고, 그렇다고 인간의 소행이라 믿기에는 들여야 하는 수고에 비해 거둬들일 수 있는 득이 극도로 적은 어리석은 짓처럼 보였으니까.

그렇게 잊히고 마는가 싶던 그 일은 이틀 뒤 다시 사람들의 입방아에 오르내리니 나물을 캐러 뒷산에 올랐다 울며 뛰어 내려온 아낙의 증언 때문이었다.

"너럭바위 위에 내팽개쳐 있었어요. 대가리는 뭉개지고 배는 열려 있었어요. 피가 질펀하게 못을 이루고 있는 송장이었어요."

그는 정수리가 희끗희끗한 중년의 여자였다. 아이 셋을 낳고 그중 하나가 해산한 아기의 탯줄을 제 손으로 직접 잘라주기까지 한 여자가 얼굴을 감싼 채로 흐느꼈다.

그 길로 낫이며 곡괭이를 손에 쥐고 산자락을 더듬어간 사내들은 참혹한 광경에 그만 말문이 막히고 말았다고 했다. 다행히 사람의 시신이 아니라 노루의 사체였지만, 그건 단순한 사냥의 흔적이라고 하기에는 기괴한 구석이 있는 모습이었다. 피가 말라붙은 수풀 속에서 파리 떼가 윙윙거렸다. 남자들은 조각난 노루의 몸뚱이를 수습해 땅속 깊숙이 묻어주었다.

그날 이후로 뒷산을 오르내리는 아이들의 수는 눈에 띄게 줄었다. 새벽안개는 악취로 범벅돼 끈적거렸다. 죽은 동물들은 도처에 널려 있었다. 사나흘을 꼬박 바친 산행에도 허탕을 친 채삼꾼들은 이슬에 젖은 개립을 벗으며 평상에 앉아 재미있는 소식이라도 전해들을까, 삼삼오오 모여든 꼬마들에게 혀가 잘렸거나 간만 빼 먹혔거나 송곳니며 뼈 일부가 뽑혀 나간 짐승의 사체를 목격한 광경을 입심 사납게 들려주기도 했다.

행여 흉한 소문이라도 나돌까 하는 걱정에 사리에 밝은 몇몇 어른들이 입단속을 하는 동안에도 풍문은 마른 잎에 댕긴 불처럼 퍼져갔다. 광이며 부엌, 지친 몸을 쉴 겸 드러누운 밭두렁에서, 어른아이 할 것 없이 아랫마을에 깃들어 사는 이라면 누구나 죽인 음성으로 떠들어댔다. 누굴까. 이건 대관절 어떤 놈의 소행이란 말인가.

그 사이 피투성이 발자국은 내를 건너고 고갯길을 넘어 마을로 똑바로 걸어 들어왔다.

옹기장이네 일곱 식구가 사는 초가삼간은 계곡이 내려다보이는 막다른 골목에 자리 잡고 있었다. 그날 그 집 식솔들 가운데 가장 먼저 눈을 뜬 사람은 하필이면 일곱 살배기 막내딸이었다. 마루 끝에 엉덩이를 깔고 앉아 짚신에 발을 꿴 그 애는 눈곱이 붙은 눈을 끔뻑이며 하품을 했다. 마침 까마귀 한 마리가 대추나무 위로 날아올랐다. 딸려 올라간 저고리를 끌어내리며 앞마당을 거닐던 소녀는 그만 신 한 짝이 벗겨져 피 웅덩이에 맨발을 디디고 말았다.

소름이 아이의 등줄기를 타고 내렸다. 아이는 그제야 깨달았다. 홍이가 죽었음을. 가엾은 그 개는 깨진 장독에 내리꽂혀 있었다.

홍이는 늑대를 아비로 둔 건 아닐까 의심을 살 만큼 크고 감사나운 개였다. 발톱은 새까맸고 송곳니는 날카로웠다. 제아무리 짓궂은 사내놈이라 할지라도 그 집 담벼락에는 오줌을 갈겨놓지 않았다. 뜰에 심어놓은 과실수의 열매며 설익은 호박을 서리해가는 간 큰 좀도둑도 없었다. 그 개, 홍이는 용맹한 파수꾼이었다.

공포에 압도당한 아이가 귀청이 찢어져라 비명을 질렀다. 지르고 지르고 또 질렀다. 자기 귀가 멀어버리도록, 아니 온 세상이 파랗게 질려버릴 때까지 새된 음성을 드높였다. 동틀 무렵의 하늘에 나른하게 잠겨 있던 송이구름들이 깜짝 놀라 자맥질했다. 아이의 고함소리는 돌담을 돌아 집집을, 제비 둥지를 숨겨놓은 처마며 거미줄이 쳐진 헛간을 지나 질 나쁜 종이가 발려진 문짝들을 후려갈기며 달음질해 그때까지도 이불 속에서 게으름을 피우며 늘어져 있던 어른들을 밖으로 끌어냈다.

울타리는 놈의 침입을 막지 못했다. 마을 어귀를 지키고 있던 당산나무 역시 그랬다. 놈은 더 많은 피를 원했다. 더 큰 유희를 원했다.

놈의 행각은 감쪽같았다. 꼬리를 잡히기는커녕 털 한 올 발자국 하나 남기지 않았다.

'이건 필시 짐승의 짓이겠지?' '인간의 소행은 아닐 거야.' '암, 그렇고말고. 인두겁을 쓰고 이런 짓을 저지를 수 있는 이는 없을 테니까.' 꼬투리 속에서 터져 나오기 직전의 꽃씨처럼 뒷말들은 무르익어갔지만, 누구도 놈의 정체를 단정 짓지 못했다. 공포의 악취는 짙어졌다. 두려움에 사로잡힌 이들은 문고리에 쇠를 채우거나 낫이며 몽둥이 따위를 이불 궤짝에 숨겨놓으며 의심에 찬 눈초리로 이웃집 지붕을 흘겨보곤 했다.

밤이면 여기저기에 등불이 걸렸다. 그러다 센바람에 등이 뒤집혀 말라 죽은 감나무를 태워 먹는 사고까지 있었다.

"인신 공양을 올려야 합니다."

천이의 음성에 힘이 실리고 어깨가 곧추섰다. 배 밭 옆 초옥에 홀로 기거하던 그 여자는 무당이었다. 외딴 그 집에서 천이가 대낮에 걸어 나와 사람들 앞에 선 것부터가 참으로 오랜만의 일이었다.

"그래야지만 화를 면할 수 있을 것입니다. 정성을 들인 기도와 함께 사람 제물을 바쳐야 합니다. 그것만이 우리가 살 유일한 길이니."

가문의 부며 권세를 빌어 마을을 좌지우지하다시피 하던 늙은 사내들이 대놓고 조소했다. 고작 무당년 주제에 어르신들의 일에 간섭하려 든다며 불만을 표하던 젊은이 하나는 천이의 발치에 캭, 침을 뱉기까지 했다.

불신자들의 의심은 천이를 추호도 무너뜨리지 못했다.

의혹에 찬 시선들은 도리어 천이를 놀랍도록 위풍당당하게 만들었다.

"들어야 합니다. 제 말에 귀 기울이셔야 합니다."

그 단호함이 사람들의 이목을 집중시켰고 불만에 찬 중얼거림을 가라앉혔다.

"그대들은 이것이 진정 사람이 저지른 행각이라 믿는 것입니까?"

그때 누군가 탄식을 터뜨렸다. 그 자리에 모인 사람들의 뇌리에 같은 생각이 스쳐 지났다. 무당년이 저리 아름다웠나. 머릿결은 부드럽고 살결은 매끄러웠나. 눈동자는 불붙은 숯 같고 입술은 물감을 적신 손수건을 물었다 놓은 것처럼 저토록 붉고 탐스러웠나.

찬탄의 시선은 곧 욕망으로 이어져 일부 사내들은 자신도 모르게 손가락을 꿈틀거리기도 했을 것이었다. 저 여자를 손에 넣을 수 있다면. 저항하는 저치를 무릎에 끌어다 앉히고 마음 내키는 대로 지분거릴 수 있다면. 그 같은 상상은 그들에게 거부하기 힘든 유희였다.

"무당 따위가 마을의 안위를 논하는 자리에서 목소리를 높이다니 방자하기 짝이 없군."

그들 중 침묵을 깬 사람은 수령 홍옥이었다. 말 꼬리털을 엮어 짠 갓이 반듯한 이마에 음영을 드리웠다. 가슴 아래에 매어놓은 세조대는 파랑. 비단을 넉넉하게 잘라 만든 흰 도포가 걸음걸음마다 물결쳤다. 키가 훤칠하게 크고 팔다리가 긴 사내였다. 봉숭아 꽃잎을 찧어 물들인 듯 발그스름한 뺨과 도톰하지는 않아도 색이 짙은 입술, 끝이 긴 눈썹을 떠받치듯 휘어진 반달 모양의 눈.

홍옥은 잘생겼다기보다는 미려하다는 칭송이 어울리는 남자였다. 허우대는 멀쩡하나 청맹과니처럼 아둔한 그자는 자신의 무능에 무지했고 그것이 고립된 섬마을에서 스스로를 얼마나 위태롭게 만들 수 있는지 몰랐다. 재산을 얼마나 써 관직을 사들여 이 먼 곳으로 부임해왔는지 누가 알겠느냐며 마을 사람들이 수군덕거리고 있다는 것도.

부채 쥔 손을 놀리며 홍옥이 가늘게 뜬 눈에 조소를 머금었다. 지저분한 소문을 몰고 다니는 작자이기는 했으나 엄연히 이 마을의 수령인 인물이었다. 자신을 꾸짖어 홍옥이 받아내고자 하는 것이 무엇인지 천이는 단박에 꿰뚫어보았다. 그러나 지금 당장은 그에게 원하는 것을 이루게 해주어서는 안 됐다. 그건 더 큰 목표를 위해 최후의 순간까지 내주지 말아야 할 패였다. 천이는 남의 욕망을 다루는 데 도가 터 있었으니까.

홍옥의 꾸짖음에도 천이는 물러서지 않았다. 미소 짓지도 않았다. 이는 한편으로 홍옥이 자신에게서 갈취하고자 하는 것에 대해 천이가 내어놓은 응답의 일종이었다.

"나리, 저는 분명히 들었습니다. 산군님의 노호를 이 두 귀로 말입니다. 지금도 산군님께서는 바라고 계실 겁니다. 노여움을 가누지 못하고 허기에 절절매며. 그분을 달랠 유일한 방법이란 사람 제물을 바치는 것뿐입니다."

홍옥의 역정이 극에 달했다.

"호랑이 울음소리라고? 사람 제물이라고? 어이가 없군. 무당년이 고을의 수령에게 이래라저래라 참견이라니. 이참에 본때를 보여줘야겠어. 여봐라. 저년을 끌고 가라. 제 죄를 뉘우칠 때까지 옥에 가두고 물 한 그릇 내어주지 말아라."

천이는 사흘 동안 옥살이를 했다. 그 여자는 옥에서 칼을 차고 꿇어앉아 있으면서도 시종일관 꼿꼿했다. 홍옥이 힘깨나 쓴다는 사내들을 데리고 호랑이 사냥에 나선 것도 그즈음이었다. 변고가 일어난 건 그 산을 오르고 하루가 지나지 않았을 때였다. 목숨만 간신히 부지해 돌아온 이들이 전한 바에 따르면 그들 무리는 한밤중 습격을 받았다고 했다. 홍옥은 호랑이에 쫓겨 달아났고, 시체로도 발견되지 않았다고도 했다.

수령이 호랑이에 죽임당했다는 이야기가 돌자 마을 전체는 크나큰 두려움에 휩싸였다. 무당의 충고는 받아들여졌다. 무당이 주장한 것과 같이 제수는 바쳐져야 했다. 인간 제물, 그네들은 마땅히 여자여야 했다. 어리거나 보호자가 없거나 집안의 위세가 덜하면 덜할수록 좋았다. 당산나무 앞에 꿇어 앉혀진 여자들 가운데 천이가 처음으로 골라낸 이는 과붓집 둘째 딸이었다. 그 어미는 자기 딸은 절대 내어놓을 수 없다며 눈물로 호소했지만 무섬증에 반쯤 돌아버린 이웃들은 기어코 아이를 끌어내 그 집, 우리에 가두었다.

의식은 천이의 주도하에 치러졌다. 북이 울리고 꽹과리가 꽹그랑거리는 가운데 단오가 소녀를 안내해 산길을 올랐다. 인간들의 길은 물론이고 짐승들의 통로까지 꿰고 있는 그는 제물을 산으로 데리고 갈 인물로 제격이었다.

첫 번째 신부, 과붓집 둘째 딸은 살아 돌아오지 못했다. 넋까지 송두리째 그 산에 머물렀다. 찢긴 치마 조각이 계곡물에 꽃잎처럼 떠 내려왔다.

그로부터 여자 둘이 더 희생됐다. 곱고 유순한 소녀들. 아름다움이란 그 탄생에서부터 화라는 씨앗을 품고 있는 걸까. 게다가 그 아이들은 알 만한 사람은 다 아는 추문의 대상이라는 공통점이 있었다. 이건 어쩌면 합당한 처벌은 아니었을지. 과거 그 소녀들을 엿보며 불순한 욕망을 품은 바 있는 사내들은 남몰래 흡족해하기도 했을 것이다.

그 예쁜 낯으로 마을을 불화하게 한 죄가 어찌 작을 수 있다고. 부모들은 함부로 슬픔을 토로하지도 못했다. 밤마다 죽은 자식의 옷가지를 부둥켜안고 우는 수밖에.

땔나무를 모으러 간 남자들이 산속에서 피 묻은 화관이며 큰비녀 같은 것을 찾아서 내려왔다. 그럼에도 산군님의 분노는 달래지지 않았다. 변고는 어김없이 발생했다. 살 만큼 산 사내놈들과 누릴 만큼 누린 늙은이들은 마을의 안녕을 위한다는 명목으로 다음 제물을 뽑아 올릴 채비를 서둘렀다.

천이는 그들의 입이었다. 목소리였다. 그 무렵 천이는 수령도 없는 마을에서 공포를 무기 삼아 힘 있고 부유한 사내들을 쥐락펴락하는 힘으로 사람들 위에 군림하고 있었다.

"고개를 들어보아라. 그렇게 엎드려만 있지 말고, 어서. 운명이란 마주 보고 받아치는 눈동자에 담겨 있는 법이니 네년들은 내 눈길을 피하지 말렷다. 결단을 내릴 때다. 너희들 가운데 피에 굶주린 산군님을 다독여줄 이가 누구란 말인가."

모현이 눈동자를 굴려 그들을 에워싸고 있던 비단옷의 사내들, 기름기 흐르는 낯짝들을 훔쳐보았다. 반상은 엄격하게 나뉘었다. 어느 고을에서도 부는 고루 분배되지 않았다. 이 댁에서는 곳간 속 단지들을 모두 채우고 남을 만큼 넘쳤고 쓰러져가는 다른 울타리 너머로는 들어온 흔적도 없이 새어나갔다. 누군가는 보얗게 살이 올랐고 누군가는 굶어 허덕이다 덧없이 시들어갔다.

"어디 보자, 네년들 가운데 누구를 택해야 한단 말이냐. 범님에게 바쳐질 신부, 이번에는 누가 적당할까."

천이가 되뇌었다. 방울을 짤랑이며 무당이 여자들 옆을 거닐었다. 펄럭이던 예복에서 향냄새가 소용돌이쳤다. 모현이 더욱 깊이 머리를 수그렸다.

그때 으앙, 아이 울음소리가 살얼음 같은 정적을 동강냈다. 어미로서 본능 때문이었을까. 모현의 손을 뿌리치고 희현이 벌떡 몸을 일으켰다. 앙상하게 마른 그 남자아이는 희현의 아들이었다.

"쉿, 조용히."

단오가 아이를 을렀다. 짤그랑, 방울을 고쳐 쥐며 무당이 눈을 홉떴다.

"누구냐. 누가 소란을 떨어대는 것이냐."

희현이 놀라 엉덩방아를 찧었다. 옳다구나 싶었던 무당이 솔개에게 눈짓을 보냈다. 둘 사이에 무언의 전언이 오갔다. 솔개가 냉큼 걸어와 희현의 뒤에 섰다. 질청(秩廳)에서 일하는 구실아치인 그는 천이의 제자를 자처하는 자였다.

단철장에서 허드렛일을 하는 하지며 그와 허물없이 지내는 청년 몇이 덩달아 인상을 구겼다. 천이를 따르는 무리였다.

칭얼거리는 아이를 달래며 단오는 열다섯 살이나 어린 아내에게 닥친 위기를 방관하기만 했다. 어쩌면, 지금이야말로 그가 진정으로 바라 마지않은 순간은 아니었을까.

무당이 희현을 위아래로 뜯어보았다. 그런 와중에도 아이는 배가 고픈 모양인지 손가락을 빨며 가냘프게 울었다. 희현이 손이 닳도록 무당에게 빌었다.

"안 됩니다. 저는, 저는 갈 수 없어요."

들은 시늉도 하지 않고 짤랑, 방울을 울리며 천이가 사람들에게 말했다.

"들으시오. 저 여자를 다음 제물로 선택해야겠소."

"안 돼!"

희현이 부르짖었다.

"이럴 수는 없습니다. 제게는 아이들이 있습니다. 막내 놈은 아직 젖도 떼지 못했고요. 천이 님, 천이 님의 눈에는 저 아이가 보이지 않습니까. 저 어린 것을 두고 떠날 수는 없습니다. 부디 결정을 되돌려주십시오."

희현과 무당의 승강이를 지켜보던 구경꾼들 사이에 동요가 일었다. 하기야 벌 받듯 함께 무릎을 꿇고 있으면서도 부녀자들은 한 차례도 제물로 지목당한 바 없었으므로. 그건 어떤 면에서 매우 합당한 처사이기도 했다. 가장 먼저 주저앉는가 싶지만 실상 단 한 번도 꺾인 적 없는 그 여자들은 마을이라는 돌담의 아랫돌, 최고로 든든한 일꾼들이었으니까. 게다가 신부라면 역시 세상 물정 모르는 어린 것들 가운데서 골라내는 것이 이치에 맞지 않을까.

그 술렁거림의 의미를 알아차린 희현이 기운을 얻어 외쳤다.

"제 사정을 헤아려주십시오. 지아비인 단오부터 길잡이 역할을 맡아 천이 님을 위해 일하고 있지 않겠습니까. 이건 공정하지 못한 선고요."

당돌한 그 주장에 자신에게 불똥이 튈까 저어하는 것처럼 단오가 목을 움츠렸다. 칠성 방울의 손잡이를 매만지며 무당이 하, 소리를 냈다.

"공정하지 못하다니 네년이 지금 이 몸의 결정을 논박하려는 것이냐."

짤강, 방울 소리가 겹겹의 파문을 일으켰다.

천이는 결정을 번복하지 않았다. 단오가 만족스러운 콧숨을 내쉬었다. 좌중에는 침묵만이 흐를 뿐이었다. 아무도 그 선언에 반박할 엄두를 내지 못했다.

"안 됩니다."

희현이 다시 애원했다.

"제발, 이렇게 빌겠습니다. 천이 님."

아비의 품에 안긴 채로 아이가 악을 쓰며 바동거렸다. 모현이 입술을 질겅였다. 할 수만 있다면 소리 내 울고 싶었다. 하늘을 원망하며 통곡하고 싶었다. 자신의 언니, 이 섬으로 단둘이 떠밀려온 이래로 온갖 고난을 무릅쓴 것도 모자라 식솔이 둘이나 딸린 홀아비에게 자신을 의탁할 수밖에 없었던 가엾은 자매.

그때 난폭한 손길이 소맷부리를 당겨 모현의 어깨가 기울었다. 희현이었다. 모현을 붙들고 희현이 귓엣말을 속삭였다.

"나는 네게 마지막 남은 피붙이지? 그렇지, 모현아?"

그 음성이, 손이 불덩이 같았다. 다가선 누구에게나 옮겨 붙고 말 돌림병 같은 열기.

"나를 죽게 버려두지 마. 너는, 너만은 그러면 안 되잖아. 내가 어떻게 살아왔는데. 어떻게 지켜왔는데. 알잖아."

모현이 숨죽여 흐느꼈다.

"네게는 내가 하나뿐인 혈육이잖아. 허나 저길 봐. 나한테는 아이가 있어. 혼인도 했지. 그렇지만 모현아, 너는 혼자지. 나밖에 없지. 살려줘. 이대로 놓아버리지 마. 저 아이들을, 네 식구들을. 이렇게 부탁할게."

눈물이 핑 돌아 모현은 언니의 얼굴을 제대로 바라볼

수 없었다. '너는 혼자지.' 그토록 간명한 한 마디가 심장을 움켜쥐어 모현은 숨을 쉴 수 없었다. 그때 헐떡이고 있던 모현의 눈에 단오의 바짓가랑이를 붙들고 있던 소녀가 들어왔다. 안쓰러울 만큼 왜소한 체격. 희현의 의붓딸이자 모현에게 있어 조카, 미유는 단오의 전 부인이 낳은 자식이었다. 핏줄이야 어떻든 간에 모현에게 둘도 없이 소중한 존재였다.

모현은 직감할 수 있었다. 언니를 잃지 않기 위해 자신이 어떤 노름을 벌일 수 있을지를. 세상사에 익지 않은 소녀의 머리로는 스스로 도모하고자 하는 일의 이면을 명확하게 들여다볼 수 없었다고는 해도.

그때 모현을 박차고 일어서게 한 감정의 정체는 무엇이었을까. 치기? 책임감? 애정? 그 이유가 무엇이든지 간에 모현은 몸을 일으켰고 그 즉시 그들의 생과 사는 엇갈리고 말았다.

"천이 님께 간청드리오니, 제가 산군님의 신부가 되겠습니다."

모현이 애써 당당한 시늉을 했다. *이걸로 됐어. 언니를 구할 수 있다면. 나를 버려 미유와 식구들의 행복을 빌 수 있다면.*

"저희는 자매지간입니다. 그러니 언니를 대신해 산으로

올라갈 자격이 제게도 충분하지 않겠어요? 허락해주세요. 제가 가겠어요. 호랑이의 신부로 바쳐지겠어요."

아이 울음소리가 누그러졌다. 희현이 모현의 오른팔을 끌어와 품에 안았다.

예상치 못한 광경을 맞닥뜨리고 단오가 마른 침을 삼켰다. 그때 그의 머릿속에서는 어떤 셈속이 이루어지고 있었을까.

"가당치 않은 소리. 이건 어린아이들의 소꿉장난 같은 것이 아니야."

무당이 소리쳤다. 모현이 지지 않고 맞받아쳤다.

"할 수 있어요. 할 수 있다고요. 언니를 대신해 바윗골로 올라가겠어요. 허락해주세요. 제게 기회를 주세요."

무당이 앞으로 걸어 나왔다. 그 몸놀림이 놀라울 정도로 가뿐했다. 천이가 모현의 턱을 당겼다. 무당에게서 정신을 몽롱하게 만드는 단내가 뿜어져 나왔다. 이건 무슨 향일까. 눈을 깔고 종종걸음을 놓는다는 미인들이 비단 주머니에 넣어 허리에 차고 다닌다는 사향 냄새일까. 유혹의 기술을 터득한 여자들이 가루를 내 목욕물에 개어 쓴다는 백단향의 내음은 아닐까.

무당이 모현의 얼굴을 감싸 쥐었다. 육체노동에 시달린 적 없는 손가락은 가늘고 미끄러웠으며 섬뜩할 만큼 차가웠다. 모현은 극심한 구역감을 느꼈다.

잠시 모현을 살펴보던 무당이 묘한 미소를 지었다. 그 얼굴이 참으로 아리땁다고 모현은 자신의 처지도 잊은 채 경탄하고 말았다.

"나쁜 제안은 아닌 것 같구나. 네년의 명운에도 주어져 있는 힘이니까. 하늘을, 바람을, 파도를, 그 어떤 물줄기를 쥐고 흔들어댈 대단한 기운 말이지. 이런, 공교롭군. 자매가 같은 별 아래 태어나다니. 재미있어."

모현은 더는 똑바로 무당의 낯을 올려다볼 수 없었다. 천이의 눈동자가 발하는 광휘가 눈을 멀게 만들까 봐. 검은 구멍 같은 그것을 주시하고 있다가는 스스로를 버리고 어디인지 모를 곳으로 단숨에 딸려가 버릴까 봐.

방울 쥔 손을 들어 올리며 무당이 뒤돌아섰다.

"들어라. 저 아이를 다음 제물로 정하겠나니. 이로써 제물 간택의 마당을 파하노라."

다행이야, 가슴팍에 손을 얹으며 안도하는 한편으로 모현은 신음하고 말았다. *맙소사, 이렇게 간단하게 뒤집어질 결정이었다니.*

모현은 그제서야 깨달았다. 자신의 죽음과 언니의 삶이 거래됐다는 것을. 이제 와 그에게 주어진 내일이란 며칠 남짓한 생과 뒤이어 닥칠 절명밖에 없다는 것을.

장정들이 희현을 모현에게서 떼어냈다. 솔개가 거드름을 피우며 이래라저래라 지시했다. 희현의 손가락이 모현의 팔뚝을 훑으며 떨어져 내렸다. 이것이 진정으로 모현 스스로가 원한 미래였을까. 스스로 저승길로 걸어 들어가는 것이? 언니를 대신해 맹수에게 바쳐지는 것이? 모현이 장정들에게 잡혀 끌려갔다. 아이를 받아 안으며 희현이 쉬, 쉬, 소리를 냈다. 미유가 눈물범벅인 낯으로 모현을 응시했다. 그에 반해 단오의 얼굴에 떠올라 있던 것은 의심의 여지 없는 미소였지만.

그것이 그들 자매가 함께 한 마지막 날이었다. 그들의 운명은 더 이상은 같은 별의 은총 아래 있지 않았다.

모현은 귀한 가축처럼 취급받았다. 신부의 우리로 끌려가는 즉시 옷가지가 벗겨져 뜨거운 물을 받은 목욕통에 앉혀졌다. 나이 지긋한 부인들의 도움을 얻어 묵은 때를 씻어낸 뒤에는 두 번 다시 만져볼 일이 없을 거라 여겼던 비단옷이 입혀졌다. 분홍 저고리에 노랑 치마를 입고 빨강 댕기를 드리운 자신의 모습이 모현 스스로가 보기에도 귀한 댁 여식처럼 어여뻐 보였다.

그런 다음에는 채 정신을 차리기도 전에 공들여 차린 밥상을 받아 앉았다. 흰 쌀밥에 나물 반찬은 물론이고 고기며 해산물, 젓갈까지 보기 좋게 올려진 한 상. 식기는 유기, 수저는 반들반들한 광택이 흐르는 은이었다.

군침을 삼키며 젓가락을 만지작거리면서도 모현은 하루 세끼 들여 받은 그 음식들을 마음껏 먹을 수 없었다. 볕도 들지 않는 방에서 배를 곯고 있을 조카들을 떠올리면 수저를 쥔 손에서 힘이 빠지고 입맛이 가셨다.

쌀밥 몇 숟갈을 뜨는 둥 마는 둥 식사를 물리면 다과상이 나왔다. 모현은 식혜니 화채니 하는 것들을 몇 모금 홀짝이다 말고 방바닥에 털썩 누워버리곤 했다. 이건 뭐, 맹수의 구미를 당기게 하기 위해 자신을 오동통하게 살찌울 심사인가 궁금해하며.

감금돼 있던 흙집, 우리는 허물어지기 직전인 데다 외풍이 심해 새벽엔 어금니가 달그락거릴 정도로 추웠다. 모현을 먹이고 씻기고 시중드는 일부 입 무거운 부인들 외에 그곳을 드나들 수 있는 이는 없었다. 신에게 바쳐지기 전까지 제수는 정결한 몸과 마음을 유지해야 했으므로.

예상치 못한 손님이 찾아온 건 이틀이 지난 후였다.

못에는 수련 꽃이 피어 있었다. 지붕 위로 별들이 총총했다. 간밤은 유독 떠들썩했다. 무엇이 그리 원통한지 청개구리들이 다릿돌로 기어 올라와 경망스럽게 울어댔다.

회한은 달갑지 않은 객처럼 한발 늦게 찾아들었다. 후정이 내다보이는 작은 문 하나는 그나마 열어두는 것이 허락됐다. 바람에 나부끼는 댓잎을 구경하며 모현은 자신을 집어 삼켜버릴 불운이란 것의 몰인정함에 대해 생각했다. 좌로, 우로, 다시 좌로, 우로 하염없이 일던 파문.

밖에서 말소리가 들려왔다. 손님이 찾아왔다는 의미일까.

방문이 열어젖혀진다 싶더니 소녀 하나가 낯을 들이밀었다. 빛으로 문간이 노르스름하게 젖어 있었다. 창백한 뺨에 주근깨가 돋은 여자아이. 여민이었다. 모현에게 둘도 없는 벗. 그리운 이를 맞은 모현의 입가에 때에 맞지 않은 미소가 스쳐 지났다.

마루에 걸터앉아 여민이 주안상을 끌어왔다.

"네가 여길 어떻게……."

모현이 문가로 다가갔다. 그러자 여민이 모현의 손을 한 번 세게 쥐었다 놓았다.

"느긋하게 있다 가라던데. 술이며 안주까지 한 상 가득 차려주면서. 너를 만나게 해달라고 내가 하도 졸라대서 그런가."

"마지막 소원을 들어주는 셈 치는 거겠지. 오늘이 마지막 날이니까."

여민이 모현의 시선을 피했다. 모현이 발랄하게 재잘거

렸다.

"잘 왔어. 내가 너를 얼마나 보고 싶어 했는데. 이왕 이렇게 된 바에 간만에 술이나 한잔 받아볼까."

여민이 깔깔거리며 술병을 들었다. 높으신 분에게 그러는 것처럼 격식을 차려 술을 따라주었다. 모현이 술잔을 받으며 농처럼 주절댔다.

"비단옷 입고 하루 세끼 꼬박꼬박 챙겨 먹고. 내 팔자가 폈지 뭐야."

그러곤 한 모금 만에 술을 꿀꺽 삼켜버렸다. 이렇게 맛좋은 소주는 태어나 처음 마셔보았다. 배와 계피, 생강 냄새가 조화를 이룬 산뜻한 향취.

"언니는?"

모현이 여민에게 물었다. 그 질문을 던지기 위해 한 잔을 들이켜버리기라도 한 것처럼. 쓴웃음을 지으면서 여민이 빈 잔에 다시 술을 따랐다.

"이렇다 저렇다 말은 안 해도 싱숭생숭하겠지. 자신이 너를 이 지경으로 몰아넣은 것이나 다름없으니."

모현이 잔 테두리를 만졌다. 술병을 내려놓는가 싶던 여민이 허리께를 더듬어 무엇인가를 풀어냈다.

"그게 말이야, 오늘 너를 찾아온 건 이걸 전해주기 위함이야."

주변의 눈치를 살피며 여민이 사각반 위에 조심스레 올려놓은 것은 장도 한 자루였다. 오동나무 재질의 칼집과 손잡이. 모현은 그 칼의 옛 주인을 알았다. 그 목장도는 어머니가 품에 지니고 다니던 소지품이었고 그들 자매가 잃지 않은 유일한 과거의 물건이기도 했다.

"네 언니가 전해달라고 부탁했어."

모현이 칼집을 더듬어 쥐었다. 여민의 체온에 데워져 있어서인지 나무의 표면이 기분 좋게 따스했다. 여민이 모현을 부둥켜안았다. 여민의 어깨에 뺨을 댄 채로 모현이 말없이 눈물을 억눌렀다.

여민이 돌아간 후, 술 서너 잔이 불러일으킨 취기 탓인지 머리가 어질어질하고 속이 곯았다. 등잔불마저 꺼버린 새벽. 천장을 올려다보고 누워 모현은 가슴팍에 숨긴 칼의 무게를 느꼈다. 한 자 남짓한 칼날, 그것은 모현이 처음 가져보는 날붙이였다. 어린 시절, 아버지의 가르침을 받아 활을 잡은 이후로 오랜만에 다시 들어본 무기. 문득, 활시위를 당기고 싶었다. 들과 산으로 아버지를 따라 달리며 거침없이 활을 쏘던 그 시절로 돌아가고 싶었다.

모현이 눈을 감고 장도를 세게 그러쥐었다. 보드라운 손과 수줍은 미소의 소녀는 이 밤, 명이 다해버렸다.

다음날 모현은 일찍부터 이부자리를 정리했다. 여자들 여럿이 번갈아 들러 식사를 날랐고 가뜩이나 좁은 방에 예복이며 장신구를 늘어놓았다. 나무 욕조에 데운 물을 받아 찔레꽃잎을 띄운 다음 손등의 온도와 가까워지도록 뜨뜻미지근하게 식혀놓기도 했다.

모현은 먹이고 씻기고 단장됐다. 목욕물에 몸을 담그고 나온 뒤에는 속곳들 위에 다홍 겹치마를 입었고 분홍 저고리며 삼회장저고리를 걸친 다음 초록 비단을 아낌없이 써 지은 원삼을 늘어뜨렸다. 여러 번 빗질한 머리에는 기름을 발랐고 분칠한 얼굴에는 연지곤지를 찍었다.

마을에서 손끝이 야물기로 이름난 아낙들이 가장 공을 들인 데는 물론 머리 장식이었다. 족두리를 쓰고 앞댕기와 큰댕기까지 맵시 좋게 드리우고 나서야 모현은 자신을 이리 당기고 저리 당기는 손길들에서 간신히 벗어날 수 있었다.

모현의 옷매무새를 매만져주던 늙은 부인이 불쑥 내뱉었다.

"그 자태가 곱기도 하지."

노리개를 만지작거리며 모현이 면경 속 제 모습을 들여다보았다.

"그러게요. 참 곱네요."

해가 기울어 잔물결이 넘실거리는 서녘 바다에 색색의 황홀한 비늘들이 흩뿌려질 무렵 당산나무 앞마당에서 예식이 치러졌다. 모현은 신랑 없이 혼자 절을 올렸고 아무도 입 댄 바 없는 합환주를 마셨다. 모현의 염려와 달리 희현은 눈물을 보이지 않았다. 지금이라도 늦지 않았으니 저 아이를 제발 풀어달라며 마을 어른들을 붙들고 늘어지지도 않았다.

막내아들을 업은 채로 희현은 생경한 복색의 동생을 뚫어져라 바라보았을 뿐이었다.

혼례는 키득거리는 웃음이나 짓궂은 야유도 없이 시시하게 끝나버렸다. 어스름 속에서 검은 눈망울들이 불안하게 번뜩일 때 당산나무를 돌아 천이가 구경꾼들을 산어귀로 끌고 갔다.

"예식은 끝났으니 길잡이는 들으시오."

조족등을 든 사내들이 비켜서자 그 가운데 서 있던 단오가 모습을 드러냈다. 단오는 담담해 보였다. 두려워하는 기색은 없었다. 그에게는 벌써 네 번째 임무였으니까. 달아오른 뺨이며 동그란 눈, 어려운 셈을 할 때처럼 한쪽으로 기울어진 고개.

단오와 시선이 마주쳤던 그때 모현은 눈치챘어야 했는지 몰랐다. 그의 욕망, 비밀스러운 속내를.

"이 소녀를 산군님께 모시고 가주기를. 부디 그 임무를 완수하고 돌아오소서."

오랏줄을 넘겨받으며 단오가 자신을 향해 빙그레 미소 짓던 순간 예감했어야 했다. 아니, 확신했어야 했다. 이레 전쯤이던가, 희현의 눈을 피해 제 허벅지를 훑던 불순한 손길을 증거로. 그 밤, 산중턱에서 주먹질하며 달려드는 단오에게 반격할 만반의 태세를 갖추고 있었어야 옳았다.

그러나 이를 어찌 모현의 탓이라 할 수 있겠는가. 이후에 일어난 사건들을 모현의 과오로 떠넘기는 것부터가 천지신명을 노하게 할 비겁자들의 구실에 불과하다 할지라도, 희현을 구하기 위해 자리를 박차고 일어나기 직전처럼, 호랑이에게 공격당한 단오를 버려두고 달아났을 때처럼, 모현은 자신을 결박할 올가미를 준비하고 있던 운명보다 반보 늦게 움직였고 그러므로 매번 속수무책으로 고꾸라지는 수밖에 없었다.

그것이 모현이 산길을 달린 이유였다. 도망친 까닭이었다.

모현은 달음질했다.

죽음의 손길을 피해, 살기 위해, 오로지 살아남고자 하는 본능으로.

셋.

모현이 눈을 떴다. 머릿속이 치대다 만 반죽 같았다. 시야가 흐렸다. 이마는 뜨거운데 배는 식어 있는가 하면 혓바닥이 꺼끌꺼끌했다. 팔다리가 뜻대로 움직여주지 않았다.

짚단을 인 서까래며 흙벽, 손때 묻은 궤짝이며 이불 따위의 세간살이들. 눈에 익은 듯 아닌 듯 아리송한 광경. *여기는 어디일까. 어느 댁 누구의 거처일까. 나는 왜 이 방에 누워 있는 거지?*

오른 어깨가 찌뿌드드해 모현이 이맛살을 찡그렸다. 흔적으로만 남은 그 고통의 뿌리는 깊었다. 저고리 안 어깻죽지에 흰 천이 감겨 있었다. 찢어지고 오염된 비단옷은 벗겨지고 물을 적신 수건으로 닦아낸 몸에는 무명으로 지은 치마저고리가 입혀져 있었다.

어깨를 감싼 무명의 천 조각을 확인하는 즉시 달아나버린 기억이 되돌아왔다. 그 밤 괴수들의 싸움과 호랑이의 공격, 가늘게 찢은 설화지 같던 길과 단오의 죽음, 처절했던 사투, 혼례상과 절과 정성을 들인 단장과 뜻밖의 재회까지. 정오경의 우물 안처럼 구석구석 투명하게 들여다보였다.

그때 방문이 열리면서 빛이 쏟아져 들어왔다. 이른 오후의 강렬한 볕이었다. 모현이 팔죽지로 낯을 가렸다. 동그란 낯이 비껴 들어오는 햇살에 밝혀졌다.

"여민아!"

소반을 들어 안으로 들인 여민이 이마에 난 땀을 훔쳤다. 사기그릇들이 상 위에서 저희들끼리 달그락거렸다.

"일어났어? 아침 내내 깨지 않아 애를 태우더니. 다행이야. 이제라도 정신이 들어서."

모현이 어떻게든 일어나 앉으려 했다. 그러다 극심한 어지럼증에 미간을 찌푸리며 다시 몸을 누이고 말았지만. 여민이 만류했다.

"쉬고 있어. 상처가 덧나기라도 하면 어쩌려고."

불편한 어깨를 의식하면서도 모현은 기어코 상체를 일으켰다.

"여기는 어디야? 내가 왜 이 방에 누워 있는 거야?"

"얘는, 아직도 정신이 말짱하지 않은 모양이구나. 관노청이잖아."

주저하는가 싶던 여민이 물었다.

"어떻게 된 일이야?"

일순간에 여민의 표정이 돌변해 있었다. 반가움은 사라지고 홉뜬 눈에는 적대적으로 보일 만큼 강렬한 호기심이 서려 있었다.

여민이 다그치듯 물었다.

"너, 도대체 어떻게 살아 돌아온 거야? 그 칼이 정말 네 목숨을 구한 거니?"

여민의 태도에 모현은 대답을 머뭇거렸다. 아무리 가까운 동무 앞이라 하더라도 간밤 자신을 숨도 못 쉬게 몰아세운 다음 내달아버린 사건들을 어디부터 어떻게 설명하는 게 좋을지 판단하기 어려웠기 때문이었다.

"모르겠어. 헤아릴 수 없이 많은 일이 있었는데, 마치 꿈처럼 아득해."

모현이 말을 더듬었다.

"하지만 난 그저, 살아 돌아오고 싶었어. 그래서 이렇게……."

살아남고자 했던 강렬한 열망, 어쩌면 그것만이 그 밤의 유일한 진실일 터. 여민이 한숨을 쉬며 말해주었다.

"수령님께서 너를 업어오셨어."

"수령님이라고?"

모현이 눈을 끔뻑였다.

"그래, 홍옥 나리."

"호랑이 사냥을 하러 가셨다 변을 당하셨다고 들은 지가 언젠데……."

모현이 당황스럽다는 듯 말끝을 흐렸지만, 여민의 눈동자는 어느새 숭배에 가까운 감정으로 짙어져 있었다.

"나리께서는 다행히도 무탈하셨어. 그 긴 나날 동안 살아남아 마을로 당당하게 걸어 내려오셨어. 어스름 속에서 너를 데리고 고갯길을 넘어오신 거야."

그날 새벽의 광경이 화첩의 한쪽처럼 여민의 뇌리에 펼쳐졌다. 너른 보폭으로 성큼성큼 뜰을 가로질러오던 홍옥의 모습, 충혈된 눈이며 하얗게 질려 있던 입술, 푸르스름하게 돋아 있던 목의 핏대며 까무러쳐 늘어진 소녀를 받쳐 들던 조심스러운 팔의 놀림까지. 의원을 불러오라고 외칠 때 그 음성이 얼마나 절박했는지도.

"나리는 호랑이와 맞닥뜨렸대. 몸집이 집채만큼 크고 아가리 속 이빨 하나하나가 칼 한 자루씩만큼 길고 뾰족한 호랑이였다고 하셔. 새벽 동이 틀 때까지 호랑이와 대적하셨대. 서로 쫓기도 하고 숨기도 하다 동굴에서 호랑이와 몇

날 며칠 동안 대치하셨더래. 결국 호랑이가 제풀에 꺾여 먼저 물러났고, 그땐 주위를 둘러보니 아무도 없었다더라. 그 이후론 계곡물로 목을 축이고 나무열매로 연명하면서 귀신에게 홀린 것처럼 같은 자리를 맴도셨대. 그래도 죽을 수는 없으셨대. 마을로 돌아와야 했으니까. 그 결심이 나리를 살려놓았던 거야. 그러다 어젯밤에 드디어 마을로 이어지는 길을 찾아내신 거지. 그 길을 걸어 내려오다 혼절해 있던 너를 발견하신 거고."

꿈꾸는 듯한 표정으로 재잘거리며 여민은 다시금 홍옥의 모습을 상기했다. 그랬다. 어느 누구도 감히 알아차리지 못했다고 해도 여민만은, 마루 밑으로 숨어든 생쥐 같고 기와 끝에 내려앉은 야금(夜禽) 같은 이 소녀만큼은, 홍옥이 새벽빛 속에서 동헌 앞마당으로 걸어 들어오던 순간 깨달을 수 있었다. 그가 달라졌음을. 호랑이의 가죽을 벗겨오겠다며 겁 없이 부르짖곤 검은산을 오르던 사내는 그 자리에 존재하지 않았다. 홍옥에게서 허욕은 말끔히 씻겨나가고 없었다. 사려 깊은 눈빛으로 좌중을 둘러보는 그의 모습을 바라보며 여민은 자신의 볼이 홍조로 붉어지는 것을 느꼈다.

동시에 여민은 자신의 마음 한구석이 오랜 동무에 대한 질투로 멍들어 있음을 깨달았다. 그는 간절히 소망했다.

누군가 피 흘리며 쓰러진 나를 안아준다면. 나를 등에 업은 채로 숨이 턱에 차도록 산길을 달려 내려와 준다면. 웅숭깊은 눈초리로 내 낯을 들여다봐 준다면. 하잘것없는 이 몸의 안위를 염려해준다면. 그리고 그가 바로 이 사람이었다면.

"기억을 되살려봐. 길잡이와는 무슨 연유로 헤어진 건지. 네 형부는 어디로 가버린 거야? 몸의 상처는 어떻게 생긴 거고. 그건 필시 호랑이에게 공격당한 흔적이겠지? 그 다음은. 달아난 거야? 살기 위해? 말해봐. 무엇이든 좋으니 떠오르는 대로 얘기해봐."

집요하기까지 한 여민의 설득에도 더는 아무런 대화도 나누고 싶지 않다는 듯 모현은 굳게 입을 걸어 잠갔다.

여민의 눈동자가 까닭 모를 노기를 띠었다. 모현은 그 눈길을 피하지 않았다. 이건 내기이리라. 끝까지 시치미를 떼는 쪽이 이기는. 진실을 먼저 시인하는 쪽이 패배해버리고 마는.

그 침묵을 인내하지 못하고 고개를 돌려버린 여민이 입술을 비죽이며 중얼거렸다.

"나도 모르겠다. 네 신변을 두고 어떤 말들이 오갈지."

여민의 눈길이 물그릇에 떨어졌다. 거기에 비친 제 얼굴, 그 표정에 서린 극도의 이기심이 눈을 찔러와 여민은 차라리 시선을 돌려버리고 말았다.

한편 막막한 어둠 속에서 모현은 한 줄기 빛을 찾은 기분이었다. 수령 나리께서 자신을 살려주셨다고. 나를 업고 고갯길을 넘어오셨다고. 알량한 이 생을 구해주셨다고.

모현과 여민이 저마다 다른 상념에 잠겨 있을 때 문밖에서 기침 소리가 들려왔다. 여민이 엉덩이를 들었다.

"누구요?"

"나일세. 홍옥 나리의 명을 받고 왔네."

미리 약조돼 있던 방문이었는지 여민이 더는 묻지 않고 일어나 문을 열어주었다.

"들어오시지요."

짚신을 벗느라 애를 먹던 그 사내는 김 의원이었다. 올해로 예순 줄에 접어든 그는 아랫마을에서 유일무이한 의원으로 통하는 자였다. 그 전력을 되짚어 올라가자면 잡과에 급제하기는커녕 글월 한 줄 읽을 줄 모르는 까막눈이 나오겠지만. 오늘날의 자신처럼 과거 마을에서 의원으로 일컬어지던 노인에게 어깨너머로 배우고 익힌 것치고 김 의원의 처방은 상당히 용했고 그에게 침을 맞거나 받아간 약초를 달여 먹은 이후로 숙환이 씻은 듯 나았다는 병자들이 늘어가자 아무도 그 호칭에 반박할 마음을 품지 못했다.

"깨어났나. 나리께서 자네 걱정을 많이 하시더군."

소반을 치워 여민이 김 의원에게 앉을 자리를 내어주었다. 머리가 백발에 가까운 그는 점잖은 사내였다. 모현 역시 김 의원을 잘 알았다. 막내 조카가 잦은 배앓이에 시달린 탓에 언니를 대신해 수차례 약방을 오간 경험이 있어서였다.

세간의 통념에도 불구하고 김 의원은 여자 둘과 닫힌 방 안에 들어앉아 있으면서도 거리낌이 없었다. 그런 무심함이 그를 믿을만한 의원으로 더욱 존경받게 만들었을 것이었다.

"상처는 일찌감치 확인했네만 다시 좀 보세. 제법 치명적인 열상이라 약초 몇 가지를 쓰고 깨끗한 천을 두르게끔 조치해두었네만, 잘 아물지 한번 봐야겠네."

무던한 표정과 달리 그 순간 김 의원의 내심은 온갖 잡념들로 번잡스러웠다. *맙소사, 산군님의 신부가 살아 돌아오다니. 마을에 일대 풍파가 일겠군.*

모현이 고개를 끄덕였다. 모현이 저고리를 벗고 다친 팔을 빼낼 수 있도록 여민이 곁에서 도와주었다. 피가 굳은 천을 들치던 김 의원이 놀란 듯 혀를 찼다.

"어허, 기이한 일이로세."

"그게 무슨 소리요?"

여민이 김 의원의 혼잣말을 잘라먹었다. 그가 잠시만 기다려달라는 듯 손을 들어 보였다. 자신부터 생각을 가다듬을 여유가 필요해서였을까.

"이보게, 한 가지만 묻고자 하니 숨김없이 대답해주게."

"네."

김 의원의 말에 모현이 순순히 약조했다.

"이 상처는 어떻게 입게 된 건가."

"네?"

모현이 마른침을 삼켰다. 그러다 여민을 한번 흘낏 넘겨보고는 기어들어가는 목소리로 말했다.

"호랑이가 물어 생긴 잇자국입니다."

모현의 대답이 떨어지기 무섭게 여민이 실소하며 떠들었다.

"세상에, 정말 만난 거야? 그렇다면 길잡이는? 맙소사."

김 의원이 이어 물었다.

"답해보게. 이게 대체 무슨 일인가?"

김 의원이 천을 내리자, 빻아 얹은 약초며 피딱지 아래로 보드라운 새살이 돋아 있는 것이 보였다.

"귀신이 곡할 노릇일세. 자네가 입은 상처는 다 어디에 갔단 말인가?"

모현이 자신의 어깨를 더듬대더니 당황한 듯 대답을 짜

냈다.

"호랑이의 공격은 한 번뿐이었어요. 그 후에는 옆에 엎드려 혓바닥으로 상처를 핥아주었어요. 제 명을 끊어버릴 기회가 있었음에도. 그건 전혀 자신이 바라는 바가 아니라는 것처럼…… 아니, 모르겠어요."

모현이 간신히 한 마디를 보탰다.

"어제 하루 동안 벌어진 사건들이 제게는 헝클어진 실뭉치 같을 뿐이에요."

"기이한 일이지. 참으로 기이한 일이야."

김 의원이 도무지 믿기지 않는다는 듯 중얼거렸다.

"상처 부위는 닦아내도 괜찮네. 나리께는 내가 직접 말씀 올리도록 하겠네."

의원의 승낙 하에 여민이 모현의 어깨에 감겨 있던 천을 완전히 풀어 헤쳐버렸다. 굵은 바늘로 기운 자국 같은 흉. 김 의원의 설명대로 그것은 붙은 지 오래된 흉터 같았다. 간밤의 상처라고는 믿을 수 없었다.

김 의원이 자리를 뜰 채비를 했다.

"마음 놓게. 흉 진 자국만큼은 말끔하게 없어지지 않겠지만. 그런 흔적은 쉽게 지워지지 않는 법이니까. 안 그래도 우절이며 약재 몇 종류를 가지고 왔다네. 탕약은 당분간 잘 달여 먹는 게 좋겠어. 나리께도 당부드리겠네."

"감사합니다, 의원님."

모현이 쉰 음성으로 대답했다.

"내게 감사할 이유가 뭐 있겠나. 그런 인사라면 홍옥 나리께 올려야 할 걸세. 자네를 데리고 그 먼 길을 걸어오셨으니."

짚신을 신고 초립을 매만지며 김 의원이 뒤숭숭한 심정을 다스렸다. 권세가 하늘을 찌를 지경인 무당과 살아 돌아온 수령, 두 권력 간의 대립과 불화를 헤아리는 그의 속셈이 복잡하기 이를 데 없었다. 저 소녀의 처분을 두고 벌어질 설왕설래가 마을에 어떤 소용돌이를 일으킬지 그로서는 도무지 짐작하기 어려웠다.

홍옥 나리를 뵌 뒤에는 곧장 무당을 찾아가야 했다. 자신의 신변 안전을 도모하기 위해서라도 무당을 만나 이 일에 대해 귀띔하는 것은 불가피한 일일 터. 나리께는 뭐라고 고해야 할까. 천이에게는 어디까지 발설하는 것이 옳을까. 어떤 태도를 취하는 것이 두 권력 사이에서 줄타기하며 살아남는 데 유리할까. 장기판 앞에서 다음 수를 고민할 때처럼 눈을 내리뜬 채로 김 의원이 번뇌 속에서 걸음을 떼어갔다.

처마 끝에 매달린 풍경이 흔들렸다. 쇠죽 냄새와 방울

소리. 무사태평한 오후. 소반을 사이에 두고 두 소녀는 말이 없었다.

"식사는 알아서 챙겨 먹도록 해."

여민이 마치 아무 일도 없었다는 듯 무릎을 펴고 일어섰다.

"용건이 있으면 문간에서 사람을 불러. 누군가는 반드시 응답할 거야."

문이 닫히고 모현은 홀로 남겨졌다. 처마 밑에서 제비 새끼들이 명랑하게 지저귀었다. 모현이 요에 몸을 뉘었다. 이곳은 울타리 안이었다. 집. 어엿한 보금자리였다. 한밤의 숲이 아니었다.

사람들이 사는 세상으로 모현은 살아 돌아왔다.

소반을 들고 여민은 그 방을 두어 차례 더 들락거렸다. 미음 몇 술을 뜨다 말고 모현은 숟가락을 내려놓았다. 식욕은 일지 않았다. 그럼에도 약재를 우려낸 들큼한 물만은 어떻게든 비워내는 수밖에 없었지만. 베개를 베고 누운 모현의 시선이 여민이 열어두고 간 창문에 붙박였다. 그 밖에서 흘러들어오던 소리며 냄새며 온기.

고즈넉했다. 당장은 어떤 걱정거리에도 마음을 내어주고 싶지 않았다. 하루 만에 모현은 백 살은 먹어버린 기분이 들었다. 자신이 정말 살아 돌아온 걸까? 이곳이 혹여 저승은 아닌 걸까? 눈앞에 엄연하게 펼쳐진 이 광경부터 도무지 사실이라고 믿기 어려웠다. 그때 먼지 쌓인 창틀에 무엇인가 날아와 부닥치는가 싶더니 사선으로 툭 비껴 떨어졌다. 짚 베개를 밀어내고 모현이 창가로 움직여갔다.

연약한 울음 소리가 들렸다.

새였다. 쇠박새. 두건을 뒤집어쓰기라도 한 것처럼 머리꼭지에는 검은 털이 돋아 있었고 부리는 잿빛이었다. 피를 흘리고 있지는 않았다. 날개며 다리에도 큰 부상은 입지 않은 듯싶었다.

짝을 쫓아 비행하다 홀로 뒤처진 걸까. 햇살에 눈이 부셔 길을 잘못 드는 실수를 범한 걸까. 둥그스름한 몸뚱이에 날갯죽지를 붙인 채로 새는 웅크리고 있었다. 방바닥으로 곤두박질하며 받은 충격 때문이었을까. 그러나 먹을 듬뿍 묵혀 찍은 점처럼 새까만 눈동자는 생기를 머금고 반짝이고 있었다.

모현이 새를 감싸 쥐었다. 새는 옴짝달싹하지 않았다. 오그린 손 안에서 작은 몸통이, 그보다 더 작은 심장이 쿵쿵 울려대는 것이 느껴졌다. 감동적이었다. 사랑스러웠다. 살아 있는 새를 만져본 것이 언제던가?

나는 방법을 잊어버리기라도 한 것처럼 눈만 깜빡이고 있던 쇠박새를 모현이 쓰다듬어주었다. 깃털의 결이 손바닥을 훑었다. 창가로 걸어간 모현이 새를 받치고 있던 손을 높이 쳐들었다.

"가. 겁먹지 말고."

모현이 북돋워 주었다.

"실수로라도 이런 곳으로는 날아들지 마."

모현의 청을 알아듣기라도 한 것처럼 새가 푸드덕거리며 날갯짓했다.

"날아가. 조롱 속에서 길든 새들일랑 조금도 부러워 말고. 가, 어서."

날개를 펼쳐 새가 창밖으로 박차고 올랐다. 모현이 요 위에 털썩 주저앉았다. 쇠박새가 떠나고 비어버린 손바닥에는 새 모양의 온기가 묻어 있을 뿐이었다. 창문 너머 네모난 하늘을 올려다보며 모현은 그려보았다. 자신이 날려 보낸 새가 어느 숲으로 떠나버렸을지. 앙증맞은 날개를 움직여 얼마나 높은 창공을 비상하고 있을지. 문득 오래전 어느 날이 떠올랐다. 언젠가 지금과 비슷한 일이 벌어진 적이 있었다. 어디서 맞아왔는지 몸을 관통한 화살에 괴로운 듯 꿈틀거리던 짐승. 그렇게나 큰 구렁이는 맞닥뜨린 적이 없음에도, 겁도 없이 다가갔던 그때…….

문밖에서 후려갈기는 듯한 말소리가 들려와 모현은 퍼뜩 정신을 차리고 일어나 섰다.

"신부가 살아 돌아왔다는 소식을 듣고 왔다."

새된 그 목소리의 주인을 모현은 금세 알아보았다. 천이, 무당 천이였다.

"안내해라. 그 아이에게 물어야 할 말이 있다."

문간에 붙어 서서 모현이 귀를 곤두세웠다. 천이가 대동하고 온 사내들이 관노청을 들쑤시고 다니는 모양이었다. 만류하고 꾸짖고 맞받아치는 음성들.

그때 외마디 비명이 터져 나오는가 싶더니 협박하는 말투로 천이가 뇌까렸다.

"듣자 하니 네년이 가장 친한 동무라고."

모현이 신음했다. 여민이 끌려 나와 추궁을 당하고 있는 걸까. 울먹이는 여민의 목소리가 들려오는 데 이어, 곧 천이의 노성이 쩌렁쩌렁 울렸다.

"이년이! 당장 앞장서라, 그 아이를 봐야겠다!"

"참말입니다. 나리의 분부 없이는 아무도 만나선 안 됩니다."

"어허, 이년이 그래도!"

동무에게 닥친 위험을 흘려넘기지 못하고 모현은 엉겁결에 방문을 열고 말았다. 천이가 고개를 들었다. 키가 늘씬하니 큰 그 여자는 모현과 시선이 마주치기 무섭게 눈을 접으며 싱긋 웃어 보였다. 곰살가운 그 표정이 모현에게는 그저 오싹할 따름이었다.

"이리 가까운 곳에 있었구나."

겁에 질린 소녀의 낯을 쏘아보며 천이는 생각했다. *김 의원을 미리 구워 삶아놓아 다행이야. 제 발로 나를 찾아 저 아이의 신변에 대해 알려오다니.*

코웃음 치는가 싶던 천이가 다시금 모현을 몰아세웠다.

"어리석은 소녀야. 마을에는 어찌 돌아온 것이냐. 길잡이는 어쩌고? 설마하니 제 한 목숨을 부지하고자 네 손으로 그치를 살해하고 만 것은 아니겠지."

"아닙니다."

모현의 대답에도 아랑곳없이 솔개며 청년들이 그의 주위를 에워쌌다. 식은땀이 흐르고 다리가 풀려 모현이 기둥에 비스듬하게 몸을 기댔다.

"손까지 묶여 있는 처지에 해를 입었을지언정 제가 무슨 수로 그를 공격할 수 있었겠습니까."

모현이 답했다. 아무래도 상관없다는 듯 천이가 손사래를 쳤다.

"흥, 네가 무슨 얕은수를 썼을지 또 누가 안단 말이냐."

천이가 수하들에게 손짓했다.

"저 아이를 붙들어라. 산군님께 다시 데려가야겠다."

"가지 않겠습니다."

모현이 목청을 돋우었다. 그래봤자 그 외침은 천이의 꾸짖음에 비하면 어린아이 울음처럼 가냘프게 들렸지만. 천이가 수하들을 돌아보며 소리를 높였다.

"당장 데려와!"

솔개가 달려들어 모현을 마루에서 끌어 내렸다.

"이러지 마십시오. 저는 가지 않을 것입니다."

모현이 기둥을 붙잡고 앙버텼다. 사내종 두엇이 솔개를 만류하자 하지와 나머지 무리가 격분하며 이에 항의했다. 우르르 몰려든 일꾼이며 사내들이 모현을 중심으로 밀고 당기기를 거듭하고 있을 때 날 선 호통 소리가 좌중을 갈라놓았다.

"물렀거라. 수령님이 납시었다."

문밖에서부터 고함을 질러 사람들을 흩뜨려놓은 자는 비장이었다. 어수선한 자리를 정리할 여유도 없이 건장한 사내 셋이 뜰을 질러왔다. 그중 한가운데 선 사내가 홍옥, 멀리서 보기에도 단연 지체 높아 보이던 그는 흉배를 달지 않은 흑색 단령을 차려입고 있었다.

천이가 급히 쪽 찐 머리를 매만졌다. *수령이 나타나다니 일이 오히려 수월하게 풀리겠군.* 홍옥이 자신을 어떤 눈빛으로 바라보았는지 천이는 기억하고 있었다. 그러나 천이의 기대와 달리 부채 쥔 손을 허리 뒤에 댄 채로 홍옥은 그를 지나쳐 무심하게 눈을 돌렸을 뿐이었다. 천이는 당황하다 못해 그 자리에 우뚝 멈춰 서버렸다. 홍옥의 눈동자가 이전과 달라져 있었다. 그 안에 혼탁하게 고여 있던 욕망의 찌꺼기 같은 건 찾아볼 수 없었다. *이게 어찌 된 일이지?*

홍옥의 시선은 마루 끝에 주저앉아 더듬더듬 손을 모으는 모현에게 붙박여 있었다. 모현 역시 홍옥의 눈길을 알아채고는 급히 고개를 숙였다. 가까이서 올려다본 수령의 모습이 상상했던 바와 같으면서 전혀 같지 않은 듯했다. 갓 아래로 드러난 낯은 맑았고 눈썹은 가지런하고 정갈했다. *저분이 나를 업고 산에서 내려오셨다고? 의원을 불러 다친 나를 치료토록 하신 것도 저분이고. 저분, 높으신 수령나리께서 이 몸을 살려주시다니.*

비장이 눈을 부라리며 엎드려 예를 표하지 않는 군중들을 위협했다. 산란한 마음을 정리할 새도 없이 천이가 얼른 부복했다.

"그대는 천이가 아닌가. 예서 뭘 하는 겐가. 종들의 거처라고는 하나 이곳 역시 엄연한 관청인바. 이런 장소에서 소란을 일으키는 것이 무엇을 의미하는지 자네도 모르지는 않을 텐데."

천이의 시야를 잘라내듯 홍옥이 모현 앞에 등을 돌리고 섰다. 말하는 자의 성정을 보여주는 듯한 담박한 어투. 거기에는 에둘러 꾸짖는 의도가 서려 있었다.

저자가 정녕 홍옥, 그자가 맞단 말인가. 사람이 이리도 바뀌다니. 기이할 지경이야. 불안감을 감추려는 듯 억지웃음을 띠며 천이가 공손한 자세로 말씀을 올렸다.

"홍옥 나리, 이토록 당당한 모습으로 돌아와주시다니요. 나리의 무사 귀환을 제가 얼마나 빌었는지 모릅니다. 이렇게 다시 뵙게 되다니 이 기쁨을 어찌 말로 표현할 수 있겠습니까."

"말은 고맙네만 다른 사람도 아니고 자네가 내 무사 귀환을 빌었다니 도무지 믿을 수가 없군그래."

홍옥이 비소했다. 그 언중에 깃든 원한을 꿰뚫어 본 천이가 더는 너스레를 떨지 못하고 흙바닥에 닿도록 머리를 수그렸다.

"나리께서 어떤 오해를 품고 계신다 해도 상관없습니다. 지금에 있어 중차대한 것은 이 마을의 안전뿐이니까요."

그 사설을 어디 한번 풀어보라는 듯 홍옥이 고개를 까딱였다. 애끓는 말투로 천이가 홍옥에게 호소했다.

"나리께서 하필이면 산군님의 신부를 데려오셨다는 소식을 들었을 때, 저는 그것이 기막힌 우연이라고 생각했습니다. 그 아이를 곧 산으로 되돌려 보낼 거라고 믿어 의심치 않았고요. 허나 보십시오. 저 소녀가 관노청에 버젓이

기거하고 있는 것을요. 그럼요, 나리. 원하신다면 제게 얼마든지 벌을 내리십시오. 저년을 옥에 가두고 물 한 그릇 내어주지 말라 명하십시오. 분이 풀릴 때까지 칼을 채우고 감금해두십시오. 저는 나라님의 안전에서 분란을 일으키는 죄를 범하고 말았으니까요. 그러나 알아주셔야 합니다. 그 죄과의 목적이란 마을을, 사람들을 지켜내기 위함이었다는 것을요. 대답해주십시오. 그렇다면 나리께서는 뭐라고 답하시겠습니까. 저 아이를 이곳에 숨겨놓은 곡절이 무엇입니까. 그 대가는 어떻게 치르시겠습니까."

"자네가 걱정하는 바가 무엇인지는 알겠네."

홍옥이 쥐고 있던 합죽선을 펼쳤다. 대나무 살에 비단을 발라 만든 부채였다. 광채가 흐르는 흰 천에는 푸른 비늘을 뽐내는 용 한 마리가 그려져 있었다.

"저 소녀의 어깨에는 상처가 있네. 의원에게 귀띔받은 바에 의하면 호랑이에게 물렸다는군. 그것으로 충분하지 않은가. 저 아이가 어떤 사투를 벌이며 맹수에게서 벗어났는지 눈앞에 그려지지 않는가 말이야. 저 아이는 더는 호랑이의 신부가 아니야. 살아 돌아온 소녀지. 우리에게 힘을 실어줄 존재 말일세. 호랑이에 맞서 싸운 이 몸처럼. 그렇게 믿어주게."

"허나 나리!"

"들어라. 저 아이는 오늘부터 이곳 관노청에 머물 것이다. 다른 일꾼들과 차등을 두지 않고 공평하게 대하라."

"안 됩니다. 저 아이를 나리의 보호 아래 두겠다 선언하시다니요. 그건 곧 산군님의 신부를 내어주지 않겠다는 말씀 아닙니까."

천이가 거듭 목소리를 벼렸다. 홍옥이 대꾸했다.

"그렇네."

"나리! 산군님의 노여움을 이리 허투루 여기시다니요."

"내게는 백성들을 살피고 보살필 의무가 있어. 저 아이는 자신의 책무를 다했다. 다만 그것이 실패로 끝나고 말았을 뿐."

천이가 집요하게 외쳐댔다.

"후회하실 겁니다. 불운해지실 겁니다. 말로는 못다 할 고초를 겪게 되실 겁니다."

"네 이년!"

"마을에는 일대 파란이 일 겁니다. 아무리 지엄하신 양반 나리라 할지라도 하늘이 내리는 벌을 피할 수는 없을 것이요."

"그 입을 닥치지 못할까!"

홍옥이 진노했다.

"여봐라, 당장 이 오만방자한 년을 끌어내라!"

그 태도의 가차 없음에 소스라치며 부복해 있던 이들 모두가 목을 움츠렸다. 누구든 이 이상 주둥이를 놀렸다가는 수령의 좌우에 도열해 있는 사내들에게 흠씬 매질을 당하고 쫓겨나게 되리라. 모현을 가리키며 홍옥이 좌중을 향해 소리쳤다.

"저 아이를 함부로 대하는 자, 나를 모욕하는 것과 같음을 명심하라."

홍옥이 저리 나오는 한 더는 이곳에 버티고 있을 명분이 없었다. 상황이 녹록지 않음을 깨달은 천이가 무릎걸음으로 물러나자 솔개며 수하들도 따라 움직였다. 기다시피 하던 그들은 사립문 근처에 다다라 슬그머니 몸을 일으키더니 길 저편으로 달아나버렸다.

오늘의 재회가 이렇게 마무리되고 말았을지언정 모현은 천이가 포기하지 않으리라는 것을 알았다. 자신의 어깨에 남겨진 흉이 희미해지기는 해도 지워지지 않을 것처럼. 어떤 불행은 그 명이 다할 때까지 제 잇자국을 표식으로 새긴 제물을 고집스럽게 따라다닐 것이므로.

이명이 귓속을 울렸다. 의식을 놓지 않으려 안간힘을 쓰면서 모현이 나무 기둥을 붙들었다. 그러다 시선을 들었을 때 거기에 그가 서 있었다. 수령 홍옥. 모현의 눈에 그 사내가 까마득하게 높아 보였다. 놀랍도록 커 보였다. 자목련처럼. 그 끝 높은 곳을 흐르는 높쌘구름처럼. 파르라니 펼쳐진 창공처럼.

홍옥은 거대한 사내였다. 그에 비하면 모현은 모난 데 하나 없이 동글납작한 잔돌에 불과할 뿐이었다. 아직까지는.

넷.

창문 하나 나 있지 않은 귀틀집. 아귀가 어긋난 나무 틈으로 바람이 새어 들어와 동그랗게 피어난 호롱불을 흔들었다. 빛무리가 바람결에 너울거리자 한쪽 벽면을 가득 채우다시피 한 그림 속 신이며 요괴들이 덩달아 낯을 일그러뜨렸다. 그 앞 제단에는 시들어 빠진 들꽃과 곡물 한 줌, 술잔과 엽전, 어느 짐승의 것인지 모를 이빨과 뼈 같은 것들이 어지럽게 흩어져 있었다.

신당이었다. 천이가 제 몸에 받아 안은 신, 장군님을 기리며 봉헌한 집. 심지 불이 돋워 올린 광휘가 천이의 아름다움에 괴괴함을 더했다. 무아지경 속에서 한참 주문을 외고 있던 천이가 제단 앞에서 물러났다. 솔개가 기죽은 모양으로 움찔거렸다.

"일을 이 지경으로 망가뜨려 놓고, 뻔뻔한 놈."

향 하나를 집어 불을 붙인 천이가 혀를 끌끌 찼다.

"마지막까지 신중에 신중을 기해야 한다고 수차례 당부했거늘. 옷 한 조각 신 한 짝 찾아오지 못했으면서 그자가 죽었음이 틀림없다고 큰소리를 치더니. 오늘의 치욕을 어찌 잊을 수 있겠나. 네 놈도 확인하지 않았나. 수령이 멀쩡하게 살아 돌아왔다는 것을."

"그게, 어떻게 된 영문인지 저로서도 짐작이 가지 않습니다."

의기소침한 와중에도 솔개는 어떻게든 자신을 변호하려 애썼다. 호랑이를 잡으러 간다는 홍옥을 이번 기회에 처리하기로 한 건 천이의 계책이었다. 수령의 길잡이를 하던 단오가 홍옥을 낭떠러지로 밀어 떨어뜨려 죽이고선, 호랑이 사냥에 나섰던 다른 사내들에겐 호랑이가 나타나 수령을 잡아갔다고 떠들어댔다. 천이의 계략대로 고을의 모든 사람들이 수령의 부재와 호환의 두려움에 의지할 곳을 찾아 나섰다. 그리고 그 자리엔 천이가 들어 앉았다.

"천이 님께서 알려주신 장소를 찾아갔을 때 그자는 분명 피를 흘리며 숨져 있었습니다. 머리통이 깨져 터져 있는 것을 멀리서도 알아볼 수 있었으니까요. 다만 당장에 암벽을 타고 내려가기에는 날이 지나치게 어두워서. 동이 터 다시 그 자리를 더듬어갔을 때는 바윗돌에 핏자국만이 남아 있을 뿐이었습니다. 그러니 제 입장에서는 배를 곯은 산짐승이 물어갔겠거니 짐작하는 수밖에 없지 않았겠습니까."

"못난 놈, 이런 상황에서도 변명이라니."

천이가 눈을 부라렸다. 솔개의 태도가 눈에 띄게 움츠러들었다.

"그 큰 인간 사내를 끌고 갈 짐승이 저 산 어디에 있다고."

"호랑이가 아니겠습니까?"

"호랑이라니, 저 천치가! 하, 내가 저런 놈을 수족이라고 거느리고 있다니."

천이가 역정을 부리자 솔개가 머리를 조아리며 사정했다.

"노여움을 푸십시오. 그저 이 모자란 놈의 잘못입니다. 그러니 저를 내치지 말아주십시오. 천이 님, 부디 이 놈을 용서해 주십시오."

짜증 섞인 손사랫짓을 해 보인 천이가 성난 표정을 지워 내며 중얼거렸다.

"그래. 어떤 면에서는 네놈의 말이 아예 틀렸다고 볼 수 없겠지."

호롱불을 지그시 바라보며 천이가 생각을 가다듬는 듯

잠시 말을 끊었다.

"따지고 보면 이치에 맞지 않는 구석이 한둘이 아니야. 그자는 예전과 달리 이상할 만큼 요지부동이었어. 강렬하고 대담했지. 무엇보다 캄캄했어. 그 속을 도무지 읽어낼 수 없을 정도로. 게다가 말이지. 그 눈빛이 완전히 달랐거든. 망측한 소문을 몰고 다니던 망나니 수령 나리께서."

"그건 아마도 숲에서 수하도 없이 갖은 고생을 하다 돌아와서가 아닐까요."

천이가 치뜬 눈을 솔개에게 돌렸다. 아둔한 사내가 아둔한 대답을 지껄여대자 천이가 재미있다는 듯 깔깔거렸다.

"네놈 같은 둔치들이야 그렇게 생각하겠지."

솔개가 면구스럽다는 듯 입맛을 다셨다.

"그건 그렇고 단오 놈은 명줄이 끊어진 건가? 그렇지 않고서야 그 아이를 제 손으로 돌려보냈을 리 없으니. 지금에야 하는 말이지만 하필이면 제 아내를 제수로 뽑아달라 청해왔을 때 무슨 속셈인가 싶더군. 내 비밀을 틀어쥐기라도 한 것처럼 당당히 자기 요구를 해올 땐, 이놈을 어찌 처리해야 하나 싶었는데 말이야. 차라리 잘된 일이야. 이 모든 게 장군님의 은덕이지."

호롱불로 다시 시선을 던진 천이가 턱밑을 어루만지며 얘기를 계속했다.

"그러나 이해가 안 가. 그 작은 계집이 포박을 풀고 단오에게서 벗어났다? 게다가 어깨에 나 있었다는 상처는 또 무엇이고. 호랑이에게 공격받았다는 허튼소리로 둘러대질 않나. 그뿐인가, 스무 날도 넘는 동안 수령은 산속에서 무슨 수로 살아남았고……"

솔개가 천이의 눈치를 살폈다. 천이가 수하의 이름을 불렀다.

"솔개야."

"네, 천이 님."

"내가 네놈을 믿어도 되겠느냐."

"그럼요. 물론입지요."

풀 죽어 있던 솔개의 얼굴에 화색이 돌았다.

"천이 님을 위해서라면 어떤 명령이든 따를 수 있고말고요. 원하신다면 이 알량한 목숨까지 바칠 수 있습니다만."

천이가 소매를 걷으며 팔을 뻗는가 싶더니 솔개가 입은 저고리의 앞섶을 건드렸다. 펼친 손바닥 아래서 사내의 심장이 한층 빠르게 뜀박질했다.

"수령의 일거수일투족을 쫓아라, 그리하여 그자의 사소한 말이며 행동까지 빠짐없이 보고해. 골짜기며 산길에 남아 있을지 모를 흔적들 또한 샅샅이 조사하도록 하고."

솔개가 고개를 끄덕였다.

"아무래도 예감이 썩 좋지 않아. 장군님의 현현을 이루는 데 문제가 생길까 걱정되는구나. 같잖은 양반 나리의 방해로 기회를 날려 장군님의 분노를 살 수야 없지 않느냐?"

"네, 천이 님."

"자네가 나를 위해 물심양면으로 애써주고 있다는 걸 모르고 있지는 않아. 이보게, 우리가 꾀하고 있는 이 모든 계획이 제대로 마무리되고 나면 말이지."

야릇한 미소를 띠며 천이가 솔개의 가슴팍을 밀어냈다.

"자네가 품고 있는 소망 하나를 이뤄주도록 하지."

"소망이라고요?"

"그래. 자네가 진정으로 원하는 것. 마음 깊숙한 아래에 감추고 있는 것. 내 그것을 자네에게 주고 싶네. 그리하려면 내 안에 품은 영혼들과 함께 내가 직접 검은산 꼭대기에 다다라야 하네. 저 산의 정상에서 장군님을 위한 넋을 하늘로 올려보내야 해. 그리하면 그분께서 이전의 육신을 되찾을 거야. 마침내 이 땅에 현신하게 될 거야."

내가 진정으로 원하는 것이라니, 입에 담지 못할 욕망이라도 더듬는 것처럼 솔개가 환희에 찬 표정으로 관자놀이를 불끈거렸다. 사내들이란 어쩌면 이리도 아둔한지. 그런 그를 넘겨보며 천이가 다문 입가를 씰룩였다.

"손님이 오셨습니다."

밖에서 젊은 남자의 말소리가 들렸다. 열린 문틈으로 모습을 드러낸 이는 하지였다.

"희현이라고, 그 모현이란 계집의 언니입니다."

"안으로 들라 이르게."

천이가 눈짓하자 솔개가 문 쪽으로 걸어갔다. 예기치 않은 맞닥뜨림에 솔개와 희현은 서로를 살피며 지나쳐갔다. 문이 닫히고 신당 안에는 천이와 희현 둘만이 남았다. 향냄새가 자욱한 가운데 천이가 희현을 향해 팔을 들어 보였다.

"잘 왔네. 여기는 처음 와보는 것이겠구나."

"네, 천이 님, 그간 안녕하셨습니까."

천이의 인사에 용기를 얻은 희현이 내처 말을 이었다.

"먼저 그날 관용을 베풀어주신 데 대해 감사드리고 싶습니다. 천이 님의 명을 거스르려는 의도가 있었던 건 아닙니다. 저희 마을을 호식(虎食)에서 건져내기 위해 애쓰시는 분께 제가 어찌 악심을 품을 수 있겠습니까. 저는 물론이고 마을 모두의 안전이 천이 님의 손에 달려 있는걸요."

천이가 손을 저어 보였다.

"듣는 사람을 민망하게 만드는 공치사는 치워두세. 옳지, 자네 동생, 모현이 돌아왔다는 소식은 들었는가."

“아무렴요. 듣다마다요. 수령님께서 그 아이를 업고 고갯길을 넘어오셨다고요. 천만다행이지 않겠습니까. 이 한 몸 살자고 피붙이에게 못 할 짓을 저지른 것 같아 그동안 스스로를 얼마나 책망하고 있었는지 모릅니다.”

머리를 주억거리는가 싶던 천이가 은밀히 목소리를 낮추었다.

“자네 지아비는? 어디에서 무엇을 하고 있는지 알고 있는가.”

“동생과 더불어 그이도 관노청에 머무르고 있는 게 아니었습니까?”

“아니네.”

천이가 잘라 말했다.

“단오는 거기에 없었어.”

“없었다니요.”

“죽었네.”

“네?”

“길잡이는 죽었어.”

희현이 믿을 수 없다는 표정으로 되물었다.

“그이가, 죽었다고요?”

“그렇다네. 내 심증이네만, 그 아이가 한 짓이 아닌가 싶네.”

그토록 충격적인 폭로 앞에서 희현은 차마 입을 열지 못했다.

“범님의 신부로 올라간 아이야. 어떻게 살아왔겠나? 자신의 형부를 미끼로 던져주고 혼자 제 살길 찾겠다고 도망쳐온 게 아니겠는가.”

“아닙니다. 제 동생이 그런 짓을 했을 리 없습니다.”

도리질하는 희현에게 천이가 넌지시 물었다.

“그렇다면 희현, 자네는 어떤가. 자네는 동생을 죽여 자신을 살리려 하지 않았는가.”

희현이 발끈했다.

“그건 전혀 다른 일이지 않습니까. 제 자신이 아니라 식구들, 어미의 보살핌 없이는 살아남을 수 없는 아이들을 위함이었으니까요. 슬퍼할 아이들을 두고 떠날 수 없어서…… 이럴 수가, 믿을 수 없습니다. 그이가 죽다니, 남겨진 우리 아이들과 저는 어찌합니까.”

희현이 말끝을 흐리며 눈물을 보이자, ‘옳거니’ 천이는 웃으며 박수라도 치고 싶은 심정이었다.

“이게 다 그 아이 때문이야. 인간이란 자기 손톱 밑의 가시를 가장 아프게 여기는 법이니까. 이기적인 존재들이지.”

희현의 흐느낌이 그치기를 기다려 천이가 슬며시 덧붙였다.

"허나 내가 자네를 불러들인 용건은 그것이 아니야."

희현이 젖은 눈을 들었다.

"이 사건으로 말미암아 자네와 식구들, 그리고 이 마을에 산군님의 재액이 닥칠 것을 생각하니 밤잠을 못 이룰 지경이네."

"재액이라니요? 지아비도 떠나보낸 마당에 제가 또 무슨 벌을 받아야겠습니까."

천이가 꾸짖다시피 목청을 높였다.

"물론이지. 범님의 신부가 살아 돌아왔는데, 무사하길 바라는가. 더 크고 무거운 형벌이 자네와 우리 모두를 기다리고 있을 것이야. 귀한 목숨들이 거두어지겠지. 우선은 자네의 자식, 특히 막내가 잔병치레가 많다지? 그 아이에게 재액이 닥칠 것이야!"

천이의 마지막 말이 비수로 변해 희현의 가슴팍으로 날아들었다.

"그 시작에 자네가 있었지. 스스로를 구하려고 한 욕심이 이 사달을 불러일으켰음을 자네는 반드시 기억해야 할 것이다!"

희현의 입에서 절망의 신음이 새어 나왔다. 그 곡절이 무엇인지, 남편의 죽음인지, 자신에 대한 동정인지, 그도 아니면 앞으로 감당해야 할 비참 때문인지 미처 터득할 겨를도 없이.

희현은 깨달았다. 하나의 죄를 범한다는 건 파멸의 구렁텅이에 빠지기 직전인 자신을 구해낸다는 의미가 아니라는 것을. 스스로를 더 큰 죄악 속으로 밀어 떨어뜨리는 것과 같다는 것을.

이제 와 인정하기란 불가능했다. 그 밤, 족두리를 쓴 채로 길잡이에게 이끌려 산길을 걸어 올라야 했던 사람이 자신이어야 했다는 것을. 그렇다고 모른 척할 수도 없는 노릇이었다. 단오가 고꾸라져 누운 골짜기를 지나 재앙은 느리되 꾸준한 걸음으로 그들 곁으로 다가오고 있었으므로.

"한 가지, 이를 막을 묘안이 있기는 하지."

비단치마를 바스락거리며 천이가 희현 앞에 무릎을 구부려 앉았다.

"어떻게 하겠느냐. 내 말을 따르겠느냐."

금방이라도 꺼져버릴 듯 호롱불이 점멸했다.

잠기운이 가시지 않은 듯 모현이 눈을 끔뻑였다. 일러도 지나치게 이른 시각이었다. 동녘을 향해 내놓은 창은 하얗게 젖어 있었지만, 우듬지 위로 빛살이 번지고 있었다. 산등성이를 넘어 해가 세상을 밤잠에서 깨워내는 즉시 고단한 몸을 끌고 노동하러 나서야 하는 서글픈 삶의 방증처럼. 일찍 일어났다고 그만큼 빨리 잠자리에 들 수 있는 것도 아니었다.

졸음에 굴복한 모현이 몸을 움츠리며 돌아누울 때 마당에서 다투는 소리가 들렸다.

"안 됩니다. 돌아가세요. 나리께서 얼마나 진노하셨는데요."

저건 여민의 말소리잖아? 아침부터 누가 찾아온 걸까? 혼몽한 와중에 모현이 두서없이 되뇌었다.

"모현아, 나와봐라. 나다. 네 언니다."

일순간 잠은 달아나버리고 놀란 모현이 벌떡 몸을 일으켰다. 모현은 엉덩이를 끌어 문 근처로 슬금슬금 다가갔다.

"나리의 분부가 있었어요. 허락도 없이 이곳을 얼쩡거리다가는 불호령을 맞을지 모릅니다."

안하무인으로 구는 상대 앞에서 여민은 어쩔 줄 몰라 하는 눈치였다. 그러나 그에 반하면 희현의 태도는 천연덕스러울 만큼 당당했다.

"동생아, 나와보려무나. 아니면 대답이라도 해보아라, 어서."

그 외침에 서린 간절함을 이기지 못하고 모현은 문고리를 당기고 말았다. 여민을 밀치고 희현이 모현에게 달려들었다.

"거기로구나."

"언니."

모현이 눈물을 글썽이며 맨발로 댓돌을 밟고 섰다.

"네가 정녕 살아 돌아왔구나."

희현이 동생의 두 손을 마주 잡았다. 목숨만 간신히 부지해 돌아온 자신을 만나러 온 언니가 모현은 더없이 반가웠지만, 희현의 손에는 뻣뻣하게 힘이 들어가 있었다.

"자, 말해주렴. 그이는 어디에 있는 것이냐. 왜 너만 여기에 있는 것이니. 그이는? 네 형부는 어디에 있는 것이야."

희현이 던진 첫 질문이었다.

"아직도 산길을 헤매는 중인 게냐. 설마하니 그 게으른 양반이 고갯길조차 한 번에 넘지 못하고 나무 그늘에 앉아 쉬고 있는 건 아니겠지."

언니의 다그침에 흙벽에 등을 대고 모현은 그 자리에 주저앉고 말았다.

"말해주렴. 어이해 너만 홀로 이곳에 피신해 있는 것인지. 그이에게 무슨 변고라도 생긴 건 아니겠지?"

희현이 채근했다. 집요하기까지 한 그 눈길을 감당하지 못하고 모현이 고개를 떨어뜨렸다. 어떻게 감출 수 있겠는가. 진실이란 땔감을 그득 넣은 아궁이와 같은데. 무슨 수를 쓴다 해도 새어 나가는 열기며 연기를 틀어막기란 불가능한데.

“형부는 죽었어.”

“뭐……라고?”

희현의 말꼬리가 찢겨 나갔다. 땀범벅을 한 채로 모현은 어떻게든 이야기를 이어가려 애썼다.

“믿지 못하겠지만…… 형부가 나를 겁간(劫姦)하려고 했어.”

“뭐?”

“통곡바위로 올라가는 길에 갑자기 달려들었어. 발버둥 쳐봤지만 소용없었어. 내 힘으로는 당해낼 재간이 없었어.”

모현은 그때 일이 기억났는지 몸을 떨었다.

“형부의 우악스러운 손길을 피하려 악을 쓰는 와중에, 호랑이가 나타난 거야. 놈이 형부를 물었어. 그 사이에 나는 그곳을 빠져나올 수 있었고.”

모현이 분노와 증오, 슬픔과 연민으로 범벅된 시선을 부딪쳐왔다.

“형부는 아마 죽었을 거야. 검은산, 깊고 어두운 골짜기에 쓰러진 채로 새들에게 눈알을 쪼아 먹히겠지. 독수리들이 손톱을 씹어 삼킬 테고 벌레들이 입속에 집을 지어놓을 거야. 비어버린 눈구멍을 드러낸 채로 싸늘하게 식어갈 거야. 나무뿌리가 썩은 옷 뭉치를 끌어안고 땅속으로 가라

앉아버릴 때까지.”

그것이 그가 범하려 한 죄의 대가일지 모른다는 말까지는 차마 덧붙일 수 없었다.

“거짓말이야.”

희현이 중얼거렸다.

“네년이 거짓말을 하는 게로구나.”

희현의 말투가 삽시간에 표독스러워졌다.

“이제야 알만하군. 죽어 말 못 하는 이에게 네 죄를 뒤집어씌우려는 속셈인 것이냐. 제 목숨을 부지하고자 길잡이를 꾀어 맹수에게 스스로를 내던지도록 꼬드긴 것 아니냐는 말이다. 하, 약해빠진 사내를 구슬리기가 얼마나 쉬웠을까.”

“아니야!”

모현의 말은 들리지도 않는지 희현이 눈물을 글썽이며 탄식했다.

“그이가 죽었다니. 이제야 그럭저럭 마음 맞춰 사는가 싶었는데. 이렇게 허무하게 떠나버리다니.”

고작 이틀이 지났을 뿐인데 단오의 모습을 희현은 제대로 떠올릴 수 없었다. 이목구비는 어땠는지. 코는 오뚝했는지. 입술은 두툼하고 인중은 깊었는지. 왼 손바닥에 나 있던 생명선은 길고 또렷했는지. 죽음이란 이런 걸까, 희현은 생각했다. 지워져 가는 것. 대번에 잊혀져버리는 것. *내 품 안의 자식도 언젠가는 떠나버리겠지? 이 세상을, 삶을. 그 아이를 잃고 나는 제정신으로 살아갈 수 있을까.*

어젯밤 천이는 희현에게 속삭였다. 그들 앞에 준비된 이 재앙을 물리칠 유일한 방법이란 모현을 산 위로 돌려보내는 것뿐이라고. 제수는 죽어 마땅한 법. 범님의 신부로 호명된 이상 그 목숨은 그분께 송두리째 내맡겨진 것이나 다름없다고. 마을에 더 큰 혼란이 일기 전에 희현, 자네가 이 일을 순리대로 마무리 지어야 한다고. 그 책임이 다른 누구도 아닌 자네의 손에 달려 있다고.

"네년 때문이야."

희현이 모현을 직시하고 섰다. 자신을 보호하려는 본능의 발현인 듯 모현이 스스로를 끌어안았다. 희현의 고함 소리가 그를 찌르고 베는 듯했다.

"네년이 불러온 재액 때문이야. 불운 때문이라고."

희현이 악을 썼다. 매일의 물일로 트고 갈라진 손가락에 뼈마디가 불거져 있었다.

"그이를 죽게 만든 것도 모자라 자식을 욕보이려 했다는 누명까지 덮어씌우려 하다니. 네년의 흉계를 꿰뚫어 볼 예지가 내게는 없는 줄 알아?"

"누명이 아니야. 언니도 알잖아. 형부가 어떤 사람인지.

제발 자신을 속이려 하지 마."

희현이 모현의 뺨을 후려갈겼다.

"네년이 그러고도!"

"제발, 그만해요."

그들 곁으로 다가오지도, 그렇다고 아주 멀리 물러나 있지도 못한 채로 여민이 발을 굴렀다.

"내가 어리석었다. 네년을 곁에 두다니. 동생이라 예뻐하며 품고 살았는데. 내게서 소중한 것들을 모조리 훔쳐 가다니. 도둑이나 진배없지 뭔가."

"아니야."

모현이 기어들어 가는 음성으로 항변했다.

"이 섬에 떨어진 이후로 내게는 언니가 어머니이자 아버지, 식구들 전부나 마찬가지였다고. 그렇지 않다면 내가 왜 언니를 대신해 저 산에 오르기를 자처했겠어?"

"당치 않은 소릴."

희현이 울며 실소했다.

"네가 나를 가족이라 여겼다면 그이가 송장이 되어 뒹굴게끔 버려두지는 않았겠지. 그이가 너를 겁간하려 했다느니 말도 안 되는 헛소리를 지껄여대지도 않았을 거야. 식구라, 하, 은혜를 원수로 갚을 년."

희현이 모현의 팔목을 붙들었다.

"가자. 너는 여기에 있으면 안 돼."

"이러지 마세요."

보다 못한 여민이 이를 만류하고 나섰다. 그래봤자 희현을 돌려세우기는 역부족이었지만.

"네년은 저 산으로 가야 해. 범님에게 신부로 바쳐져야 해. 그래야만 불운을 멈출 수 있어. 마을을 재앙에서 구해낼 수 있다고. 내 잘못이다. 내 과오야. 더 큰일이 닥치기 전에 바로잡아야 해. 안 되겠다. 내가 길잡이 노릇을 하마. 나와 같이 가자. 산을 오르자, 어서."

여민이 희현에게 사정했다.

"놓아요. 그 손을 놓으라고요. 이렇게 해결할 문제가 아니라니까요."

모현은 차라리 기절해버리고 싶었다. 희현이 고집하는 대로 휘적휘적 오솔길을 걸어 올라가 어느 볕 좋은 산등성이에 엎어진 채로 영영 깨어나고 싶지 않았다. 뒤늦게 사태를 알아차렸는지 관비 서넛이 달려 나왔다. 여종들이 달라붙어 모현에게서 희현을 떼어놓았다.

"저 아이를 데리고 가야 해. 이대로 살려두어서는 안 돼. 죽어야 해. 죽어야 한다고. 동생아, 너는 살아 있으면 안 되는 목숨이야!"

여민의 품속에서 모현은 무너져 내리고 말았다. 자신의

삶이 어찌해 이 지경에 이르렀는지 소녀로서는 도무지 짐작할 길이 없었다.

빗줄기가 거칠다 했는데 그 끝은 우박이었다. 어지간한 조약돌만 하던 그것들은 사방으로 빗발치며 기와지붕이며 툇마루, 흙벽을 들이박았다. 얼음덩이들이 변덕스럽게 튕겨 오르는 꼴이 뜀박질하는 모양과 닮아 있었다. 최후를 앞둔 것들의 최선을 다한 도약.

급창(及唱)이며 비장, 형리며 통인, 서리까지 수하란 수하들은 모조리 물린 뒤였다. 이른 아침부터 쏟아진 장대비 때문인지 관아를 찾는 백성들의 발길이 드물었다. 궂은 날씨가 나쁜 것만은 아니지. 서안 앞에 정좌한 채로 홍옥은 생각했다. 물비린내가 방안 가득 차올라 있었다.

안개와 비, 개울과 바다, 붙잡을 새도 없이 흘러가고 마는 것들의 궤적을 홍옥은 마음 깊이 연모했다. 빗방울 속에서 자욱하게 피어오르던 흙냄새도. 이 같은 고요는 참으로 오랜만이었다.

우박 하나가 툇마루에 나동그라진다 했더니 문턱 근처까지 데구루루 굴러왔다. 상념에 빠져 있는가 싶던 홍옥이 별안간 혀를 찼다. 하긴, 어영부영 넋 놓고 있을 때가 아니기는 했다. 오늘내일 우박이 불러일으킬 소요를 상상하며 홍옥이 이맛살을 찌푸렸다. 우박은 길조가 아니었으니까. 명백한 흉조였으니까.

나리, 우박이라니요. 이것은 불길한 징조가 틀림없습니다. 뜰아래 무리 지어 선 늙은이들이 지긋지긋하게 외쳐댈 것을 그려보던 홍옥이 콧숨을 내쉬었다. 그 끔찍한 간언이라니, 말도 안 되는 주석이라니.

쌍무지개가 뜨거나 털빛이 다른 송아지가 태어나거나 물고기들이 떼죽음을 당하거나 섬광이 내리꽂히거나. 앞날을 근심하다 못해 외경하기까지 하는 이들은 별 것 아닌 사건에서조차 징조를 읽어내려 했다. 길하거나 흉하다고, 어떤 의미를 품고 있다고 믿었다. 그 참언의 증거로서 가뭄이나 홍수, 한해가 일어난다고. 그것은 또한 부덕이나 부정, 불능의 빙증이기도 했다. 홍옥이 생각하기로는 난감하기 이를 데 없는 망상이었다.

홍옥은 묻고 싶었다. 무슨 연유로 무지개는 그저 무지개일 수 없는가. 어찌해 물고기들의 죽음이며 섬광의 작렬이 흉년으로 이어질 수밖에 없는가. 질문하고도 싶었다. 기근은 왜 덕 없음의 소치인가. 그 둘은 어떤 끈으로 묶여 있는가.

미간의 주름이 깊어졌다. 모현, 그 아이가 입방아에 오르겠지. 불 보듯 뻔한 일이었다. 오늘의 우박은 곧 그 소녀의 상서롭지 못함으로 잇대어질 것이었다. 그 구설을 잠재울 방책을 세워야 했다. 허나 무엇을 어찌해야 한단 말인가. 홍옥이 몸을 일으켰다. 근심스러울 때면 언제나 그렇듯 걷고 싶었다. 바깥 공기를 쐬며 다리를 놀리고 싶었다.

늘어진 소매를 당기며 홍옥이 문턱을 넘었다. 우박은 그쳐 있었다. 소나무를 베어 만든 반질반질한 툇마루며 팔작지붕, 수풀이 우거진 뜰에도 크고 작은 얼음덩어리들이 뒹굴고 있었다. 버선발로 우박을 걷어차며 홍옥이 툇마루를 지나 흑혜에 발을 넣었다.

쌘비구름 사이로 해가 들어 얼음조각들이 빛을 튕겨냈다. 대지가 알 굵은 소금으로 뒤덮여 있는 성싶었다. 이렇게나 무자비한 자연의 횡포라니. 홍옥은 그 풍경의 흉포함에서 시선을 뗄 수 없었다. 이 마을에서 제일 높고 귀한 사내의 마음은 결코 사소하다 할 수 없는 고통에 시달리는 중이었다.

그 근원은 근심이었다. 마을, 그리고 사람들에 대한 염려였다.

만선의 꿈에 부풀어 밤새 기운 그물을 싣고 바다로 떠났던 고깃배들은 무사히 포구로 돌아왔을까. 거름이 출렁이는 장군을 짊어 메고 밭일을 하러 나섰던 사내들은. 얼음비에 두들겨 맞은 어깨를 움츠리고 다리를 절룩거리며 들을 건너오고 있지 않을까. 산나물을 캐러 뒷산을 오른 아낙들은 어떨까. 맨발로 밭두렁을 뛰어다니며 숨바꼭질하던 아이들은. 소며 염소, 돼지며 닭들, 귀한 재산인 가축들은 지붕 아래에서 무탈하게 우박을 피했을까.

그래, 하오 내내 움직여야 할 터였다. 우박비가 입힌 피해를 파악하고 다친 백성들을 위로하기 위해. 장마당이며 골목골목을 맴도는 흉한 소문을 엿듣고 그것이 사실이 아님을 밝히기 위해서라도.

홍옥이 발길을 멈추었다. 뒤뜰 모퉁이에 삐뚜름하게 그림자를 드리우고 있던 팽나무 한 그루. 급창에게 전해 듣기로 그 나무는 수령이 기백 살은 넘었을 것이라고 했다. 후원에 서 있는 고목 중에서도 그것은 눈에 띄게 위엄 있었다. 관부가 들어서기 전부터 오랜 세월 같은 자리를 지키고 있었을 그 거목은 관원들이 수차례 부임했다 물러가고 군왕의 명을 받들어 내려온 또 다른 벼슬아치가 한밤중 수심에 차 정원을 거니는 모습을 나이테에 켜켜이 새기고 있을지도 몰랐다.

그 팽나무가 홍옥은 몹시 든든했다. 비할 데 없이 믿음직스러웠다. 홍옥이 꺼끌꺼끌한 수피에 손바닥을 얹었다. 나무껍질을 쓸면서 굼뜬 걸음으로 주위를 한 바퀴 빙 돌았다. 얼음비가 퍼부었음에도 나무는 한 치의 위해도 입지 않았다. 그때 얼음 무덤 속에서 잿빛 생명체를 목격한 홍옥이 그 자리에 멎어 섰다.

박새일까. 홍옥이 조심스럽게 놈을 받쳐 올렸다. 가엾게도 우박에 맞아 죽어가는 모양이었다. 깃털에 뒤덮인 몸뚱이가 사무치게 보드라웠다. 피 묻은 주둥이를 벌리고 몇 번인가 날개를 허덕이던 놈은 이내 기운이 빠지고 말았는지 축 처져버렸다. 손바닥에 감싸일 정도의 크기. 바람이 깃가지를 헤집어놓자 풍성한 잔털이 함께 일렁였다.

홍옥이 팽나무 뿌리 사이 오목하게 파인 흙 속에 죽은 새를 내려놓았다. 냄새를 맡고 들이닥친 족제비가 물어가지 못하도록 그 위에 무게가 나가는 돌들을 쌓아두었다.

뭇 사람들이 주장하는 바에 따르면 이건 필시 불길한 징조라고 해야겠지. 그렇다면 이런 식의 해석은 불가능할까. 이 조그마한 새가 자신의 죽음과 더불어 누군가의 앞길에 예비된 재액을 대신 가져가 버린 것이라는. 은혜를 갚기 위해 머리를 부닥쳐 종을 울렸다는 전설 속 꿩처럼, 그로 인해 구렁이에게 잡아먹히기 직전이던 선비가 목숨을 구했듯 인간 소녀 하나가 계속 생을 이어갈 수 있게 된 것이라면. 그 소녀가 언니를 위해 같은 일을 행하려 했던 것처럼.

칼이란 해하는 동시에 구하는 도구이기도 할 터. 불행과

행의 관계 역시 한몸에 붙은 두 팔과 같을 것이므로. 새의 죽음을 애도하면서 홍옥이 무릎을 펴며 일어났다.

홍옥은 섬세한 사내였다. 거센 바람 속에서도 등결불의 온기를 더듬어 낼 수 있는. 먼 훗날 홍옥이 아랫마을을 그리워하게 된다면 그건 아마도 그 때문은 아닐까. 질풍에 휘말린 민들레 씨앗마저 쉬어가게 만드는 이 마을의 아늑함을 사랑하게 된 연유로. 그것은 홍옥이 이전에는 미처 알아차리지 못했던 아름다움이었다. 검은산에서 상처를 입고 쓰러진 소녀를 데리고 내려온 이후로 그는 인간사의 전혀 다른 면모를 들여다볼 수 있게 됐다. 자신이 얼마나 무지했는지를 깨달았다. 이는 홍옥에게 있어 놀라운 변화였다.

외삼문이 위치한 방향을 넘겨보며 홍옥이 눈썹을 일그러뜨렸다. *난동이 벌어지겠군.* 뒷짐을 지고 홍옥이 잰걸음을 뗐다. 탑처럼 쌓아 올려둔 돌무더기에서 흙 알갱이가 굴러떨어졌다. 피할 수 없다면 마주하는 수밖에, 선택의 여지가 없어. 나뭇잎 새로 쏟아진 빛줄기가 우미할 만큼 흰 낯을 음영으로 얼룩지게 했다.

홍옥의 예견이 옳았다. 그 무렵 외삼문 앞에서는 실랑이가 벌어지고 있었으니 그 까닭은 다름 아닌 천이의 방문에 있었다.

장옷을 뒤집어쓴 채로 천이는 문지기들에 맞서 격론을 벌이는 중이었다.

"들여보내 주시오."

세 칸으로 나뉘어 신분에 따라 각기 다른 통로를 열어 보이는 삼문은 문지기들의 허락 없이는 통과하기가 불가능했다. 높다랗게 솟구친 팔작지붕이 그 안에 도사리고 앉은 자의 권위를 대변하듯 위풍당당했다. 외삼문의 출입문 세 칸, 그중에서도 가장 너른 한가운데 큰문이 바로 수령을 위한 통로였다.

"누차 말하지 않았는가. 여기 이 문 너머로 무당은 절대 들어갈 수 없다고. 중놈들과 이문이 남는 일이라면 쓸개라도 갖다 바칠 장사치들 또한 그러하지. 말을 타고 온 자들은 반드시 걸어가야 하고. 그만 물러가게. 자네가 다녀왔다는 사실만큼은 나리께 전해드릴 테니. 수모를 당하지 않으려면 이쯤에서 순순히 돌아가는 게 좋을 걸세."

"전달하는 것만으로는 충분치 않으니 이러는 게 아닌가. 나리를 직접 만나 말씀을 올려야겠네."

"어허. 이 사람이 그래도."

또 다른 문지기가 한마디를 거들었다.

"아무리 자네라도 계속 고집을 부린다면 매질로 쫓아내는 수밖에 없지. 이곳은 관아야. 나랏일을 보는 장소라고.

자네가 마음대로 들락거릴 수 있는 데가 아니야."

그는 이어 돼먹지 않은 농을 지껄이며 낮게 낄낄거렸다.

"정 다급하다면 그 치마를 들쳐 보여주는 건 어떤가. 그 안에 무엇을 감추고 있기에 어르신들이 자네에게 꼼짝을 못 하는지. 우리도 구경이나 한번 해보세. 그런 이후에 다시 한번 저 문을 열어달라 사정해보든가."

질 낮은 겁박에도 기죽지 않고 천이가 늠름하게 꾸짖었다.

"자네들은 내가 누구인지 정녕 잊은 겐가!"

무당의 호된 일갈에 문지기 사내들이 움찔거렸다.

"홍옥 나리께 가 말씀 올리시게. 천이가 나리를 뵙고 마을의 안위를 논하기 위해 뵙기를 청하고 있다고 말이야."

이 사건의 처리를 두고 문지기들이 저희끼리 수군덕거리고 있을 때 세 칸의 출입구 가운데 정중앙의 문이 열어 젖혀졌다. 그 뒤에서 모습을 드러낸 이는 다름 아닌 홍옥이었다.

문지기들이 머리를 조아려 예의를 갖추었다. 천이 역시 허리를 숙였다.

"소동을 일으켜 죄송합니다. 이년을 당장 홍살문 밖으로 몰아내겠습니다."

"나는 괜찮으니 괘념치 말게."

손을 들어 보인 홍옥이 천이를 향해 덧붙였다.

"자네는 나를 따라오게."

홍옥이 그렇게 말하곤 안으로 들어갔다. 문지기 하나가 천이에게 오른 문을 가리켰다.

"저 문을 이용하게."

장옷을 모아 쥐고 천이가 우측 문을 지났다. 담벼락을 오른편에 두고 안으로 걸어 들어가자 내삼문이 나왔다. 홍옥은 중앙의 통로를 통과했고 천이 역시 오른 문을 택해 다시 한번 문턱을 넘었다.

이 무렵 우박은 녹아 흙이며 돌바닥에 거무스름한 물 얼룩으로 남아 있을 뿐이었다. 고요한 중에 풀벌레가 울었다. 천이가 머리에 두르고 있던 장옷을 벗어 반듯하게 접어들었다. 가르마를 타 고정시킨 쪽머리가 드러났다. 흰 저고리에는 붉은 옷고름이 달려 있었고 검은 치마는 오른쪽으로 여며 입었다.

동헌 앞마당에서 마주한 천이는 불과 이틀 전 입에 못 담을 저주를 퍼부은 여자와 전혀 다른 인물인 듯싶었다. 속수무책의 비극을 끌어안은 사람처럼 침통해 보였다. 그럼에도 그가 발하는 위엄은 홍옥을 긴장하게 만들었지만. 그날 천이의 아름다움에는 어딘가 초연한 구석이 있었다.

녹록지 않은 상대야. 홍옥은 굴할 줄 모르는 저 여자에

게서 적대감과 존경심을 동시에 느꼈다. 그 감정은 한편으로 목 안쪽을 뜨겁게 만드는 흥분으로 끼쳐왔다.

"출입을 허락해주셔서 감사합니다. 그간 평안히 지내셨습니까."

먼저 말문을 연 쪽은 천이였다. 위축된 마음을 감추려는 듯 홍옥이 쓴웃음을 터뜨렸다.

"진실을 털어놓자면 아니네. 전혀 평안하지 않았어."

"유감스러운 일입니다만 저 역시 그랬습니다. 많은 이들이 그랬겠지요. 어쩌면 이 마을에 뿌리내리고 사는 모두가 그랬을 겁니다."

"그래. 나를 만나 전달해야 한다는 용건이라는 게 뭔가."

홍옥이 단칼에 잘라 물었다. 냉정한 그 태도에도 굴하지 않고 천이가 담대하게 말을 이어갔다.

"그 모현이라는 아이 말입니다. 다른 짐승도 아니고 호랑이에게 물려 다쳤다는 자리가 하루도 안 지나 아물어 있었다지요. 듣자 하니 김 의원조차도 기이한 일이라고 했다는데 사실인가요?"

"나도 그렇다 들었네."

홍옥은 부정하지 않았다. 손바닥을 펼쳐 드는 것만으로 하늘을 가릴 수 있으리라고 그는 믿지 않았으니까.

천이가 다시 한번 물었다.

"그리 해괴한 일에도 나리께서는 이 마을의 근간을 뒤흔드는 두려움을 감지할 수 없으십니까."

홍옥은 대답하지 않았다. 노기등등한 시선을 맞받아치면서도 천이는 지극히 천연스러웠다.

"신부는 신랑에게 돌려 보내져야 합니다. 표식을 새겨놓은 이상 신랑은 신부를 포기하지 않을 것입니다."

천이는 소리 높여 고하지 않았다. 오히려 귀를 곤두세우지 않으면 들리지 않을 만큼 나직이 속삭여왔다. 정인에게 고하듯, 몸을 붙이고 귀엣말을 전해오는 것처럼.

"제수는 제단에 올려져야 합니다. 합당한 절차에 따라 죽임당해야 하지요. 이를 어그러뜨리고자 하는 이들에게 내려져야 하는 건 형벌밖에 없을 것이고요. 그 죄가 얼마나 위중한지 나리께서도 아시지 않으십니까."

"내게는 가장 낮은 자리에 있는 백성들까지 공평하게 보듬어 안을 의무가 있네. 모현, 그 아이를 나는 내 울타리 안에서 지켜주기로 했다네."

"나리께서는 범님을 굴복시키는 데 실패하셨습니다. 그렇다고 그분을 달래려고 하지도 않으시지요. 작금에 이르러 나리께서 행하고자 작정한 일은 부덕이나 다름없습니다. 섭리를 깨뜨리려는 시도지요. 맹수에게서 먹이를 빼앗으려 하시다니요. 점지된 신붓감을 앗아가려 하시다니요."

천이가 홍옥에게 다가갔다. 치마며 속바지가 쓸리는 소리가 홍옥의 신경을 자극했다. 굼뜬 걸음걸음으로 천이가 고작 몇 뼘 거리에서 홍옥의 주위를 맴돌았다. 속치마가 사락거렸다.

속이 빤히 들여다보이는 수작질에도 홍옥은 동요하지 않았다. 더는 그 계교를 두고 보지 않겠다는 듯 그의 눈초리가 도리어 전에 없이 근엄한 빛을 띠었다.

"범님께서 진노하실 겁니다. 나리께서도 무사치 않으실 게고요."

발칙하기 짝이 없던 공박. 아찔할 만큼 달고 그윽하던 향취.

"기억하시게. 이곳이 동헌이라는 것을."

조금의 흔들림도 없이 냉랭한 태도로 홍옥이 천이를 꾸짖었다. 천이가 윗입술을 핥았다. 그에게도 이 사내와의 대결은 힘에 부치는 것이었을까. 식은 이마에 구슬땀이 맺혀 있었다.

"나는 천것인 자네를 이곳으로 들이는 자비를 베풀었어. 자네의 탄원을 경청하는 인내도 발휘했지. 마지막으로 말하겠네. 모현은 내 보호 아래 머물 것이야. 이 문제에 대해 더는 논하고 싶지 않네. 수령의 명을 묵살한 죄과가 무엇인지 자네도 모르고 있지 않을 터. 또다시 같은 이야기를 입

밖으로 내뱉는다면 그 죄를 엄히 물을 것이야."

무뚝뚝하다 못해 몰인정하기까지 한 사내의 낯을 올려다보며 천이는 비로소 확신할 수 있었다. 그에게서 불온한 욕망 같은 건 지워지고 없다는 것을. 어떻게 이런 일이 벌어질 수 있단 말인가?

"좋습니다."

천이가 빙긋이 웃었다.

"그래도 다행입니다. 적어도 나리와 제가 바라는 바가 같다는 것을 알게 됐으니까요. 이 마을의 안녕과 평화."

홍옥은 그제야 천이가 심중에 다른 계략을 감추고 있음을 알아차렸다.

"그를 위한 제례입니다. 다가오는 보름에 범굿을 올리게끔 허락해주시지요."

"굿이라고?"

홍옥은 깨달았다. 자신이 덫에 걸려버렸음을. 제 입으로 천이에게 굿판을 수락할 지경에 처하다니.

"네. 무당굿놀이 말입니다. 호환을 입은 넋을 위무하기 위한 굿이지요. 제물을 더는 바칠 수 없다면 괴수를 물리쳤다고 믿는 시늉이라도 해야 하지 않겠습니까. 어떤 힘은 때때로 그것이 존재하지 않는다고 믿는 것만으로도 그 위세에 손상을 입힐 수 있으니까요."

천이의 태도가 태연자약했다.

"나리께서 저를 어떻게 오해하고 계시든지 간에 저는 이 마을에 평온이 자리 잡기를 진심으로 바라고 있습니다. 그것만은 믿어주셔야 합니다. 참말입니다."

"자네가 사술을 부려 사람들을 미혹시키는 것을 두 손 놓고 지켜보고 있으라는 말인가."

"나리, 기억하셔야 합니다."

천이가 속삭이다시피 말했다.

"범님의 허기는 채워지지 않았습니다."

홍옥은 굳은 얼굴로 천이를 노려보았다.

저 여자는 무슨 수작을 부리려는 걸까. 저치 흉금을 들여다보기란 어두운 밤 한 줄기 빛을 찾아내는 것만큼 어려웠다. 일말의 의혹을 가슴에 품은 채로 홍옥은 더는 확답을 늦추지 못하고 하고 싶은 대로 하라는 듯 손을 저어 보였다. 그 제안을 승낙함으로써 모현의 안전을 보장받을 수 있게 될 것임을 깨달을 수 있었기에.

그에 반해 천이는 전에 없는 확신에 차 있었다. 이 섬에 호랑이가 어디에 있다고. 육지로부터 멀찍이 떨어져 사방이 바닷물로 막힌 이 좁은 땅에 호랑이라니, 얼토당토않은 소리였다. 호랑이에 대한 옛 노래가 사람들의 심중에 심어놓은 믿음 덕분에 죄 없는 생명들을 제물로 바치도록 꾀어

이를 쉽게 낚아채기는 했지만.

미심쩍은 부분을 되짚어보고자 어젯밤 다시 김 의원을 불러들였을 때 그는 뒤늦게 감추고 있던 정보들을 털어놓았다. 소녀가 입은 부상이 반나절 만에 몰라보게 나아 있었다고, 아침 녘 또렷했던 상처가 오후에는 기이할 만큼 희미해져 있었다고 했다. 앞서 진찰했던 열상의 형태로 미루어볼 때 그것은 소녀의 주장대로 호랑이로 말미암은 것일 가능성이 높아 보인다고도 했다.

맙소사, 하루도 안 지나 아무는 상처라니 이 얼마나 어이없는 소리란 말인가. 그것이야말로 그 어깨의 흉이 호랑이의 공격을 받아 생긴 것이 아니라는 방증이겠지.

어쩌면 그건 수령이 모현, 그 아이를 산군과의 싸움에서 패배하지 않고 살아 돌아온 존재로 치켜세워 누구든 함부로 해치지 못하게 하려는 의도일지도 몰랐다. *그렇다면 망가뜨려 놓아야겠어. 수령의 계획을. 호환을 물리치는 위력이란 게 누구에게 있는지 직접 증명해 보이는 수밖에.*

천이는 소리 높여 선언하고 싶었다. 풍랑 속 고깃배 같은 이 고을을 좌우하는 자가 이 몸이라는 것을. 바다 건너 어디에 붙어 있는지 모를 도성에서 내려보낸 벼슬아치 따위가 아니라는 것을.

부락민들 앞에서 똑똑히 떨쳐 보여야 했다. 그날의 치욕을 만회하기 위해. 지금 당장 놈을 없애버릴 수는 없다고 해도. 마을 전체의 생사를 쥐락펴락할 위력이 제 손에 깃들어 있음을.

아무리 기를 써봤자 그들 모두는 자신의 손바닥 위에 놓인 공깃돌에 불과하다는 것을.

천이가 수령을 똑바로 마주 보며 물었다.

"그렇다면 나리, 한 가지 청을 더 올려도 될는지요."

"또 뭔가?"

홍옥이 신음했다.

"어디까지나 선의에서 드리는 부탁이니 염려 놓으시지요. 마을의 수장으로서 그날의 연희에서 사소한 역할 하나를 맡아주시기를 간청하고 싶을 뿐입니다."

"알겠다."

자세한 설명은 듣지도 않고 홍옥은 어서 나가보라는 손짓을 해 보였다. 아침나절부터 머리를 지끈거리게 만든 근심에 천이의 도발로 말미암은 노기가 더해져 더는 평상심을 유지하기 힘들었다. 저 성가신 적을 눈앞에서 당장 내쫓고만 싶었다

홍옥의 의중을 알아챈 천이가 인사를 올렸다.

"그럼 저는 물러가겠습니다."

장옷을 두르며 천이가 문턱을 넘었다. 원하는 바를 이뤄

내고 말았다는 데 흡족해하며.

수령의 허락 하에 굿판을 벌일 수 있다니 이건 흔치 않은 기회임이 분명했다. 더군다나 그에게 역할까지 맡기다니. 그렇다면 이번 굿놀이를 기회로 저치를 시험해봐야 했다. 정신없는 굿판에 휩쓸려 그가 은연중에 감춰두었던 무언가를 드러낼지도 모를 일이었다. 아니, 그렇게 만들어야 했다. 이제는 보이지 않는 홍옥의 기색을 살피기라도 하는 것처럼 치맛자락을 당긴 채로 천이가 높디높은 담장 너머 동헌 쪽을 가만히 노려보았다.

다섯.

종이 탈을 쓴 남자가 어깨춤을 추었다. 가뜩이나 거구인 솔개는 호랑이의 눈 코 입을 그린 탈까지 뒤집어써 전에 없이 거대해 보였다. 흡사 괴수의 넋을 제 육신에 받아들이기라도 한 것처럼 발을 놀리고 머리를 세우며 보란 듯이 좌중을 향해 포효했다.

대자리 밖에서 기다리고 있던 아낙이 이때를 놓치지 않고 닭 한 마리를 놓아 보냈다. 호랑이, 아니 솔개가 암탉을 쥐고 대가리부터 잘근잘근 씹어 삼키는 흉내를 냈다.

아이들이 와글거렸다. 겁이 많은 한 소녀는 오라비의 등 뒤에 숨어 얼굴을 가리기도 했다. 솔개가 닭을 코흘리개들이 앉은 쪽으로 던져 보내자 여기저기에서 비명이 터져 나오며 한바탕 소동이 일었다. 가엾은 그 날짐승은 날개를 파닥거리며 구경꾼들 사이를 뛰어다녔다.

횃불이 밝히지 못한 구석구석에서 음영이 너울거렸다. 둥글었다가 뾰족했다가 웅크렸다가 기지개를 켰다가 쉴 틈 없이 모습을 바꾸었다.

불길이 사람들의 눈동자에 진홍색 적개심을 드리웠다. 고작 호랑이 한 마리가 자신들의 삶을 어떻게 망쳐놓았는지 그치들은 똑똑히 기억하고 있었으니까. 놈은 위대한 영인 동시에 간악한 적이기도 했다. 경과 외, 애와 증의 대상. 열과 성을 다해 모시는 한편으로 은밀하게 멱을 따버려야 할 목표물.

불 그림자 속에서 홍옥이 홀로 서늘했다.

마당 정중앙에 우뚝 선 홍옥의 손에 목검이 들려 있었다. 밤이라고는 해도 낮의 열기가 완전히 식지 않은 여름밤. 서릿발 같은 기운이 그 칼에서부터 뻗어 나왔다. 모현은 그 차가움을 감지할 수 있었다. 디딘 발을 물릴 수조차 없었다.

홍옥의 시선이 모현을 훑고 지났다. 소녀의 목덜미에 잔털이 곤두섰다. 그 순간 그가 약간의 고갯짓이라도 해 보였다면 모현은 당연한 명령을 떠받드는 것처럼 일말의 두려움도 없이 앞으로 걸어 나갔을지도 몰랐다.

홍옥이 칼 손잡이를 세워 들었다. 횃불이 발산한 열이

목검의 날에 불그스름한 테두리를 입혔다. 솔개가 홍옥의 주위를 휘돌았다. 사람의 것이 아닌 것 같은 몸놀림. 축생의 그것이라 해야 옳을 듯한 춤사위. 구경꾼들의 눈길이 솔개의 궤적을 집요하게 쫓아다녔다.

모닥불에서 불똥이 튀었다. 재비들의 연주가 격렬해졌다. 털을 곤두세운 맹수처럼 솔개가 덩치를 부풀렸다. 주먹 쥔 손을 내리고 네 다리로 겅중겅중 뜀박질해 구경꾼들을 경악하게 만들었다.

모현은 깨달을 수 있었다. 지금에 이르러 그의 육신은 다른 강력한 영의 그릇에 불과하다는 것을. 가련한 인간 남자의 넋은 속에서부터 모조리 파 먹히고 말았음을.

그는 호랑이였다. 산군님이었다. 한낱 사람을 넘어선 괴수였다.

휘청이는 다리에 힘을 주고 버틴 채로 모현은 버릇처럼 그날 일을 곱씹었다. 그 힘과 위엄 앞에서 인간이란 얼마나 무기력한 존재였는지. 거대한 아가리를 벌려 놈이 어떻게 포효했고 한 쌍의 샛노란 눈을 부릅뜨고 어떻게 쏘아보았는지. 그러다 보면 마음 한구석에서 의문이 슬그머니 고개를 치켜들곤 했다.

무당의 주장은 사실일까. 그는 정녕 피를 갈구하는 괴물일까. 이 모든 화의 원흉, 합심해 쳐부수어야 하는 적이 맞는 걸까.

무당이 홍옥에게 눈짓했다. 홍옥이 목청을 돋우었다.

"이 마을에 호식이 일어났다고 들었소."

고수가 북채를 흔들었다. 심장 박동을 닮은 북소리가 사람들의 가슴팍을 두들겼다.

천이가 흐뭇한 미소를 머금었다. 검정 갓을 쓰고 붉은 도포를 걸쳤으며 놋쇠방울을 손에 든 천이는 이 무당굿놀이의 지배자였다.

이 밤, 당산나무가 지키고 있는 동그란 마당의 주인은 다른 누구도 아닌 천이였다. 수령마저 제 뜻에 굴복할 수밖에 없음을, 온 마을이 자신에게 복종하고 있음을 천이는 이 자리를 빌어 만천하에 과시하고 있었다.

"들어라. 내 그대들 앞에 맹세하리니 저 호랑이를 처단해 마을에 안과태평을 안겨주리다."

홍옥의 호언장담에도 두려워하는 기색이라곤 없이 맹수 남자가 조소했다.

홍옥과 솔개가 대결 아닌 대결을 벌였다. 솔개가 홍옥을 위협하는가 싶더니 눈 깜짝할 사이에 전세가 바뀌어 사냥꾼이 맹수를 몰아세웠다. 솔개가 한쪽 다리를 들어 대자리 구석에 오줌을 갈기는 흉내를 냈다. 아이들이 대소했고 사내들은 삿대질했으며 여자들은 팔짱을 낀 채로 콧방귀를 뀌었다.

홍옥의 몸짓이 기품 있었다면 솔개의 그것은 변칙적이었다. 인간과 신의 항쟁. 흥분으로 들끓던 난장.

그때 불길한 예감이 한기처럼 끼쳐와 모현이 몸을 옹송그렸다. 홍옥의 이목에서 벗어나는 즉시 군중 속 한 사람이 시야에 들어왔다. 희현. 희번덕거리는 눈에 불덩이를 담은 채로 희현이 홍옥을 주시하고 있었다. 그때 모현의 불안을 알아차리기라도 한 것처럼 가쁜 숨을 몰아쉬며 홍옥이 그를 향해 고개를 비틀었다. 셋의 시선이 만나고 어긋나고 부서졌다.

무당이 짤랑, 방울을 흔들었다. 그것이 둘 사이에 정해진 신호였을까.

"받아라!"

우렁찬 기합 소리와 함께 홍옥이 나무칼을 휘둘렀다. 그의 일격은 매서웠다. 고작 목검으로 저런 타격이 가능하기는 한 것인지 의문을 품기도 전에 솔개의 낯을 가린 종이탈이 사선으로 잘려나갔다.

꽹과리가 날카로운 일성을 터뜨렸다. 솔개가 괴성을 지르며 고꾸라졌다. 무당이 외쳤다.

"사냥꾼이 호랑이를 무찔렀도다."

모현의 어깻죽지가 쿵쿵 뛰놀았다. 심장이 가슴 안 깊숙한 곳이 아니라 오른 어깨 언저리에 있기라도 한 것처럼. 뜨거웠다. 고통스러울 만큼 쾌락적이었다. 호랑이의 이. 어깨를 파고들던 날숨. 물기 어린 혓바닥.

목검을 늘어뜨린 채로 홍옥이 땀이 흐르는 얼굴을 들어 좌중을 돌아보았다. 지금의 이 광경을 똑똑히 기억하라는 듯. 무당의 저 선언을, 잊지 말라고.

호랑이는 없었다. 이 작은 섬에 호랑이란 더 이상 존재하지 않았다.

천이가 선포했다.

"이로써 호랑이는 물러갔느니."

그것은 한편으로 적에게 띄우는 허풍 섞인 경고이기도 했다. 다시는 네놈에게 해를 입지 않겠다는 다짐인 동시에 네까짓 것쯤 결심만 섰다 하면 언제든지 없애버릴 수 있다는 자신감의 발로.

"이 섬에서 호랑이란 호랑이는 모조리 사라지고 말았도다."

그렇게 소리쳐놓고 천이는 기쁨에 찬 웃음을 터뜨렸다. 홍옥에게서 뿜어져 나오는 기이한 힘을 음미하면서. 그건 인간의 육체가 가두고 있기에는 지나치게 크고 깨끗한 기운이었다. 예상대로였다.

그는 홍옥의 외양을 하고 있되 홍옥일 수 없는 사람이었다. 홍옥의 영육에 일어난 변화의 이유를 지금 당장 알아낼 수는 없다고 해도, 그가 숨긴 비밀의 일면을 들여다본 이상 천운은 여전히 천이의 편에 있었다.

밤이 깊어졌다.

여섯.

희현은 꿈을 꾸었다. 눈가가 젖다 못해 빨갛게 부어오를 때까지 울고 울다 잠든 밤이었다.

삼신할머니만이 의미를 짐작할 수 있을 신비한 꿈들을. 태몽을. 그 섬에서, 좁은 방에 뒤엉켜 자는 네 식구들 가운데 아이의 잉태를 예감한 사람은 희현밖에 없었다. 단오조차, 모현마저 꾸지 않았다. 기이한 그 상징들은 바다 건너 먼 곳에 생존해 있을 그들 부모의 밤잠에 섞여들어 아침 햇살 속에 일어나 앉은 채로 제 품을 떠난 새끼들에게 무슨 일이라도 생긴 건 아닐까 생각에 잠기게 했을지도 모르겠지만.

희현은 이끼 낀 바윗돌에 앉아 있었다. 으슥한 산속에서 누구를 기다리고 있었을까. 눈부시게 맑은 오후였다. 희현이 벗은 발을 계곡물에 담갔다. 들꽃 한 송이가 물살에 떠밀려왔다. 손가락 사이로 물이 무지갯빛으로 뒤척였다. 이마로 떨어지는 볕을 만끽하고 있던 희현은 풀 이파리들이 흔들리며 와스락대기 무섭게 치마를 내려 종아리를 감추었다.

수풀을 헤치고 나온 사람은 노파였다. 이마며 뺨에 주름이 패인 늙은 여자. 야릇한 미소를 띠며 희현에게 다가온 노인이 인사치레도 없이 오른손을 펼쳐 보였다. 뽐내듯, 제 손의 보물을 자랑이라도 하는 것처럼.

노인의 손에 들려 있던 것은 백도였다. 손바닥 가득 들어차 있던 실팍한 한 알.

무엇을 어떻게 해야겠다고 자각할 틈도 없이 몸이 먼저 움직였다. 바위를 딛고 일어선 희현이 복숭아를 받아들었다. 얄따란 입술을 당기며 노파가 환하게 웃었다.

손 안의 과일을 쏘아보며 희현이 마른침을 삼켰다. 달콤한 향기가 유혹적으로 짙어졌다. 어서 먹어보라고 부추기기라도 하는 것처럼 노파가 고개를 끄덕였다. 희현이 백도를 입에 물었다. 향긋한 과즙이 목구멍을 적셨다. 갈증이 가시기는커녕 고통스러울 만큼 깊어져 과육에 다시금 이를 박아 넣으려는 찰나 잔털이 돋아 있던 뽀얀 껍질이 시커멓게 일어났다.

희현이 기겁해 들고 있던 백도를 떨어뜨렸다. 고약한 냄새를 풍기며 연분홍색 과육이 뭉그러지고 있었다. 눈 깜짝할 사이에 벌어진 변화였다.

희현이 어찌할 바를 모르고 지켜보고 있는 사이 백도는 썩어 문드러져 땅속으로 삽시간에 스며들고 말았다.

헉, 소리를 내며 잠에서 깬 희현은 자신이 눈에 익은 천장 아래에 누워 있음을 깨달았다. 뒷맛이 개운하지 않은 꿈이었다. 희현이 심호흡을 하며 가슴팍을 문질렀다. 이건 무엇을 예고하는 꿈일까. 길한 징조가 아닌 것만은 분명한데. 조상신께서 나를 긍휼히 여겨 불행이 닥칠 것을 경고해주시려는 걸까.

피곤에 전 몸을 일으킨 희현이 식구들의 발치를 돌아 나갔다. 부뚜막에 놓아두었던 그릇을 뒤집어 헌 물을 비워내고 새벽 일찍 떠온 새 물을 담아 원래 자리에 밀어두었다. 그러는 동안에도 생각은 꼬리에 꼬리를 물고 이어져 마침내는 자신의 달거리가 끊긴 지 두어 달이 넘었다는 데 이르렀다.

세상에, 설마. 희현이 도리질했다.

태몽이라기에는 이건 몹시 뒤숭숭한 꿈이지 않은가. 입을 다문 희현이 시렁에 얹어둔 바가지를 움켜쥐었다. 속이 뒤틀리면서 공격적일 만큼 맹렬한 허기가 치받아 올랐다.

묵은 좁쌀을 바구니에 퍼 담으며 희현이 헛구역질을 했다. 좁쌀 한 줌을 입안에 털어 넣으려던 희현이 욕지기를 견디지 못하고 허리를 꺾으며 주저앉고 말았다.

이건 태몽이 틀림없어. 삼신할머니께서 내게 아이를 점지해주신 거야. 살라고, 살아야 한다고.

입술에 묻은 좁쌀을 훑으며 희현이 엉덩이를 일으켰다. *내 뱃속에 생명이 깃든 거야. 씨앗 하나가 뿌리를 내린 거라고.*

벽 한쪽에 기대선 채로 희현이 배 아래를 문질렀다. *아기야, 잘 왔다. 아가, 예쁜 내 아가.*

희현에게서 그날의 꿈이며 입덧에 대해 전해들은 단오는 반색하며 기뻐하기는커녕 심드렁하게 중얼거렸다.

“거참, 아들 새끼여야 할 텐데.”

진하를 장사 지내고 한 달이 안 지났을 무렵이었다. 단오가 전 부인에게서 낳은 아들, 희현에게 의붓아들이던 진하는 계곡물에 빠져 짧은 생을 다했다.

진하는 끝이 처진 속눈썹이 선해 보이는 소년이었다. 말이 소년이지 육체적으로는 청년에 가까워 턱밑에는 거뭇하게 수염이 돋았고 노동에 단련된 두 팔은 튼실했다. 새어머니보다 세 살 아래이던 진하는 꾸며 말하는 법을 몰랐으되 깍듯했고 매사에 예의 발랐다. 단오를 빼다 박은 듯한 겉

모습과 달리 기질적인 면에 있어서는 제 아비와 닮은 점을 찾기 힘들 만큼 전혀 달랐다. 친어머니가 셋째를 낳다 숨진 이후로 가게에 소홀한 아버지를 대신해 동생을 돌보며 얻게 된 품위가 그를 진중한 소년으로 자라게 한 까닭이었다.

그가 희현에게 있어 유일한 안식이었다. 혼인 전의 열렬한 구애가 허풍에 불과한 것처럼 희현을 아내로 들이는 즉시 단오는 채삼꾼 무리와 함께 산으로 떠나버렸고 모현과 미유는 밤마다 곯은 배를 불평하며 울었다. 희현이 앞날을 시름하는 동안 진하는 묵묵히 밭을 일구었고 먹을거리를 빌어왔으며 냇가에 앉아 그물을 던졌다.

진하를 희현은 사랑했다. 그 애정에 일말의 애욕이 섞여 있음을 스스로는 인정할 수 없었다고 해도.

천둥번개가 치는 날, 의붓아들과 우연히 광에서 맞닥뜨린 뒤로 이는 더는 무시할 수 없는 욕망으로 희현의 가슴속에 자리 잡고 말았지만.

그해 여름. 진하가 퉁퉁 부은 시체로 우마차에 실려 돌아왔을 때 희현은 제 마음의 일부가 뜯겨져 나갔음을 깨달았다. 오랜 세월이 흘러 과거의 상처가 아문다고 해도 그 자리에는 영영 새살이 돋지 않으리라는 것도. 희현의 생에서 한 계절은 그렇게 져버렸다.

복중 자식의 성별을 운운하는 지아비의 몰인정에도 희현은 덤덤하게 웅얼거렸을 따름이었다.

"삼신할머니께서 어련히 알아서 점지해 주셨을라고요."

꿈들은 희현에게 뱃속의 생명에 대해 재차 귀띔해주었다. 태몽들 속에서 희현은 날개 달린 호랑이며 용, 진귀한 보석과 동전, 찬란하게 빛나는 무지개 따위를 받아 안았으나 그것들의 운명에 예외란 없었다. 희현의 품에서 그들은 부서지거나 흩어져 덧없이 사그라져버렸으므로.

제 안에 움튼 생명이 희현은 걱정스러웠다. 입덧에 시달려 해쓱해진 산모와 태아의 건강에 단오는 잔인하도록 무관심했지만.

열 달은 짧지 않았다. 배가 불러오고 몇 번의 하혈과 혼절을 겪어내는 와중에도 희현은, 모현과 미유를 입히고 먹여야 했다. 불거진 배를 내밀고 뒤뚱뒤뚱 걸으며 희현은 잔칫집을 돌았고 심부름을 거들었으며 삯바느질을 했다. 두 아이와 뱃속에 품은 자식을 건사했다.

출산은 수월하지 않았다. 임신이 그러했던 것처럼 무엇 하나 쉬운 게 없었다. 꼬박 하루하고도 반나절 동안의 진통 끝에 아기가 태어났다. 단오의 바람처럼, 희현이 예상했던 바대로 아들이었다.

땀범벅이던 산파에게서 핏덩이를 받아 안는 순간 희현

은 확신할 수 있었다. 자신이 이 아이를 사랑하고 있다는 것을. 태어나기 전부터 이미 사랑하고 있었다는 것을. 열렬하고 극진하게. 그 감정이란 정인들 사이의 애정에 비할 바 없이 숭고하다는 것을.

배냇짓 하는 갓난쟁이의 낯을 들여다보며 희현은 맹세했다. 이 보물을 놓치지 않겠다고. 제 손으로 반드시 지켜내고 말겠다고.

그런 날에조차 술에 취해 단오는 초저녁부터 곯아떨어졌다. 한밤중 희현은 부은 다리를 절룩이며 부엌으로 나가 아궁이에 불을 땠다. 한 솥 가득 죽을 쑤어 사발에 퍼 담은 다음 들이켜다시피 목구멍으로 넘겼다. 그제야 빈속이 차면서 가슴이 부푸는 것이 느껴졌다.

"미안해, 진하야."

손등으로 입가를 훔치며 희현이 울먹였다.

"나는 너를 잊을 거야. 이제부터는 오로지 이 아이를 위해 살 테니."

다른 모든 어머니처럼 희현 또한 깨우칠 것이었다. 자신의 팔이 잠투정하는 아이를 당겨 다독이기 위해 생겨난 것임을. 두 다리는 그 앙증맞은 것을 등에 업고 자장자장 노래 부르며 골목길을 맴돌기 위해 만들어졌다는 것도. 제 삶이 무슨 이유로 이 궁벽한 섬마을에 다다르게 됐는지 희현은 납득할 수 있었다. 이 아이를 잉태하기 위해. 그러므로 단오와의 혼인도 더는 무의미하지 않았다.

모현을 설득해 맹수의 먹이로 바쳐지게 했음에도 희현은 일말의 죄악감에 시달리지 않았다. 단오에게서 배를 곯아 칭얼거리는 아이를 받아 안는 순간 확신할 수 있었으니까. 이 아이를 지키기 위해 자신은 옳은 결정을 내렸다는 것을. 두 팔 가득 보드라운 몸뚱이를 안고 정수리에서 피어오르는 단 냄새를 맡으며 희현은 사무치게 깨달았다.

나는 떠날 수 없어. 그런 식으로 허망하게 사라져버리지는 않을 거야. 한 아이의 어머니로서 이건 당연한 의무야.

산으로 끌려가는 모현을 먼발치에서 배웅하면서 희현은 결론 내렸다. 이 세상에 죽어 마땅한 사람은 없다지만 그럼에도 둘 중 하나가 목숨을 잃어야 한다면 그건 자신이 아니라 모현이어야 한다는 것을. 제 자식이, 아침 풀잎처럼 연약한 사내아이가 자라 팔다리가 길어지고 눈썹이 짙어지며 날로 억세어지는 것을 지켜볼 수 있다면. 그 꿈의 결말을 고쳐 쓸 기회가 주어진다면. 그럴 수만 있다면 자신은 더한 일도 해치울 수 있다는 것을.

간절한 기도는 하늘을 울리고 땅을 감복시키는 법이었으므로.

또래에 비해 아이는 체구가 작았고 잔병치레가 잦았다.

태어난 지 일고여덟 달이 지난 다음에야 몸을 뒤집었고 걸음마는 더더욱 느렸다. 그러나 말간 얼굴에 박혀 있는 검은 눈동자만은 어찌나 크고 깨끗하던지. 희현은 아이의 눈을 들여다보며 다짐했다. *나는 너를 떠나지 않을 거야, 내 작은 복숭아야.*

땀이 배 끈적이는 손가락을 붙들고 속삭여주었다. *아가야, 너는 내게 세상 전부를 합친 것보다 귀한 보배란다.*

희현은 조숙한 소녀였다. 다섯 살 무렵 글월을 터득했고 두 살 터울의 동생이 아버지의 무르팍을 차지한 채로 손장난이나 쳐댈 때 화선지를 펼쳐놓고 어머니가 불러주는 대로 붓글씨를 써 내려갔다. 병아리를 쫓아 맨발로 마당을 쏘다니던 모현과는 정반대의 성정을 타고난 듯싶었다. 모현은 변덕스럽다 못해 별것 아닌 이유로 떼를 쓰기 일쑤였고 양반댁 아가들의 억지에 익숙한 유모조차 그 고집을 꺾지 못해 애를 먹었다.

그에 반해 희현은 인내하는 데 익숙했다. 유별난 구석이 있는 동생을 배려하는 데 이골이 나 있어서였을까.

해 질 무렵 아버지의 등에 업혀 연못을 구경하는 쪽은 언제나 모현이었다. 창문을 열어놓고 희현은 그 모습을 남몰래 훔쳐보곤 했다. 우는 모현의 손에 유모는 얼른 먼저 곶감을 쥐여주었다. 마지막 약과 한 조각은 예외 없이 모현의 차지였다. 모현이 고르고 남은 옷감으로 희현은 저고리를 지어 입었고 어머니가 선물한 복주머니를 동생이 요구하는 대로 흔쾌히 바꿔 가지곤 했다.

어느 날 희현의 이마를 짚어본 어머니는 질겁해 외쳤다.

"세상에, 이렇게나 뜨거운데. 들어가자. 오늘은 글공부를 접는 게 좋겠다."

여종을 불러 어머니는 잣을 갈아 죽을 끓여올 것을 명했다. 잣죽은 희현이 제일 좋아하는 음식이었다. 솜이불을 덮고 누워 있으면서도 희현은 식은땀을 흘리며 덜덜 떨어댔다.

그날 어머니는 밤새도록 희현의 곁을 떠나지 않았다. 뺨을 쓸고 손을 주무르며 달빛 아래 첫째 딸의 얼굴을 뜯어보았다.

"얘, 희현아. 네 아버지는 모현의 앞날이 근심스럽다지만 나는 아무래도 네가 눈에 밟히는구나. 우리 아기, 이렇게 울지 않아서 어쩌나. 그 마음에 못다 흘린 눈물이 차올라서 어째. 아파도 아프다 말할 줄 모르고 슬퍼도 눈물 한 방울 떨어뜨릴 줄 모르니. 걱정이구나. 네가 이리 씩씩해서. 이토록 무심하게 굴어서."

달뜬 숨을 뱉으며 희현이 어머니의 손바닥에 열이 오른 이마를 갖다 댔다.

"너를 품기에는 이 세상이 너무 작다. 안타깝구나. 네가 사내아이로 태어났어야 했는데. 그 머리를 곳간 속 낟알을 헤아리며 썩힐 수밖에 없다니. 꼿꼿한 그 성정이 네게 해를 입힐지도 모르겠다. 딸아, 내 말을 명심해야 한다. 화를 억누르다 못해 그것에 도리어 잡아 먹혀버려서는 안 돼. 자신을 상처 입히지 말아라. 내 말이 무슨 뜻인지 알겠니?"

사나흘을 꼬박 앓은 끝에 희현은 의연하게 고뿔을 떨치고 일어났다. 그럼에도 그날 어머니가 들려주신 말씀만큼은 가슴 깊숙한 곳에 빗장을 걸어 간직해두었지만. *우리 아기, 이렇게 울지 않아서 어쩌나.* 부모님과 생이별해 낯선 이 섬으로 끌려온 뒤에도 그 말소리는 바닷바람에 실려 희현의 귓가에 소용돌이쳤다.

안타깝구나. 네가 사내아이로 태어났어야 했는데.

희현도 모르고 있지 않았다. 그 조언들이 어머니가 스스로에게 건네는 혼잣말이나 다름없다는 것을. 자신을 빼닮은 총명하고 곧은 딸의 모습에 뿌듯해하면서도 한편으로 그 미래에 닥칠 불운을 예감하며 어머니는 근심하고 있었다는 것을.

어머니의 예측이 옳았다. 강인함은 의외의 순간에 드러나는 법이었으니까. 그들 가족이 나락으로 굴러떨어지던 밤, 대청마루를 디디고 서서 희현은 저택을 헤집어놓던 파

렴치한들을 향해 호통치듯 외쳤다.

"내 아버지는 죄가 없소."

반면 평소 천방지축 겁 없이 굴던 모현은 치마폭에 얼굴을 묻고 흐느끼고 있을 뿐이었다.

"누명이오. 당신네들은 돌이킬 수 없는 잘못을 저지르고 있소. 후회할 것이요. 저분께서는 오늘날의 오명을 벗고 돌아와 당신들을 벌하고 말 테니."

담대한 그 태도에 누군가는 필시 경탄했겠지만 그렇다고 그 아비에게 내려진 대역죄가 거두어졌을 리는 만무한 터.

증조할머니가 꾸리고 할머니가 단장해온 저택을 떠나며 희현이 챙겨 나온 것이라곤 노리개 두엇과 장도 하나뿐이었다. 군졸들이 마구잡이로 사람들을 끌어내기 전 자매들의 거처로 넘어온 어머니는 허리에 매달고 있던 장도를 풀어 큰딸에게 건네며 말했다.

"받아라. 언젠가 손에 쥐게 될 날이 올 거다. 어떤 식으로든 자기 몸을 지킬 방도는 필요한 법이니까."

그 칼을 희현은 여민의 손에 들려 모현에게 보냈다. 짧은 서안이라도 써 함께 부쳐볼까 하는 생각이 없었던 건 아니었지만 도무지 결심이 서지 않았다. 문방사우라는 것들을 만져본 지도 오래됐거니와 종이와 먹, 벼루와 붓을 어떻게든 구해온다 해도 무슨 말을 어떻게 풀어내야 할지 막막했던 탓이었다. 하기야 그런 짓을 저질러놓고 무슨 염치로 동생에게 작별인사를 고한단 말인가. 동무에게서 장도를 전해 받은 동생이 차마 밝히지 못한 자신의 진심을 읽어주기를 고대하는 수밖에. 그것이 모현을 위해 희현이 해 줄 수 있는 최선이었다.

실토하지 않은 내심이란 무의미할 뿐임을, 그 같은 고집스러움이 스스로를 더욱 고독하게 만들 것임을 알지 못한 채.

모현이 눈을 떴다. 눈언저리에 고여 있던 눈물 한 방울이 뺨을 타고 흘러내렸다. 오랜만에 옛적의 꿈을 꾸었다. 이 섬에 도착한 뒤 겪어내야 했던 길고 긴 나날들에 대한 꿈. 그 속에서 모현은 희현이었다. 희현의 몸에 들어가 세상을 응시하고 통과해야 했다.

허기를 달래려 우물물을 들이켰고 그릇을 헹구기 위해 주먹으로 얼음을 깨뜨렸다. 현기증이 나도록 단단한 땅을 호미질하며 목덜미를 태웠다. 동생에게 한 줌 남짓한 죽을 먹이고 자신은 배를 곯았다. 졸음에 겨워 꾸벅거리는 동생을 재워놓고 달빛이 드는 문간에 앉아 새벽까지 삯바느질했다.

토막 난 채로 이어지던 꿈의 끄트머리. 희현은 낭떠러지에 서 있었다. 해 질 녘. 어느 대륙에서 일었는지 모를 바람이 불어와 말꼬리를 지웠다. 바다 내음을 머금은 공기가 입안을 깔끄럽게 했다.

"이토록 지긋지긋한 가난이라니. 가망이 없어. 다 틀렸어."

초봄, 늘푸른나무들조차 노랗게 시들어 있던 즈음. 벼랑 너머 하늘에는 멍이 들어있었고 파도 소리는 통곡이나 진배없었다. 꽃 따러 가자는 말만 믿고 그곳까지 따라 올라온 모현은 어리둥절한 표정이었다. 철없던 무렵이었다. 언니의 치마폭에 감싸여 있던 때. 아침에는 머릿수건을 쓰고 저녁에는 바느질감을 풀며 언니가 내쉬는 한숨의 의미를 헤아리지 못하던 시절.

"이 봄이 지나기 전에 우리는 굶어 죽고 말 거야."

희현은 그때 울고 있었던가. 아니, 그럴 리 없었다. 단 한 방울의 눈물조차 말라붙어버린 후였으니까. 희현이 모현의 손목을 붙들었다. 휘청거리는 모현을 붙잡아 절벽 가장자리로 난폭하게 밀고 나갔다.

뻗대고 몰아대는 걸음걸음마다 흙먼지가 일었다. 두 자매는 가장 높은 바윗돌을 디디고 섰다. 갯바람이 희현의 등허리를 때렸다. 잔돌들이 굴러떨어졌고 치마폭이 펄럭였다.

모현은 아찔했다. 이대로 언니의 손에 떠밀려버린다면,

까마득한 아래로 투신해버린다면.

"뛰어내려, 너부터."

희현은 생각했다. *그래, 우리에게 자진할 용기가 주어진다면.*

"이렇게 살 바에야 죽는 게 낫지. 죽어버리자, 동생아. 죽자."

이 모든 것을 끝장낼 결심이 선다면. 보잘것없는 이 생을 송두리째 던져버릴 수 있다면.

"언니. 아니야, 싫어."

희현에게 손목을 잡힌 채로 모현이 중얼거렸다.

"살고 싶어, 언니. 이런 식으로 죽고 싶지는 않아."

"모현아, 우리 앞에 무엇이 남았겠니?"

희현이 후후, 웃었다.

"내겐 굶주리고 고통받을 날들밖에 떠오르지 않는구나."

바람을 머금은 모현의 치마가 둥글게 부풀었다. *언니, 나를 놓지 마.* 모현은 차마 말하지 못했다. 희현의 눈동자 속 시커멓게 뭉쳐진 광기를 엿보고 말아서였을까.

"살자. 죽지 말자. 하루만, 딱 하루만 더 살아보자. 응?"

모현이 애원했다. 동그라니 앳된 아이의 낯을 들여다보며 희현은 눈물을 쏟고 말았다. *동생아, 너는 내게 희망이고 구원이었어. 살아갈 힘을 북돋워 주는. 한편으로는 잠시도 떨*

어뜨려 놓을 수 없는 짐과 같았어. 나를 죽도록 고통스럽게 만드는.

"약속할게. 무슨 일이 있어도 언니를 저버리지 않겠다고. 함께 살고 함께 죽겠다고. 그러니 지금은 살아. 우리 같이 살자."

모현이 울먹였다. 희현이 모현의 팔을 놓아주었다. 모현이 비틀거리며 물러나 섰다. 잡혀 있던 팔목 둘레가 홧홧했다.

무릎 사이에 머리를 묻은 채로 희현이 아이처럼 엉엉 소리 내 울었다. 그 옆에 쪼그리고 앉아 모현이 희현의 어깨에 이마를 댔다. 이 섬에 처음 발을 내디딘 날처럼 둘의 그림자가 섞여들면서 희미해져 갔다. 해가 수평선 저편으로 침몰하고 있었다.

모현이 상념에서 헤어나와 코를 훌쩍이며 요를 걷었다. 눈물 자국일랑 대충 문질러 닦아버렸다. 더는 꾸물거릴 시간이 없었다. 물을 길어 얼굴이며 목둘레를 씻은 다음 가장 먼저 들러야 할 곳은 반빗간이었다. 새벽 어스름이 걷히지 않은 그 시각부터 반빗간은 오가는 발길들로 분주했고 아궁이에는 불길이 넘실거렸다. 화로의 불을 꺼트리지 않고 지켜내는 것은 칼자에게 주어진 임무 중 하나였다.

칼자인 수리는 무뚝뚝하되 진중한 사내였다. 부뚜막에

걸터앉는다거나 소금 종지를 엎지르는 따위의 실수만 저지르지 않는다면 야단을 맞는 일은 극히 드물었다.

그에 반해 식모인 연화는 입심이 셀 뿐 아니라 야윈 몸피에 성격이 급했다. 조금이라도 게으름을 피웠다가는 온갖 욕설을 쏟아부어 아이들을 눈물짓게 했다. 외딴 섬 조그마한 관청에 딸린 이 부엌에서 식모와 갱자, 장비의 역할은 구분돼 있지 않았다. 연화는 칼자와 더불어 국을 끓였고 장을 담갔으며 찬을 만들고 술상을 냈다.

모현 또한 물 긷기와 장보기 등 부엌 안팎에서 이루어지는 번다한 심부름은 물론이고 관아 여기저기를 부르는 대로 쫓아다니며 허드렛일을 도와야 했다. 설거지를 한 뒤에는 비질을 했고 점심상을 차리는 데 동원되고 나면 저녁 준비를 하기 전까지 빨래니 바느질이니 하는 일감들을 처리했다.

관비들 틈에 섞여 지내면서도 모현은 그것을 부당하다 여기지 않았다. 귀양살이하는 신세인 이상 죄인의 처분은 어디까지나 수령의 권한에 맡겨져 있었으므로. 팔이 떨어져 나가도록 홍두깨를 두드리고 맷돌을 돌리며 모현은 뒤늦게 일상의 고단함을 깨달았다. 생계를 잇기 위해 희현이 해나가야 했던 노무의 끔찍함을 알게 됐다.

내아로 내어가는 밥상은 대개 여민에게 맡겨졌다. 여민

은 그것을 자신만이 누릴 수 있는 특권으로 여겼다. 노비방은 동헌을 에워싼 담 밖에 위치해 있었다. 관비나 다름없는 소녀에게 수령이란 담 안쪽에 들어앉은 팔작지붕의 기와집처럼 아득하게 먼 존재였다.

햇발이 쌀뜨물처럼 보얗던 날. 천성이 부지런한 까닭에 그 날씨를 두고 넘길 수 없었던 세답이 이불 빨래를 할 것을 선언해 모현은 오후 내내 냇가에 주저앉아 방망이질을 해야 했다. 볕을 쬐며 노동한 대가는 혹독했다. 빨래터에서 벗어나기 무섭게 모현은 비틀거리며 거처로 돌아왔다. 문턱을 넘어 무너지다시피 주저앉은 다음 뻐근한 팔을 움직여 궤짝을 열었다.

용기를 기울여 거친 손에 동백기름 몇 방울을 덜어냈다. 미끄러워진 손바닥으로 낯을 쓸면서 모현이 모로 누웠다. 반빗간으로 불려가기 전에 잠깐이라도 눈을 붙이고 싶었다.

짚 베개를 베고 편한 자세를 찾아 몸을 뒤척이려는데 밖에서 난데없이 옥신각신하는 말소리가 들려왔다. 모현이 일어나 앉았다.

"동생아, 나다. 나와보아라."

모현이 신음했다. *언니는 정녕 나를 이대로 내버려두지 않을 작정인 거야. 닦달하고 으름장을 놓아 나를 끝끝내 끌*

고 가려는 속셈인 거야.

"이보게들, 이러지 말게. 이 팔을 좀 놔달라니까."

모현이 떨리는 손을 문손잡이로 가져가려 할 때 삐거덕 소리와 함께 문짝이 틀에서 밀려났다.

"내 이럴 줄 알았지."

반쯤 엉덩이를 들고 있던 모현을 주저앉히며 여민이 타이르듯 말했다.

"나갈 생각은 하지도 마."

여민이 머릿수건을 벗어 쥐었다.

"종복들이 돌려보낼 거야. 그자들이 못 막는다면 사령이라도 데리고 오겠지. 그러니 내버려 둬. 수령님께서도 말씀하셨잖아? 언니가 네게 손톱만 한 해도 끼치지 못하도록 지켜보고 있으라고. 매질을 해서라도 쫓아내 버리라고. 천치가 아닌 이상 언니도 그렇게까지 막무가내로 굴지는 못할 거야."

그럼에도 모현이 주저하는 기색을 보이자 여민이 인상을 구기며 냅다 고함을 질렀다.

"멍청한 인간아. 정신 좀 차리라고."

여민은 궁금했다. 자신이 이 아이를 가엾게 여기는 건지 아니면 지독하게 미워하는 건지.

"괜한 분란을 일으켰다가는 나부터 너를 용서하지 않을

거야."

찬바람이 일 만큼 재빠르게 여민이 고개를 돌렸다. 소란이 잦아들고 정적이 내려앉을 때까지 두 소녀는 등을 돌린 채로 입을 다물고 있었다.

희현은 잊을 만하면 한 번씩 관청을 찾아왔다. 모현은 문밖에서 자신을 부르는 외침을 들었고 원치 않는 숨바꼭질 놀이를 벌였으며 때때로 달아날 새도 없이 희현과 맞닥뜨리기도 했으나 다른 종들의 도움으로 최악의 상황은 모면할 수 있었다. 어느 날인가는 희현을 따라온 듯 막내 조카를 등에 업은 미유를 먼발치에서 발견한 적도 있었다.

모현은 순간 들고 있던 키를 놓칠 뻔했다. 강보를 허리에 두른 미유의 모습이 안쓰러울 만큼 여위어 보였다.

미유야, 어떻게 지내니? 매일매일이 얼마나 고되고 괴로우니? 조카 아이와 몇 마디 인사를 나누지 못해 모현은 속이 타들어 가는 기분이었다.

그 무렵 저고리를 갈아입거나 더운 몸에 물을 끼얹으며 모현은 버릇처럼 검은산의 괴수를 그려보곤 했다. 몰라보게 흐려진 어깨의 흉터를 손으로 쓸어내리며 날카로운 이빨과 뜨거운 입김, 마주한 이의 내심을 꿰뚫어 보는 듯하던 형형한 눈빛을 되새김질했다. 까닭 없이 외롭던 어느 밤에는 범굿이 벌어지던 날 온몸을 달아오르게 했던 박동을 남몰래 그리워하기도 했다.

범굿을 치른 이후로 호식은 한 차례도 일어나지 않았다. 그것이 무당이 벌인 굿 때문인지에 대해서는 누구도 확신할 수 없었지만. 호랑이가 검은산을 떠났다고 결론 내리기 위해서는 유렵가며 발 빠른 사내들을 올려보내 맹수가 거처로 삼을 만한 장소들을 면밀히 살펴보아야 했으나 홍옥이 벌인 첫 사냥이 실패로 끝나버린 이상 다시 조사에 나서기도 부담스러운 일이었다.

더욱이 농사일로 한창 바쁜 시기이기도 했다. 부칠 전답이 많지 않은 섬마을이라 할지라도 들녘에서 거둬들이는 곡물은 가계에 적지 않은 부분을 차지했으므로. 그럼에도 어젯밤 벌어진 변고를 근심하며 오늘 밤 닥칠 재액에 대비하지 않아도 되는 나날들이 이어지고 있다는 사실만으로 마을에는 간만에 태평한 분위기가 감도는 눈치였다.

여름의 한복판이었다.

일곱.

아침저녁으로 빗줄기가 듣는가 싶더니 더위가 한풀 꺾였다. 들이며 언덕, 계곡에 얼룩져 있던 피비린내 또한 몰라보게 씻겨나갔다.

늦여름. 그날따라 안개가 짙어 산마루가 허공에 홀로 떠 있는 성곽처럼 보일 지경이었다. 땔나무 타는 냄새가 맵싸하면서 분분했다. 물 항아리를 내려놓으며 허리를 펴던 모현에게 연화가 지시를 내렸다.

"오늘 아침에는 네가 나리께 진지를 가져다드려야겠다."

앞치마를 쥐었다가 놓으며 모현이 주위를 두리번거렸다. 김이 차 꿉꿉하던 부엌간에는 자신과 연화, 수리 셋뿐이었다.

"여민은요?"

"물건 몇 가지를 받아오라고 심부름을 보냈는데 웬일인지 늦는구나."

연화가 상보를 씌운 사각반을 가리켰다.

"홍옥 나리께 올릴 상이다. 쏟지 않게 조심하고."

"그렇지만."

여민이 몹시 상심할걸요. 모현이 뱉지 못한 말을 삼켰다. *여민에게는 이 일이 무엇보다 중요하다는 걸 아시잖아요.*

"음식이 식어버리는 게 더 큰일이지 않겠니."

연화가 모현의 마음을 읽은 듯 어깨를 떠밀었다.

"내아로 가는 길 정도는 기억하고 있겠지. 꾸물거리지 말고 움직이거라, 얼른."

상차림은 간소했다. 밥과 국, 장, 절인 채소 조금. 문을 넘고 넘어 모현은 발은 걸음으로 안채를 향해갔다. 소반 자체는 그렇게 무겁지 않았으나 상을 나르는 일에 익숙하지 않았던 모현은 문턱에 발이 걸려 종지에 담은 간장을 쏟을 뻔했다.

내아에 다다라 대청마루에 소반을 내려놓고 모현은 주위를 두리번거렸다. 홍옥이 어느 방에 기거하는지 몰라도 처마가 드리운 그늘 아래 방문들은 닫혀있고 가느다란 숨소리조차 들리지 않았다. 모현은 고민했다. 나리께서는 아직까지 기침하지 않으신 걸까. 이대로 상을 두고 돌아가야 할까. 아니면 큰소리로 문안 인사를 올리며 아침이 준비됐음을 고하는 것이 옳을까.

"상은 거기에 두고 가게. 알아서 먹겠네."

담박한 남자의 말소리. 모현이 흠칫 놀라 고개를 돌렸다. 안개의 흐름을 살피고 있었을까. 홍옥은 정원 모퉁이에 돌아서 있었다. 살구나무에 앉아 있던 꾀꼬리가 명랑하게 지저귀었다.

"그럼 물러가겠습니다."

"자네로군."

그 목소리의 주인이 모현임을 알아차린 홍옥이 뒤늦게 반가운 시늉을 했다.

"문안 인사 올리겠습니다, 나리."

"안색이 좋아 보이는군. 다행일세."

관비나 다름없는 자에게 이리도 허물없는 인사라니. 모현은 당황스러워 몸 둘 바를 몰랐다. 그런 모현의 속내를 아는지 모르는지 홍옥은 산뜻한 미소를 띠며 손을 저어 보였다.

"마침 잘됐네, 이리로 와보게."

모현이 그의 부름에 발걸음을 뗐다. 귀를 의심할 만큼 상냥한 말투로 홍옥이 모현에게 말했다.

"저길 보게, 불꽃이네. 이방에게 물어보니 사람을 시켜

따로 심은 적은 없다고 하더군. 그런데도 군락을 이뤄 이렇게나 탐스럽게 피어나다니 놀랍지 않은가 말이지. 이처럼 예쁘고 정갈한 꽃이라니."

홍옥과 나란히 선 채로 모현이 붉은 물결이 일렁이는 뜰을 내려다보았다. 그의 찬탄이 옳았다. 이슬을 머금은 새빨간 꽃송이들이 소담스러워 보였다. 방금 막 타오른 꽃불 같았다.

"불꽃의 꽃잎을 떼어내 입안에 머금으면 단맛이 난다는 걸 자네는 알고 있나."

"그럼요, 나리."

모현이 대답했다.

"어릴 적 언니와 질리도록 따 먹었는걸요. 그 맛이 기분 좋게 상큼했지요."

이 섬으로 보내지기 전, 기쁨으로 넘쳐흐르던 시절이었다. 시간은 쉼 없이 흘러 그 무렵은 결코 돌아갈 수 없는 과거로 멀어졌지만.

"자, 하나 맛보게."

홍옥이 옆으로 물러났다. 보일 듯 말 듯 고개를 끄덕인 모현이 허리를 굽혀 꽃잎 한 장을 떼어냈다. 기다란 종 같은 꽃받침이 앞뒤로 흔들렸다. 아침이슬이 묻은 꽃잎을 혓바닥에 올려놓고 모현이 입술을 오물거렸다.

"어떤가. 기억 속 그 맛과 같은가."

홍옥이 모현의 낯빛을 살피며 물었다.

"그러하네요."

모현이 대답했다.

"달고 향긋합니다."

홍옥의 웃음이 나직했다. 모현이 허둥거리며 덧붙였다.

"나리, 이만 가봐야겠습니다."

"잠시만 기다려주게."

홍옥이 허리를 더듬었다.

"받게."

모현이 홍옥이 내민 물건을 받아들었다. 칼이었다. 검은 산을 오르기 전날 언니가 여민을 통해 전한 어머니의 장도. 모현은 그 칼을 손에 쥐고 호랑이 앞에서 검무라도 추듯 당돌하게 내둘렀더랬다.

"정신을 잃은 중에도 이 칼만은 손에 쥐고 놓지 않더군. 상처는 완전히 나은 겐가. 거동에는 불편함이 없고?"

"저는 괜찮습니다. 제 목숨을 구해주신 데 대해 어떻게 감사를 표해야 할지"

"자네는 내게 빚진 것이 없어. 아니, 어쩌면 이것으로 우리 사이의 셈은 끝났다고 해야 할 걸세."

이건 무슨 말씀일까. 빚이라니, 셈이라니. 모현은 그때 용기를 내 높으신 분의 홍안을 올려다보았을까. 아니면 감히 시선을 마주하지 못하고 그의 손, 단정하게 깎은 손톱만을 뚫어져라 응시하고 있었을까.

"여기라면 괜찮을 거야. 이곳에서라면 누구도 자네를 위협하지 못할 테니까. 속내야 어떻든지 간에 내쫓을 수도 없겠지. 다음 일은 천천히 도모하도록 하세. 지금으로서는 안전이 최우선이니까."

"감사합니다, 감사합니다, 나리."

모현이 여러 번 허리를 굽혔다. 마침 바늘잎나무 위로 비쳐 들어온 햇살 때문이었을까. 아침나절의 무방비함 때문이었을까. 모현은 제 뺨으로 퍼져가던 홍조의 이유를 묻고 싶었다. 그때 모현의 얼굴을 달아오르게 만든 열기의 근원은 무엇이었을까.

"인사는 됐네. 이곳에서 지내는 일이 생각만큼 녹록진 않을 거야."

못 수면에 잔물결이 일었다. 풍경 소리를 실은 바람이 그들을 부드럽게 당겼다 멀어져갔다.

정적 속에서 홍옥은 한마디 말없이 모현을 안도하게끔 했다. 평화롭기까지 한 그 침묵이 모현은 낯설지 않았다. 그건 모현으로 하여금 과거의 한 순간을 되새기게 하는 고요였다. 돌담 옆 검푸른 풀과 화살, 화살촉이 파놓은 둥글고 깊은 상처와 방울방울 스며들던 피, 그토록 큰 덩치에도 모현을 조금도 불안하게 만들지 않았던 짐승. 그 순간에도 산들바람은 하염없이 불었다.

"나는 그저 자네가 무탈하기를 바랄 뿐이라네."

그 말을 인사 삼아 홍옥이 등을 돌렸다.

고개를 수그리고 모현은 느리게 걸었다. 뜨거워진 눈두덩은 식을 기색이 없었다. *저분은 수령 나리야. 내 생살여탈권을 쥐고 있는 분이라고. 이 못난 것아. 무슨 허황된 꿈을 꾸려 하는 것이야.*

부엌간으로 돌아와 보니 여민은 연화를 도와 산채를 손질하고 있었다. 여민이 모현을 따져 묻는 듯한 눈초리로 곁눈질했다. 붉어진 뺨을 감추며 모현은 애써 무심한 표정을 지었다.

점심 식사를 마치고 그릇을 정리하기 무섭게 빗방울이 떨어졌다. 모현이 달려나가 마당에 널어두었던 옷가지를 거뒀다. 비가 내린 덕분에 비질이며 밭일에서 벗어나 서너 식경이나마 팔다리를 쉴 말미가 났다. 거처로 간 모현이 베개에 옆머리를 대고 누웠다. 얼마나 잠들어 있었을까. 새우잠에서 깨 눈을 떠보니 바람이 흙벽을 때리는 소리가 심상치 않았다. 머릿수건을 집어 들고 모현이 무릎걸음으로 문가로 움직여갔다.

과연 빗줄기는 거세져 하늘에서는 작달비가 퍼붓고 있었다. 시간이 얼마나 흘렀는지 몰라도 뒷일을 염두에 두면 슬슬 반빗간으로 가봐야 할 듯싶었다.

물방울이 튀어 눅눅한 짚신에 모현이 버선발을 밀어 넣으려고 할 때 여민이 이웃한 가옥을 돌아 불쑥 모습을 드러냈다. 가뜩이나 어두운 오후, 삿갓을 기울여 쓴 소녀의 낯이 전에 없이 음울해 보였다. 여민이 대뜸 운을 뗐다.

"연화가 민어를 받아오래."

"민어를?"

앞치마를 펴며 모현이 물었다.

"칼자가 저녁상에 석쇠에 구운 생선을 내려고 한대. 단애(斷崖) 옆으로 난 샛길을 따라 내려가면 어염을 파는 가게가 나오잖아. 칼자는 거기 해산을 고집하니까. 나도 몇 번인가 심부름을 다녀오기도 했고."

"이 빗속에? 그 길이라면 맑은 날 가기도 애먹을 텐데."

"연화의 성격이 어떤지는 너도 알잖아. 두 번 묻는 걸 끔찍이도 싫어한다는 것도. 네가 낮잠을 자는 사이 나는 부엌에 남아 엿 고는 걸 돕기도 했고."

여민이 말끝을 얼버무렸다. 그 행동은 의도한 바 효력을 다했다. 진흙탕 위로 빗방울이 일으키는 파문을 물끄러미 바라보던 모현이 무릎을 짚으며 일어났다. 연화의 성깔

이야 모현도 익히 알고 있었으니까. 달구비는 그칠 기미가 없어 보였다. 반드시 다녀와야 하는 길이라면 되도록 빨리 나서는 수밖에 없어 보였다.

도롱이와 삿갓을 벗어 넘겨주며 여민이 물었다.

"저기, 오늘 아침에 말이지. 나를 대신해 홍옥 나리께 진지를 가져다드렸잖아."

"응."

"나리께서 무슨 말씀이라도 건네셨어?"

도롱이를 두르며 모현이 마른 웃음을 지어 보였다.

"나리께서 내게 무슨 용무가 있다고. 소반을 마루에 놓고 가라는 말씀밖에. 그뿐이었어."

여민의 눈 표정이 바뀌었다.

"그래?"

여민이 어깨를 들먹였다.

"다녀오는 즉시 반빗간에 들르도록 해. 그때쯤이면 바빠서 고양이 손이라도 빌리고 싶은 심정일 거야. 그럼 이따 봐."

한 손으로 삿갓을 잡아 고정시킨 모현이 소쿠리를 옆구리에 차고 물이 고여 질퍽한 마당을 뜀박질했다. 진흙이 튀어 바지에 얼룩이 졌다. 그런 모현을 돌아보며 여민이 콧숨을 내쉬었다. *고생 좀 하고 오라지. 세상 물정 모르는 어린아*

이도 아니고. 상황이 여의치 않다 싶으면 어련히 알아서 돌아오겠지.

칼자가 생선 요리를 하려 한다는 여민의 주장은 단순한 거짓은 아니었다. 날이 궂어 잡곡밥에 두부전골을 내기로 마음을 돌렸을 뿐. 파도가 높고 사나운 오늘 같은 날, 고깃배들이 바다에 나갔을 리 만무할뿐더러 어염을 내놓고 파는 돌집에 누구 하나 버티고 앉았을 리 없지 않겠는가. 이토록 얕은수가 통하다니 여민은 일이 지나치게 쉽게 풀린다고 생각했다.

멍청한 계집 같으니. 어쩜 이런 말도 안 되는 수작에 속아 넘어갈 수 있담. 사건의 진상이 밝혀져 연화에게 혼쭐이 나는 한이 있더라도 여민은 오늘의 이 기회를 놓칠 수 없었다. 모현에게 그분을 마음에 담아서는 안 된다는 것을 알려주고 싶었다. 수령 나리를 미혹하려 한 것이 얼마나 큰 죄악인지를 깨닫게 해주고 싶었다.

여민이 느리게 울타리를 따라 걸었다. 그러다 손바닥으로 정수리께를 가린 채로 모현이 달려간 고샅길을 불안한 눈초리로 넘겨보았다.

그 무렵 모현은 마을의 경계를 넘고 있었다. 빗방울이 갈대를 엮어 짠 삿갓에 부딪치며 후드득 요란한 소리를 냈다. 빗물이 목이며 팔 언저리를 축축하게 적셔놓았다. 속바지가 종아리에 감겼다. 갈림길에서 삿갓을 들어 올리고 나아갈 방향을 가늠할 때 빗물이 사정없이 눈 주변을 후려갈겼다.

평소라면 유쾌하게 거닐었을 길이었다. 방앗간 옆 공터를 지나 소나무 숲을 가로지르는 오솔길에 다다르면 절벽을 거슬러 오른 해풍이 댕기 끝을 짓궂게 흔들어대곤 했다. 그 바람이 모현은 싫지 않았다. 그로부터 일다경쯤 더 걸어가면 나오는 낭떠러지, 그 아래로 비좁게 트여 있는 길 아닌 길이 여민이 말한 샛길이었다. 그악스럽기까지 한 바람에 삿갓이 날아가 버릴 듯해 모현이 어깨를 움츠리고 테를 움켜쥐었다.

이건 보통 바람이 아니었다. 폭풍이었다. 등허리를 경사면에 밀착시킨 채로 모현은 지난해 섬을 부수고 간 싹쓸바람을 떠올렸다. 흙담을 허물어뜨리고 장독을 깨뜨리는가 하면 사립짝을 동강 내놓은 폭풍우는 노한 나라님만큼 무시무시했다. 바람신이 벌을 내리는 것이라는 주장도 허튼소리는 아닌 성싶었다.

건넛집에서는 아이 하나를 잃었다. 키가 비죽이 크던 사내아이는 비바람 속에서 염소를 찾으러 나갔다 범람한 물에 휩쓸려 돌아오지 못했다. 그 댁 아낙은 언제 그렇게 험악했느냐는 듯 쪽빛으로 걷힌 하늘을 올려다보며 절규했더랬다.

비탈은 가팔랐고 길이라 하기에도 민망한 틈새는 사람 하나 서 있으면 꽉 찰 만큼 숨 막히게 협소했다. 흙탕물이 빗면을 따라 끊임없이 넘쳐흘렀다. 삿갓은 이리저리 까불었고 저고리가 흠뻑 젖어 온몸이 떨렸다. 빗발치는 비 때문에 시야가 흐려 까딱 잘못하다가는 허공을 디뎌 벼랑 아래로 나동그라질 판이었다. 흙더미가 무너지면서 오른발이 빠진 모현이 서둘러 뒤로 물러났다.

모현이 필사적으로 돌산에 달라붙었다. 검푸른 바다가 거침없이 밀고 들어오는 적군들의 행렬 같았다. 돌풍 속에서 허우적거리던 모현은 그만 품고 있던 소쿠리를 놓치고 말았다. 소쿠리는 경사면을 들이받으며 까마득하게 떨어져 내렸다. *맙소사.* 바위 사이 쫓아 내려가기에는 엄두가 안 나는 강파른 곳이었다.

바윗돌에 뒷머리를 붙이고 모현은 혼잣말을 되뇌었다. *이 길을 무사히 통과하는 게 먼저야. 나중 일은 이후에 고민하도록 하자.*

팔을 빼 앞을 더듬거릴 때 뭔지 모를 뾰족한 것에 옆구리를 긁혔다. 얼결에 신음을 뱉어놓고 모현은 스스로를 꾸짖었다. *움직여야지. 더는 허비할 시간이 없어.* 암석이 종아리를 할퀴어 거칠고 구불구불한 통증의 자취를 남겼다.

풍후(風候)는 작금에 이르러 그저 광포하다고 하기에도 어려울 지경이었다. 연해와 맞붙은 바위벽을 박살 낼 듯한 흰 주먹들. 풍랑은 어떤 거인이든 단번에 집어 삼켜버릴 성싶었다. 빗방울에 얼굴을 두들겨 맞으며 모현은 찌푸린 눈으로 해안가를 더듬었다. 거무스름한 돌집은 난공불락의 요새처럼 굳건하게 그 자리를 지키고 있었다. 모현이 가 닿아야 할 장소였다.

모현은 여러 번 엎어졌다. 삿갓은 어디로 날아가 버렸는지 보이지도 않았다. 흘러내린 도롱이를 붙잡을 기운조차 없었다. 모현이 돌바닥을 기었다. 이대로 포기할 수는 없어. 걸음마도 배우지 못한 아이처럼 엉금엉금 앞으로 나아갔다.

그때 부드럽고 풍성한 무엇인가가 뒤통수를 뒤덮었다. 비단으로 지은 옷자락이 펄럭이는가 싶더니 힘센 팔이 모현을 일으켜 세웠다.

"내가 앞장서겠네. 따라오게."

홍옥이었다. 몸을 가누기 힘든 비바람 속에서 그는 기묘할 만큼 자유로워 보였다. 해풍을 타고 노니는 바닷새처럼. 흡사 비구름의 축복을 받은 존재이기라도 한 것처럼.

홍옥에게 의지해 모현은 가까스로 발길을 떼어갔다. 손목을 감아쥔 손가락, 따스한 살결을 따라 가지런하게 돋은 비늘이 느껴졌다. 모현이 눈을 부릅떴다. 비늘이라고? 의아해하며 반문하는 즉시 얄따랗되 단단하던 그 조각들은 금세 사라져버리고 말았지만.

홍옥의 힘을 빌려 모현은 열댓 걸음 만에 그곳에 가 닿았다. 홍옥이 문을 열었다. 예상대로 안은 비어있었다. 하긴 오늘 같은 날 어떤 멍청이가 바닷가로 장사를 하러 나온단 말인가.

갓양태에 묻어 있던 물기를 훑으며 홍옥이 안을 둘러보았다. 비바리들의 물건일 듯한 그물이며 소쿠리, 작살 따위가 마른 풀 위에 널브러져 있었다. 지붕에서 군데군데 물이 떨어지기는 했지만 폭풍을 피해 잠시 은신해 있기에 나쁘지 않은 곳처럼 보였다.

"자네, 입술이 새파랗군."

홍옥이 말했다.

"금방이라도 쓰러져버릴 것 같아."

"괜찮습니다. 조금만 쉬면."

"이대로는 안 되네. 물기를 닦아내는 게 좋겠어."

홍옥이 모현에게 씌워주었던 두루마기를 벗겨냈다. 모현이 어금니를 맞부딪치며 끔찍하게 떨어댔다. 물속에서 천신만고 끝에 건져진 사람처럼 그 몰골이 처참하기 그지없었다.

"돌아서 있을 테니 겉옷은 벗어두도록 하게. 이 두루마기는 그나마 덜 젖었으니 이걸 두르고 있으면 될 거야."

"나리."

"내 말을 따르도록 해. 이러다가 큰 병을 앓게 될 거야. 부탁이 아니네. 어서."

그 말투가 더는 반박할 수 없을 정도로 강경했다. 모현이 주섬주섬 저고리 고름을 풀었다. 젖은 치마저고리를 비틀어 짠 다음 물기가 마르도록 넓게 펼쳐놓았다. 눈길을 돌린 채로 손만 놀려 홍옥이 모현의 어깨에 두루마기를 걸쳐주었다. 긴장이 풀려서일까. 모현은 그 자리에 허물어지고 말았다.

홍옥이 모현 옆에 자리를 잡았다. 홍옥의 팔죽지에 모현이 얼굴을 묻었다. 홍옥이 팔을 둘러 모현을 끌어당겼다. 모현이 하아, 한숨을 쉬었다. 그의 품에 옹송그리고 있자니 그토록 혹독하던 한기도 조금씩 걷히는 것 같았다.

따뜻했다. 우리 모두는 하나씩의 등결불과 같지 않을까. 홍옥의 체온을 나눠 받으며 모현은 생각했다.

"어찌하여 예까지 오신 겁니까?"

모현의 물음에 홍옥은 대답 대신 잔잔한 미소만 흘렸다.

온기를 쫓으려는 듯 모현이 눈을 감고 홍옥의 손등에 식은 뺨을 가져다 댔다. 진저리칠 만큼 차가운 감촉에도 홍옥은 제 손이 낙인이라도 찍힌 것처럼 절절 달아오르는 것을 느꼈다. 이 소녀와 맞닿은 곳마다 열꽃이 피어나는 듯 했다.

휘몰아치는 폭풍우. 짧은 침묵 끝에 홍옥이 다시 입을 열었다.

“자네의 부친에 대해 들었네. 대단한 무인이셨다지.”

모현이 번쩍 고개를 들었다. 쥐어 짜낸 것 같은 말소리에 간절함이 서려 있었다.

“아버지는 어디에 계십니까. 어머니는요. 나리, 저희 부모님은 어찌 지내십니까. 살아 계신 겁니까. 돌아가시지는 않은 것이지요?”

“미안하네. 소식은 듣지 못했네.”

상심한 모현이 눈시울을 붉혔다.

“내가 아는 한 가지는 자네가 귀하게 자란 아이였다는 거야.”

“지금에 와서는 허황하기 짝이 없는 옛이야기지요.”

모현이 잘라 말했다.

“그 꽃처럼 해사하던 아이는 이미 죽었습니다.”

“아니네. 그 소녀는 여기에 있어. 자네가 살아 숨 쉬는 한 절대 죽을 수 없지. 그 아이는 바로 자네 자신이니까.”

입술을 깨물고 있던 모현이 쉰 목소리를 밀어냈다.

“그 소녀는 말입니다.”

눈가를 훔치며 말했다.

"어려서부터 활을 가지고 놀곤 했지요."

과거의 기억이 자물쇠를 부수고 망각이라는 함에서 풀려났다.

"들로 산으로 아버지를 따라 활을 쏘며 다닐 만큼 활쏘기를 좋아했답니다. 제가 활시위를 당길 수 있게 되면서부터 마당에는 사시사철 과녁이 걸려 있었어요. 매화나무에 아버지가 달아놓은 그림 과녁이 눈앞에 생생하게 떠오릅니다. 엄니가 불거져 나온 수퇘지였지요."

비통에 찬 목소리로 모현이 덧붙였다.

"그때의 저는 천진했고 두려울 것이 없었답니다. 그 시절로 돌아가 다시 활을 잡을 수 있다면……"

모현이 말을 끝맺지 못하고 입술을 꾹 다물었다. 홍옥이 조심스레 말했다.

"우리네 삶에서 고난은 끊임없이 닥치는 것이 아닌가. 바람에 맞서, 파도에 맞서 우리는 최선을 다해 살아남아야 하지. 그렇잖은가?"

그것이 내가 따라야 하는 바니까. 모현, 자네가 홀로 설 수 있도록 돕는 것이. 자네가 어떤 선택을 내리든지 간에 그 길의 끝에 무사히 다다를 수 있도록 인도하는 것이 내게 주어진 임무일 터.

하늘이 포효했다. 폭우는 그들을 같은 공간에 붙잡아두었다. 포개질 수 없는 둘을 겹쳐놓았다.

돌아오는 길은 편안했고 소동은 조용히 마무리 지어졌다. 모현은 여민을 용서했다. 여민이 지금 어떤 고통 속에서 허우적거리고 있는지 짐작할 수 있었기에. 그를 괴롭히는 그 감정이 수렁 같은 것이라는 것도. 그래서였을까, 홍옥에게 추문을 당하고 돌아온 새벽 여민은 내내 숨죽여 울었다.

모현은 그 밤을 하얗게 지새우다시피 했다. 사내의 강건한 팔이 자신의 어깨를 감싸고 있는 것 같은 착각에 시달리며. 그러다 깜빡 잠들었을 때 돌아가 있었다. 섬과 뭍 사이 바다를 가로지른 여정을 거슬러 매화나무가 지키고 선 앞뜰, 그리운 과거로.

여덟.

파도가 뱃전을 후려갈겼다. 물거품이 바스러졌다. 바람을 받은 돛이 팽팽하게 부풀어 있었다. 샛바람. 이물이 향해 있는 곳은 서녘, 해지는 바다였다.

돛대를 높이 세우고 선저(船底)를 깊이 판 목선은 여타 다른 고깃배들에 비하면 우락부락해 보일 만큼 크고 튼튼했다. 그래봤자 검푸른 너울이 거품을 머금은 아가리를 벌리며 들이닥칠 때마다 금방이라도 뒤집혀버릴 듯 위험천만하게 요동치기 일쑤였지만. 광막한 물 위에서는 어떤 거대함도 하찮게 느껴질 수밖에 없었으므로.

뱃사람 몇이 선수에 서서 대화를 주고받았다. 바닷바람을 이기려는 듯 그들은 시시한 농지거리를 나누면서도 귀청이 터져라 고함을 질렀다.

이 땅 어디인가에 이토록 큰물이 고여 있을 것이라고 소녀는 꿈에도 생각지 못했다. 인간세계를 모조리 집어삼키고도 남을 물이 저렇게 출렁이고 있을 것이라고는.

짐 꾸러미 사이에 아이들은 쪼그리고 앉아 있었다. 넋이 빠져나가고 남은 빈껍데기이기라도 한 것처럼. 다리가 묶인 닭 한 마리가 퍼덕거렸다. 포박돼 있지 않다 뿐 그들의 신세 역시 날지 못하는 날짐승의 그것과 다를 바 없었다.

갈매기 서너 마리가 뱃머리를 맴돌았다. 소녀가 언니에게 몸을 기대왔다. 언니가 소녀의 손을 움켜쥐었다. 뱃멀미에 시달리는 언니의 낯이 땀에 젖어 번들거렸다. 걱정스러울 정도로 해쓱하던 그 얼굴을 소녀는 똑바로 마주볼 용기가 나지 않았다.

소녀의 마음은 곤두박질하는 중이었다. 바다 밑으로 끝없이 풀려가는 닻처럼.

소녀의 삶은 뭍에 있었다. 창밖으로 능소화 군락이 내다보이는 남향의 아늑한 방에. 눈발이 날리는 날 솜이불을 뒤집어쓴 채로 열린 문 너머로 펼친 손을 내밀면 눈송이들이 날개를 접은 나비처럼 손바닥 위에 사뿐히 내려앉았다. 소녀는 대청마루 틈새에 배어 있는 먹 냄새를 좋아했다. 글공부한답시고 종이를 펼쳐놓은 채로 먹을 갈다 여러 번 먹물을 엎지르는 실수를 저지른 까닭이었다. 연꽃 정원의 매화나무에는 아버지가 손수 그리고 만든 과녁이 달려 있었다. 소녀는 걸음마를 떼고부터 늘 활이며 화살을 가지고 놀았다.

소녀의 세상에서는 참새들이 지저귀었고 아침마다 까치들이 감나무 꼭대기에 앉아 깃털을 다듬었다. 장마철이면 기와지붕으로 빗방울 듣는 소리가 요란했다. 8폭 병풍에는 꽃이며 새, 과실수들이 알록달록하게 수놓아져 있었고 군불 때는 구들장에서 발을 녹이고 있노라면 온기가 종아리를 타고 올라와 배며 어깨, 굳은 손끝이며 시퍼렇게 얼어 있던 뺨까지 녹작지근하게 데워주곤 했다. 눈보라가 몰아치던 밤, 화로에 구워 먹었던 떡의 맛은 얼마나 각별했는지.

여름은 소녀가 마음 깊이 사랑하는 계절이었다. 참외 네댓 조각으로 든든하게 배를 채운 다음 대나무 발을 늘어뜨린 방안에 누워 있노라면 유모가 땀이 밴 이마 언저리를 부채질해주며 옛날이야기를 들려주곤 했다. 소녀는 잠에 취한 채로 엄마 잃은 오누이가 하늘나라에 올라가고 토끼가 호랑이에게 골탕을 먹이는 따위의 설화들을 흘려들었다.

모기를 쫓으려 피운 쑥불 냄새가 밤새도록 향긋했다.

아버지는 자식들에게 다정하셨던 반면 어머니는 엄하셨

다. 그날 자신을 붙들어 세우는 손길들을 뿌리치며 어머니는 쩌렁쩌렁한 목소리로 자매를 향해 소리쳤다. 강인함은 의외의 순간 드러나는 법이었다.

"나고 자란 이 집을 잊지 말거라. 죽는 한이 있더라도 긍지를 잃지 말아야 하느니."

그 즉시 매질을 당해 어머니는 피를 흘리며 쓰러지셨다. 소의(素衣)에 점점이 튀어 있던 핏방울들이 이슬에 씻긴 작약 꽃잎 같았다. 비슷하면서도 다른 색색의 빨강 실로 놓은 자수 같았다. 군사들이 어머니를 짐짝처럼 끌고 갔다.

지난 며칠간 자신을 휩쓸고 간 사건의 전모를 소녀는 이해할 수 없었다. 스스로 직접 목격하고 경험했음에도 자신은 물론이고 언니와 부모님, 노복이며 시비 등 식솔들 모두가 겪어야 했던 불운을 아귀가 맞아떨어지는 엄연한 사실로 받아들이기 힘들었다. 열한 살 아이에게 그것은 불가해한 비극이었다.

소녀는 자신의 아버지만은 무릎 꿇지 않으리라 믿었다. 하늘과 바다가 뒤섞이고 대지가 시뻘겋게 타오르는가 하면 죽어 나간 사람들의 넋이 계곡을 울리는 메아리로 되돌아온다고 해도 아버지, 제 아버지만큼은 남들 앞에서 결단코 머리를 조아리지 않을 것이라고. 어린 것들을 대할 때는 더없이 온화하지만 자신보다 강하고 잔인한 상대에게는 절대

기개를 굽히지 않는 남자. 칼을 붓처럼 다룰 줄 아는 무인. 휘어지기보다는 차라리 부러져버리기를 선택할 굳건한 성정. 패배를 모르는 장수. 공정한 가장.

아버지는 산이었다. 차라리 산맥이었다. 이렇게 쉽게 굴복당할 수는 없었다. 이런 식으로 한순간에 무너져 내릴 수는 없는 노릇이었다.

상투머리를 포석에 찧으며 아버지는 오열했다.

"부탁드리오. 아이들만은 살려주시오. 제발, 제발 이렇게 빌겠소. 나는 어찌 되어도 좋소. 지금 당장이라도 목을 내어드리리다. 하지만 아이들, 아무것도 모르는 철부지들은 살려주시오. 이렇게 애원하리다."

제 앞에 도열해 있는 자들이 일개 군졸에 불과하다는 걸 알면서도 아버지는 쉬어빠진 음성으로 애걸했다. 약점은 의외의 순간 들통 나는 법이었다.

아버지는 허물어졌다. 산맥은커녕 한 그루 나무일 수조차 없었다. 자존심 센 만큼 자비로웠던 양반 나리, 어린 딸을 안아 올려 갓 딴 앵두를 입속으로 밀어 넣어주던 이전의 아버지로는 두 번 다시 돌아갈 수 없었다.

소녀는 흐느꼈다. 소녀의 자매, 두 살 손위의 언니는 길길이 날뛰어대다 장정들에게 제압당했다. 어머니는 생이별의 순간에까지 혼절한 채로 정신을 차리지 못하셨다.

대를 이어 물려받은 고택은 주인을 잃었다. 소녀는 안녕을 고해야 했다. 안락했던 유년 시절과. 기쁨과 다복함, 풍요로움과 따사로움, 내일을 염려하지 않는 오늘과 후회하지 않는 어제, 아침나절의 게으름과 저물녘의 자장가, 상냥한 인사들과 존경심 어린 눈초리, 진심을 담은 감사와 어머니, 아버지, 그들을 돌봐줄 책임감 있는 어른들 전부와.

아이들은 자신들이 어느 섬으로 보내질 것이라는 전언만을 들었을 뿐이었다. 하나 다행이라면 그들 둘은 헤어지지 않을 것이라는 사실이었다.

사공이 뱃전으로 몸을 들이밀며 외쳤다.

"섬이요. 섬이 보이오."

무릎 사이에 고개를 박고 있던 소녀가 눈을 들었다. 말간 낯. 보드라운 뺨에는 눈물 자국이 선명했다. 아이는 값비싼 비단옷을 입고 있었다. 분홍 저고리에 연두 치마. 치마 끝단은 흙 알갱이가 묻어 지저분했고 저고리의 소매는 눈물 콧물에 절다시피 했지만. 그해 봄, 자란 키만큼 발 또한 갑자기 커지는 바람에 어머니께서 새로 지어주신 당혜는 엽전 몇 냥이며 짚신과 맞바꾸어야 했다.

어디 그뿐이던가. 비취며 호박으로 장식한 노리개는 그들을 유배지로 안내한 관리에게 뇌물로 건네주어야 했다. 그는 아이들에게 친절하지는 않았어도 그렇다고 딱히 모질게 굴지도 않았다. 역모 죄를 범한 양반의 자식들에게 베풀어 마땅한 자비는 그 정도로 충분했다. 그의 일은 두 아이를 섬, 그곳의 고을로 인도하는 데까지였지만 사내는 자매를 객사에 넘기는 즉시 인사치레도 하지 않고 떠나버렸다.

그 밤, 포구 근처의 허름한 방에 감금된 채로 아이들은 나쁜 꿈에 시달렸다. 한번 넘어갔다 하면 다시는 가로질러 올 수 없을 망막한 대해를 두려워하며. 소녀들의 생에서 좋은 시절은 단칼에 잘려나가 버렸다. 육지를 떠나 바다로 떠밀려가는 순간.

사공의 외침이 다시 한번 해풍을 가르며 울려 퍼졌다.

"섬이요. 섬이 멀지 않았소."

손에 잡힐 듯 가까우면서도 한없이 먼 듯하던 산등성이가 푸르렀다. 늦봄이었다. 소나무 군락 사이로 드러난 바윗돌들이 드문드문하게 놓은 징검다리 같았다. 소녀가 눈가로 떨어지는 볕을 가렸다. 산허리에 초옥들이 옹기종기 모여 앉아 있는 것이 보였다. 밥때가 가까워졌는지 지붕 위로 솟구쳐 오른 연기가 천진한 춤사위처럼 나풀거렸다.

속도를 늦추고 해안가로 천천히 접근해가는 배 안에서 소녀는 아이들이 입을 모아 부르는 노래와 그에 따라붙는 웃음소리를 들었다. 환청인 듯 아닌 듯 아리송하던 그 아우성은 파도가 고물을 들이박으며 물방울들을 뿌리기 무섭게 흩어지고 말았지만.

이 물 위에도 사람이 사는 곳은 존재했다. 붙박여 둥지를 올릴 수 있는 데라면 어디에서든 인간들은 끈질기게 삶을 꾸려갔다.

"배가 흔들릴 테니 조심하시오."

뱃사공이 누구에게랄 것 없이 목청 높여 일러주었다. 졸지에 그들을 인계하는 임무를 떠맡은 젊은 사내가 기지개를 켜면서 다가왔다. 그는 인근의 섬들에 육지의 물건들을 실어 나르는 장사치였고 이들 자매의 안위에는 한 톨의 관심도 없었다.

사공의 경고대로 개를 지나며 거칠어진 물살에 휩쓸린 목선이 위아래로 출렁였다. 그 배의 키잡이는 노련한 자였다. 뱃전이 시끌벅적해지는가 싶더니 닻이 내려졌다. 몇 안 되는 손님이며 보따리를 내려주고 목선은 잠시간 휴식을 취한 후에 다음 섬으로 출발할 예정이었다. 이 섬은 그 배의 마지막 정박지가 아니었던 까닭이었다.

아이들이야 어찌할 줄 모르고 허둥거리든 말든 남자는 홀로 움직였다. 그에 반해 소녀들의 몸놀림은 느리고 어설프기까지 했다. 한나절 만에 마른 땅에 발을 디딘 남자가 신경질을 부렸다.

"서둘러라, 애들아. 늦었다."

바윗돌을 넘는 중에도 소녀들은 맞잡은 손을 놓지 않았다.

바람이 거셌다. 바람이란 놈은 바다와 궁합이 잘 맞는 짝이었다. 고삐를 풀어버리고 대해는 놈에게 분탕질할 자유를 선사해주었으므로.

모래밭을 걸어 나오니 소녀가 신은 짚신의 바닥이 눅눅해져 있었다. 장사치 사내와 포구에서 그들을 기다리고 있던 낯선 남자들 사이에 말다툼이 벌어졌다. 승선하기 전 사내가 짜두었던 일정이 어긋나버린 모양이었다. 마중 나와 있던 무리들 가운데 낮부터 술에 취하기라도 한 것처럼 코끝이며 뺨 언저리가 불콰하던 늙수그레한 남자가 아이들을 쏘아보며 뇌까렸다.

"가뜩이나 입에 풀칠하기 어려운 마당에 저것들까지 먹여 살려야 한다니, 쳇."

소녀가 목덜미를 움츠렸다. 그에 반해 언니는 금방이라도 대거리를 하고 나설 것처럼 어깨를 긴장시키고 있었지만. 그래봤자 흥미가 떨어진 듯 고개를 돌리고 사내들은 아이들에게 눈길조차 주지 않았다.

두어 식경쯤 지났으려나, 젖은 흙이 깔린 길을 달려 우마차가 도착했다. 뚱한 표정으로 담뱃대를 물고 있던 젊은 남자가 아이들에게 어서 타라는 손짓을 해 보였다. 자신은 우마차를 몰고 온 나이 지긋한 농부 옆에 궁둥이를 붙였다. 소녀들은 잃어버려도 상관없는 닭은 보퉁이처럼 삼태기 옆에 아무렇게나 주저앉았다.

이랴, 농부가 호령하자 짐수레를 끌고 황소가 발굽으로 흙을 찼다. 바퀴 한쪽이 잘못됐는지 달구지가 삐딱하게 기울어 있었다. 모래톱에 드러누운 고깃배들을 소녀가 무심한 눈초리로 바라보았다. 흡사 매라도 맞는 것처럼 아이들은 몸을 옹송그리고 있었다. 차디찬 침묵 속에서. 소녀들의 눈이 섬뜩할 만큼 죽어 있었다.

생선 비린내가 엷어지면서 해안가를 면한 소담한 어촌 마을이 멀어져갔다. 바짓가랑이를 걷어붙인 여자들이 호미를 움켜쥔 채로 색이 검은 돌들을 타 넘고 있었다. 조개를 캐러 가는 길이었을까. 우마차가 가팔라지는 오르막을 따라 올랐다.

숲이 울창해지는 동시에 나무들이 흉포해졌다. 짙푸른 잎사귀를 드리운 그것들은 창 같은 가지를 하늘 높이 치켜들고 있었다. 가뜩이나 기우뚱한 수레가 튀어 오를 때마다 소녀는 큰일이라도 닥친 것처럼 언니의 손을 찾아 쥐었다.

하선한 이후로 원래의 안색을 조금이나마 되찾은 언니가 소녀의 등을 토닥여주었다. 괜찮다는 듯. 걱정할 것 없다고, 우리 둘이 함께라면 더한 일도 헤쳐나갈 수 있다 스스로 다짐이라도 하는 것처럼.

산길은 점점 험악해졌다. 황조롱이며 참새 떼들이 엉성한 바늘땀처럼 상공을 수놓았다. 풀벌레 소리는 못 견디게 시끄럽다 싶다가도 언제 그랬냐는 듯 금세 잦아들었다.

구불구불한 산길을 우마차는 한참을 더 달렸다. 달아날 기회 같은 건 주지 않겠다는 듯, 산골짜기로 자매를 데리고 들어갔다.

피곤에 못 이겨 꾸벅거리던 아이가 감고 있던 눈을 떴다. 우마차가 멎어 있었다. 아랫마을. 자매는 마침내 목적지였던 섬마을에 이르렀다.

무엇이 그리 불만이었는지 남자가 이번에는 소달구지를 끈 농부와 실랑이를 벌였다. 자매는 서로를 도우며 짐수레에서 내려왔다. 우뚝 솟은 바위 옆에 장승 두 쌍이 세워져 있었다. 천하대장군 지하여장군. 사람 형상으로 조각해놓은 목장승에 새겨진 글씨들을 소녀는 별 어려움 없이 읽어 내릴 수 있었다.

그럼에도 서너 걸음 밖에 외따로 서 있던 나무 기둥만큼은 대단히 낯설었지만. 네 발을 치켜든 짐승의 모습처럼 보이는 그 조각상에는 한 자의 한자만이 적혀 있을 뿐이었다. 虎(호). 소녀도 익히 아는 네발짐승의 이름이었다. 범, 호랑이, 산군님. 그러고 보니 기둥에 둘러져 있던 검은 문양이 호랑이 털의 줄무늬를 연상하게 했다.

마을로 향하는 오솔길 옆은 낭떠러지였다. 절벽 아래로 내려다보이는 바다가 아찔하도록 검고 멀었다. 그곳에서 서른 발짝만 걸어 들어가면 마을에서 가장 늙은 노인보다 곱절은 더 나이를 먹었다는 당산나무가 늠름하게 버티고 있을 것이고 양지바른 언덕바지에서 키 작은 가옥들이 볕을 쬐고 있을 것이었다. 이곳 아랫마을은 아이들이 지금까지 살아왔고 영원히 살 것이라 믿었던 장소와는 전혀 닮은 구석이 없었다.

조급증이 치민 사내가 여러 번 아이들을 재촉했다. 소녀는 언니와 나란히 당산나무를 돌아갔고 경계를 늦추지 않은 태도로 골목길을 거닐었다.

늦은 시각이라 장마당은 파해 있었다. 빈 널판장이며 단지들을 둘러보던 소녀들이 황홀한 표정으로 코를 킁킁거렸다. 자취를 감추기 직전인 달짝지근한 기름 냄새의 꼬리는 길었다. 아침 일찍 보리죽 한 그릇을 비운 이후로 변변찮은 음식이랄 만한 것을 입에 댄 바 없어 아이들은 주릴 대로 주려 있었다.

사내를 좇아 자매는 부지런하게 발을 놀렸다. 길가에는 잡초가 우거져 있었고 짚신이 밟고 지나는 곳마다 먼지가 일었다. 어느 집에서는 닭이 울었고 흙담 밖으로 늘어진 가지 끝에는 시들어 빠진 꽃 한 송이가 매달려 있었다. 젖도 안 뗀 염소가 매애 목청을 높였고 세상 무서운 줄 모르는 하룻강아지가 울타리 밑으로 주둥이를 들이밀며 용감하게 짖었다. 채마밭에서는 지린내가 풍겼고 울짱이며 돌무더기 사이 어디에나 민들레가 피어 있었다.

그때 입가에 볼우물이 팬 여자아이가 돌담 옆을 지나오며 노래를 흥얼거렸다.

"옛날 옛적 한 소녀가 호랑이 등에 올라타 바다를 건너오니 그 섬에도 그리하여 범의 자식들이 살게 됐도다."

소녀로서는 처음 듣는 노래였다. 그 선율은 물론이고 노랫말이 기이하면서 아름다웠다.

"옛날 옛적 한 소녀가 호랑이 등에 올라타 바다를 건너오니."

여자아이가 운을 떼자 평상에 걸터앉아 짚신을 고쳐 신던 청년이 다음 토막을 넘겨받았다.

"그 섬에도 그리하여 범의 자식들이 살게 됐도다."

소녀가 홀린 듯 청년에게 다가가려다 언니의 손에 잡혀 물러났다. 돌발적인 그 행동은 어쩌면 범상치 않은 음률의 힘은 아니었을까. 청년이 일어나 망태기를 어깨에 걸치며 거듭 읊조렸다.

"그 섬에도 그리하여 범의 자식들이 살게 됐도다."

그 바람에 사내와의 거리가 벌어져 자매들은 걸음을 빨리 해야 했다. 메꽃 덩굴이 타고 오른 담 옆을 지날 때에야 소녀는 알아차릴 수 있었다. 집집의 지붕 가장자리에 돌멩이가 얹혀 있다는 것을. 어른 주먹만 한 크기의 그 돌들은 숯이며 먹 따위로 얼룩덜룩하게 칠해져 있었다. 그 즉시 소녀의 뇌리에 뭇 짐승을 호령하는 맹수 한 마리가 떠올랐다. 장승 옆에 세워져 있던 의문의 목상도.

'그 섬에도 그리하여 범의 자식들이 살게 됐으니.'

해가 수평선 너머로 절반 이상 넘어가 있었다. 온 사방에 자개처럼 흩어져 있던 광휘. 그들을 이끌고 온 사내의 낯에 수심이 어렸다. 이제 보니 그 돌들은 빗질하지 않은 머리처럼 푸슬푸슬한 이엉이며 겹겹이 포개 덮은 너와 지붕 할 것 없이 어디에나 놓여 있었다. 크기며 빛깔이 제각각이었다. 무늬도 다 달랐다. 그럼에도 같은 소원을 빌고 있었다. 그 지붕 아래 머무르는 권속의 평안을.

한결같은 이야기를 속삭여주고 있었다. 이 섬을 지배하는 영묘한 존재에 대해.

금 가고 부서진 대문을 박차고 코흘리개 여럿이 달려 나왔다. 그 아이들은 하나같이 맨발에 입성이 지저분했다. 괴롭히려는 의도라기보다는 순수한 호기심에 끌려 소년 하나가 소녀가 입은 비단치마를 당겼다. 가뜩이나 얼어 있던 소녀가 겁에 질려 울음을 터뜨렸다. 내 피붙이를 건드리지 말라 경고라도 하는 것처럼 동생 앞을 가로막으며 언니가 눈을 부라렸다.

그 꼴이 재미있어 죽겠다는 듯 꼬맹이들이 배꼽을 잡고 웃어댔다. 개중에 제법 성숙한 티가 나던 소녀애가 새침한 표정으로 앞서 나가며 노래를 불렀다. 놀라울 만큼 청아한 음색이었다.

"범의 범의 범의 그 범의 자식에게 인간 소녀가 점지되니."

아이들이 한목소리로 부르던 노래.

"그는 성신에게서 비밀을 전해 듣지."

그 곡조가 소녀의 귓가를 떠나지 않았다.

"그러나 그 연정은 가시밭길을 걸으리니 낙타 머리에 사슴뿔을 달고 뱀의 목을 한 괴물이 피를 빌려 마시리라."

발을 굴리며 손뼉을 쳐대던 악동들이 멀어져간 뒤에도 자매는 좁은 골목을 한참 더 걸었다. 가옥들은 허름했고 울담조차 두르고 있지 않았다. 사내는 여러 번 한숨을 쉬었고 혼잣말을 지껄였으며 욕설을 퍼부었다.

그 길의 끝에서 그들을 기다리고 있던 것은 내려앉기 직전의 초옥이었다. 다른 집들과 마찬가지로 무너지다시피 한 지붕 둘레에는 까만 줄무늬를 칠한 돌멩이들이 올려져 있었다.

“이곳이다. 여기가 너희들의 새로운 거처야.”

언니가 소녀의 손을 부서져라 움켜쥐었다.

“내 일은 끝난 셈이나 마찬가지니 돌아가마. 그럼 잘들 지내라.”

마당 초입에 아이들을 세워놓고 사내는 뒤돌아섰다. 언니가 그를 돌려세우려 입을 열고자 했으나 그토록 짧은 망설임의 시간조차 사내는 허락하지 않았다. 골목을 빠져나가던 남자의 뒷모습이 무섭도록 냉담했다.

소녀가 눈물을 삼켰다. 뱉지 못한 울음이 목구멍을 뜨겁게 했다.

낙조마저 져버리자 바다와 육지의 경계가 사라졌다. 밤이 낮을 밀어내면서 세상이 무시무시할 만큼 아득해졌다. 끔찍하게 외로워졌다. 밤하늘에 흰 꽃들이 피어났다. 만개한 잔별들. 삭일, 달마저 아이들을 지켜봐 주지 않는 밤이었다.

자매는 그곳에 오도카니 서 있었다. 잡은 손을 여전히, 놓지 않은 채로.

아홉.

모현이 삐걱거리는 방문을 열었다. 여민의 잠은 깊었다. 댓돌에 내려와 서는 모현의 몸놀림이 조심스러웠다. 보름 밤. 만월이 솜씨 좋게 빚은 떡 같았다. 한 입 크게 베어 물면 콩이며 깨를 버무려 만든 고소한 소가 쏟아져 나올 성싶었다.

달이 밝아서 다행이라고, 사립문을 돌아 나가며 모현은 생각했다. 아니면 홀로 걷는 이 골목이 제법 무서웠을지 몰랐다. 깨금발을 한 채로 모현은 지난날의 거처를 더듬어가는 중이었다. 달빛 아래 굽고 조붓한 길을 거슬러 언니와 미유, 막내 조카가 잠들어 있을 옛집을 염탐하고 올 작정이었다. 그렇지 않으면 불안한 이 마음을 도무지 가라앉힐 수 없을 것 같았다.

별일이야 있을라고. 모현이 자신을 달랬다. *여민이 깨기 전에 거처로 돌아와 아무 일도 없었던 것처럼 누워 있을 텐데.*

야밤의 외출에 들뜨다 못해 말로는 설명하기 힘든 만용에 휩싸인 모현이 처음의 조심성을 잊고 끙끙거리며 돌담을 기어올랐다. 담장 위로 달이 휘영청 하게 솟구쳐 있었다. 달구경을 하며 남의 눈에 띌 걱정 없이 계곡 낀 둔덕을 따라 걷고 싶었다. 비어져 나온 돌덩이의 모서리를 움켜쥔 모현이 담벼락에 오른 다리를 걸치려 용을 쓰고 있을 때 등 뒤에서 난데없는 기침 소리가 들렸다.

모현이 쥐고 있던 돌 가장자리를 놓쳤다. 어떤 부드러운 물체가 뒤통수에 와 닿았다. 정신을 차렸을 때 모현은 웬 사내의 품에 안겨 있었다.

"이 밤에 어딜 그리 급히 가는 겐가?"

"나리!"

놀란 모현이 그를 밀어냈다. 찌푸린 얼굴께로 환한 빛이 쏟아지고 있었다.

"인기척도 없이 이리 갑자기 나타나시다니요."

홍옥이었다. 푸르스름한 직령(直領)에 흰 바지저고리 차림으로 그는 등롱을 손에 들고 있었다. 미소를 지워내고 홍옥이 엄한 말투로 물었다.

"나야말로 묻고 싶네. 내 허락도 없이 자네는 어이해 몰래 밤 나들이에 나선 것인지."

자신의 행동이 홍옥의 역정을 살 수 있음을 뒤늦게 깨달은 모현이 더듬더듬 변명했다.

"그것이, 언니와 조카들의 안부가 궁금해 옛집에 잠시 다녀올까 하는 생각에……"

"이 밤에 혼자 어딜 간단 말인가? 안 되네."

더 들어볼 것도 없다는 듯 홍옥이 단언했다. 모현으로서는 고개를 주억거리는 수밖에 없었다. 풀죽은 소녀의 낯을 유심히 들여다보는가 싶던 홍옥이 농담 비슷하게 말을 건넸다.

"대신 나와 어딜 좀 가세. 온종일 동헌에 박혀 사람들의 하소연에 시달려서인지 답답하기도 하고."

등롱을 치들며 홍옥이 기지개 켜는 시늉을 했다. 그러고 보니 홍옥의 허리에 걸려 있던 띠에 궁대며 시복이 걸려 있는 것이 보였다.

"간만에 사법(射法) 수련을 할까 싶어 나온 참이었어. 어떠가? 안 그래도 자네 활 솜씨가 궁금했는데."

활 쏘는 연습이라니. 자신이 활대를 다시 손에 쥘 수 있을지 모른다는 생각에 모현은 감격에 가까운 감정에 사로잡혔다. 어서 따라오지 않고 뭐하냐는 듯 어깻짓 하면서 홍옥이 먼저 걸음을 뗐다. 다문 입매와 달리 눈의 표정이 몹시 즐거워 보였다.

홍옥은 모현을 관아 뒤 언덕으로 안내했다. 숲 그림자 사이로 노란 눈을 번뜩이던 올빼미들마저 깜빡 곯아떨어져 있던 시각. 산으로 잇닿아 있는 들녘을 헤매고 다니는 사람은 찾아볼 수 없었다. 오르막을 타고 오르는 모현의 몸동작이 경쾌했다. 달이 홍옥의 머리둘레에 빛 가루를 뿌려놓았다.

산을 등진 채로 홍옥이 모현을 마주보았다. 달빛처럼 섬묘한 낯이었다.

"여기가 좋겠군."

풀들이 하느작거리는 가운데 느티나무 한 그루가 눈에 띄었다. 홍옥이 그 앞으로 걸어가 모현의 머리 꼭대기쯤 올 법한 가지 끝에 등롱을 걸어놓았다.

고작 촛불 하나의 힘은 셌다. 잎사귀들이 불꽃으로 빚은 듯 영롱하게 반짝였고 수풀 위로 온갖 음영들이 드리워져 이채로운 문양을 만들어냈다.

"저기네."

모현과 같은 쪽을 향하고 선 채로 홍옥이 등롱이 걸린 느티나무를 가리켰다.

"자네부터 먼저 쏴보게. 저 나무를 과녁이라 생각하면

될 걸세."

모현이 숨을 차 소맷부리를 정리했다. 홍옥이 시복에서 죽시(竹矢)를 꺼내 모현에게 넘겨주었다. 화살 깃은 세 개. 모양을 보아하니 꿩 깃털일 듯싶었다. 숨을 크게 한번 몰아쉬는 것으로 불안을 떨친 모현이 줌통을 손에 쥐고 살을 먹였다. 과거로부터 아버지의 가르침이 거대한 울림으로 번져왔다.

"정(丁)자도 팔(八)자도 아닌 꼴로 다리를 벌리고, 가슴은 비우되 단전에는 힘을 불어넣어야 하며, 줌손은 태산을 밀 듯하되 깍짓손은 호랑이 꼬리를 당기듯 해라."

그 음성이 귓가에서 외치는 것처럼 생생했다. 모현이 나뭇잎을 움직이는 바람을 헤아렸다. 준비는 끝났다. 여러 번 호흡을 고른 끝에 만작한 모현이 시위에 물린 활을 쏘아 보냈다. 대기를 꿰뚫어놓던 한 줄기 비명. 화살은 느티나무의 몸통을 스쳐지나 풀숲을 베어갔다. 허탕이었다. 수년 만에 활을 다루는 몸놀림이 영 실망스러워 모현은 분통을 터뜨리며 발을 구르고 말았다.

"첫발치고 나쁘지 않군."

등롱이 퍼뜨린 광휘를 빌어 화살이 달아난 방향을 가늠하면서 홍옥이 위로하듯 말했다.

"이 거리에서 나뭇잎 한 장도 건드리지 못하다니. 게다가

맞은바람도 거의 없는 날이지 않습니까."

모현이 어두컴컴한 수림을 노려보며 대답했다. 홍옥이 덧붙였다.

"그것 역시 틀린 말이라 할 수 없겠지만 답해보게. 자네가 느낀 것이 오로지 실망뿐이었는지."

그래, 그것만은 모현도 부정할 수 없는 사실이었다. 거기에는 분명한 희열이 있었으니까. 시위를 벗어나 살은 인간으로서는 도무지 따라갈 수 없는 궤적을 그리며 솟구쳤고 그 비행에는 언제나 쏜 사람의 일부가 서려 있는 듯했다. 바람의 결과 세기를 느끼며, 활줄의 팽팽함과 활대의 예민함을 감지하며 과녁을 쏘아보는 그 순간만큼은 잊을 수 있었다. 자신은 물론이고 나머지 세상 전부를.

비어 있으되 한 치의 여백도 없이 차올라 있는 순간. 활잡이라면 누구나 아로새기고 있을 찰나. 그것은 대체할 길 없는 즐거움이었다.

밤이 흘렀고 등롱 안 초의 키가 줄어들었다. 달이 바다 쪽으로 한 뼘 더 굴러갔다. 무아지경 속에서 모현이 죽시를 몇 대나 날려 보냈을까. 바람이 불어오는 곳을 향해 있던 홍옥이 모현을 불렀다.

"돌아갈 시간이네."

나뭇가지에서 등롱을 벗겨내 들고 홍옥은 모현과 함께

걸었다. 앞서가지 않았다. 나란히 거닐었다.

"조심하게. 어둠에 잡아먹히지 않으려면. 어둑서니라는 놈들은 겁먹은 사람을 얕잡아보는 법이니까."

진창에 빠지기 직전이던 모현을 홍옥이 붙들어 세웠다. 모현의 팔을 놓으며 홍옥이 헛기침을 했다.

"어둠에 잡아먹힌다고요?"

"어둑서니에 대해 자네는 한 번도 들어본 적이 없단 말인가."

모현이 동그랗게 눈을 뜬 채로 고개를 끄덕였다. 홍옥이 목청을 가다듬었다.

"그렇다면 이 이야기를 들려주는 것이 좋겠군. 어느 으슥한 밤, 나그네가 길을 걷는 중이었지."

물 흐르는 소리와 어우러진 홍옥의 속삭임이 참으로 듣기 좋았다. 등롱이 붙박이별처럼 한결같은 거리에서 그들을 인도했다. 서로를 의식하느라 온몸의 감각을 곤두세우고 있던 그 둘은 알아차리지 못했다. 검은산 꼭대기에서 피를 얼어붙게 하는 짐승의 포효가 울려 퍼지고 있다는 것을 위험에 둔감해져버린 그날 그 시각 누구 하나 그 소리에 귀 기울이는 이 없었다. 사냥을 위해 길러지고 훈련받은 개들만이 시끄럽게 짖어댔을 뿐이었다.

한편 짐승의 울음이 꼬리가 긴 메아리로 바뀌어 흩어지고 있을 때, 배 발 끄트머리 귀틀집에서는 노란 불빛이 번지고 있었다. 신당은 그 무렵 아랫마을에서 불이 켜져 있던 유일한 곳이었다.

재를 뒤집어쓴 생쥐 한 마리가 제단으로 기어 올라가 짐승들의 뼈며 이빨 사이에 널브러져 있던 낟알을 갉아먹었다. 솔개가 호위하듯 버티고 선 가운데 천이는 비단 방석을 깔고 앉아 있었다. 짙은 눈썹 아래 한 쌍의 눈동자가 깊이를 가늠할 수 없는 우물 같았다.

"어떠냐. 할 수 있겠느냐?"

그들과 대면하고 있던 자는 김 의원이었다. 흰 머리가 성성한 늙은 사내가 굳은 입술을 달싹였다.

"애써보겠습니다."

"그 정도 약조로는 안 된다."

천이가 잘라 말했다.

"반드시 성공시켜야 해. 내가 얻고자 하는 건 확답이다. 틀림없이 해내고 말겠다는 믿음 말일세."

천이의 어조가 설득조로 바뀌었다.

"수령이 이 마을을 망치고 있어. 이 섬이 어떤 곳인지 전혀 모르고 하는 짓이야. 외지인이니까 그럴 수 있어. 몇 해 머물다 떠나버릴 자니까. 하지만 산군님의 노여움이 나날이 커지고 있다네. 굿으로 간신히 억눌러놓기는 했으나 당장에 아무런 제물도 바치지 않고 있으니. 김 의원, 자네는 내가 날마다 치성을 올리는 이유가 뭐라고 생각하나. 온 힘을 다해 기도드리는 까닭이 무엇일 것 같은가. 높으신 분들의 염려가 이만저만이 아니네. 그자를 처리하고자 하는 것이 나 혼자만의 결단이 아님을 자네는 분명히 기억해야 할 것이야."

김 의원이 연신 머리를 주억거렸다.

"수령이 모현, 그 아이를 끼고도는 데는 무언가 계략이 있는 걸 거야. 마을의 근간을 뒤엎어 나는 물론이고 조력에 동참한 이들까지 모조리 엮으려 할 테고. 검은산에서 구사일생으로 돌아온 이후로 개과천선한 척 태도를 바꾸기는 했으나 실은 그로 인해 우리에게 크나큰 원한을 품은 거지. 심지어 이 몸에게 그토록 모질게 굴지 않았겠나. 숲을 헤매며 자신을 구하러 오지 않는 사람들을 얼마나 원망했을까."

소반 앞으로 상체를 당기며 천이가 호소하듯 김 의원의 낯을 들여다보았다.

"이전과 달리 수령으로 본분을 다하며 백성들의 하소연에 귀 기울이는 시늉을 하고는 있다만 그자의 관심사는 이 마을의 안위가 아니야. 그자가 복심에 숨긴 건 분심이다. 우리에게 복수하려는 거지. 그것이 나와 수령의 차이렷다. 자, 말해보게. 자네는 어느 편에 서겠나. 나인가, 그자인가."

"그야 당연히 천이 님이지요. 여부가 있겠습니까."

떨리는 목소리로 김 의원이 조심스럽게 단서를 달았다.

"다만 천이 님께서도 짐작하다시피 독을 쓴다는 것이 그렇게 간단하지만은 않습니다. 음식에 독을 섞어 넣는 것이 가능한지 여부는 둘째 치고 상대가 그것을 얼마나 먹을 지부터 예측하기 어려우니까요. 약이 손등이라면 독약이라 함은 손바닥과 같지요. 그 둘이 전혀 다른 약재에서 나오는 것이 아니라는 뜻입니다. 누구에게 쓰느냐는 물론이고 처방하는 방법이며 용량에 따라 약이 독으로, 독이 약으로 바뀌는 일도 빈번하니까요."

"그래서 하고자 하는 얘기가 뭔가."

천이가 던진 질문의 끝이 곤두서 있었다. 천이의 기색이 돌변했음을 감지한 김 의원이 서둘러 머리를 조아렸다.

"할 수 있는 한 최선을 다해보겠습니다."

김 의원의 이마가 바닥을 짓찧을 듯했다.

"다만 그 어려움을 헤아려 시간을 넉넉하게 주십사 부탁드려도 될는지."

"그야 어려울 것도 없지."

똑바로 일어나 앉으라는 듯 손짓하며 천이가 물었다.

"그래. 이왕 약조하는 바에 내가 모시는 신 앞에서 맹세를 올려보는 건 어떻겠는가."

다정한 말투. 그럼에도 그 음성에 깃들어 있던 섬뜩한 살기까지는 숨길 수 없었지만.

"그자를 결딴내주겠다고. 겨울이 지나기 전까지. 만에 하나 실패한다면……"

천이가 웃었다.

"네놈의 염통을 끄집어내 잘근잘근 씹어줄 것이야."

김 의원의 낯이 몰라보게 창백해졌다.

"어떤가, 자네 생각은. 방금 내 겁박이 그저 그런 허풍에 불과해 보이나. 아니면 한 치의 거짓도 섞여 있지 않은 진심일 듯싶은가."

솔개가 재미있다는 듯 눈꼬리를 씰룩거렸다. 김 의원이 천이에게 간청했다.

"천이 님께 의원으로 제 명예를 걸고 약속드리겠습니다."

주름진 낯이 땀범벅이었다.

"다음 봄이 닥치기 전까지 무슨 수를 써서라도 밥상에 독을 올리겠습니다. 저를 믿어주십시오."

"아무렴. 그래야지."

천이가 만족스러운 미소를 머금었다. 김 의원은 여전히

고개를 들지 못했다. 앉은 자세를 고치며 천이가 짝, 손바닥을 부딪쳤다.

"이제 가보시게. 늦은 시각에 여기까지 찾아와줘서 고맙군. 가져다준 약재는 감사히 달여 먹도록 하겠네. 내 청에 응해주는 것만도 고마운데 이렇게 귀한 선물을 가지고 오다니. 몸 둘 바를 모르겠어."

"무슨 말씀을요. 그럼 저는 이만."

간이 졸아들 만큼 졸아든 사내는 출구를 찾지 못해 허둥거리다 제단 밑에 발이 걸려 넘어질 뻔했다. 솔개가 대놓고 낄낄거렸다.

"밤길 조심하게."

솔개가 김 의원을 향해 얼굴을 들이밀며 이죽거렸다.

"누군가 자네 염통을 꺼내 먹어버릴지도 모르니."

이렇다 할 대거리도 못 하고 김 의원은 저린 다리를 끌고 달아나버렸다. 솔개가 비단 방석에 털썩 엉덩이를 던졌다.

"아무래도 믿음이 안 가는 작자입니다. 겁박에 이리 쉽게 넘어가 버리다니. 만에 하나 저자가 수령을 찾아가 오늘 일을 털어놓기라도 하면 어찌합니까. 수령이 꾸미고 있다는 술책이라는 것이 근거도 없는 모략임을 깨우치게 된다면요."

솔개의 불평에도 천이는 느긋하게 의복을 추스를 뿐이었다.

"그렇다고는 해도 수령에게 고하지는 못할 것이야. 그자도 직감하고 있을 테니. 내 뜻을 거스르는 건 마을 전체와 맞서는 것과 같다는 걸. 당장에 목숨을 구할 수 있을지 몰라도 종내는 제 발로 불 속으로 뛰어드는 것과 마찬가지라고."

솔개가 다시금 물었다.

"왜 저치를 고르셨습니까. 다른 방법이 없는 것도 아닌데. 홍옥과 관련된 일들은 모두 제게 맡겨주기로 하지 않으셨습니까. 설마 제가 탐탁지 않아 이러시는 겁니까. 섭섭합니다, 천이 님."

"단순히 그자를 제거하려는 게 아니야. 게다가 그 독으로 수령이 죽을 리도 없고."

입김을 불어 천이가 등잔불을 껐다.

"자네는 경계를 늦추지 말고 수령의 주변을 계속 감시하도록 하게. 지금까지 수령에 대해 알아낸 것이 별로 없지 않느냐"

천이의 핀잔에 솔개가 변명 비슷하게 웅얼거렸다.

"그야 워낙에 관아에 틀어박혀 움직이지 않는 자니까요. 대동하는 수하들의 수부터 만만치 않고요. 한 가지 그자를 둘러싼 세평이 과거와는 전혀 딴판이라고 해야 할까요. 오늘도 종놈들이 어찌나 시끄럽게 떠들어대든지."

천이가 의문을 실은 시선을 던졌다. 그제야 천이의 흥미를 끄는 데 성공한 솔개가 신바람이 나 떠벌렸다.

"흥청망청 술판을 벌여대기는커녕 산놀이다 뭐다 가마를 대령하라 아랫것들을 들쑤셔대는 일부터 아예 없어졌다고 하니까요. 계집종을 희롱해 거처에 들이거나 사내종에게 재미삼아 매질하는 버릇 역시 감쪽같이 사라졌다고 들었고요. 그 밑에서 수발드는 어린놈들이 자기네 주인 나리가 달라졌다고 틈만 나면 떠벌리고 다니는 것이 이상한 일은 아니지 않겠습니까."

그 말을 곱씹는 듯하던 천이가 불 하나를 더 불어 껐다.

"그 말대로야. 수령의 기운이 날로 또렷해지고 있어. 장군님께서 일러주셨네. 놈의 힘을 꺾어놔야 해. 독을 쓰든 아니면 칼을 쓰든 말이야. 수령 놈을 넘어뜨려야 제물을 바칠 수 있고, 갇혀 계신 장군님도 자유로워질 수 있는 게야."

천이가 솔개를 넘겨보자 그는 연신 허리를 굽실거렸다.

"장군님께서 말씀하셨지. 거사를 준비함에 있어 한 치의 어긋남도 없어야 한다고. 그래야지만 뜻하는 바를 이룰 수 있다고. 빼앗은 영들을 받아 안고 내 직접 검은산의 정상으로 오를 것이다. 그 산의 꼭대기에서 얼들의 강력한 기운으로 성신을 밝힐 때 그분은 새로운 육신을 얻어 현현할 것이니 나와 더불어 세상 전부를 무릎 꿇릴 것이야."

천이는 빌었다. 신께서 자신을 도구로 소망을 성취하기를. 살아 숨 쉬는 것들을 도륙내고 그 넋들을 집어삼켜 원래의 위력을 회복하기를. 격렬한 전투 끝에 소진해버린 육신을 버리고 야위어가는 혼백으로 근근이 이 땅을 떠돌게 된 이후로도 결코 떠나지 못한 저 산, 검은산의 꼭대기에서 다시 한번 현신하기를.

천이의 귀에 장군님의 목소리가 울려 퍼지는 듯했다. 우리 함께 제물로 바쳐진 혼들을 먹어치우자고. 나와 함께 너는 하늘나라에 이를 것이니 이는 한갓 인간으로 누릴 수 없는 지고의 기쁨일 것이라고. 그곳에서 우리는 헤어지지 않을 것이라고. 죽지도 않을 것이라고. 다만 영원히 함께 머물 것이라고.

"걱정 말거라. 그분께서 지켜주시는 이상 모든 일이 순리대로 풀릴 것이니."

후, 날숨을 쉬어 천이가 불을 껐다.

간밤의 잠은 짧으나마 달았다. 다음 날 아침 모현은 평소보다 일찍 깨어났다. 수년 만에 시위를 당긴 팔은 결리고 어깨는 뻐근했으나 소낙비가 걷히고 난 뒤처럼 들이마시고 내뱉는 공기가 놀랍도록 상쾌했다.

내가 다시 활을 잡다니! 검은산 기슭. 잣나무 그루터기에 돋아 있던 꽃송이버섯을 캐며 모현은 탄성을 터뜨렸다. 들꽃들은 알록달록했고 폭포수에는 무지개가 걸려 있었다. 어젯밤 홍옥과 동산에서 겪은 일들이 지금에 와 도무지 자신이 경험한 바 같지 않았다. 꿈처럼, 이야기꾼에게 전해 들은 고담처럼 허무맹랑하게 느껴지기까지 했다.

나리께서는 설마 나를 마음에 두신 걸까? 그 질문의 터무니없음을 깨닫고 모현은 입매를 일그러뜨렸다. 그렇지 않다면 폭풍우가 휘몰아치던 날 나는 어이해 나리의 팔에 얼굴을 묻었을까. 그 당돌함은 어떤 믿음에서 비롯된 것일까. 세간의 평가와 달리 모현이 겪고 모신 홍옥은 존경할만한 주인이었다. 그 무엇도 용납받을 수 없는 마음을 품은 변명으로 내어놓을 수는 없다 하더라도.

모현이 콧노래를 흥얼거렸다. 계곡물을 따라 걸으며 나무 이파리를 꺾어 귓바퀴에 꽂았고 망태기를 메고 덤벙거리며 울타리를 타 넘었다. 낮은 풀이 깔린 능선에 이르러서는 치마를 여민 채로 맨땅에 엉덩이를 깔고 신나게 미끄러져 내려오기도 했다.

반나절도 안 지나 버섯을 이리 넉넉하게 따오다니. 수리가 반색하며 맞아들일 것을 생각하니 마을로 돌아가는 발걸음이 더없이 가벼웠다. 산길에서 벗어나 인가 사이 골목길로 접어들며 모현은 아는 얼굴 몇과 인사를 나누었다. 소년 하나가 고삐를 감아쥔 손으로 누렁 송아지의 궁둥이를 때렸다. 송아지가 음매 울었다. 골목길에 널려 있던 개똥을 피해 모현이 폴짝거리며 뜀박질했다.

쇠죽 냄새를 맡으며 모현이 말뚝 옆을 지나칠 때였다. 가냘픈 소녀의 목소리가 모현을 멈춰 세웠다.

"이모."

모현이 뒤돌아 시선을 던졌다. 거기에는 반가운 사람이 서 있었다. 미유, 혈연으로 이어져 있지는 않지만 모현이 몹시 아끼는 가족.

"미유야."

모현이 달려가 미유의 손을 붙잡았다.

"이모, 보고 싶었어요."

아이의 눈 밑에 눈물이 고였다.

"나도 그랬다. 네 소식을 들을 수 없어 어찌나 애가 탔는지. 들어가자, 미유야. 앉아서 이야기하자."

모현이 미유를 당겨 관노청 안으로 안내해갔다. 마루 한편에 아이를 끌어다 앉히고 한숨 돌린 표정으로 물었다.

"세상에, 얼마 만에 너와 마주 앉은 건지. 왜 이렇게 해쓱해졌어? 그동안 잘 지냈니?"

연이은 질문들을 쏟아내며 모현이 아이의 뺨을 쓸었다. 눈시울을 붉힌 채로 미유가 대답했다.

"저는 괜찮아요. 이모는요? 이모가 무사하다는 소식을 듣고 얼마나 기뻤는지. 다행이에요, 이렇게 돌아오셔서."

모현이 조카를 끌어안았다. 모현의 품에 안겨 미유가 콧물을 훌쩍였다.

"고맙다, 미유야. 나를 그토록 걱정해주다니. 한 가지만 묻자. 이 시각에 여기 나와 있어도 괜찮은 거니?"

"심부름 차 근처를 지나다 들른 거예요. 인사만 나누고 금방 들어가 봐야 해요."

"그랬구나. 잘 왔다."

수척한 아이의 모습을 들여다보며 모현이 입술을 깨물었다. 가뜩이나 고단할 아이 앞에서 눈물을 보이는 추태는 부리고 싶지 않아 목구멍까지 차오른 울음을 어떻게든 억누르고 말았지만. 모현이 허리에 찬 주머니를 끌렀다. 무명으로 지은 주머니에는 그날 산행에 앞서 점심 겸 받아 가지고 간 누룽지가 들어있었다. 마침 산을 오르다 머루 몇 송이를 발견하고 배를 채운 덕분에 부족할 것이라 여겼던 음식을 남겨올 수 있어 다행이었다.

모현이 미유의 손에 누룽지를 쥐여주었다.

"여기, 받아."

"이모가 드실 점심 아니에요?"

"내 걱정은 마. 관청에서 심부름하는 이상 배곯을 일은 없으니까. 먹어봐, 어서."

뒤집어 건 솥뚜껑 위에서 주걱으로 눌러가며 노릇노릇하게 구워낸 밥알 덩이는 군침이 돌 만큼 먹음직스러워 보였다. 미유가 누룽지를 입에 넣고 오물거렸다. 눈물을 글썽이며 먹는 누룽지는 정말이지 맛있었다.

아이가 젖은 눈에 미소를 머금었다. 아이의 손을 잡고 모현이 같이 웃었다.

"저기, 이모, 걱정 끼쳐드리려는 건 아니지만요."

아이가 내놓을 말들이 걱정스러운 한편으로 대단히 예측 가능해 모현은 두려워졌다.

"엄마가 요즘 이상해요."

미유가 모현의 눈치를 살폈다.

"저, 그게, 이모가 끌려간 뒤부터요."

솔직히 털어놓아도 괜찮다고 설득이라도 하는 것처럼 모현이 아이의 어깨를 어루만져주었다. 잡힌 손가락을 꼼질거리며 미유가 넋두리를 이어갔다.

"동생이 심하게 앓았거든요. 그런데도 엄마는 의원에게 동생을 데려가지도 않으려 해요. 대신 동생을 업고 하루에도 서너 번씩 무당을 찾아가요. 그 작은 아이를 앉혀놓고 무슨 푸닥거리를 벌이려는 건지. 이모, 걱정할 필요 없겠지요? 동생의 병이 금방 낫겠지요?"

모현은 뒤통수라도 한 대 얻어맞은 기분이었다. 멀리서 보기에도 아이는 병색이 완연했다. 조카는 목도 가누지 못하던 때부터 자주 앓았다. 그 아이는 희현에게 있어 아픈 손가락이었고 가장 귀한 보배이기도 했다. 누구에게도, 더욱이 병귀에게는 절대 빼앗길 수 없는 유일무이한 보물.

"저는요, 무서워요. 두려워요. 엄마가요. 그리고 마을 사람들이요."

미유가 떨리는 몸을 기대왔다. 모현이 조카를 안아주었다.

"자고 일어나면 끔찍한 일들이 벌어질까 봐 겁이 나 견딜 수 없어요."

자신이 떠난 집에서 미유가 얼마나 큰 고초를 겪고 있을지 모현은 상상조차 할 수 없었다. 단오도 죽고 없는 마당에 생계는 어떻게 꾸려가고 있을지. 반면 가슴 깊숙이 묻어두었던 비밀들을 털어놓고 조금이나마 기운이 났는지 미유가 눈물을 훔치며 자리에서 일어섰다.

"고마워요, 제 이야기를 들어주셔서. 이만 가봐야겠어요."

"미안해. 내가 이 모양이라 너를 가까이서 챙겨주지 못해서."

"아니에요. 그런 말씀 마세요."

미유가 도리질했다. 미유는 그 나이치고 키가 작았다. 둥그스름한 얼굴은 볕에 그을렸고 팔다리는 뼈만 남은 듯 가늘었다. 군데군데 덧대고 기운 아이의 치마저고리가 모현은 안타까웠다.

"이모, 소식도 들을 겸 종종 들러도 될까요."

"그럼."

모현이 아이의 손을 잡고 말했다.

"자주 와서 안부 전해줘."

두 뺨에 눈물 자국을 아로새긴 채로 아이는 뒤돌아섰다. 멀어져가는 아이의 뒷모습을 바라보면서 모현은 스스로를 설득하려 애썼다. *언니는 아픈 거야. 병마가 언니를 속에서부터 갉아먹고 있는 거야. 어떤 못된 손길이 망쳐놓고 있는 거야. 다그치고 겁박하고 뒤흔들어놓고 있는 거야. 가난이, 기아가, 절망이. 나를 품에 안고 보호하려 한 언니를 먼저 쓰러뜨리고 만 거야.*

그날 미유와의 대화를 곱씹으며 모현은 한참을 뒤척였다. 뒤늦게 잠속으로 빠져든 후에는 끙끙거리고 몸부림치면서 눈앞 가득 펼쳐졌다 허물어져 내리기를 반복하는 꿈의 세계를 떠돌았다. 유년 시절의 저택에서 뛰어놀았고 시비와 장난을 치며 까불어대다 댓돌에 무릎을 찧었다. 아버지의 어깨에 앉아 목말을 탄 채로 색색의 연들을 구경했고 쓰러진 어머니를 구하지 못해 눈물을 글썽였으며 청명한 하늘 아래 그네를 뛰었다. 무수한 사람들과 장소들이 스쳐 지나고 어느 순간 눈에 익은 정경이 펼쳐진다 했는데 모현은 옛집에서 희현과 마주 앉아 있었다.

이건 언제 적일까. 보릿고개를 넘기고 한 달여가 지났을 무렵일까. 그 밤은 유독 춥고 캄캄했다.

나방 한 마리가 호롱불 주위를 날아다녔다. 돌변하던 그림자들. 어둠이란 놈의 음흉한 수작.

"그런 자와 혼인해야 한다니."

무릎을 끌어안고 웅크려 희현은 탄식했다. 통분에 이성을 내어준 채로 오락가락했다. 약점은 의외의 순간 들통나는 법이었을까.

"이런 식으로 나를 팔아넘겨야 한다니. 이 길밖에 없다니. 내 처지가 이렇게 딱하다니. 내가 여자가 아니었다면. 차라리 남자였다면. 이 같은 치욕을 당하지는 않았을 텐데."

모현이 무릎걸음으로 희현에게 다가갔다. 거칠게 들썩이던 자매의 등허리에 낯을 갖다 댔다. 휘두른 팔 안에서 떨림이 느껴졌다. 성글게 짠 무명 저고리에 뺨을 문지르며 모현은 생각했다. *내가 없었다면 언니는 그 자에게 시집가지 않아도 됐을 텐데. 못나고 볼품없는 그 사내에게 생을 의탁하지 않아도 됐을 텐데. 이 섬에서 벗어날 방책을 찾을 수 없다 하더라도 지금과 같은 괴로움에 시달리지 않고 스스로를 건사할 수 있었을 거야.*

나 따위 태어나지 않았더라면. 모현은 뒤늦게 바랐다. *오히려 일찍 죽어버렸더라면.* 자신을 책망하며 같은 말을 얼마나 되뇌고 있었을까. 정신을 차려보니 풍광이 바뀌어 있었다. 울며 하소연하던 희현은 사라지고 없었다. 거미가 내려 대기가 진자줏빛이었다. 흰 치마저고리 차림으로 모현은 홀로 우두커니 황야에 서 있었다.

나는 언제부터 이곳을 걷고 있었던 걸까. 무엇을 찾아 헤매고 있는 거지?

땅은 질었고 풀들은 듬성듬성했다. 민가는커녕 제대로 된 표지석 하나 보이지 않았다. 시야에 들어오는 것이라곤 마모된 뼈 같은 돌들과 하늘, 삐뚤빼뚤하게 그은 먹선 같은 지평선뿐. 황량한 들판을 발길 닿는 대로 떠돌아다니던 모현은 돌무덤 옆에 나 있던 발자국을 발견했다. 사냥에 지식이 전무한 모현조차 그것이 짐승의 자취임을 알아차릴 수 있었다. 맹수의 울음소리는 들리지 않았다.

겁먹지 마. 모현이 굳은 발을 끌며 걸었다. *멈추면 안 돼. 잡아먹히고 말 거라고. 사냥꾼들이 귀띔해준 이야기가 기억나지 않는 거야? 놈들은 공포의 냄새를 맡을 수 있다고. 가장 연약하고 격렬하게 두려워하는 것들이야말로 맹수에게는 최고로 먹음직한 먹잇감이라고.*

지친 다리를 절뚝거리며 얼마나 거닐었을까. 걷고 또 걷다 잠에서 깨어났을 때는 이미 동이 터 있었다. 머나먼 땅을 밤새도록 방황한 것처럼 종아리가 뻐근했다. 간밤에 꾼 꿈 때문인지 모현은 다음날 내내 흐리멍덩했다. 여러 번 헛짚고 그르치다 못해 조각보를 깁다 바늘로 손을 찌르는 실수를 저지르기까지 했다.

모현이 신음하며 다친 손가락을 입에 물었다. 여민이 모현에게서 천 조각들을 빼앗듯 가져와 바느질을 대신 마무리해주었다. 아직 앙금이 가시지 않은 듯 여민의 표정은 굳어 있었지만, 모현은 그의 심성이 모질지 못하다는 것을 알았다. 여민과 자신이 머지않아 예전과 같은 사이로 돌아갈 수 있을 것이라고 모현은 믿었다.

하늘은 나날이 깊어졌다. 풍향이 바뀔 무렵이었다. 이른 아침 방문을 열고 나가 짚신에 발을 꿰면 찬바람이 몰아쳐와 어깨가 절로 움츠러들었다. 가을은 느긋하나 확신에 찬 발걸음으로 산어귀를 지나왔다. 풍성한 그 치맛자락이 스쳐간 곳에서부터 낙엽이 졌다. 조만간 얼음이 얼 터였다. 누구에게 지배받는지 모를 꿈의 세계에 모현이 다시금 초대받은 건 가을이 무르익을 대로 무르익었을 즈음이었다.

모현은 꿈에서 더는 배회하고 있지 않았다. 쫓기는 신세였다. 산모퉁이 울창한 나무를 돌아갈 때마다 정체불명의 그림자가 악의를 실은 손길처럼 불쑥불쑥 튀어 나왔다. 놈에게 덜미를 붙들리지 않기 위해 모현은 발작적으로 달음질했다. 놈은 누구일까. 무엇을 노리고 있는 걸까. 배부른 맹수가 한 입 거리에 불과한 짐승을 가지고 놀 듯 자신을 이리저리 끌고 다니며 즐거워하고 있는 걸까.

모현은 염원했다. 자기에게 무기가 있었다면. 어머니에게 물려받은 장도, 아니, 손바닥에 맞춤으로 들어와 감기는 각궁이며 화살이 쥐어져 있었다면. 그랬다면 이토록 미련하게 도망쳐다니지는 않았을 텐데.

그러나 모현은 혼자였고 무기 같은 건 지니고 있지 않았다. 나타났다 하면 사라지는 그림자의 주인, 모현을 이곳으로 불러들인 존재의 실체가 허투루 넘길 수 없을 만큼 명명백백했다. *이건 무슨 수작일까? 나와 이 따위 숨바꼭질 놀이를 벌이는 의도가 무엇이란 말인가?*

꿈의 여운은 길었다. 이튿날 모현은 종일 헛된 공상에 빠져 지냈다. 물독에 숟가락을 떨어뜨렸고 그릇을 깨뜨렸으며 함지박에 담아온 수수를 사방에 흩어놓고 말았다. 연화에게 불려가 혼쭐이 나는 중에도 모현은 지난밤을 되새김질했다. 꿈속 천변만화하던 그림자를, 금방이라도 자신을 낚아챌 듯 들이닥치는가 하면 까마득하게 멀어지던 검은 형상을.

다음날 밤, 벽을 보고 누워 모현은 혼잣말을 중얼거렸다. *괜찮아, 그건 꿈일 뿐이니까. 나는 이 방에 있고 아무도 나를 해치지 못해.* 이윽고 잠이 팔을 뻗어 모현을 품에 가두었다.

울창한 수림. 숲 저편에서 짐승이 울부짖고 있었다. 굴참나무 등걸 뒤에 쪼그리고 앉아 모현은 귀를 곤두세웠다. 포효가 멎은 틈을 타 어렴풋하게 번져오던 음성. 그건 남자의 목소리가 틀림없었다.

놈은 *맹수일까, 사람일까? 그도 아니라면 반인반수의 듣도 보도 못한 존재인 걸까?*

모현이 자리를 박차고 일어섰다. 주먹 쥔 손을 불끈거리며 숲으로 나아갔다. 놈을 *찾고 말겠어. 내게서 얻고자 하는 것이 무엇인지 알아내고 말 거야.* 야수가 고통에 차 부르짖자 사내가 열에 들떠 속살거렸다. 울음 끝에 따라붙는 웃음처럼 상이하던 그 소리. 무슨 뜻을 전하려는 건지 알아들기란 불가능했다. 모현이 다가갈수록 야수의 으르렁거림은 희미해지고 사내의 음성 또한 약속하리만큼 요원해졌다.

모현이 가지 하나를 분질렀다. 뾰족한 꼬챙이를 무기처럼 치켜들고 모현이 몇 발짝을 더 뗐다. 인간의 말소리인지 짐승의 포효인지 아리송하던 그 소리는 이윽고 아이들의 노래로 바뀌어 온 세상에 휘몰아쳤다.

"범의 범의 범의 그 범의 자식에게 인간 소녀가 점지되니."

우렁찬 그 합창에 놀란 듯 나무들이 몸서리쳤다.

"그는 성신에게서 비밀을 전해듣지."

노랫말 사이사이 번갈아 들려오던 울부짖음과 속삭임.

"그러나 그 연정은 가시밭길을 걸으리니 낙타 머리에 사슴뿔을 달고 뱀의 목을 한 괴물이 피를 빌려 마시리라."

그토록 거대한 소리의 소용돌이 속에서 모현은 전에 없이 강렬한 쾌감을 느꼈다. 목이 뜨거워지고 심장박동이 걷잡을 수 없이 빨라졌다. 다리에 힘이 풀리면서 눈앞이 흐려졌다.

"피를 빌려 마시리라."

모현이 땀에 절다시피 한 채로 눈을 떴을 때 밤은 절반도 지나지 않은 상태였다.

열.

그믐. 행등 하나 들지 않았음에도 희현은 길을 잃지 않았다. 어둠이 희현에게는 어느새 익숙했다. 아이는 희현의 등에 업혀 잠들어 있었다. 다리를 넓게 벌려 희현이 이랑과 이랑 사이를 건넜다. 먼젓번에는 같은 장소에서 발을 헛디뎌 진창에 빠지고 말았다. 지난 계절을 애통해하는 것처럼 풀벌레들이 목 놓아 울었다.

별똥별 하나가 희고 반짝이는 획을 그으며 산 정상으로 떨어지고 있었다. 이 밤, 어느 누가 또 억울한 죽음을 당했으려나. 무감한 표정으로 그 광경을 지켜보던 희현이 강보에 싸인 아들의 궁둥이를 토닥이며 목책을 돌아갔다.

신당 앞을 지키고 있는 사내는 없었다. 희현은 문을 열고 곧장 안으로 들어갔다. 바깥바람이 고인 공기를 휘젓자

등잔불이 일렁이며 색색의 물감으로 채색한 그림들에 생명을 불어넣었다. 벽화 속 신들과 요괴들이 못마땅한 듯 눈살을 구기거나 입술을 비죽거렸고 자신만이 알고 있는 비밀 이야기를 속닥거렸다. 흡사 살아 움직이는 인물들 같았다.

"왔는가. 앉아서 술이나 한 잔 들게."

희현이 올 것을 짐작하고 있던 것처럼 천이가 돌아보지도 않고 말했다. 소반에는 병술이며 잔들이 놓여 있었다.

"감사합니다. 이토록 반갑게 맞아주시다니 몸 둘 바를 모르겠습니다."

희현이 강보를 풀어 업고 있던 아이를 내려 안았다.

"입에 발린 말일랑은 거두시게. 그래, 아이는 어떤가. 차도가 좀 있는가?"

희현이 고개를 가로저었다.

"아니요. 종일 누워 손가락이나 빨면서 도무지 움직이려 하지 않습니다. 마치 갓난쟁이일 적으로 되돌아가기라도 한 것처럼요. 천이 님, 이게 대체 무슨 조화일까요."

"아이에게 들린 병귀의 힘이 지나치게 강해, 더군다나 범님의 화 역시 가시지 않았으니."

천이가 안타깝다는 듯 혀를 찼다. 무당이 손을 더듬어 소반 위 쌀알들을 만지작거렸다. 아이를 품고 넋 나간 사람처럼 시선을 흐리고 있던 희현이 혼잣말 비슷하게 중얼거렸다.

"신당으로 오는 길에 밤하늘을 올려보았지요. 별똥별이 긴 꼬리를 사르며 산꼭대기로 떨어지고 있지 뭡니까. 그러자 문득 궁금해지더이다. 단오, 그 몹쓸 양반은 어느 골짜기에서 썩어가고 있을지. 저 산은 무슨 이유로 저토록 높고 강파른지. 신령이란 게 진실로 존재하기는 하는 건지."

"장군님의 기운이 가득한 곳이야, 허튼소리 하지 마시게."

"장군님께서 정녕 천이 님의 기도를 들어주시는 겁니까? 우리 아이를 돌보아주시느냐 말입니다."

희현은 채근하듯 물었다. 천이가 주먹 쥔 손으로 지그시 소반 끄트머리를 눌렀다. 미친한 이 여자가 장군님을 들먹여 무당의 위엄을 깎아내리려는 모양이었다.

"그 입 함부로 놀리지 말게. 검은산은 인간들의 흉금을 꿰뚫어 보는 거인 같은 존재야. 이 세상에 둘도 없이 신성한 산이란 말일세. 장군님의 혼백이 이 섬을 떠나지 못하는 이유도 바로 저 산에 있고."

마치 장군님의 현신이 나타나기라도 한 것처럼 천이가 뾰족하게 솟은 산꼭대기를 향해 고개를 돌렸다.

"장군님께서 내 하찮은 몸에서 해방돼 검은산을 딛고

올라 하늘나라에 가 닫기만 한다면, 그분 앞에 엎드려 복종한 자들은 누구나 소망을 이루게 될 거야. 그러니 나와 자네는 물론이고 우리 모두의 염원을 실현하기 위해서라도 그분께 잃어버린 육신부터 되찾아드려야 하네."

희현의 도발로 말미암아 자존심에 상처를 입어서였을까? 아니면 그가 내보인 경탄의 눈빛 앞에서 자신도 모르게 방심하고 말아서였을까? 약삭빠른 이 여자 앞에서 천이는 하지 말아야 할 말까지 흘리고 말았다.

"그러려면 혼이 필요해. 무수하게 많은 혼백들이. 그 넋들을 바쳐 이 몸속에 갇혀 있는 장군님을 자유롭게 해드려야 해."

천이의 고백, 그 배후의 진실을 단박에 들여다볼 만큼 희현은 영리한 사람이었다. 검은산으로 끌려 올라간 소녀들, 앳된 그 얼굴들이 희현의 눈앞에 하나씩 떠올랐다. 족두리를 쓰고 초록 원삼을 입은 채로 어깨너머로 자신을 더듬어보던 동생의 모습까지. 희현의 입술에 비소가 스쳐 지났다. 그 말인즉슨 제물로 바쳐진 여자들을 살해한 것이 호랑이가 아니라 무당이란 뜻이렷다. 이 얼마나 끔찍한 범죄란 말인가. 그 계책의 간악함에 몸서리치면서도 희현은 한편으로 호기심이 걷잡을 수 없이 일어나는 것을 느꼈다.

그렇다면 이런 짓을 저지르면서까지 무당이 부활시키고

자 하는 장군의 힘이란 대관절 무엇이란 말인가. 질문을 던져 천이의 말을 막는 실수를 저지르지 않고 희현은 내심을 감춘 채로 그저 조용히 귀를 기울였다.

"수령이 내 일에 훼방을 놓고 있어. 제물을 올리지 못하게 할 뿐 아니라 모현 그 계집을 내어놓지도 않아. 간특한 놈이야."

눈가를 꿈틀거리며 천이가 보일 듯 말 듯 고개를 주억거렸다.

"하지만 이젠 알아. 굿을 치르는 날 느꼈지. 그에게서 기이한 힘이 뿜어져 나오는 것을. 틀렸을 리 없어. 수십 수백의 혼들을 대신하고도 남을 강력한 기운이었으니까."

잠든 아이의 가슴팍을 토닥이며 희현이 고요하게 눈을 빛냈다. 펼친 손바닥 아래 아이의 심장이 박동하는 것이 느껴졌다. 호롱불이 너울거렸다. 잠시 혼자만의 생각에 빠져 있는가 싶던 천이가 기도문을 읊으며 소반에 흩어진 쌀알들의 모양을 들여다보았다.

설핏한 미소와 함께 천이가 희현을 마주보았다.

"옳지. 그게 좋겠군. 내 자네에게 병든 아들을 살릴 다른 비방을 알려주도록 하지. 단, 아주 은밀하게 행해야 할 일이야. 암."

그들의 대화를 엿듣는 것처럼 벽화 속 여자가 눈을 굴

렸다.

한편, 그 시각 모현은 두 번째 밤 나들이를 감행했다. 오늘은 언니의 집으로 가고자 함이 아니었다. 홍옥과의 약조 때문이었다. 예전처럼 활을 잡아볼 수 있게 해주겠다고 홍옥은 그날 그 언덕에서 모현에게 굳게 약속했더랬다.

언덕배기에는 홍옥이 먼저 와 기다리고 있었다. 그는 화선지에 직접 그려온 듯한 그림을 나무 둘레에 과녁처럼 붙여놓았다. 샛노란 눈은 이글거리고 코는 두툼하며 귀에는 하얀 얼룩점이 있고 이마 한복판에는 왕(王)자를 새겼으며 주둥이 옆으로 기다란 수염이 돋아 있는 짐승. 바로 호랑이였다.

홍옥은 모현의 눈빛이 흔들리는 것을 놓치지 않았다.

"두려운가? 자네에게 상처를 남겼던 저 맹수가 말일세."

홍옥이 이죽거렸다. 재넘이가 불었다. 들녘을 거니는 홍옥의 몸동작이 사뿐했다.

저분의 입가에 걸려 있는 저 웃음은 비소일까, 모현은 의문했다. 느티나무 몸통에 고정돼 있던 과녁이 금방이라도 날아가버릴 듯 난폭하게 나부꼈다

지금에 이르러 모현은 확신할 수 없었다. 자신이 호랑이를 어떤 존재로 여기고 있는지. 놈은 모현을 죽이기는커녕 단오에게 마땅한 죗값을 치르게 했다. 단오의 팔을 물어

제 얼굴을 후려갈기기 직전이던 그를 멈추게 하고, 한차례 맞붙고 난 이후에는 어깨의 상처를 핥아주기까지 했다. 그리하여 설핏한 상흔만 남기고 벌어진 부위가 그토록 빨리 아물어버렸다. 그럼에도 호랑이를 쏘아 죽여야 할 상대로 받아들여야 할까?

답을 구할 수 없는 질문들에 모현은 격렬한 현기증마저 느꼈다.

"쏘게. 놈은 죽여 마땅한 짐승일 뿐이니."

씹어 뱉는 듯한 말투가 냉랭했다. 바람이 죽었다가 되살아났다. 두서없는 상념은 지워버리고 모현이 홍옥의 명을 따랐다. 시위에 살을 먹이며 모현이 시선을 벼렸다. 줌통을 밀고 활줄을 당기며 호흡을 가다듬었다. 시야가 밝아지는가 싶더니 과녁의 그림이 놀라울 만큼 또렷해졌다. 활잡이라면 절대 놓쳐서는 안 될 순간.

모현이 살을 쏘았다. 엇갈리고 실패할지라도 고민하고 의문하면서도 자신을 날려 보냈다. 그림 과녁의 정중앙, 보이지 않는 점을 향해.

꿩 깃이 손끝을 스친다 싶더니 시위를 벗어난 살이 대기를 찢으며 솟구쳤다. 바람의 결을 훑으며 날아간 활촉이 그림 속 호랑이의 이마, 지엄한 한 글자를 꿰뚫었다. 성공했다. 명중이었다!

탄성을 터뜨리며 뒤돌아섰을 때 모현은 홍옥이 웃고 있다는 것을 깨달았다. 모현은 홍옥의 팔을 붙들고 묻고 싶었다. *나리께서도 기쁘시지요? 제가 기쁘면 나리께서도 기쁘신 거지요? 그런 거지요? 제 생각이 맞지요?*

솔잎에 새벽이슬이 맺힐 무렵 물건들을 챙겨 들고 홍옥은 모현과 언덕을 내려와 돌다리를 건넜다.

"활이며 화살은 서고에 보관해두었네. 병풍 뒤 함에. 한밤중 드나들게 될 것을 고려해 서고 문은 잠그지 말라 언질해 두었다네. 그러니 행여나 서책을 읽고 싶은 마음이 생기거든 언제든지 들르시게. 늦은 시간이라도 상관없을 걸세. 문지기가 가로막거든 내 심부름이라 고하면 돼. 그 내용이 무엇이냐고 따져 묻지 않고 수긍할 것이야."

머뭇거리는가 싶던 홍옥이 시선을 돌리며 덧붙였다.

"이 밤의 인사로 어울리는 말인지는 모르겠지만 즐거웠네. 다음 만날 날을 손꼽아 기다리고 있겠네."

저도요. 저 역시 기다릴 거예요. 나리와 꼭 같은 마음으로요. 노랗게 밝혀진 홍옥의 얼굴이 숫저워 보여 모현은 대답 없이 고개만 끄덕였을 뿐이었지만.

산꼭대기에서 안개가 흘러내려 왔다. 소쩍새가 울었다. 배곯는 삶에 지친 어떤 이들은 그 소리를 들으며 올가을에는 대풍이 들기를 두 손 모아 빌고 있지 않을까. 숲 곳곳에서 푸르스름한 불빛들이 점멸했다. 저것은 혹여 숲을 방황하다 굶어 죽은 넋들의 자취는 아닐는지.

홍옥의 흑혜가 모현이 신은 짚신과 보폭을 맞추었다. 침묵 속에서 상념이 날뛰어 모현은 몹시 곤혹스러웠다. 곱씹어보니 악몽인 듯 아닌 듯 기괴한 꿈을 꾸기 시작한 때가 보름 전 홍옥과 돌담 앞에서 맞닥뜨린 직후부터였다. 그것은 어쩌면 자신을 혼돈에 빠뜨리고자 무당이 놓은 덫은 아닐까. 천이 같은 무당이라면 그 정도 사술은 거뜬히 부릴 수 있을 터. 더 큰 해악이 닥치기 전에 밤마다 내 넋을 점령하는 꿈들에 대해 저분에게 어떤 식으로든 고해야 할까.

말도 안 되는 소리. 모현이 콧숨을 몰아쉬며 당치 않은 생각에 골몰하는 스스로를 책망했다. 자신에게 아무리 허물없이 군다 해도 홍옥은 엄연히 양반이었다. 하늘 같은 수령 나리였다. 시비나 다름없는 주제에 높으신 분 앞에서 한가롭게 꿈 얘기나 늘어놓으려 하다니. 이 무슨 망측한 짓이란 말인가.

섬의 가을은 야속하도록 짧았다. 겨울이 무혈입성했고 저항할 겨를도 없이 마을을 장악해버렸다. 후원에 떠놓은 정화수에 살얼음이 끼었다. 버선 속 발가락이 얼어붙어 모현은 주먹 쥔 손에 입김을 불어 넣으며 저도 모르게 종종걸음을 치곤 했다. 찬물에 그릇이라도 부시고 나면 가뜩이나 거친 손등이 하얗게 터 갈라졌다.

그 계절에 이르러 기묘한 꿈은 잠시도 모현을 떠나지 않았다. 군불 땐 아랫목에 웅크리고 앉아 낮잠에라도 빠져드는 즉시 모현은 놈에게 붙들려갔다. 붉은 달이 뜬 밤하늘 아래 죽은 짐승들의 뼈 사이를 거닐었으며 포효와 속삭임, 찢어진 깃발처럼 나부끼던 노랫소리를 들었다. 숲은 울창했고 우듬지 위로 잔별이 반짝였다. 아름다웠다. 슬프면서도 고독했다.

꿈은 반복되고 끊어지고 계속됐다. 그건 명백히 어떤 감정이 스며 있는 풍경이었다. *가만, 설마하니 이것이 내 꿈인 동시에 놈의 꿈이기도 하다면?* 순간 느닷없는 깨달음이 모현을 전율하게 했다.

나를 꾀어내기 위해 정체 모를 괴수가 내 앞에 이 같은 풍경을 펼쳐 보이는 것이라면? 이 꿈속에 들어와 있는 것이 비단 나 혼자만이 아니라면?

그는 발자국이요 노래요 그림자였다. 반면 모현은 술래이자 사냥꾼이자 포로였다. 원했든 원치 않았든 이 놀이판으로 발을 들인 이상 사력을 다해 그의 요구에 응하는 수밖에 없었다. 그리하여 숨어 있는 자를 찾아내야 했다. 그것만이 허구의 이 세상에서 풀려날 수 있는 유일한 방법이었다.

첫눈은 일찍 내렸다. 치우지 못한 눈이 녹다 얼기를 반복하는 통에 길이 끔찍이도 미끄러웠다. 요강을 비우려 뜰을 오갈 때 간간이 맞닥뜨리곤 하던 얼룩 고양이는 추위 때문인지 털을 잔뜩 부풀리고 있었다. 모현은 하루에 한 번 물을 채운 사발을 담벼락 옆 후미진 곳에 슬쩍 밀어 넣어두곤 했다. 목마른 짐승들이 마시고 갔으면 하는 바람에서.

길이 나빠서인지 맹렬한 추위 탓에 일과를 이어가기도 힘에 부쳐서인지 여남은 날이 넘도록 소식이 없던 미유가 다시 모현의 거처를 찾았을 때는 간만에 해가 반짝하던 날이었다. 볕뉘 드는 자리에 엉덩이를 붙이고 맷돌을 돌리던 연화마저 드물게 기분이 좋아 보였다. 어깨를 불끈거리고 손잡이를 돌려가며 연신 콧노래를 흥얼거렸을 정도였으니까.

모현이 곡식 한 국자를 떠 맷돌 구멍에 흘려 넣었다. 연화가 맷돌 손잡이를 당겼다. 수리는 김 의원이 가져다준 약재를 약탕관에 넣어 달이고 있었다. 달짝지근한 냄새가 모현의 코를 자극했다. 수리는 그것을 홍옥 나리가 드실 국에 섞을 것이라 했다. 김 의원이 전해준 바에 따르면 노무에 시달리는 나리의 기체를 보강하고 편안하게 해줄 한약재라고 했다. 한편으로는 장유처럼 음식의 감칠맛을 돋워줄 것이라고도 했다.

그때 심부름 나갔던 여민이 돌아와 모현을 불렀다.

"저기, 손님이 오셨는데."

연화의 눈치를 살피며 모현이 일어설 듯 말 듯 망설였다. 연화가 불호령을 쏟아내기 전에 수리가 선수를 쳤다.

"저 아이도 돌아온 김에 하던 일은 맡겨두고 잠시 다녀오게."

여민이 재빨리 모현의 자리를 차지하고 앉았다. 수리가 국자를 집더니 솥 안에서 끓고 있던 팥죽을 사발에 퍼 담았다. 모현이 무슨 영문인지 모르겠다는 표정으로 김이 모락모락 피어오르는 죽사발을 바라보았다. 수리가 어서 받지 않고 뭐하냐는 듯 사발을 들이밀었다.

그 꼴을 보다 못한 연화가 여민에게 턱짓했다.

"얘, 여민아, 가뜩이나 뜨거운 죽을 아이에게 그릇째 불어 마시게 할 수도 없는 노릇이니 저 둔치에게 숟가락이라도 하나 챙겨주려무나. 마루 밑을 들락거리는 쥐도 그 아이보다는 살집이 있을 거야. 그렇게 말라빠져서야 이 혹한을 이겨낼 수나 있을는지. 조카 이름이 미유라고 했던가. 가보게. 식기 전에 얼른 가져다 먹이는 게 좋겠어."

그러면서도 멀어져가던 모현의 등에 대고 외치는 것을 잊지 않았지만.

"늦지 않게 돌아와야 한다. 이때다 싶어 한정 없이 늘어져 있다가는 혼쭐을 내줄 줄 알아."

미유는 마루에 걸터앉아 있었다. 가뜩이나 조그마한 발이 허공에서 대롱거렸다. 미유가 모현을 발견하고 손을 흔들었다.

"오랜만이구나."

모현이 아이 옆에 걸터앉았다. 한겨울에도 솜옷은커녕 미유는 무명으로 지은 홑저고리를 걸치고 있었다. 아이의 입술이 새파랬다.

"방으로 들어가자."

모현이 문을 따고 미유를 안으로 밀어 넣었다. 이불을 내려 아이를 덮어준 모현이 싸늘하게 식은 손에 죽사발을 쥐여주었다. 저도 춥고 배고팠는지 거절할 엄두를 내지 못하고 미유는 뜨뜻한 팥죽 한 사발을 대번에 비워냈다.

미유의 낯에 어렴풋한 홍조가 돌았다.

"이렇게 맛있는 팥죽은 처음 먹어봐요. 고마워요, 이모."

"고맙기는 뭘. 그간 잘 지냈니."

모현이 아이의 손을 잡고 토닥였다.

"네. 눈코 뜰 새 없이 바쁘기는 했지만요. 눈이 내리기도 했고. 여기저기 땔나무를 꾸러 다녀야 해서."

"동생은 어떠니. 아픈 건 좀 괜찮아졌고?"

희현이 마지막으로 관노청을 들쑤시고 사라진 이후로 제법 긴 시일이 지났다는 것을 모현은 뒤늦게 알아차렸다.

"그게, 지난번에 이모를 만나고 돌아온 뒤로 동생의 병에 차도가 좀 있는 것 같아요. 한시름 덜었다니까요. 아침저녁으로 엄마와 함께 검은산을 우러르며 치성을 드려서일까요. 저 산의 기운이 동생에게 든 병귀를 쫓아내 준 걸지도 몰라요. 엄마도 이전처럼 화를 내거나 언성을 높이지 않아요. 얼마나 다행인지."

미유가 재잘거리자 벌어진 입술 새로 삐뚤어진 앞니가 들여다보였다.

"잘 됐다. 애썼다, 미유야."

그랬구나. 모현의 얼굴빛이 밝아졌다. *낫고 있는 거야. 아이와 언니 모두. 괜찮아질 거야. 모든 것이 점차 제자리를 찾게 될 거야.*

"참, 팥죽까지 얻어먹고 정작 용건을 잊을 뻔했네. 오늘은 몰래 들른 게 아니에요. 심부름 차 온 거거든요. 엄마가 이걸 이모에게 전해달라고 하셨어요."

미유가 저고리 자락을 들치더니 무엇인가를 풀어냈다. 미유가 허리에 차고 온 물건은 비단으로 만든 귀주머니였다. 비단이라니. 없는 형편에 이리 고운 천은 무슨 수로 끊어왔담. 희현이 손수 잘라 바느질했음이 분명한 붉은 주머니의 겉면에는 날개를 펼친 박쥐 문양이 한 땀 한 땀 정성스럽게 수놓아져 있었다. 길상무늬였다.

"사과하고 싶으시대요. 괜한 화풀이를 해 미안하다고. 괴로워서 그랬다고, 슬퍼서 그랬다고, 이제는 괜찮아졌다고. 이모에게 기쁜 일이, 복이 찾아오기를 바라는 마음으로 지었다고 하셨어요."

좋은 소식을 전할 수 있어 저도 기쁘다는 듯 미유가 해맑게 웃었다.

그래, 언니도 기억하고 있는 것이 분명했다. 그 시절 자매들에게 어머니는 새해 선물로 복주머니를 만들어주시곤 했다. 질 좋은 붉은 비단을 써 지은 그 주머니에는 福(복)이나 貴(귀), 富(부), 壽(수) 같은 글자들이며 국화와 연꽃, 십장생무늬 같은 것들이 수놓아져 있었다.

설날 아침, 어머니는 시비를 보내 병탕 한 그릇씩을 비우고 아랫목에 누워 빈둥거리던 소녀들을 규방으로 불러오곤 했다. 품에 안겨 재롱을 떨어대는 자매를 일으켜 세우고 입술에는 그린 듯한 미소를 머금은 채로 어머니는 어린 자식들의 옷고름에 빨간 복주머니를 달아주셨다.

끈을 당겨 매듭을 짓느라 고개를 수그린 어머니의 모습이 모현의 눈앞에 선하게 떠올랐다. 정수리에 나 있던 반듯한 가르마며 나긋한 목덜미도.

"세상에."

주머니를 받아 쥐고 모현이 눈시울을 붉혔다. 옛 추억이 떠올라 목구멍이 조여들었다.

"곱구나. 참으로 고와. 미유야, 엄마에게 고맙다고 전해주렴. 조만간 내가 찾아가겠다고 말이야. 얼굴을 마주하고 앉아 이야기 나누고 싶다고."

눈물을 훔친 모현이 비단 주머니를 허리에 찼다. 속에 든 내용물들이 자기들끼리 뒤섞이며 연방 잘그락거렸다. 주머니를 만지작거리며 모현이 고개를 갸웃거렸다. 손끝의 감각을 곤두세우고 복주머니 안 물건들의 윤곽을 훑었다. 딱딱했다. 날카로웠다. *이건 뭐지?* 볶은 콩이며 팥 같은 잡곡들일까. 모현은 그제야 선물 받은 복주머니의 입구가 봉해져 있다는 것을 깨달았다. 바느질한 부분을 뜯어내지 않는 이상 쉽사리 안을 들여다볼 수 없도록.

"그리고 이건……"

또 다른 주머니 하나를 미유가 더 내놓았다. 아까와 같은 모양새의 붉은 비단 주머니였다.

"이건, 수령 나리께 드리려고 만드신 거래요."

그러더니 미유가 잠시간 망설였다.

"그런데 아무래도 수령님께서 쓰시기엔 볼품없어 뵌다고, 역정을 내실지 모른다 걱정하셨어요. 그래서 이모한테 부탁하고 싶으시대요. 몰래 방 안 어디에 놔두라고."

정소(淨掃)를 위해 내아에는 가끔 들르곤 하니 주머니 하나 놓고 오는 건 문제도 아니었지만, 모현은 비단 천 위로 불거진 뾰족하고 단단한 내용물을 만지며 왠지 모를 거부감을 느꼈다.

"저는 이만 가볼게요. 용건이 끝나는 즉시 돌아오라고 엄마가 신신당부하셔서요."

미유가 무릎을 폈다. 모현 역시 몸을 일으켜 미유를 관노청 밖까지 바래다주었다.

다음 날 아침, 모현은 찌뿌드드한 몸을 움직여 마당을 질러갔다. 반빗간의 문턱을 넘기 직전 예기치 않게 발목을 접질려 모현은 엉덩이를 찧고 말았다. 눈물이 찔끔 새어 나올 만큼 아팠다. 아궁이에 땔나무를 던져 넣으며 연화가 중얼거렸다.

"아침부터 운수가 사납구먼."

그것이 모현에게 닥친 고난의 시작이었다. 그날 점심상을 차리기도 전에 모현은 그릇을 깼고 손을 뎄으며 재를 뒤집어썼고 물 항아리를 엎질렀다. 이는 모현의 과오로 치부하기에는 하나같이 석연찮은 구석이 있는 사건들이었다. 세상사의 이치에서 조금씩 비껴나 있는 듯하다는 점에서.

모현이 아궁이 앞에 쪼그려 앉는 즉시 먹잇감을 낚아채려는 손길처럼 너울거리며 뻗어오던 불길 역시 그랬다.

돌풍이 일었던 것도 아니었다. 반빗간의 일꾼들 전부가 목격한 대로 그 전까지 아궁이의 불은 가물거리며 꺼져가고 있었으니까. 그 탓에 모현의 머리끝은 물론이고 하나뿐인 비단 댕기까지 까맣게 그을리고 말았다.

겨울이라 일찍 해가 기울었다. 의미 불명의 꿈들에 시달려 가뜩이나 피곤했던 모현은 졸린 눈을 끔뻑이며 우물가로 향해갔다. 그릇의 물이 얼어 있었다. 후원을 들락거리는 고양이를 위해서라도 얼음을 깨버리고 새 물을 받아놓아야 했다.

함지박 가득 우물물을 담아 내려놓으려고 할 때 툭 하는 소리와 허리께에 매여 있던 주머니가 떨어졌다. 모현은 얼결에 비명을 지를 뻔했다. *멍청아, 이게 어떤 물건인데.* 매듭을 허술하게 묶어놓아서였을까. 모현이 허둥거리며 물에 빠진 복주머니를 건져냈다. 젖은 부분을 치마에 대고 두드려대던 모현이 마음을 바꿔 입구를 봉한 실 한 줄을 잇새에 물었다.

귀한 선물이잖아. 무명천에 끼워 말린 다음 원래 모양대로 꿰매놓아야겠어.

실을 끊어 입구를 벌린 모현이 속에 든 것들을 손바닥

에 덜어냈다. 맙소사, 놀라움을 넘어 역겨움이 치받아 올라 모현이 손을 떨었다. 그것은 볶은 곡물 따위가 아니었다. 어떤 짐승의 사체에서 뽑아냈는지 모를 발톱이며 송곳니였다.

돌우물을 짚고 헉헉거리던 모현이 입술을 한일자로 다물었다. 주머니의 내용물들, 무슨 목적을 띠었을지 모를 물건들을 그 안에 도로 쏟아부었다.

그날 야음을 틈타 모현은 인적 드문 도랑가로 숨어들었다. 품에 숨기고 간 호미를 꺼내 둔덕진 땅을 석 자 가까이 파냈다. 속엣것이 빠져나오지 않도록 우악스럽게 뭉친 주머니 두 개를 구덩이 깊숙이 처넣었다. 흙을 차 덮은 다음 봉분이라도 짓듯 단단하게, 손바닥으로 여러 번 두드려 눌러 놓았다. 그 위치를 기억에 새기려는 듯 한참 동안 같은 곳을 노려보던 모현이 퉤, 침을 뱉은 다음 발길을 돌렸다.

그로부터 사나흘 간은 풍후가 이상할 만큼 온건했다. 무탈한 나날들이었다. 그 평화를 얻기 위해 모현이 어떤 일을 해치워야 했는지는 오로지 천지신명들만이 아시겠지만. 그날 세답에게 불려가 묵은 빨래를 해치우고 모현은 여민과 함께 거처로 돌아왔다.

베개를 나란히 놓은 채로 둘은 서로를 마주보고 누웠다. 등잔불은 꺼놓았다. 기름을 낭비하는 건 용납 받을 수 없는 행동이었으므로. 뼈마디를 욱신거리게 만드는 피로에도 어쩐지 쉽게 잠들 수 없을 성싶은 밤이었다.

짚베개를 돋워 세우며 모현이 말문을 뗐다.

"저기, 궁금한 게 있는데 검은산이 신령한 산이라고 떠받들어지는 이유가 뭐야? 저 산에 어떤 특별한 힘이라도 있는 거야?"

언니와 함께 검은산에 치성을 드린다는 미유의 이야기를 되새김질하며 불현듯 던진 질문이었다. 머리 밑에 넣고 있던 손을 빼며 여민이 엉덩이를 들썩였다.

"검은산? 어릴 때 한 번쯤 들어본 옛이야기잖아. 넌 모르려나? 너, 혹시 옛날 옛적 한 장수가 검은산을 딛고 올라 하늘나라에 가 닿으려 했다는 이야기는 알아?"

"아니."

"그래? 검은산은 말이야, 너도 늘 봐서 알겠지만 구름 위에 다다를 듯 높아서 하늘나라로 갈 수 있는 길을 열어준다고들 해. 옛날에 아주 힘세고 지혜로운 사람 하나가 세상을 유랑하다가 이 섬에 이르렀을 적에, 검은산이 하늘나라와 이어진 통로라는 것을 단번에 알아차렸대. 깊디깊은 그 뿌리가 대지의 정수에 박혀 있다는 사실도."

이불 아래 몸을 옹송그리며 모현이 물었다.

"처음 듣는 얘기야. 그래서 그 장수는 어떻게 됐는데? 소망대로 하늘나라에 올라갔대?"

"천만에."

여민이 가당치 않다는 듯 콧방귀를 뀌었다.

"하늘나라에서 그 꼴을 두고 볼 수 있었겠어? 한낱 인간이 천제의 영토에 허락도 없이 침입하려는데. 격노한 천제가 당장에 대군을 내려보냈지. 검은산 꼭대기에서 장수는 천제의 군병에 맞서 싸웠어. 각양각색의 짐승 모습을 한 그것들은 다리가 끊어지고 배가 벌어진 채로도 다시 장수에게 덤벼들었지. 머리를 날려버리지 않는 이상 놈들은 계속 되살아날 수 있었거든. 물론 개중에 범과 용은 없었어. 그것들은 천제조차 자신의 머리카락이나 손톱 조각 같은 것들로 변신시킬 수 없을 만큼 진귀한 짐승이었으니까. 장수는 용맹했어. 전투는 영영 끝나지 않을 성싶었지. 그러는 동안 무려 아흔아홉 날이 흘러가버린 거야. 백일을 앞둔 직전에야 장수도 더는 버틸 수 없음을 깨달았지. 맞아, 장수는 패배하고 만 거야. 길은 구했으되 뚫고 올라갈 수는 없었던 거야. 안타깝게도."

장수의 처지에 이입한 여민이 서글픈 표정으로 한숨을 쉬었다.

"장수는 미쳐버렸대. 절망에 못 이겨 완전히 실성해버렸지. 적들의 시체 속에서 피범벅을 한 채로 기괴한 울음을 터뜨리다 구름 너머로 홀연히 사라져버렸지. 그럼에도 검은산을 떠날 수는 없었어. 그 산은 그에게 유일한 희망이었으니까. 아흔아홉 날에 걸친 원한이 시작된 곳이었으니까. 검은산은 그에게 죽어도 버리지 못할 염원과 같았으니까."

잠속에서 울려오는 반향처럼 여민의 말소리가 작아졌다. 여민이 소곤거리자 모현이 귀를 곤두세웠다.

"있지, 장수의 혼백은 아직까지 검은산에 머물러 있대. 지금도 숲을 돌아다니고 있을 거래. 그 화가 가시지 않아서 검은산에서는 때때로 연기가 피어오르고 굉음이 터져 나오고 발밑이 울리기도 한다는 거야."

그때 마른하늘에서 섬광이 번뜩였다. 여민의 말재간에 넋이 나가 있던 모현이 히익, 소스라치며 무릎을 끌어안았다. 그에 반해 여민의 낯은 놀란 기색도 없이 예사로웠지만.

"여기까지가 검은산에 전해 내려오는 전설 가운데 하나야. 호랑이에 관련된 옛날이야기야 귀에 못이 박이도록 들어왔을 거고, 코흘리개들이 시도 때도 없이 불러대는 노래도 있으니. 너도 외고 있지? 그 노래. 범의 범의 범의 그 범의 자식에게 인간 소녀가 점지되니."

모현이 다음 구절을 받아 불렀다.

"그는 성신에게서 비밀을 전해듣지."

"맞아."

키득거리던 여민이 다시금 물어왔다.

"그렇다면 혹시 그 얘기는 들어봤어?"

"응? 무슨 이야기?"

모현이 자세를 바꾸며 고개를 쳐들었다. 이불 안이 데워지면서 팔다리가 나른하게 풀어졌다.

"그 호랑이란 것들은 말이지. 한편으로 답답할 만큼 고지식해서 반려로 점지된 상대와 절대 헤어지지 않는대. 불의의 일격이라도 당해 배필과 영원히 갈라서지 않는 이상. 인간과 짝을 이뤄 사는 것들도 있는 만큼 그네들의 후손 중에는 인간도 있고 호랑이도 있고 인간도 호랑이도 아닌 것들도 존재할 텐데 그 정체가 무엇이든 간에 어지간하게 자라 앞가림을 할 수 있는 나이에 이르면 어미아비들은 자식들을 영역 밖으로 가차 없이 몰아내 버린다는 거야. 그것이 그들 일족이 새끼를 키우는 방식이니까. 그렇다고 신령한 호랑이들이 이 섬에만 살고 있는 건 아니래. 그들은 섬과 섬 사이를 헤엄쳐 건널 수 있으니까. 아무리 긴 세월이 흐른다고 해도 서로를, 함께 자란 형제자매들을 기억할 수 있대. 깊고 깊은 꿈속으로 그리운 이를 만나고자 달음질할 수도 있다는 거야."

여민이 모현의 손을 찾아 쥐었다.

"그러니 너도 기억해두도록 해. 그 사람이 자신의 형상을 버린 호랑이인지 진짜 인간인지 알아낼 수 있는 방법은 하나뿐이라니까."

모현이 침을 꼴깍 삼켰다.

"눈을 들여다보는 거야. 한밤중 등불을 들어 놈의 얼굴을 똑바로 비춰보는 거지. 그러면 깨닫게 될 거래."

"눈을 들여다보라고?"

"응. 금빛 눈동자. 등화를 머금은 호랑이의 눈은 검지 않을 것이니. 반짝일 거래, 노랗게. 해처럼 찬란하게. 황금빛으로 일렁일 거래."

그제야 모현은 후, 참았던 숨을 몰아쉴 수 있었다. 여민이 낄낄거렸다. 모현이 덩달아 웃음보를 터뜨렸다. 어둠 속에서 두 소녀의 웃음소리만이 명랑했다.

"있지, 모현아."

여민이 덧붙였다.

"나는 때때로 상상하곤 해."

"뭘?"

"호랑이와 짝지어진 인간이란 어떤 이들일지. 그런 사랑을 받는다는 건 어떤 기분일지. 얼마나 기쁠지. 누군가에게 내가 세상에서 하나뿐인 반려라면. 그렇다면 나 자신이 이렇게 하찮게 느껴지지는 않을 텐데.”

“얘는. 걱정 마. 너 역시 어떤 이에게는 그에 못지않게 애틋한 사람일 거야.”

하품을 하며 모현이 중얼거렸다.

“우리 모두 그럴 거라고. 지금이야 보잘것없다 해도, 결국에는, 결국에는 말이야.”

그 말을 마무리 짓기도 전에 모현은 스스로를 졸음에 흘려보내고 말았다. 그날만큼은 어떤 꿈도 모현의 옆에 몸을 누이지 않았다.

열하나.

구름마저 머물러 있던 밤이었다. 서리가 내린 나무들 사이로 숨소리가 들린다 했는데 한 사내가 비탈을 타 내려가고 있었다. 김 의원이었다. 살얼음이 낀 땅이 미끄러웠던 탓이었을까. 광대가 도드라진 각진 얼굴이 벌겋게 익어 있었다. 갈지자로 잇대어진 오솔길의 끝, 포구에 돛배 한 척이 정박해 있는 것이 보였다. 뱃전에 걸터앉아 갈대를 씹으며 사공이 그를 기다리고 있을 것이었다.

뒤를 밟는 자들은 진즉에 따돌렸다. 그치들은 끈질기게 그를 쫓아왔다. 솔개와 하지, 천이의 수하들이었다. 그들은 김 의원이 도주하려는 걸 알고 있었다. 언제 어떤 식으로 눈치챈 걸까. 그러나 김 의원의 철두철미함이 한 수 위였다. 그는 습격을 당했을 때 상대를 속여 넘길 동선을 미리 짜두었으니까.

숨소리를 지운 채로 고랑에 엎드려 있던 김 의원은 발소리가 사라지기 무섭게 마을을 등지고 달음질했다. 그만이 아는 은밀한 숲길이 있었다. 어둠은 그의 편이었다. 마침 먹구름이 끼어 별빛조차 사라져 있었다.

김 의원은 빌었다. 저 배에 무사히 오를 수 있기를. 길 위에서 개죽음을 당하는 최후만은 피할 수 있기를. 그렇다면 생사부에 적힌 만큼 살다 후회 없는 죽음을 맞이할 수 있을 텐데. 더 빨리 달릴 수 없는 자신이 김 의원은 원망스러웠다. 늙어 쇠락한 몸뚱이가 한스러웠다.

뱃사공에게는 섭섭지 않을 만큼의 삯을 치러두었다. 수십 년 넘게 가꾸고 보살펴온 가옥이며 텃밭, 소중하게 맺고 이어온 인연들을 저버리고 떠나야 한다니 가슴이 욱신거렸지만 다른 방법이 없었다. 삶이 먼저였다.

김 의원은 현실적인 사내였다. 죽음은 세상 모든 유용한 가치들을 무용하게 바꿔버렸다. 김 의원은 자신의 목숨이 경각에 달렸음을 깨달았다.

일평생 그는 타인을 살리며 살았다. 이제 스스로를 구해야 할 때였다.

으악, 김 의원이 가슴팍을 찔러오는 무엇인가를 피하며 고함을 질렀다. 그것이 말라비틀어진 나뭇가지임을 알아차리고 이내 어깨를 들썩이며 웃어버리고 말았지만.

작금의 상황에서 그를 살해하기로 결심한 사람이 있다면 그는 천이가 아니라 홍옥이어야 했다. 천이가 명한 대로 김 의원은 수리의 손을 빌어 홍옥이 먹을 음식에 독을 탔으므로. 수리야 그것이 독약임을 꿈에도 모르고 있겠지만.

그 약재를 배합하는 일에 김 의원은 지금까지 얻은 지식을 송두리째 쏟아부었다. 신중해야 했다. 철저해야 했다. 의심을 살 만큼 급작스럽게 숨을 거두어서도, 시름시름 앓으며 지나치게 천천히 죽어가서도 안 됐다. 법제하지 않은 반하며 초오, 천오는 독성을 품고 있었다. 협죽도와 화경버섯 또한 그랬다. 김 의원은 그것들을 조합해 홍옥을 중독시킬 약을 완성시켰다.

마을 아낙들 사이에 피부병이 도는 건에 대해 상의하고자 홍옥이 자신을 관아로 불러들였을 때까지만 해도 김 의원은 일말의 기대를 버리지 않고 있었다. 홍옥과의 대면 이후 홍살문을 빠져나가며 김 의원은 제게 닥칠 비극을 예감하고 몸서리치고 있었지만.

김 의원이 관찰하기로 홍옥의 모습에서 중독의 징조는 보이지 않았다. 홍옥은 지쳐 있기는 했으나 건강했고 그 준수함은 털끝만큼도 손상되지 않았다. 안색이 상해 있던 건 수리였다. 수리는 식은땀을 흘렸고 눈동자의 초점이 흐려 있었으며 혀가 말라 있었다. 독을 장기 복용한 자들에게서 나타나는 증상이었다. 간을 맞추기 위해 수차례 독을 우린 국을 떠 맛본 탓일 것이었다.

김 의원은 이 섬을 등질 때가 왔음을 직감했다. 홍옥은 독살되지 않을 것이었다. 이번 봄은 물론이고 다음 봄이 온다고 해도. 인간의 외피에 도사린 고결한 넋을 자신의 기술로는 도무지 해칠 수 없음을 김 의원은 직감했다. 산 위에서 수령에게 무슨 일이 벌어졌는지 몰라도 그가 이전과 다른 인물로 변모했음을, 홍옥의 비상함을 알아차렸다. 그로 인해 수령과 그 심복을 제외한 마을 전부를 적으로 돌리고 말았다는 것도. 무당과 수하들, 음흉한 눈초리로 상대를 곁눈질하는 존귀하신 나리들 모두를.

김 의원이 생을 구할 방법이란 하나뿐이었다. 도망치는 것. 아랫마을에서, 이 섬에서 하루라도 빨리.

김 의원은 은밀하게 배편을 물색했다. 떠나는 날짜는 이르면 이를수록 좋았다.

김 의원이 조급한 마음을 추스르며 바윗돌을 타 넘으려는 찰나 회화나무 뒤편에서 한 사람이 기척도 없이 모습을 드러냈다.

무당 천이. 치마 밑에서 당혜가 춤추듯 움직였다. 도톰한 입술이 유난히 붉고 탐스러웠다.

"어딜 그리 급하게 가시는가."

"아, 안 돼."

뒷걸음질하는가 싶던 김 의원이 비틀거리며 달아났다. 경사지를 미끄러져 내려가다 소나무 가지에 목을 긁히고 엉덩방아를 찧었다. 그러나 김 의원은 본능적으로 직감했다. 자신이 이 언덕에서 명을 다할 것임을. 닻을 올리기 직전인 저 배에는 올라타 보지도 못한 채 말이었다.

"왜 도망가는 것이야. 무슨 이유로."

허둥거리는 와중에 김 의원은 쓰고 있던 초립마저 잃어버렸다. 그럼에도 멈추지 않고 젖 먹던 힘을 다해 달음질했지만. 천이의 물음에는 대꾸조차 못 했다.

"무엇이 두려워서? 대답해보게."

허공을 박차고 오른 천이가 가뿐한 몸놀림으로 김 의원이 나아가는 방향을 가로막고 섰다. 갈팡질팡하던 늙은 남자는 그만 발이 꼬여 자빠지고 말았다. 잡풀 속에 주저앉아 삔 발목을 붙들었다. 더는 피할 곳이 없었다.

"하늘에 맹세하건대 저는 약조를 지켰습니다!"

김 의원이 울부짖다시피 고했다. 잔설이 저고리 소매며 바지 무릎을 시커멓게 물들였다.

"그래, 그랬겠지."

그 사정을 짐작할만하다는 듯 천이가 고갯짓했다.

"말씀드렸다시피 독이란 단기간에 효력이 나타나지 않을 수 있습니다. 날붙이로 목을 베는 것과는 전혀 다르다는 것을 알아주셔야 합니다."

"그럼. 알고말고."

천이가 맞장구쳤다. 김 의원은 자신이 풍기는 공포의 냄새에 질식해버릴 성싶었다.

"나리께서는 분명히 독을 드셨습니다. 천이 님, 제 말을 믿어주십시오."

"믿네."

밤새들조차 지저귀지 않았다. 천이가 숲 그늘을 헤치고 나왔다.

"죽음만은, 죽음만은 제발."

나이 지긋한 사내가 두어 살밖에 먹지 않은 아이처럼 울음을 터뜨렸다. 천이가 뒷짐을 진 채로 그의 주변을 맴돌았다.

"가엾게도 울고 있구나."

나직이 속삭였다.

"네놈에게 가장 큰 공포란 죽음이렷다."

천이가 김 의원의 등허리를 걷어찼다. 점잖기로 소문난 늙은 사내가 목이 터져라 부르짖으며 흙바닥을 뒹굴었다.

"지난여름 나와 나눈 다짐을 기억하고 있겠지? 약속한

바를 행하지 못했을 경우 네놈의 염통을 꺼내 잘근잘근 씹어줄 것이라는."

"천이 님, 제발, 제발."

김 의원이 엎드려 빌었다. 천이가 김 의원의 상투머리를 틀어쥐었다.

"그 말이 허풍일 것이라고 생각했느냐. 다른 곳도 아니고 신의 거처에서 올린 맹세를 내 어찌 저버릴 수 있단 말이냐. 기억하려무나. 나, 천이는 약속을 깨뜨리는 것을 몹시 싫어한단다."

천이가 열십자로 가볍게 손을 놀리자 김 의원의 옷가지가 뜯겨나갔다. 차디찬 바람 앞에 속수무책으로 드러난 살갗에 식은땀이 맺혀 있었다.

"살려, 주, 십시오."

김 의원이 발버둥 쳤다.

"놓아보내, 주십시, 오. 부탁, 입니다."

"오냐. 보내주지. 신에게 바쳐진 다른 제물들처럼, 집어삼켜주지."

천이가 손톱으로 김 의원의 가슴팍을 쓸어내렸다.

"장군님께서 말씀하셨지. 살아 있는 것들을 죽여 자신을 살찌워달라고. 정결하고 아름다운 넋일수록 더욱 든든한 요깃감이라고도 하셨어. 짐승들을 사냥하는 건 재미있지 않았어. 인간들, 겁에 질린 소녀들을 끝장내는 일이야말로 진정으로 즐거웠지. 이봐, 김 의원. 자네 눈에는 내가 한낱 시시한 인간 따위로 보인단 말인가? 사냥이란 얼마나 지극한 유희인지."

목이 비틀린 김 의원이 억, 억, 기괴한 소리를 냈다. 김 의원의 가슴, 나이 든 자 특유의 메마른 살가죽이 거칠게 맥동했다. 천이가 김 의원의 귓가에 속살거렸다.

"영광으로 여기게. 신과 함께 영원히 머무르게 된 것을."

핏줄기가 튀었다. 단말마의 비명은 허무하게 흩어졌다. 고깃배에 올라 꾸벅꾸벅 졸고 있던 사공을 깨우기도 전에.

눈이 녹아 땅이 질퍽거렸다. 계곡으로 이어지는 고부랑길. 모현이 잰걸음을 늦추었다. 짚신 밑에 진흙이 들러붙어 한 발 한 발 떼어가기가 고역이었다.

한쪽으로 기운 빨랫감을 추어올리며 모현이 새소리에 귀를 기울였다. 저 소리는 필시 아비의 울음이렷다. 수림 속을 날아다니는 새들의 지저귐이 청량했다. 입춘이 지나 아비며 재갈매기 같은 겨울새들이 떼를 지어 비상하면 제비니 뜸부기니 하는 여름새들이 그 빈자리를 채우려는 듯 하늘길을 따라 이 섬에 당도할 것이었다. 그것이 변화의 이치요 숲이 사시사철 소란스러운 까닭이었다.

모현은 직감할 수 있었다. 겨울이 패퇴하기 직전임을. 바람의 채찍질에 일말의 망설임이 깃들어 있다는 것을.

초립 밑에 낯을 감추고 발길을 재촉하는 대신 시조 몇 수를 읊으며 주위 풍광을 둘러보는 사치를 부릴 수 있는 사람이라면 길가 헐벗은 나무의 가지에 꽃망울이 맺혀 있다는 사실을 알아차렸을 것이었다. 터질 듯 부풀어 오른 봉오리 속에 겹겹이 포개져 있을 꽃이파리들. 새싹 한 장을 떼어내 뺨을 간질이면 어떤 느낌이 들지. 꽃잎 한 장을 입에 넣고 질겅거리면 얼마나 달큼할지.

봄이란 글자를 곱씹으며 모현이 군침을 삼켰다. 소금 몇 톨에 기름 몇 방울을 떨어뜨려 무친 나물의 쌉싸름한 맛이며 꽃을 얹어 부쳐낸 전의 식감이 혀끝에서 되살아나는 듯했다.

가혹했던 시절이 물러가고 있구나. 숲우듬지를 더듬어보며 모현은 새삼스럽게 감탄했다. *봄, 봄이 오고 있어. 그리운 봄, 새봄이.*

그때 고개 밑에서 덤벙거리는 발소리가 울려 퍼져 모현이 목을 빼들었다. 헛기침 소리와 중얼거림, 성큼성큼 과단성 있게 내딛는 걸음. 저 길을 따라가면 포구로 향하는 언덕길이 나올 텐데. 누구일까. 설마하니 외지에서 먼 걸음한 손님일까. 나와 언니처럼 뱃멀미에 시달려가며 이 섬에

와 닿은 이방인이라든가.

가파른 길 아래에서 머리 꼭대기부터 서서히 드러나 보이던 이는 초로의 여자였다. 모현의 눈에 익지 않은 얼굴인 걸 보면 이 섬사람이 아닌 것만은 분명했다. 흰 저고리에 초록 치마. 쓰개치마는 쓰고 있지 않았다. 오늘 같은 날씨에 걸치기에는 의복들이 지나치게 얇고 단출해 보였지만 여자의 몸놀림에서 추위에 고통스러워하는 기미는 보이지 않았다.

연화와 비슷한 연배일까. 잘 먹어 반질반질한 낯에 눈썹이 유난히 검은 여자.

어지간한 사내만큼 체구가 당당하던 그 여자는 곰방대를 입에 물고 굼뜨게 걸었다. 이 세상에 자신을 조급하게 만들 수 있는 일 같은 건 존재하지 않는다는 듯. 과시적이다 못해 호전적이기까지 한 그 태도를 홀린 듯 바라보고 있던 모현이 정수리에 얹힌 빨랫감의 무게를 의식하며 길 옆으로 비켜섰다.

"오호라."

가뜩이나 짙은 눈썹을 치켜들고 여자가 인사도 없이 모현에게 다가왔다. 모현이 물었다.

"뉘신데……. 제게 무슨 용건이라도 있으십니까?"

그 질문에 답하는 대신 곰방대를 허리춤에 찔러 넣은 여자가 대뜸 모현의 손을 붙들었다.

"바로 자네였군. 세상에, 이런 식으로 맞닥뜨릴 줄이야. 어깨는 어떤가. 아직 통증이 남아 있는가?"

어색한 미소를 지으며 모현이 잡힌 손을 빼냈다.

"걱정해주셔서 감사합니다만 제 어깨는 나은 지 오래입니다. 누구십니까. 만나 뵌 기억이 떠오르지 않는데요. 육지에서 오신 객이 아니십니까?"

잠깐 사이 붙들려 있던 손가락이 얼얼할 정도로 여자는 악력이 대단히 좋았다. 한눈에 보기에도 흥분한 기색이 역력하던 그 여자는 모현의 물음은 들리지도 않는 듯 으하하하 웃으며 혼잣말을 지껄였다.

"먼 길을 온 보람이 있었군. 겨우내 녀석이 하도 괴로워하기에 만사를 제쳐두고 달려와 봤더니. 다행이야. 자네를 내 눈으로 직접 확인할 수 있어서. 이제야 한시름 덜 수 있겠어."

구름이 걷히는가 했는데 가지 사이로 빛살이 넘쳐흘렀다. 여자의 눈에 노르스름한 광휘가 스쳐 지나는 것을 모현은 놓치지 않았다. 층쌘구름이 해를 덮어버리는 즉시 금칠한 접시 같은 눈동자는 원래의 검은빛을 되찾았지만.

모현은 불현듯 여민의 속삭임을 떠올렸다. *반짝일 거래, 노랗게. 해처럼 찬란하게. 황금빛으로 일렁일 거래.*

"잘 가라, 소녀야. 언젠가 우리가 다시 만날 날이 올 거다."

제 할 말만 쏟아내 놓고 여자는 검은산 쪽으로 몸을 돌렸다. 저 방향으로는 아무리 열심히 걷는다 한들 더 깊은 숲으로 빠져들 뿐인데. 마을에 다다르기 위해서는 고갯길을 둘러가야 하는데. 그 걸음이 묘한 확신에 차 있어 모현은 여자를 돌려세우기는커녕 아무런 외침도 내어놓지 못했지만.

그 밤, 홑이불을 덮고 옹송그리고 잠든 모현은 기분 좋은 온기에 기지개를 켰다. 따스했다. 얼굴에 쏟아지는 볕의 질감이 완전히 달랐다. 눈을 떴을 때 모현은 풀숲에 파묻히다시피 누워 있었다. 드넓은 평야. 하늘은 높았고 구름은 드문드문했다. 바람이 빨라 창공의 지형이 순식간에 뒤바뀌었다. 후, 입김을 불어 모현이 소맷자락에 묻어 있던 풀잎을 날려 보냈다.

시선이 닿는 곳 어디에나 꽃이 피어 있었다. 희거나 노랗거나 빨갛거나 크거나 작거나 겹꽃이거나 홑꽃이거나 각양각색의 꽃송이들. 민들레와 작약, 개나리와 산철쭉, 목련과 복수초, 족두리풀, 은난초와 금낭화와 자운영. 군락을 이루어 때로는 저 홀로 섞여 흐드러지게 만개한 꽃들. 무지

개와 나비와 벌들. 물 흐르는 소리와 새소리. 바람의 애무.

겨울은 달아나버렸다. 봄은 망가지고 부서진 것들을 고쳐 이어줄 것이었다. 마른 목을 축이게 해줄 것이었다. 한 방울 한 방울 똑똑 녹아떨어지는 고드름처럼. 흘러넘칠 것이었다. 얼음 사이로 샘솟는 물처럼. 쓰다듬어줄 터였다. 봄은 녹고 녹이고 헝클어지는 계절이었다. 겨울과는 닮은 데가 없는 자매였다.

모현이 겅중거리며 풀숲을 내달렸다. 무아지경 속에서 봄의 들판을 얼마나 헤매고 다녔을까.

젖은 흙 위에서 짐승의 발자국을 발견한 모현이 그 자리에 우뚝 멎어 섰다. 몸을 숙이고 경험 많은 사냥꾼이 그러하듯 그것의 모양새를 찬찬히 들여다보았다. 웬만한 성인 남자의 손바닥보다 곱절은 더 커 보이던 널따란 발바닥과 네 개의 발가락. 발톱 자국은 찍혀 있지 않았다. 내를 따라나 있는가 싶던 맹수의 자취는 둔덕 위로 구부정하게 이어졌다.

이전과는 다르게 겁에 질리기는커녕 이상한 고양감에 사로잡힌 모현이 짐승이 남긴 궤적을 좇아 걸었다. 치렁치렁한 소매를 걷으며 작정한 듯 둔덕을 올랐다. 초례상 앞에 홀로 앉아 합환주를 마셨던 그날처럼 모현은 초록 원삼을 입고 있었다. 동백기름을 발라 빗질한 머리만은 하나로 땋아 늘어뜨린 그대로였지만. 그 끝에 매여 있던 것은 불똥이 튀어 눌어붙은 헌 댕기였다.

냇가에서 멀어지며 점차로 흐려지던 발자국은 한 그루 나무 앞에서 급작스럽게 끊어졌다. 모현이 나무를 올려다보았다. 생김새부터 이상야릇한 데가 있는 나무였다. 윗가지들은 벼락에 맞기라도 한 것처럼 시커멓게 타들어 가 있는 데 반해 아래쪽 가지들이며 몸통은 조금의 위해도 입지 않은 듯 보얗고 튼실했다. 흙모래를 밀어 올린 굵다란 뿌리 또한 그랬다. 그을린 흔적이라곤 없었다.

그때 모현의 뺨을 기다랗고 매끄러운 무엇인가가 훑고 달아났다. 새잎이 돋은 가지에 비단 천이 매여 있었다. 금박을 찍어 입힌 붉은 댕기였다. 댕기가 바람을 타고 나부꼈다. 어디로든 달아나고 싶어 하는 마음처럼. 모현의 목이며 팔을 감으며 부대꼈다. 애타는 손길처럼.

모현은 확신할 수 있었다. 그 댕기가 자신에게 바쳐진 물건이라는 것을. 선물임을. 이를 수락하는 대가로 내어줘야 하는 것이 무엇인지 지금으로서는 짐작할 수 없었지만.

모현이 나뭇가지에 매달려 있던 비단 댕기를 풀어냈다. 지금 당장 낡은 댕기를 끌러 던져버리고 새것을 드리우고 싶은 욕심이 나는 한편으로 실체가 불분명한 두려움이 차올라 모현을 불안하게 만들었다. 이것이 정녕 내가 욕심내도 괜찮은 물건일까. 내게서 무엇인가를 빼앗아가기 위해 누군가 던진 미끼는 아닐까.

다시 한번 눈을 감았다 떴을 때 모현은 더는 햇살 아래 서 있지 않았다. 꿈 바깥, 싸늘하게 식은 방에 내던져져 있었다. 새벽. 겨울은 물러가지 않았다. 여민이 잠꼬대를 했다. 모현이 불현듯 주먹을 펼쳐보았다. 그의 손바닥 위에 있던 것은 윤기 흐르는 비단 천에 금박을 넣은 붉은 댕기였다.

꿈속에서 얻은 선물을 모현은 여전히 손에 쥐고 있었다.

봄은 더디게 찾아들었다. 얼음이 녹았다 싶으면 꽃샘바람이 불었고 진달래가 피는가 하면 지붕마다 하얗게 서리가 내렸다. 그럼에도 가을보리는 자랐고 시뻘겋게 언 귓불을 드러내놓고 움츠리고 있던 사람들의 움직임 역시 활기차졌다. 모현 또한 길었던 겨울잠에서 마침내 깨어난 기분이었다.

그것이 마지막 꿈이었다. 모현은 더는 꿈을 꾸지 않았다. 설사 꾸었다 하더라도 그것은 겨우내 모현을 광적으로 뒤흔들어놓았던 다른 꿈들과 달리 깨어나는 즉시 손가락 사이로 흩어져버렸다. 무상했다. 전언으로서의 꿈이 아니었다.

수수께끼는 풀리지 않았다. 모현은 꿈속으로 자신을 이

끌고 간 상대의 정체를 밝혀내지 못했다. 궤짝 안에 감추어놓은 붉은 비단 댕기만이 그 꿈들이 환영이 아님을 일러주었을 뿐이었다.

아침마다 새로 땋아 늘어뜨리던 머리끝에 모현은 시커멓게 그을린 헌 댕기를 매고 다녔다.

“얘, 그 얘기 들었어?”

키질하던 모현 옆으로 궁둥이를 들이밀며 여민이 물었다. 춘분이 지난 어느 날. 모현이 바닥에 떨어진 낟알을 주워 키에 담으며 되물었다.

“무슨 이야긴데?”

“사나흘 전에 육지에서 사내 하나가 들어왔어. 듣자 하니 마을에 아예 주저앉을 작정이라지.”

“외지인?”

모현이 기억을 더듬는 시늉을 했다.

“그 사람, 키가 십 척은 되어 보이더라.”

“설마 그렇게 큰 사람이 있으려고?”

“그뿐이야? 재색 직령을 걸치고 있는데, 목소리가 놀라울 만큼 근사하더라.”

두 손을 가슴 앞에 갖다 붙인 채로 여민이 발 장난을 쳐댔다.

엇그제인가 바깥심부름을 다녀오는 길에 꼬맹이들 틈에

섞여 여민은 그 사내를 염탐하다 돌아왔노라고 했다. 이름 모를 그 남자는 마을 사람들의 이목을 한 몸에 받고 있었다. 잔잔한 연못에 던져진 돌멩이 같았다.

옷차림은 양반처럼 점잖되 행동거지는 아랫것들처럼 거침없다는 사내. 훈장네 객당에 머무르고 있다는 그 남자는 근방의 빈집을 고쳐 들어앉을 계획이라고 했다. 그 소문을 전해준 건 놀랍게도 이전까지만 해도 관노청 바깥의 일들에 딱히 흥미를 보이지 않던 연화였다.

"넌 그 남자한테 왜 그렇게 관심이 많은 거야?"

모현이 장난스레 물었다. 여민이 지지 않고 맞받아쳤다.

"그러는 너는 관심 없어?"

여민이 모현의 옆구리를 팔꿈치로 찔렀다.

"낯선 사내가 이 섬을 찾아온 것부터가 흔치 않은 사건이잖아. 궁금하지 않아? 그 남자가 무슨 사연으로 여기까지 흘러들어왔는지."

"손톱만큼의 흥미도 없다고 하면 거짓이겠지만 글쎄, 나는 그다지 궁금하지 않은데."

그 대답의 어디가 비위에 거슬렸는지 몰라도 여민이 대놓고 이맛살을 찌푸렸다.

"그 이유야 짐작할만하지."

또 무슨 소릴 하려고? 묻기라도 하는 것처럼 모현이 시선

을 들었다.

"이제 어지간한 사내는 시시해 보인다 이거지?"

"그게 무슨 소리야?"

당황한 모현이 얼굴을 붉혔지만 여민은 그쯤에서 그만둘 생각이 없어 보였다.

"네가 야음을 틈타 문턱이 닳도록 거처를 드나드는 걸 모를 줄 알고? 나리를 만나러 가는 거지? 그렇지? 하늘 같은 양반 나리와 앙큼하게 밤 나들이라니. 주제도 모르고."

굳은 표정을 한 채로 모현이 키를 고쳐 쥐었다.

"미안."

사과의 말을 중얼거린 여민이 알곡 몇 알을 주워 키 안으로 굴려 넣어주었다. 어색한 침묵 속에서 두 소녀는 한동안 묵묵히 볕만 쬐었다.

여민에게 털어놓지 않았다 뿐 모현 역시 그 사내의 등장이 미심쩍기는 매한가지였다. 자신부터 수 해 전 죄인의 신세로 이 섬에 보내져서였을까. 단순히 장사를 하기 위함은 아닐 것이었다. 관아가 위치해 있다고는 하나 이 작은 고을에 뭍에서 들여온 물건을 파는 것만으로 만족할만한 이윤을 거두기는 어려운 노릇일 것이므로.

전국을 유람하는 중에 섬의 정취도 만끽할 겸 잠시 쉬다 가려 하는 것이라 믿기에도 미심쩍은 구석이 있었다. 그렇다면 배가 나드는 연안에 머무르지 않고 볼거리도 변변찮은 초지의 외딴 마을로 구태여 근거지를 옮긴 까닭이 무엇이란 말인가. 낡은 가옥을 손봐 눌러앉을 준비까지 마쳤다니 여러모로 아귀가 맞지 않는 수상한 체류임이 분명했다.

확신하건대 그 남자에게는 밝히지 못할 속셈이 있었다. 도망쳐온 걸까? 그렇다고 하면 그는 과연 어떤 죄를 범한 것일까?

모현으로서는 아무래도 상관없는 문제였다. 별다른 흥밋거리도 아닌 남자가 무슨 연유로 이 고장으로 떠밀려왔든지 간에. 어떤 면에서는 여민의 주장이 옳았던 걸지도 몰랐다. 이제 와 모현을 둘러싼 협소한 세계 속으로 누군가 발을 들일 틈은 없었으므로. 그 남자의 알려지지 않은 이름 따위 저 하늘의 달만큼도 흥미롭지 않았다. 홍옥과 만나 나누었고 또 함께할 밤들에 비하면, 전혀.

그 밤, 동산을 오르며 모현은 정신 나간 사람처럼 킥킥거렸다. 댕기가 나부꼈고 짚신의 앞코는 젖어 있었다. *나리께서 나를 기다리고 계실 거야.* 막무가내로 터져 나오는 웃음을 억누르기 위해 모현은 무진 애를 썼다. *곧 마주하게 될 거야. 내 은인, 고귀한 사내, 홍옥 나리와.*

모현이 언덕마루에 다다랐을 때 홍옥이 다가와 팔을 뻗었다. 치마폭을 놓으며 모현이 그 손을 붙들었다. 불안하지 않았다. 무섭지도 않았다. 제 손등을 감싸는 손가락의 감촉을 느끼면서 모현은 폭우가 쏟아지던 날 홍옥의 피부에 일었던 비늘을 떠올렸다. 오늘에 와 홍옥의 살결은 매끄러웠고 묘한 빛마저 흘렀지만.

"가뜩이나 피곤한 마당에 예까지 올라오기 힘들지 않았는가."

"아닙니다, 나리. 밤공기를 쐴 수 있어 즐거웠는걸요."

모현이 습을 찼다. 홍옥이 앉는 자세를 취하며 청했다.

"그 전에, 할 얘기가 있네."

"네, 나리."

모현이 홍옥 옆에 치마를 펼치고 앉았다. 둘의 그림자가 포개졌다. 홍옥의 말투가 전에 없이 부드러웠다.

"자네가 얼마나 힘겨운 나날을 보냈는지 내 누구보다 잘 알고 있네. 물일 때문에 손등이 터 있는 걸 보니 마음이 좋지 않아."

"아닙니다, 나리. 고생이라니요."

모현이 손을 저었다.

"그런 말씀은 말아주세요. 나리 덕분에 저는 지난 계절을 울타리 안에서 안전하게 지낼 수 있었는걸요. 의복과 음식, 보금자리까지 나리께서는 제게 필요한 모든 것을 베풀어주셨어요. 저뿐 아니라 다른 이들에게도 나리는 참으로 훌륭한 주인이십니다."

"훌륭한 주인이라."

그 말의 뜻을 곱씹는가 싶던 홍옥이 다시금 말문을 열었다.

"자네도 알다시피 이곳은 아담한 고을이야. 그만큼 남의 주목을 끌기도, 구설에 휩쓸리기도 쉽다는 의미지. 자네가 관노청의 일꾼으로 홀로 설 수 있을 때까지 나로서는 두 손 놓고 지켜보는 수밖에 없었네. 그것이 내게도 고통이었음을 이해해주게."

홍옥의 마음 씀씀이에 모현은 콧등이 시큰해지는 것을 느꼈다. 작아지는 목소리를 돋우어 모현이 씩씩하게 대답했다.

"그럼요, 나리. 감사합니다."

혼자만의 생각에 잠겨 있는가 싶던 홍옥이 모현과 시선을 맞춰왔다.

"어느덧 밤공기도 덜 차고 봄의 기운이 느껴지는군."

"네, 벌써 봄입니다. 싱그러운 계절이지요. 나리, 꽃이 피고 새잎이 돋는 시절이지 않겠습니까."

그토록 상냥한 대답에 홍옥이 부드럽게 웃어 보였다.

"자네는 알고 있을까. 지키는 일이야말로 가장 고통스럽다는 것을. 겨울은 내게 힘겨운 계절이야. 더군다나 이번

겨울에는 나를 유지하기 위해 막대한 공력을 허비해야 했으니."

수심에 찬 말소리에 귀를 기울이며 모현은 문득 높으신 분의 뺨을 어루만져주고 싶은 충동에 휩싸였다. 그분을 제 무릎에 끌어다 눕히고 속삭여주고 싶었다. 근심하지 마시라고, 봄님이 오셨으니 겨우내 어그러졌던 일들마저도 순리대로 이루어지게 될 것이라고.

제 신분의 보잘것없음을 떠올리며 자조 섞인 웃음과 함께 결국에는 이까짓 가당치 않은 소망이나 품은 자신을 나무라고 말았지만.

"자네, 이 마을에 새로 왔다는 사내에 대한 이야기는 들었는가?"

느닷없는 물음에 모현이 농을 섞어 재잘거렸다.

"원치 않는다고 해도 전해 들을 수밖에 없었지요. 그러잖아도 사람들이 한목소리로 떠들어대는데 귀가 아플 지경이라니까요."

홍옥의 안색이 눈에 띄게 어두워졌다.

"그치와 혹여라도 말을 섞어본 건 아니겠지?"

"그럴 리가요."

모현이 고개를 가로저었다.

"일꾼들이 주워섬기는 얘기를 엿들었을 뿐입니다. 그치

와는 인사를 나누기는커녕 같은 자리에 서본 적도 없는걸요."

턱을 괸 채로 다른 손을 놀려 홍옥이 모현의 머리를 만지작거렸다. 심장이 두근거리다 못해 터져버리는 건 아닐까, 모현은 문득 두려워졌다.

"그렇다면 다행이야."

손가락 사이로 모현의 머리카락을 놀리는가 싶던 홍옥이 돌변한 말투로 덧붙였다.

"부탁 하나만 합세. 모현, 그치를 조심하게."

"그리 말씀하시는 이유가 무엇인지 여쭈어도 되겠습니까."

홍옥의 입술 가장자리를 당긴 긴장을 알아차리지 못하고 모현이 다소 조심성 없이 물었다.

"지금 당장 드러내놓고 밝힐만한 사안이 아닐세."

홍옥이 잘라 말했다. 냉담하기 짝이 없는 그 태도에서 모현은 노골적인 적개심마저 느꼈다.

"놈은, 그치는 위험한 작자야."

모현은 묻고 싶었다. *왜 그러십니까, 나리. 그자가 무슨 끔찍한 범죄라도 저질렀습니까?* 더는 알려하지 말라 다짐받은 이상 말없이 머리를 끄덕이는 수밖에 없었지만.

"머지않아 이 일에 대해 자네와 허심탄회하게 대화를 나눌 날이 오겠지. 나로서는 오늘날 내가 품은 걱정이 기우에 불과하기만을 바랄 뿐이야."

홍옥이 모현의 어깻죽지를 감싸고 있던 손을 미끄러뜨렸다. 펼친 손가락이 어깨 선을 따라 움직이며 팔을 훑었다.

"이것만은 기억해주게."

홍옥이 모현의 오른손을 받쳐 들었다.

"내가 자네를 위해 해내야 했던 일들, 그것이 단지 인간사의 정도를 바로 세우기 위함은 아니었음을."

알쏭달쏭하던 그 언사.

"나를 저버리지 말게. 약속하게, 모현. 어떤 비밀이 드러나게 될지언정 자네는, 자네만은 내게 등을 돌려서는 안 돼."

홍옥이 모현의 손등에 입술을 눌렀다. 그 열기에 오른손을 내맡긴 채로 모현은 생각했다. *이분은 왜 저런 눈초리로 나를 바라보는 걸까? 갈구하는 것처럼 열렬하게. 저토록 귀하신 분이 하찮은 이 몸을 도대체 무슨 이유로.*

모현이 홍옥의 목에 팔을 둘렀다. 들어 올린 발뒤꿈치와 기울어진 갓, 그 테두리의 광채, 마주 댄 뺨의 뜨거움. 등이 퍼뜨린 광휘 속에서 둘은 엇갈려 맨 매듭처럼 서로를 끌어안았다. 갈망하는 이의 숨결을 받아 마셨고 날뛰다시피 하는 심장 소리를 엿들었다.

세상은 작아지고 작아지고 작아져 그들의 등 뒤 빛 너머에는 무엇도 존재하지 않을 성싶었다. 둘, 오로지 둘뿐이었다.

열둘.

꽃향기는 나날이 짙어졌다. 계절의 무르익음이 불러일으킨 두근거림은 꽃이 진 자리에 잎이 돋게 하고 풀색이 짙어지게 할 터였다. 개구리를 울게 하는가 하면 물고기들을 살찌울 것이었다. 봄은 풋내 나는 계절이었다. 그 끝에서 풀은 질겨져 더는 쉽게 꺾을 수 없게 되겠지만.

"저 소리를 들어봐."

바느질하던 손을 멈추고 여민이 말했다.

"어스름이 지면 바람 소리가 유난히 슬프게 들리는 것 같지 않니?"

모현이 귀를 기울였다.

"울면서 외치는 것 같잖아. 그리운 이를, 꿈에도 잊지 못할 사람을."

골똘한 생각에 빠져 있는 듯하던 여민이 등잔불을 불어 껐다. 바람이 잦아든다 싶으면 개가 짖었고 부엉이가 울었으며 집쥐들이 서까래를 오르내렸다. 아귀가 맞지 않은 창문 틈으로 검은산이 희끄무레한 윤곽을 드러내고 있었다.

여민이 모현이 덮은 이불을 들추고 가장자리에서부터 슬금슬금 안으로 파고들었다. 모현은 동무의 머리에서 풍기는 기름 냄새와 어깨의 곡선, 깃털처럼 가벼운 다섯 손가락의 놀림을 느낄 수 있었다. 여민이 모현의 목 아래 움푹한 곳에 얼굴을 묻었다. 무슨 영문인지 모르겠다는 듯 모현이 얼떨떨하게 눈을 끔뻑였다.

여민이 손톱을 세워 모현의 목선을 훑었다. 살결을 긁는 그 궤적이 간지러우면서도 묘하게 신경에 거슬려 모현은 저도 모르게 여민을 밀쳐내고 말았다.

"너, 아직 모르는구나?"

여민이 키득거렸다.

"뭘 말이야?"

"네가 뭘 느낄 수 있는지."

"내가, 느끼다니? 뭘?"

"살과 살을 마주 대는 것이 얼마나 기쁜 일인지."

젖은 입술이 모현의 귓가에 닿을 듯 말 듯 했다. 모현은 어리둥절하다 못해 그 자세 그대로 얼어버렸다.

"얼마나 재미있는지."

여민이 모현의 머리를 쓸어 넘겨주었다. 모현이 몸을 움츠렸다. 여민이 박장대소하며 옆으로 굴러 넘어갔다. *나라고 그렇게 무지한 건 아냐.* 발끈한 모현이 뺨을 붉히며 씩씩거렸다.

나 역시 알고 있다고. 다른 이의 살갗을 어루만지는 것이 얼마나 소름 끼치는 일인지. 얼마나 황홀한지. 허벅지는 어이해 오그라들고 목구멍은 졸아드는지. 모닥불 속 조약돌처럼 뜨거워진 심장이 가슴을 덥히다 못해 머리부터 발끝까지 시뻘겋게 달아오르게 만든다는 것을.

항변하고 싶은 욕심을 억누르며 모현은 되새김질했다. 제 손등을 찍어 누르던 홍옥의 입술, 하나로 얽힌 손이며 부딪친 이마, 숨결과 체취와 목소리, 더, 조금 더, 그 이상을 원하던 마음. 제발 이대로 그만두지 말아 달라 터져 나오기 직전이던 애원. 홍옥은 모현을 끌어안고 한숨을 쉬었더랬다. 머리를 쓰다듬으며 뺨을 비벼대면서도 끝끝내 입을 맞춰오지는 않았다.

모현은 인정하는 수밖에 없었다. 자신이었다면 멈추지 않았으리라는 것을. 제 욕망을 채우고 말았으리라는 것을. 제가 만약 홍옥이었다면. 취하고 싶은 것을 취하고도 아무런 형벌을 받지 않는 사람이었다면.

"그건 말이지."

엎드린 자세로 고개를 까딱이며 여민이 일러왔다.

"어떤 이를 마음으로 우러르는 것과는 전혀 다른 기쁨이니까. 첫 번째보다는 두 번째가 좋고 두 번째보다는 세 번째가 재미있지. 네 번째보다는 다섯 번째를 잊기 힘들고. 너도 곧 알게 될 거야. 밤이 짧아 아쉽다는 것도."

누구였니? 네게 그 즐거움을 일깨워준 사람이. 어떤 남자들이었어? 질투와 경계, 궁금증이 범벅된 감정으로 아득해져 모현은 아무것도 묻지 못했다.

"눈을 뜨게 될 거야. 세상이 전과 같지 않아질 거야."

여민이 모현을 부둥켜안았다.

"놀랍도록 다르게 느껴질 거야."

평정한 표정과 달리 그 순간 여민의 마음은 감당하기 힘든 실의로 헝클어져 있었다. 그분의 손길을 받을 수 있다면. 그분께서 나를 품에 안아주신다면. 그 고운 입술에 내 입술을 마주 댈 수 있다면. 생애 단 한 번만이라도. 그렇다면 다른 모든 소망 같은 건 포기해버릴 수도 있을 텐데. 그것 하나만으로도 세상 전부를 얻은 것처럼 행복할 텐데.

동무의 어깨에 턱을 대고 여민은 해서는 안 될 고백을 삼켰다.

둘은 머리를 맞댄 채로 금세 잠들어버렸다. 둥지 속 새들처럼.

다음날 세숫물이 담긴 대야를 들고 모현은 첩첩의 문을 지났다. 데운 물에서 김이 피어올랐다.

"나리, 세숫물을 가지고 왔습니다."

모현이 문턱을 넘기 무섭게 홍옥이 반색하며 다가왔다.

"자네로군."

홍옥이 모현에게서 대야를 빼앗아 들었다. 모현이 만류해보았지만 막무가내였다.

"이러지 마십시오."

모현이 어쩔 줄 몰라 하며 목소리를 낮추었다.

"놓아주십시오. 이곳은 관아입니다. 한밤의 인적 끊긴 동산이 아닙니다. 보는 눈이 있으면 어쩌려고 이러시는 겁니까."

"자네 말이 맞네. 여기는 관아이고 나는 수령이지. 다시 말해 이 몸의 허락 없이 이곳을 드나드는 간 큰 작자는 있을 수 없다는 소리고."

홍옥이 모현의 손을 뒤집어 손바닥에 입을 맞추었다. 귓불까지 홧홧하게 달아올라 있으면서도 모현은 눈길을 돌리지 않고 홍옥이 하는 짓을 가만히 지켜보았다.

"안 그래도 자네 걱정을 하고 있던 참이었어. 나흘 뒤가 보름이지? 그 동산에서 만나기로 약조한 날이."

"네, 그러합니다만."

모현이 머리를 끄덕였다. 뜨뜻미지근한 물방울이 팔목을 타고 흘러내렸다. 젖은 손바닥에 홍옥이 댄 입술의 감촉이 아로새겨져 있는 듯했다.

"한데, 당분간 그만두는 게 좋겠네."

홍옥이 말했다.

"사람이 죽어 발견됐네."

모현이 잠시 숨을 멈추었다.

"바위 밑 녹다 만 눈 속에 누워 있던 것을 짐꾼이 우마차에 싣고 왔지. 잔설 때문에 얼어 있던 터라 언제 살해됐는지 정확하게 밝혀내기 힘든 상태네. 그래도 시체에 남겨져 있던 악의만큼은 무섭도록 또렷했지만. 가슴팍이 파헤쳐진 가운데 염통이 사라져 있었거든. 누군가 부러 뜯어내기라도 한 것처럼."

홍옥이 말소리를 쥐어짰다.

"소란스러워질 걸세. 트집 잡고 겁박하고 죄를 뒤집어씌울 희생물을 찾아 나서게 될 거야. 그것이 위협 그 자체보다 훨씬 위협적일 거야. 자네와 나, 모두 경험한 바 있지 않은가. 광기, 건잡을 수 없는 광기 말일세."

홍옥이 모현의 손을 쥐었다.

"사람들이 자네에게 해를 입힐지 모른다고 생각하면 눈앞이 깜깜해질 지경이야. 그런 일이 벌어진다면, 나는 그들을 용서할 수 없을 걸세. 자네를 잃는다면 나는 제정신으로 살아갈 수 없을 거네."

모현이 섬돌에 걸터앉았다. 정인의 무릎에 팔을 걸치고 옆머리를 기댔다. 홍옥이 모현의 머리를 쓰다듬어주었다. 봄볕 아래 병아리들이 모이를 쪼아 먹고 있었다.

홍옥의 지시 아래 대대적인 조사에 나섰지만 김 의원의 죽음에 대해 이렇다 하게 판가름난 바는 없었다. 홀로 사는 몸이었다. 대신 분노해줄 일가붙이가 없는 자였다. 김 의원을 뭍으로 데려다주기로 한 사공이 증언을 할 수 있었다면 좋았으련만 봄철 조업을 위해 다른 섬으로 떠난 뒤였다. 추깃물이 흐르다 못해 시체의 살이 문드러지고 구더기가 우글거릴 지경에 이르러서야 관리들은 뒤늦게 매장을 서둘렀다.

김 의원은 자신이 살해당한 바로 그 언덕에 묻혔다. 비석 하나 세워지지 않았다. 김 의원의 존재는 잊히고 그 자리에 남은 것은 그의 죽음이 불러일으킨 공포뿐이었다.

홍옥의 예감은 옳았다. 두려움이란 눈을 가린 손바닥과 같았으니까. 무섬증에 사로잡힌 사람들은 무고한 자들까지 막무가내로 돌려세워 꿈에서라도 저지른 바 없는 죄의 대가를 묻고자 했다. 독을 묻힌 언사들은 오래 질겅일수록 즐거웠다. 은근한 죄책감은 유쾌하기까지 했다.

밭길을 걸으며, 억새밭에 숨어 앉아 독주 한 잔씩을 걸치며 부락민들은 누가 지어냈는지 모를 흉문들을 나누고 보태고 부풀렸다. 그 소녀, 죽었어야 하는 존재가 살아 돌아온 것이 감당하지 못할 화를 불러오고 말았다고, 김 의원이 살해당한 사건은 시작에 불과하며, 그 아이를 범님에게 끌어다 바치지 않으면 노기가 섬 전체를 덮어 우리는 모두 피 웅덩이 속으로 고꾸라지고 말 것이라고 떠들었다.

돌담 앞에서 해바라기하던 아이들마저 금기를 입에 담는다는 기쁨에 사로잡혀 귓엣말을 주고받았다. 산군님의 분노가 마을을 피로 물들일 거라고, 이 일의 원흉은 모현, 신부로 바쳐진 소녀라고 말이다.

이토록 악의적인 풍문의 소용돌이에 휩쓸리지 않기 위해 모현은 냉정하게 스스로를 단속해야 했다. 가옥이 드리운 그림자 속을 숨어다니며 등 뒤로 쏟아지는 적의의 눈길을 피했다. 사정을 꿰뚫어 본 수리가 모현을 관노청 밖으로 심부름 나가지 않도록 신경 써 주었다. 겨우내 지독한 고뿔에 시달리던 수리는 근래에야 조금씩 기력을 회복하는 눈치였다.

여민이 일러준 바에 따르면 홍옥은 이방인 사내의 이력을 조사하고 있는 모양이었다. 수령이 외지인 남자를 이번 살인사건의 배후로 주목하고 있다는 소문이 마을에 파다하게 퍼져 있다고 했다. 기민한 이 소녀는 골목골목을 쏘다니며 가담항설들을 수집해 모현에게 전해주었다. 모현에게 있어 여민은 낮말을 물어다 주는 새요 밤말을 속삭여주는 쥐인 셈이었다.

안개비가 그쳤다. 아침은 맑았다.

잠에 취해 꿈쩍도 안 하던 모현을 여민이 흔들어 깨웠다. 여민이 먼저 문을 열고 나갔다. 짚신을 끌며 모현이 물을 받아 낯을 씻었다. 꽁지깃이 유난히 길고 탐스러운 까마귀가 처마 끝에 앉아 지저귀고 있었다. 그 모습을 올려다본 여민이 바닥에 침을 뱉었다.

"아침부터 까마귀라니. 재수 없게."

아침상을 치우고 나니 점심때가 가까워졌다. 수리는 저녁에 소고깃국을 올릴 것이라고 했다. 마당을 비질한 모현이 반빗간으로 돌아왔을 때 여민은 연화와 함께 아궁이 앞에 자리를 깔고 앉아 있었다. 수리는 자리를 비우고 없었다.

연화가 모현을 손짓해 불렀다.

"마침 잘 됐다. 얘, 고깃간에서 고기 한 근만 끊어오너라."

여민이 여미고 있던 치마를 내리며 일어섰지만 연화는 의도가 분명한 그 몸짓을 못 본 체했다.

"그게, 어떤 고기를 받아오면 될는지."

모현이 물었다. 나긋하게 꾸며낸 말투로 연화가 대답했다.

"양지머리로 달라고 하면 된다. 국을 끓일 용도거든."

"알겠어요, 그럼."

문턱을 넘는 모현을 만류하며 여민이 기어이 한 마디를 보탰다.

"고깃간이라면 제가 다녀와도 될 성싶은데요."

"네년은 나와 같이 봄동을 다듬어야지."

시들어 빠진 배춧잎을 잡아 뜯으며 연화가 앙칼지게 쏘아붙였다.

"별 볼 일 없는 계집 하나를 왜들 그렇게 감싸고 도는지. 아니꼬워서 봐줄 수가 있어야지. 당장 움직이지 않고 뭐 하느냐? 네년이 고기를 받아와야 물을 올릴 것 아니냐. 내가 언제까지 네년들 눈치나 보며 일해야겠니."

모현이 허둥지둥 반빗간을 빠져나왔다. 흉흉한 소문이 나돌기 시작한 무렵부터 바깥심부름을 꺼려온 것은 사실이지만 막상 이런 일을 당하고 보니 관노청 밖으로 쫓겨

나온 자신보다 연화 옆에 무릎이 닿을 만큼 붙어 앉아 귀가 따갑도록 꾸지람을 듣고 있을 여민이 훨씬 걱정스러웠다. 오늘따라 거리를 오가는 발길이 드물었다. 행인들의 출입이 많은 길목마다 흉사를 경계하며 약하고 부주의한 자들일수록 나들이를 삼가라는 방이 붙어 있어서였을까.

텅 비어버린 골목골목이 스산했다.

그럼에도 들꽃은 피어 을씨년스러운 풍경에 나름의 정조를 더하고 있었다. 꽃향기를 쫓듯 모현이 저고리 고름을 날리며 고샅길을 달려갈 때 토담을 돌아 한 남자가 불쑥 튀어 나왔다. 이마를 찧기 직전 모현은 가까스로 발길을 멈춰 세웠다. 잿빛 직령의 장정.

겁에 질린 모현이 뒷걸음질했다. *이건 막다른 골목에 나를 몰아넣고 해코지하려는 속셈일까? 설마 무당의 수하는 아니겠지?*

상대의 정체를 확인한 모현은 자신의 추측이 틀렸음을 알아차리고 안도의 한숨을 내쉬었다. 외지인 사내. 그는 듣던 대로 키가 몹시 컸다. 몸의 좌우로 불끈거리며 치솟은 어깨가 당당해 보였다. 큼지막한 손이 가슴 언저리로 늘어진 갓끈을 초조하게 매만지고 있었다. 갓양태가 드리운 그늘 밑으로 붉은 입술이 반원을 그리고 있는 것이 필시 미소 짓고 있는 모양새였다.

이자가 소문 속의 그 이방인이란 말이지. 마을 아이들을, 여민을 흥분하게 한 한편으로 홍옥 나리를 근심하도록 한 작자. 그나저나 이건 무슨 수작질이람. 일면식도 없는 사람을 놀라게 한 마당에 자신은 저리도 즐겁게 웃고 있다니.

마음을 추스른 모현이 골목을 빠져나가려 하자 남자가 달려들어 다시금 통로를 막아섰다. 모현이 미간을 구기며 물었다.

"물러나 주시겠습니까."

홍옥의 경고가 귓가를 울렸다. 놈은, *그치는 위험한 작자야.*

"그러지 않겠다면 어쩔 것이요?"

여민이 주장한 대로 참으로 근사한 목소리였다. 그 음성에 경탄하기는커녕 모현은 짜증스럽게 외쳤을 뿐이지만.

"갈 길이 바쁩니다. 비켜주시지요."

"인사 몇 마디 나누는 데 잠깐이면 충분하지 않겠소. 대답해보시오. 내가 비키지 않겠다 고집을 부리면 그때는 어찌할 작정인지."

이자가 정신이 나갔나. 모현이 남자를 꼬나보았다. 그럼에도 남자는 물러서지 않았다. 의기양양한 미소를 머금은 채로 그 자리에 버티고 있을 뿐이었다. 허를 찌르는가 싶던 모현이 허를 찌르듯 옆으로 돌아갔다. 남자는 그림자처럼 모

현을 따라 움직였다.

그 동작이 얼마나 날랬는지 모현은 하마터면 남자의 가슴팍에 얼굴을 박을 뻔했다.

"누구신지 모르겠으나 불쾌합니다."

참다못한 모현이 일갈했다.

"대낮부터 이따위 질 떨어지는 수작질이라니. 이제 그만 물러서시지요."

남자가 중얼거렸다.

"그게, 나로서도 잘 모르겠단 말이지. 내가 그대에게 왜 이런 장난이나 치고 있는지."

그 말소리에 기쁨이 서려 있다는 것을 모를 만큼 모현은 아둔하지 않았다. 갓끈을 놓으며 남자가 모현에게 다가왔다. 마른침을 삼키며 모현이 두어 걸음 물러섰다. 갓이 늘어뜨린 음영이 걷히면서 남자의 얼굴이 오후의 볕 아래 드러났다. 서글서글한 이목구비. 볕에 그을리는 것을 괘념치 않는 듯 피부는 짙은 갈색이었다. 잘생긴 이마 아래 한 쌍의 눈동자가 도드라지게 검었다.

남자는 군살 없이 날씬했으며 힘의 우위를 만끽할 줄 아는 자 특유의 위엄을 풍겼다. *사냥꾼!* 모현이 마음속으로 외쳤다. 저자는 쫓는 사람이었다. 사로잡고 홀리고 군림하는 쪽이었다. 지배당하는 사람이 결코 아니었다.

"질문에 답하지 않았소. 말해주시오. 그대는 어떻게 할 생각인지."

모현은 뒤늦게 탄복하고 말았다. *그래, 진정으로 훌륭한 목소리야. 내게 계속 말을 걸어 달라 사정하고 싶어질 정도로.*

"내가 물러서지 않는다면, 그대 앞에 계속 서 있기를 주장한다면 어찌하겠소."

한편으로 몹시 밉살스러운 사내였다. 괴이하기까지 한 그 고집스러움에 노여움이 치밀어 오르는 것을 느끼면서 모현이 입술을 비죽거렸다. *당신을 쏴 맞춰버렸겠지.* 모현이 입엣말을 되뇌었다. *당신의 이마에 활촉을 박아 넣어줬을 거야. 내 손에 활이 쥐어져 있었다면. 안타깝군. 이 작자를 작살내 놓을 수 있었을 텐데.*

"말씀드리지 않았습니까. 가봐야 할 곳이 있다고. 이만 물러나 달라고."

"이름을 말해주시오."

남자가 짐짓 예의 바르게 부탁했다.

"그대의 이름을 알려준다면 비켜드리겠소."

이름을 가르쳐달라고? 누군지도 모를 무뢰한에게? 남자의 제안에 화가 누그러지기는커녕 모현은 부아가 치밀다 못해 머리가 지끈거릴 지경이었다. *제정신이 아닌 작자야.* 무엇에

쫓겨 이 섬까지 오게 됐는지는 몰라도 그것 하나만은 확실해.

"경고하는데 이 이상 나를 성가시게 만들었다가는."

모현이 턱을 되들었다.

"온 마을이 떠나가라 비명을 지를 것입니다."

"오해하지는 말아주시오. 그쪽을 성가시게 하려는 의도는 없으니."

오만해 보이는 표정을 거두며 남자가 황급히 자세를 낮추었다.

"나는 그저 그대의 이름을 알고 싶을 따름이오."

말귀를 못 알아듣는군. 피곤해. 정말이지 상대하고 싶지 않은 치야. 모현이 남자를 돌아 앞으로 박차고 나갔다. 남자가 반사적으로 모현을 막아섰다.

"이보시오. 내 얘기를 좀 들어보면……."

모현이 남자의 발등을 콱 밟아버렸다. 남자는 소리도 못 지르고 신음만 삼켰다. 이때를 놓치지 않고 모현이 남자를 제치고 달음질했다.

"당신은 한 치도 안 변했소."

남자가 외쳤다. 모현이 콧방귀를 뀌었다. *나를 언제 만났다고 저 따위 말을 지껄이는 거야. 얼빠진 사내 같으니.*

"나는 명이오."

당신이 누구든 내 알 바 아니지. 누가 당신 이름을 궁금해 한다고. 모현의 보폭이 넓어졌다.

"내 이름은 명이오. 기억해주시오. 내 이름은 명, 명이오."

남자의 음성에서 천진하기까지 한 즐거움이 풍겨와 모현의 낯이 뜨거워졌다. 그 남자, 명의 외침은 귀담아들어서는 안 되는 말처럼 그 골목을 빠져나오지 못하고 같은 자리를 맴돌다 부서져 버렸다. 홍조 띤 뺨을 감춘 채로 모현은 멈추지 않고 달렸다.

그날 밤에는 목련꽃이 눈처럼 떨어졌다. 속저고리에 속바지 차림으로 여민은 꼰 다리를 베개에 걸치고 있었다. 그 태도를 미루어 짐작하건대 오늘도 일찍 잠자리에 들 생각이 없는 모양이었다. 급작스러운 실종으로 이웃의 걱정을 샀던 김 의원이 시신으로 돌아오고 이방인 사내가 마을에 정착한 이래로 여민은 저녁마다 관노청 안 여종들의 거처를 옮겨 다니며 뒷말 퍼뜨리기에 열심이었다. 그날 역시 마찬가지였다.

누구와 어디서 무슨 수다를 떨다 왔는지 몰라도 모현을 앞에 두고 여민은 김 의원이 살해당한 사건에 대한 가정을 풀어내는 중이었다.

"그래, 따지고 보면 그 사내가 수상스러운 것만은 사실이지. 그치가 등장하고 김 의원이 느닷없이 시체로 발견됐으니."

뒷머리를 손으로 받치고 여민이 실눈을 떴다.

"군관들이 그자를 주시하고 있는 것도 이해가 안 가는 일은 아니야. 나리의 추측이 옳은 걸 거야. 누가 봐도 범인으로 합당한 사내니까. 김 의원에게 원한을 품고 있었던 걸까? 그를 죽이기 위해 이곳을 찾아왔을지도 몰라. 그렇지 않으면 염통을 왜 뜯어냈겠어?"

여민의 입방정을 잠자코 듣고 있는가 싶던 모현이 말문을 열었다.

"아니야."

그 말투가 전에 없이 단호했다.

"이번 일에 있어서만큼은 나리께서 실수하시는 거야. 이건 그치가 저지른 짓이 아니니까."

그날 오후 골목에서 맞닥뜨린 사내의 말소리가 모현의 귓속에서 메아리치는 듯했다. *내 이름은 명이오. 기억해주시오. 내 이름은 명, 명이오.* 입술을 깨물고 숨을 들이마시는 것으로 낯선 그 남자의 목소리를 모현은 지워내고 말았지만.

모현의 반대를 존경해 마지않는 나리에 대한 모욕으로 받아들였는지 오만상을 찌푸리며 여민이 물었다.

"그렇다면 어떤 작자가 이 따위 행각을 벌였다는 건데?"

목에 핏대를 세우며 발분했다.

"그 사내가 아니라면 대체 누구라는 건데?"

"그건 아마도."

"아마도?"

그 순간 환시와도 같은 광경이 떠올라 모현은 차라리 눈을 감아버리고 말았다. *무당일 거야.* 주먹 손으로 가슴께를 누르며 못다 한 말을 삼켰다. *언니도 천이와 한 패거리*로 *여겨야겠지.* 지난겨울 미유의 손에 들려 선물로 보내온 주머니 속의 물건들, 짐승의 사체에서 뽑아낸 것이 분명한 발톱이며 이빨을 언니는 어디에서 구해온 걸까?

한참 만에야 관노청에 들른 미유를 앉혀놓고 모현은 그간의 사정을 물었더랬다. 그러자 기다리고 있기라도 한 것처럼 미유는 더듬거리며 그 일을 털어놓았다.

그 무렵 희현은 미유가 뒤뜰 근처를 얼씬거리는 것을 질색했다. 그것이 오히려 미유의 호기심을 자극했는지 몰랐다. 동생의 병세는 나아질 줄 모르고 엄마는 줄곧 밖으로 나다니는 데다 그 나이 때의 궁금증마저 더해져, 미유는 마침내 마음먹은 일을 실행에 옮기기로 했다. 희현이 자리를 비운 때를 노려 뒤뜰을 살피고자 하는 계획이었다.

거처에서 나와 돌산과 마주한 좁은 뜰을 미유는 까치발

을 한 채로 살금살금 걸었다. 아니나 다를까, 바윗돌 사이 움푹 들어간 곳에 비단 천을 두른 단이 차려져 있는 것이 보였다. 그것이 희현이 미유로 하여금 후원의 출입을 금한 이유였을까?

초 동강이에서 가느다란 연기가 피어올랐다. 세모눈으로 제단 위를 훑던 미유는 소스라치게 놀라 비명을 지르고 말았다.

거기에는 짐승의 대가리가 놓여 있었다. 제사상의 음식처럼 옻칠한 제기에 올려진 채로. 죽기 직전 끔찍한 고통에 시달린 듯 벌어진 주둥이 안으로 비틀린 혓바닥이 들여다보였다.

그때 부엌간을 돌아오는 발소리가 들려 미유는 관목 뒤에 얼른 웅크리고 앉았다. 가슴 안 깊숙한 곳에서 심장이 북소리를 냈다. 희현이었다. 이웃에 곡식을 꾸러 간다던 엄마가 벌써 돌아오다니. 이렇게나 일찍. 그것도 모자라 이곳으로 곧장 들이닥치다니.

매서운 눈초리로 희현이 주위를 둘러볼 때 미유는 숨이 멎어버리는 줄 알았다고 했다. 제단 앞으로 걸어간 희현이 나무잔을 움켜쥐더니 들고 온 술병을 기울였다. 첫 번째 잔은 가득 채워 바윗돌에 뿌린 다음 두 번째 잔은 거침없이 제 입으로 가져갔다.

뒤편 암벽에 말라붙어 있던 기이한 얼룩의 정체를 미유는 그제야 알아차릴 수 있었다. 후각을 마비시킬 듯 강렬한 비린내의 정체도. 피. 그것은 피가 분명했다. 펼친 손을 마주 댄 채로 희현이 치성을 올렸다. 그건 어떤 이의 안녕을 발원하는 기도였을까? 혹여 다른 누군가의 절명을 요구하는 주문은 아니었을까?

기도문을 읊던 희현은 가히 몰아의 경지에 이른 듯했다. 삶의 경험이 일천한 소녀조차 예감할 수 있었다. 희현이 넘어서는 안 될 저편으로 달려가고 있다는 것을. 지금에 와서 이를 멈추기란 불가능에 가깝다는 것도.

희현이 사라진 뒤에도 미유는 한참 동안 그 자리에 숨어 있었다. 동생을 두고 이렇게 오래 자리를 비웠다가는 호되게 야단을 맞으리라는 것을 알고 있으면서도. 오들오들 떨고 있었다. 무릎을 펼 수조차 없었다. 희현을 마주볼 용기가 나지 않았다.

마음을 굳게 먹고 쥐가 난 발을 끌며 미유는 후원을 빠져나와 곧바로 모현을 찾아왔다.

미유가 고백을 마쳤을 때 무현은 앞니로 손톱을 물어뜯고 있었다. 힘든 이야기를 털어놓은 조카에게 미소 지어주고 싶었지만 그럴 수 없었다. 머리를 아무리 저어 보아도 떨쳐낼 수 없었다. 미유의 음성을 빌어 눈 앞에 펼쳐진 풍경, 짐승 머리를 올린 제단과 검붉은 암벽, 희현의 입가에 번져 있었을 뜨뜻미지근한 핏방울, 그리고 환청처럼 울리는 기괴한 기도 소리도…….

"왜 얘길 하다 말아. 사람 애태우려는 수작도 아니고."

여민의 닦달에 퍼뜩 정신을 차렸지만, 모현은 더는 말문을 열지 않았다. 자신에게 사술을 부려 저주를 내리려 했을지언정 친우 앞에서 혈육을 모욕하는 짓은 하고 싶지 않았다. 그런 면에 있어서 모현은 매우 고집스러운 소녀였다. 모현이 응답하지 않자 여민은 흥미를 잃은 듯 돌아누웠다.

모현의 머릿속에서 걷잡을 수 없는 어둠이 번져가는 성싶었다. 고통에 몸부림치며 죽어가는 짐승의 울음소리가 들리는 것 같아 모현이 손바닥으로 귀를 틀어막았다.

열셋.

장독대 앞에는 찔레꽃이 피어 있었다. 날벌레를 쫓아 팔을 저어대면서 모현이 장독 뚜껑을 열었다. 장 위에 얹어둔 호박잎에 구더기가 기어 다니고 있었다. 집게손과 엄지손을 맞물려 잎사귀를 집어 든 모현이 소름 끼친다는 듯 몸서리치며 그것을 잡풀 속으로 획 던져버렸다. 보슬비가 내리던 날 간장독을 열어놓아 연화에게 호된 꾸지람을 들은 이후로 모현은 두 번 다시 장독 뚜껑을 덮지 않는 실수를 저지르지 않았다.

모현이 장독대에서 내려올 때 헛간 너머에서 다급한 말소리가 들렸다. 여민이었다. 모현이 팔을 흔들며 외쳤다.

"여기야. 장독대 근처."

여민이 장작더미 옆에서 튀어 나왔다.

"한참 찾아 다녔잖아. 네 조카가 또 왔어."

여민이 모현에게서 종지며 나무 주걱을 받아들었다.

"어서 가봐. 처소에서 기다리고 있을 거야."

"뭐야, 왜 이렇게 서둘러."

모현의 눈을 피하며 여민이 대답했다.

"다급해 보이더라, 어서 가봐."

모현이 뛰다시피 뜰을 가로질렀다. 처소 앞마당에 미유가 감나무를 등지고 서 있는 것이 보였다.

"미유야."

"이모."

미유를 맞는 모현의 낯빛이 어두웠다. 얼핏 보기에도 조카 아이의 얼굴이 엉망이었다. 눈은 부은 데다 입술은 뜯겨 군데군데 피딱지가 앉아 있었다.

"왜 그래? 무슨 일이야?"

"동생이, 제 동생이 말이에요."

뒤따라올 말들을 예상한 모현이 눈을 감으며 탄식했다. 미유가 눈물을 글썽였다.

"날이 풀리면서 동생의 건강이 눈에 띄게 나빠졌어요. 종일 까라져서는 죽 한 숟갈도 삼키지 못했어요. 뼈만 남은 것처럼 팔다리가 앙상해 보고 있으면 나도 모르게 눈물이 돌 지경이었어요. 그런데 그제 오후엔 동생도 입맛이

나는지 미음 네댓 숟갈을 주는 대로 넙죽넙죽 받아먹어서 엄마도 무척 기뻐하셨어요. 그러다 졸린 듯 칭얼거리기에 제가 둘러업고 마당을 걸어 다녔는데."

미유가 울음을 터뜨렸다. 모현이 조카를 당겨 품으로 끌어왔다.

"자는 줄 알았어요. 자장가를 듣고 잠들어 있다고 생각했는데 깨어나지를 않았어요. 흔들어도, 이름을 부르며 뺨을 도닥여봐도 눈을 뜨지 않았어요. 숨을 쉬지 않았어요."

모현이 소맷부리로 눈가를 찍어냈다.

"어제 아침 엄마와 둘이서 산기슭에 묻어주고 왔어요. 돌무덤도 쌓아 올려주었고요. 내 동생, 가엾은 것. 불쌍해서 어떡해요. 딱해서 어떻게 해요, 이모."

미유가 흘린 눈물이 모현의 저고리에 거무스름한 얼룩을 남겼다. 모현이 미유를 안고 제 어깨에 기대도록 했다. *아가, 막내조카야, 잘 가렴. 다음에는 부디 건강하게 태어나. 아프지 않은 몸으로 튼튼하게 자라. 귀한 댁 자식으로 유복하게 살렴. 아가, 착한 아가, 안녕.*

말없이 눈물만 짓는가 싶던 미유가 불쑥 머리를 치들었다.

"이모."

미유가 억눌린 음성으로 속삭였다.

"이 마당에 이런 얘기를 꺼내는 게 사리에 맞는가 싶지만."

미유가 기묘한 각도로 목을 빼 들었다.

"이모께 꼭 말씀드려야 할 것 같았어요."

잠을 설친 탓인지 실핏줄이 뻗친 흰자위가 섬뜩해 보였다. 불안감을 감추며 모현이 물었다.

"편하게 얘기해. 무엇 때문에 그러니?"

미유는 누가 들을까 두렵다는 듯 모현의 귓가에 속삭였다.

"엄마가 이상해요. 전보다 더요. 훨씬 심각하게요."

"그게 무슨 뜻이니? 알아들을 수 있게 설명해보렴. 얼른."

"동생이 죽었는데도 엄마는 마치 아무 일도 없었던 것처럼 태평해요. 눈물 한 방울 흘리지 않으셨어요. 동생이 그렇게 세상을 떠날 것이라는 걸 오래전부터 예감하고 있던 사람처럼요."

희현은 울지 않았다. 신음할 수도 없었다. 죽음이 곧 잠이라면 아들이 꾸는 꿈속에는 자신이 존재해야 했다. 그리하여 희현은 죽었다. 죽고 또 죽었다. 깊숙이 판 구덩이에 스스로를 파묻었다. 아이의 시체 옆에 숨이 끊어지지 않은 자신을 내던졌다.

죽어버린 희현의 육체에서 홀로 싱그러운 것은 심장뿐이었다. 복수심이 심장 안팎을 드나들며 피를 끓어오르게 했다.

그 밤, 희현은 잠들지 못했다. 신열이 오르는 듯 달뜬 얼굴을 하고서 이를 으득거렸다. 심신이 지쳐 있던 미유는 바닥에 뒤통수를 대기 무섭게 곯아떨어져 버렸지만. 미유가 눈을 떴을 때는 늦은 새벽이었다. 요 위쪽이 축축하다 했는데 손을 더듬어보니 머리맡에 놓아두었던 물그릇이 엎어져 있었다. 자신이 잠결에 몸부림을 치다 엎지른 건지 희현이 근처를 지나다 걷어차 버린 건지는 알 수 없었다.

희현의 자리는 비어 있었다. 졸음을 떨치려 애쓰며 미유는 수건으로 바닥에 흥건한 물기를 훔쳤다. 피로 때문인지 몸은 한없이 까라지는데 여러 번 누운 자세를 바꿔봐도 잠이 오지 않았다. 심란한 탓이었을까. 미유가 일어나 앉았다. 이왕 깨어난 바에 마당이나 좀 거닐다 오자 싶었다. 한편으로는 엄마 역시 슬픔을 가누지 못하고 뜰을 헤매고 있지 않을까 하는 생각이 들었던 것도 사실이었다.

그것이 그날 미유가 저지른 과오라면 과오였을까.

문턱을 넘으며 미유는 마당 한가운데 우두커니 서 있는 희현을 발견했다. 달빛이 희현에게만 집요하게 쏟아지는 성싶었다. 그토록 희었다. 그러다 불그스름한 물방울이 희현의 치맛단을 적시며 듣고 있다는 걸 알았다. 웅덩이를 이루고 있었다. 새빨갰다.

엄마가 다치셨잖아. 미유가 마당으로 뛰어 내려갔다. *세상에, 저 피라니. 어디가 얼마나 상하신 걸까.* 그 순간 당황한 미유가 움찔거리며 발걸음을 멈추었다.

틀렸다. 그건 희현이 흘리는 피가 아니었다.

"뒤돌아선 엄마의 손에 자루 같은 게 들려 있었어요. 자세히 들여다보니 짐승이었어요. 고양이. 피에 전 털이 빳빳했어요. 다리를 늘어뜨린 채로 허공에서 대롱거리고 있었어요. 죽은 고양이를 얼굴 높이까지 치켜든 채로 엄마는 웃고 계셨어요. 그 미소를 눈앞에서 도무지 지워낼 수 없어요."

미유가 모현에게 매달려왔다. 조막만 한 손이 모현의 팔을 붙들고 흔들었다.

"이모에게 나쁜 일이 생기면 어떡해요. 엄마가 이모를 해코지한다면. 이모까지 제 곁을 떠나버리면요."

미유가 흐느꼈다. 모현이 미유를 토닥였다.

"슬픔 때문일 거야. 그건 아이를 잃은 어머니로서 어쩔 수 없는 감정이니까. 엄마에게는 시간이 필요한 거야. 네가, 우리가 기다려주는 수밖에 없어."

모현이 미유를 끌어 안아주었다.

"엄마는 아픈 거야. 괴로워서. 슬퍼서. 걱정하지 마. 결국에는 모든 것이 괜찮아질 거야."

미유를 부축해 마루에 앉힌 모현이 따로 모아두었던 누룽지며 매작과 같은 것을 내어왔다. 미유는 몇 줌 안 되는 그 음식마저 들지 못했다. 더는 이야기를 계속할 기력조차 없어 보였다. 여러 번 안고 쓰다듬은 후에야 모현은 미유를 놓아주었다. 아이의 뒷모습을 응시하면서 모현은 가슴 안쪽이 뜯겨 나가는 듯한 통증을 느꼈다.

해 질 녘의 반빗간은 여느 날처럼 분주했다. 부지런하게 손을 놀리며 일하는 동안에는 모현도 태연할 수 있었다. 그날만큼은 연화의 잔사설이 고마울 지경이었다. 까랑까랑한 음성이 귓가를 울리는 동안에는 머릿속을 가득 채운 근심 걱정일랑 잊을 수 있었으니까. 그날 늦게까지 광을 정리하다 돌아온 여민은 일찍 잠들었다.

이불을 끌어 올리며 모현은 천장을 올려다보았다. 서까래에 받쳐진 짚단이 썩어 있는 것이 보였다. 검게 얼룩진 아랫부분에서 무엇인가 들끓고 있었다. 애벌레였다. 어떤 성충으로 자라날지 모르는 새끼벌레들. 더럽고 악취 풍기는 찌끼를 먹어치우며 생을 잇는 미물들. 부패한 시체며 오물 속에 알을 슬어 세를 불려가는 놈들. 하기야 인간이라고 그들과 다를까마는.

모현이 이불을 밀어냈다. 모현은 자신이 잠들어 있어서는 안 된다는 걸 직감했다. 언니를 만나야 했다. 더는 외면해서는 안 됐다. 무엇을 묻고 어떤 답을 구해야 할지에 대한 고민이 끝난 건 아니었지만.

모현을 일으켜 세운 것은 깨달음이었다. 이 이상 물러날 길이 없다는 자각. 언니를 향한 정을 못다 끊어낸 제 안의 어린 소녀, 나아가 자신이 떠난 집에서 겁에 질려 웅크리고 있을 조카아이를 위해서라도.

밤길을 달리는 소녀는 무섬증에 사로잡혀 있는 듯했다. 치마허리에 찔러 넣은 장도가 갈비뼈를 쑤셔댔다. 홍옥에게 돌려받은 장도를 모현은 꿈에서 얻은 댕기와 함께 궤짝 속에 은밀히 넣어두었다. 거처를 떠나기 직전 모현은 궤를 열어 이를 꺼내 들었다. 불안해서였을까. 냄새라도 맡을 수 있을 정도로 가깝고 분명하던 위험의 징조 때문에? 그럼에도 활이며 화살을 챙겨 나올 결심까지는 서지 않았지만.

활을 손에 쥐어야 하는 상황이라면 돌이킬 수 없을 것이므로. 그것들은 상대를 해치겠다는 결심을 굳힌 이후에야 집어 들어야 할 물건이었다. 지금 언니를 만나러 가며 품어야 할 무기로는 적당하지 않았다.

옆구리에 느껴지는 장도의 감촉에 든든해 하며 소녀가

뜀박질했다. 바람이 피리를 불었다. 발소리가 모현을 앞질러 달렸다. 낯선 길을 안내받기라도 하는 것처럼 초조해하며 모현이 골목을 빠져나갔다. 햇불이 떨어뜨린 빛 방울들이 어둠을 더욱 짙어 보이게끔 했다. 풀벌레 울음이 소란스러웠다. 모현이 긴 날숨과 함께 멈춰 서는 즉시 그 모든 소음은 불시에 그쳐 버리고 말았지만.

자신이 이토록 빨리 그 집 앞에 다다를 수 있었다는 데 모현은 놀라움을 금할 수 없었다. 과거가 이렇게나 지척에서 자신을 기다리고 있었다니.

모현이 떠밀려 나온 세계의 껍데기가 그곳에 남아 있었다. 추억이, 흘러가 버린 시간의 부스러기가. 그 무렵의 모현은 언니를 사랑했다. 온전히 믿고 의지했다. 생활의 고난을 겪어낸 바 없는 철부지는 명랑하고 쾌활했다.

형부도, 막내 조카도 죽지 않았던 때. 그들 모두가 한 지붕 아래 기거하던 시절.

과거가 사나운 바람으로 휘감겨와 모현은 고꾸라져버릴 듯싶었다. 그러나 지지 않았다. 어떤 말을 고르고 다듬어 언니와 인사를 나누어야 할지 고민하면서 꼿꼿하게 서 있었다.

고작 세 계절이 지났을 뿐인데 이엉을 얹은 지붕 한편이 내려앉아 있었다. 경계하는 눈초리로 초옥 이곳저곳을 살피던 모현은 이엉 지붕 끄트머리에서 줄무늬를 그려 넣은 돌들이 사라졌음을 알아차렸다. 수호석을 치워버리다니 이 무슨 경솔한 행동이란 말인가.

창호지 저편은 어두웠다. 낮 동안의 노무에 지친 누구나 잠들어 있을 무렵. 목소리를 내지 못하고 모현은 같은 자리를 맴돌았다.

나를 발견하고 언니는 어떤 반응을 보일까? 용건 같은 건 들어보지도 않고 돌려보내버리는 건 아니겠지? 버선발로 달려 내려와 냅다 손찌검부터 해올지도 몰라. 언니로서도 깜짝 놀랄 지경일 테니까. 자신과의 대면을 필사적으로 피해오던 내가 제 발로 옛 집을 찾아오다니.

순간 두려움이 치받아 오르면서 심장이 고장이라도 난 것처럼 쿵쾅거렸다.

그러나 오늘을 이대로 흘려보낼 수는 없었다. 가뜩이나 연화가 성질을 부려대는 판국에 대낮에 하던 일을 팽개치고 자리를 뜨기란 불가능했다. 일과가 끝난 후여야 했다. 마을에 손쓸 수 없는 광풍이 몰아치기 전이어야 했다. 바로 지금, 이때여야 했다.

모현이 의지를 다잡았다. 겨울이 지나도록 함구하고 있던 사건의 진실을 밝히고자. 자신에게 보내온 비단 주머니, 그 속에 들어있던 이빨이며 발톱의 의미에 대해 질문하기 위해.

사립문을 밀며 모현이 목소리를 돋우었다.

"언니, 나야. 모현이야."

열리지 않는 방문을 응시하면서 외쳤다.

"이야기를 나누러 왔어. 불쑥 찾아와 미안해. 시간을 내줬으면 해. 일다경이면 충분할 거야."

고요한 사위. 밤안개와 커졌다 작아지기를 반복하던 개구리 울음소리. 언니와 미유 모두 세상모르게 곯아떨어져 있는 걸까?

저 문을 자신이 먼저 당겨도 될지, 그것까지는 지나친 결례가 아닐지 고민하던 모현이 다시금 입술을 달싹이려 할 때 울타리 밖에서 희끄무레한 형체가 나타났다. 밤하늘 아래 상대의 형체가 흐릿했다.

흰 치마저고리를 입은 여자. 모현이 마른침을 삼켰다. *저 사람은, 언니잖아. 어딜 다녀온 거지?*

희현 역시 모현의 등장을 뒤늦게 알아차렸는지 흠칫 놀라며 물러섰다. 평소의 단정한 차림새는 간데없이 희현의 매무새가 어수선했다. 기울어진 비녀는 삽시간에 흘러 빠져버릴 듯했고 옷고름은 풀어지기 직전이었다. 산길이라도 넘어온 것처럼 치마 밑단에는 진흙이 묻어 있었다.

"이 시각에 어쩐 일이냐."

모현이 떨리는 손을 그러쥐었다. *미유가 오해한 걸지도 몰라. 언니는 그저 비통해하고 있는 거야. 남편을, 아이를 잃었다는 사실에 압도된 여느 여자들처럼. 누구와도 나눌 수 없는 고통을 삭이며 애도의 시간을 보내고 있는 거야.*

"그게, 소식 들었어……."

시들어 빠진 낯에 몇 가지 표정이 스쳐 지난다 싶더니 희현이 말갛게 웃었다.

"이리 오렴."

희현이 모현을 평상으로 이끌었다.

"앉으렴. 얘는, 자매지간에 뭘 그렇게 어색하게 굴어."

희현의 성화에 못 이겨 모현이 평상 모서리에 걸터앉았다. 희현이 소스라치는 시늉을 하며 몸을 일으켰다.

"내 정신 좀 봐. 손님이 왔는데 대접할 생각을 않고."

"괜찮아. 금방 일어설 건데, 뭘."

"아냐. 쉬고 있어. 오랜만에 들른 참이잖니."

희현이 모현의 어깨를 눌러왔다. 모현은 잠자코 평상에 앉아 있는 수밖에 없었다. 달을 가리고 선 희현의 얼굴에 그늘이 져 있었다.

"차 정도는 내올 수 있어."

모현이 고개를 끄떡였다. 희현이 사라지더니 부엌 쪽에서 달그락거리는 소리가 들렸다. 손가락 하나 까딱하지 않고 있으면서도 모현은 불편해 몸 둘 바를 몰랐다.

일각쯤 지났으려나. 희현이 소반을 받쳐 들고 부엌에서 걸어 나왔다. 늦은 시각에 불쑥 집을 찾아온 것만도 예의에 어긋난 행동인데 없는 살림에 차까지 얻어 마시다니. 모현이 황송해하며 엉덩이를 들썩였다. 돌이켜보면 단오가 살아 있던 시절에도 희현은 야산에서 캐온 약초의 뿌리며 잎을 덖어 차를 끓이곤 했다. 투구꽃에 독이 있다는 것을 모현에게 알려준 이 역시 희현이었다. 희현은 제철의 갖은 산채들로 장아찌를 담갔고 그 반찬들은 이웃들도 칭찬할 만큼 맛이며 향이 대단히 좋았다.

희현이 평상 위에 소반을 내려놓았다. 옻칠이 벗겨진 소반에는 찻주전자와 이 빠진 잔 두 개가 놓여 있었다.

모현이 입을 떼기도 전에, 무슨 말을 하려는 것인지 짐작이 간다는 듯 희현이 고갯짓과 함께 주전자를 들었다.

"어쩔 수 없잖니. 받아들여야 하는 바인걸. 인간은 결국 죽기 위해 태어난 것과 마찬가지니까."

그럼에도 북받치는 슬픔은 어쩔 수 없는 듯 희현이 검푸르게 죽은 입술을 비죽거렸다.

"잘 갔어."

희현이 탁한 음성으로 덧붙였다.

"아비를 따라간 거지. 그 몹쓸 이의 넋이 제 자식을 기어코 끌고 간 거야. 그토록 성심껏 치성을 올렸음에도 막지 못했어. 애끓는 어미의 마음으로도 저주를 풀어내지 못한 걸까? 생사부에 적힌 이름을 지우기에는 한참 모자랐던 걸지도 모르지."

모현이 다급히 말을 받았다.

"언니, 나를 원망하고 있다는 건 알아. 그 마음을 이해 못 하는 것도 아니야. 막내 조카 소식을 들었을 때 나 역시 가슴이 터져버리는 것 같았으니까."

모현이 저고리 앞섶을 더듬어 쥐었다.

"형부 일은 안타깝게 생각하고 있어. 하지만 언니, 오해는 말아줘. 그날 일은 말이야."

"걱정 마. 너에 대한 원망은 지워버린 지 오래니까."

희현이 태연하게 웃어 보였다.

"모현아, 나는 너를 미워하지 않아."

캄캄한 밤, 한 쌍의 불길한 별 같은 희현의 눈을 바라보며 모현은 차마 뱉지 못한 질문을 삼켰다. *그렇다면 복주머니는. 선물이라는 명목으로 나에게 주머니를 보내온 이유가 뭐야? 그 속에 넣어둔 발톱이며 이빨은 뭐고. 거기에 정녕 받는 이의 불행을 비는 의도가 없었다는 거야? 나를 저주한 게 아니라는 뜻이야? 더군다나 수령님의 거처에까지 그 흉한 걸 가져다 놓으라고 하다니…….*

희현이 잔을 밀어왔다. 자우룩하게 퍼져오는 차 향기에 모현은 정신이 혼미해질 지경이었다.

"마셔봐. 맛이 나쁘지 않을 거야."

"응."

그렇게 답해놓고도 모현은 잔을 향해 뻗으려던 손길을 멈추곤 머뭇머뭇 마주 앉은 이를 바라보았다.

"혹시나 해서 묻는 건데."

무슨 소리를 하려느냐고 따지는 것처럼 희현이 실눈을 떴다. 모현이 조심스럽게 물었다.

"천이에게 도움을 청하거나 한 건 아니지? 아이를 괴롭히는 병귀를 떨쳐낼 방도를 구한다거나. 그도 아니면 내 처분을 놓고 조언을 얻는다거나."

곧바로 희현이 쏘아붙였다.

"너, 누구에게 무슨 말을 들은 거니?"

희현의 음성에 살기가 어려 있었다.

"어떤 이간질에 넘어가 나를 음해하려는 거야?"

모현은 확신할 수 있었다. 미유의 짐작이 옳았다는 것을. 희현은 무당에게서 아픈 아이를 치료할 방책을 얻고자 했으리라. 병든 자식을 보살피는 괴로움을, 지아비를 잃은 고통을, 천이의 말재간에서 위로받고자 한 것이 분명했다. 그것도 모자라 하나뿐인 동생을 사지로 내몰려 했음에도, 희현은 조금도 후회하는 기색이 없었다.

"오해하지 않고 들어주었으면 해."

모현이 한 자 한 자 힘주어 말했다.

"언니, 내 얘기에 귀 기울여줘. 제발. 부탁이야."

희현이 성난 표정으로 눈 밑을 움찔거렸다. 그럼에도 포기하지 않고 모현은 끈질기게 말을 이었다.

"무당 천이는 그저 언니를 이용하고 있을 뿐이야. 마을 사람들을 자기 뜻대로 움직이기 위해 수작을 벌이고 있는 거야. 언니, 그날을 떠올려봐. 우리 사이를 갈라놓으며 무당이 얼마나 의기양양해 했는지를 기억해봐. 우리가 지금처럼 멀어지게 된 게 언제부터인지 잊어버린 거야? 이 따위 일들을 획책한 자가 언니를 위해 신심 어린 기도를 올린다고? 아니야. 그자가 부릴 수 있는 건, 언젠가 더 큰 재앙으로 돌아올 질 나쁜 저주일 게 빤하다고."

모현이 씩씩거렸다. *그렇지 않다면 왜 내게 그런 끔찍한 물건을 선물한 거야? 그 흉한 것들을 어디에서 구한 거냐고. 대답해봐, 언니.* 돌이킬 수 없는 질문들을 쏟아내지 않기 위해 안간힘을 썼다.

그러자 대번에 낯빛을 바꾼 희현이 이해한다는 듯 고개를 주억거리며 슬며시 차를 다시 권했다.

"목이라도 축이고 이야기하렴."

거듭된 권유를 물리치지 못하고 모현은 마지못해 찻잔으로 손을 가져갔다. 손가락을 구부려 사기잔을 감싸 쥐기 직전 붉은 향기가 기이할 만큼 농밀하게 퍼져 올라 모현은 고개를 비틀고 말았다. 그러자 희현이 냉큼 잔을 낚아채 모현의 입가로 들이밀었다. 강렬한 향이 후각을 자극해 모현은 어깨를 들먹이며 구역질했다.

희현이 잔을 내동댕이쳤다.

"네년은 끝까지…… 언제나 그랬지. 내 삶을 허비하게 만들었어. 나를 팔아치우도록 했지. 내가 살아남고자 발버둥 칠 때 저 혼자 안온했어. 속이 터질 만큼 아둔한 얼굴을 한 채로. 바로 지금처럼."

희현이 손을 바들거렸다.

"차지하려고 하지. 내가 가진 것이라면 무엇이든. 빼앗아 가려고 해."

멈칫거리는가 싶던 모현이 이내 애원하는 듯한 눈빛으로 희현을 응시했다.

"그렇다면, 이제 내가 달라질게. 불행이 더는 언니를 찾지 못하도록. 내가 모두 짊어질게."

울음은 뒤늦게 터져 나왔다.

"미안해, 언니. 내가 잘못했어. 언니는 내게 하나뿐인 언니라고."

모현의 호소에도 희현은 동요하지 않았다. 오히려 거세어진 분노를 가누지 못하고 숨을 시근덕거렸을 뿐이었다.

"나는 그분의 말씀을 들었어. 그 음성에 귀가 트였지. 힘을 얻으면, 힘만 손에 넣으면 무엇이든 이룰 수 있다고. 천하를 호령할 수 있게 된다고. 처음에는 믿을 수 없었어. 그 뜻을 온전히 받아들일 수 없었지. 그러다 깨달았어. 오늘 밤 내 손에 어떤 사내에게도 지지 않을 기운이 넘쳐흐르는 것을 느꼈으니까."

처음에 그 목소리는 가늘고 희미했다. 제대로 알아들을 수 없을 만큼 가날팠다. *엄마, 나예요. 엄마가 보고 싶어서 돌아왔어요.* 그것이 죽은 아이의 음성을 빌려 지껄여댔을 때 희현은 의심을 떨치지 못하면서도 눈물을 쏟으며 울부짖는 수밖에 없었다. *아가, 너냐. 내 아가, 진정 너란 말이냐. 네가 어미를 못 잊고 찾아와주었구나.*

그런 희현을 희롱이라도 하는 것처럼 놈은 대번에 음색을 바꾸었다.

희현아, 나는 네가 근심스러웠다. 모현, 그 철없고 이기적인 것보다 네가 눈에 밟혀 견딜 수 없었다. 가엾은 것, 딸아, 큰딸아.

그런가 하면 놈은 단오며 진하의 음성을 흉내 내기도 했다. *여보, 나는 땅속에 있어. 벌레들이 내 손을 갉아 먹고 나*

무들이 허리를 끌어안았다오. 여기는 춥고 어두워. 이 지하 세계를 벗어날 수 있다면. 나무뿌리처럼 대지로 솟구쳐 올라 예전처럼 볕을 쬘 수 있다면.

어머니, 나를 잊지 마세요. 하루에 한 번이라도 내 이름을 불러주세요. 이곳에서는 아무리 마셔도 갈증이 채워지지 않으니 나는 이 물속에 영원히 잠겨 있을 것 같아요.

그것은 끊임없이 속삭였다. 타이르는가 하면 힐책했고 공포심을 불러일으켰다. *누구도 믿어서는 안 돼. 나만이 자네를 구할 수 있어. 도울 수 있어. 나를, 받아들이는 거야.*

부정하고 반발하는 희현을 굴복시키고 그것은 그의 영육을 틀어쥐었다. 뿌리 깊은 원한이 옮겨붙어 희현은 점차 미쳐갔다. 광기가 망상을 부풀렸고 망상은 생을 장악했으니 희현은 그에 먹혀버렸다.

지금에 와서 희현은 쌀알 한 톨만큼도 고독하지 않았다. 목적한 바가 또렷한 일상은 명쾌하기까지 했다.

복중 태아를 죽이고 살리는 데 썼던 약초들. 정인의 변심을 되돌리고자 부렸던 사소하나 틀림없는 사술들. 온갖 미신과 금기들. 단오가 선심 쓰듯 전해주었던 채삼꾼들의 앎을 더해 희현은 약을 달이고 환을 빚었다. 옛날 옛적부터 아낙들 사이에 전해 내려온 지식이 희현이 자신의 뜻을 이룰 수 있도록 도와줄 것이었다.

입에서 입으로 표류하며 살아남은 비밀의 힘은 강력했다. 그것은 김 의원조차 알아내지 못한 비술이었다.

엎어진 술잔에서 찻물이 흘러나왔다. 수상한 붉은빛. 짙은 향기.

희현이 소리쳤다.

"복수할 순간이, 죄지은 자들에게 응분의 대가를 치르게 할 때가 머지않았어."

돌변한 희현을 바라보며 모현은 안절부절못했다.

"그날이 닥치면 네년부터 끝장내줄 것이다. 나를 괴롭힌 죗값을 갚아주겠어. 내 삶에 기생해 네 삶을 이어간 죄를 온 천하에 밝혀줄 것이야."

그 끝에서 터져 나오던 웃음소리. 손에 잡힐 듯 선명한 광기. 더는 그 자리에 머물러 있지 못하고 모현이 밖으로 뛰쳐나왔다. 까마귀 울음이 유난히 시끄러웠다. 희현의 호령이 날을 세우며 달려들어 모현은 귀에서 피를 흘리며 고꾸라져버릴 듯싶었다. 까마귀들이 검은 원을 그리며 낮은 하늘을 맴돌았다.

모현은 달아났다. 거처로, 유일한 안식처, 홍옥이 지키는 울타리 안으로.

열넷.

땀에 흠뻑 젖은 채로 모현이 몸을 일으켰다. 아침이었다. 밤이 아니었다. 여민이 나간 자취인 듯 방문이 반 뼘 남짓 열려 있었다.

마른세수를 한 모현이 겉저고리를 걸쳤다. 방문을 열고 신을 찾아 신을 무렵에야 관노청의 분위기가 평소와 조금 다르다는 것을 알아차렸다. 어수선했다. 싸리비를 끌거나 물동이를 인 채로 관비들이 도처에 흩어져 있었다.

여종 무리에 섞여 귀엣말을 속닥거리던 여민이 모현과 시선을 마주하는 즉시 부리나케 그쪽으로 다가왔다.

"아침부터 무슨 소란이야?"

모현이 의아하다는 듯 물었다.

"일하러 가지 않고 다들 뭐 하는 거야?"

"흉사야."

모현을 붙들고 감나무 뒤편으로 끌고 가며 여민이 속삭이다시피 말했다.

"흉사라니?"

"사람이 또 죽어 나왔어."

모현이 입을 다물었다. 여민이 팔을 끌어 감나무와 흙담 사이에 모현을 밀어 넣었다.

"무당 똘마니 노릇하던 사내 기억하지? 솔개. 그자가 내에 머리를 박은 채로 죽어 있더래."

모현이 감나무 몸통을 짚었다. 여민이 모현 옆에 붙어 섰다.

"마직이 맨 처음 발견한 모양이야. 낯이 얽은 늙은 사내종 있잖아. 일찍부터 말 먹일 물을 길으러 나갔다나 봐. 그 늙은이야 원체 아침잠이 없기로 유명하니까. 처음에는 웬 사내가 이 시각부터 멱을 감고 있나 싶었는데 머리를 담근 물 주변이 불그스름하더래. 놀라 달려 내려가 봤더니 숨이 멎어 있더라는 거야. 몸에는 핏자국 하나 없는 걸로 보아 모르긴 몰라도 목이 비틀려 죽임당한 듯하대. 다치거나 잘려나간 데 없이 말끔하다는 걸 보면. 딱 한 군데만 빼고."

모현이 의문을 실은 눈을 들었다.

"뒤통수. 뒤통수만큼은 지독할 만큼 끔찍하게 파헤쳐져

있더래. 까마귀들이 해놓은 짓일 테지. 어젯밤 까마귀들이 유독 요란하게 울어댔으니까. 재수 옴 붙은 것들. 요사스러운 것들. 입에 담고 싶지 않은 것들. 퉤."

여민이 침을 뱉었다. 모현이 넋 나간 듯 물었다.

"누구 짓이지? 근처를 지나다 발목을 접질려 물에 빠진 건 아닐 테고?"

"그야 모를 일이지. 처음도 아니고 김 의원이 시체로 발견된 것까지 더하면 두 번째니까. 모두들 놀라 입방아를 찧어댈밖에. 죽은 사람한테는 미안하지만 아침부터 섬뜩하지 뭐야."

모현을 붙잡고 여민이 목소리를 죽였다.

"약속해. 어젯밤 처소를 비웠다고 아무에게도 털어놓지 않기로."

여민의 음성이 한결 은밀해졌다.

"우리는 눕자마자 곯아떨어진 거야. 밤 산보를 나가기는 커녕 요강 뚜껑을 들어 올릴 힘도 없었던 거야. 내가 무슨 말 하는지 알겠지?"

"응."

반문할 기력도 없이 모현이 순순히 대답했다.

"그러면 됐어."

"여민아."

모현이 가까스로 한 마디를 보탰다.

"고마워."

"고맙기는 무슨."

멋쩍은 미소를 지으며 여민이 모현과 팔짱을 꼈다. 동무가 제 팔죽지에 팔을 감아올 때 모현은 뜻 모를 뭉클함을 느꼈다.

"가자. 연화가 왜 이렇게 늦게 왔냐며 잔소리를 늘어놓기 전에."

끔찍스러운 사건이 벌어진 것치고 놀라울 만큼 화창한 날이었다. 그럼에도 바람결에 섞여 번져가는 피비린내를 누군가는 분명히 감지하고 있었겠지만. 돌무덤 아래 파묻혀 있던 것들이 싹을 틔워가고 있다는 것을. 땅 밑에서 썩어가는 죽은 것들의 냄새를. 지독한 부취를. 그럴수록 대지는 더욱 많은 씨앗을 품을 것임을. 그들 모두는 머지않아 힘없이 고꾸라져 어느 나무의 뿌리를 기름지게 만들 운명에 불과하다는 것을.

관노청을 들썩이게 한 사건에도 동요하는 기색이라곤 없어 보이던 연화는 아침 설거지를 마치기 무섭게 둘을 관아 뒤 대숲으로 내보냈다. 죽순을 캐오라는 주문이었다. 대나무 숲을 가르며 불어닥친 바람이 싱그러웠다. 여민과 모현은 그늘진 비탈을 따라 움직이며 도란도란 대화를 나누었다. 고요했다. 쉬이 깨뜨릴 수 없는 평화였다.

여민이 땅을 파헤치더니 비죽하게 자라난 죽순을 끄집어냈다. 여민이 품은 대바구니가 죽순이며 산나물로 무거워져 있었다. 여민이 호미를 챙기며 엉덩이를 들었다.

“바구니도 채울 만큼 채웠겠다 나는 이만 내려가 볼게.”

끙, 소리와 함께 모현이 쥐가 난 다리를 주물렀다.

“너는? 같이 가지 않을래?”

“나는 조금만 더 캐려고.”

“그만하면 바구니도 꽤 찬 듯싶은데.”

“그냥, 바람이 좋아서.”

그것참 어처구니없는 대답이라는 듯 눈살을 찡그리면서도 여민은 더는 묻지 않았다.

“조심해서 내려오고. 이따 봐.”

여민의 치맛자락이 수풀을 쓸며 멀어져갔다. 쏴, 흔들리는 댓잎들. 흙바닥에 모현은 아예 주저앉아버렸다. 곧게 솟구친 대나무들. 구부러질 줄 모르는 성정. 모현이 그 자세 그대로 허리를 세우고 활시위 당기는 흉내를 냈다. 가상의 점을 향해, 바람보다 빠르게 화살을 쏘아 보냈다.

명중! 보이지 않는 살이 댓잎을 꿰뚫었다. *어떤 맹수든 나타나기만 해봐라. 내가 당장에 해치워줄 테니까.*

순간 자신이 뱉은 호언장담의 이면을 들여다본 모현

이 긴 숨을 몰아쉬며 팔을 내렸다. *혹여 솔개를 해친 자가……*. 모현은 이내 가당치도 않다는 듯 도리질했다. 그때 모현의 등 뒤에서 한 남자가 에헴, 목청을 가다듬었다.

"누구요?"

억누른 웃음소리. 놀라움이 당황스러움으로 변해가는 것을 느끼며 모현이 후다닥 몸을 일으켰다.

잿빛 직령의 사내, 명이었다. 서너 일 전쯤이던가, 심부름을 나갔다 맞닥뜨린 외지인 남자. 모현이 뒤꿈치로 발등을 내리찍어주었던 무뢰한. 서글서글하니 잘생긴 낯에 미소를 머금은 채로 명이 비켜 서 있었다. 모현이 삐딱한 자세로 그를 쏘아보았다. 이 사내는 뭐하는 작자란 말인가. 어째서 나를 미행하고 있기라도 한 것처럼 의외의 장소에서 이토록 뜬금없이 나타날 수 있는 걸까.

"이런 곳에서 다시 만날 줄이야. 죽순을 캐는 중이었나 보오? 그도 아니면 활도 없이 활 쏘는 연습을 하고 있었다거나."

명의 말투에서 장난기가 묻어났다.

"언제부터 거기에 계셨던 겁니까. 설마 대숲에 숨어 저를 희롱할 기회를 노렸던 건 아니겠지요?"

모현이 따져 물었다.

"아니오, 아니오."

웃음기를 지워내지 못한 목소리로 명이 더듬거렸다.

"이 좋은 날 툇마루에 누워 낮잠이나 자고 있기 억울해 나와 걷다 보니 여기까지 오게 된 것뿐이오. 그간 잘 지냈소?"

"내 안부가 어떻든 그쪽과는 상관없는 일이 아닌가 싶습니다만."

바구니를 챙겨 안으며 모현이 자리를 뜰 채비를 서둘렀다. 풀죽은 표정을 지으면서도 명은 굴하지 않고 모현을 쫓아왔다. 모현이 터질 듯한 실소를 억눌렀다. 이 사내는 내게서 무엇을 얻어내고자 이렇게 허물없이 구는 걸까. 배알이라곤 없는 사람처럼 번번이.

"난 참 괴롭게 보냈다오. 뭍에서 왔다는 이유로 요즘 이 고을 사람들이 날 바라보는 눈빛이 살벌하기 그지없더군. 뭐 이번에 일어난 흉사도 다 내가 벌인 짓이라나? 내가 그렇게 무서워 보이오?"

불평불만을 늘어놓는가 싶던 명이 발길을 틀어 모현의 앞에 섰다.

"그럼에도 지금은 기쁘기 그지없소이다."

명이 만면에 웃음을 머금었다.

"속도 없이 말이오. 흉흉한 소문이 숨통을 죄는 와중에도 그대와 마주 서 있는 것이 이렇게 즐겁다니."

댓잎들이 춤을 추며 그들 주위에 빛의 조각들을 흩어놓았다.

"여기서 나갑시다."

명이 모현의 품에서 바구니를 낚아챘다.

"함께 걸읍시다. 볕 좋은 봄날 해님 아래서 함께 거닐고 싶었으니."

모현이 제 의사를 밝히기도 전에 둘은 대번에 햇빛 속으로 나아갔다. 모현이 손으로 낯을 가렸다. 벌어진 손가락 사이로 광휘가 넘쳐흘렀다.

못 수면에 잔물결이 일었다. 수풀 사이로 나 있던 길이 넓어졌다. 둘은 앞뒤로 못가를 거닐었다. 갈대밭 옆 물웅덩이에서 꼬마들이 개구리를 잡고 있었다. 바지 밑으로 드러난 마른 종아리들이 진흙투성이였다. 두둑에 외따로 앉아 있던 여자아이가 무릎에 깍짓손을 얹고 노래를 흥얼거리고 있었다.

"패퇴한 장수가 돌아와 누구 몸에 둥지를 틀까 골몰하다."

그 선율이 모현의 귀에 설지 않았다. 범 노래에서 음만 따 다른 시구에 입힌 걸까.

"장구를 치며 춤추던 어여쁜 낭자의 넋을 먹어버렸지."

저건 무슨 노래일까. 패퇴한 장수라니. 장구를 치며 춤추던 낭자의 넋이라니.

"그리하여 그의 소망은 장수의 그것과 같아졌으니 둘은 더불어 하늘로 올라갈 것을 빌게 됐노라."

눈썹 끝을 치올리며 명이 모현을 넘겨보았다. 그 미소의 의미는 무엇이었을까. 모현은 그 밤 잠들지 못하는 자신을 원망하며 고민에 빠질 것이었다. 명을 마주보고 있던 그때 가슴 안쪽이 왜 그렇게 간지러웠는지. 뺨은 어이해 열기를 띠고 손가락은 움찔거렸는지.

소매 아래로 늘어져 있던 사내의 손을 붙들기라도 할 것처럼 제멋대로. 그 시간이 다하지 않기를 소망이라도 하듯 어이없게.

명이 노래했다.

"패퇴한 장수가 돌아와 누구 몸에 둥지를 틀까 골몰하다."

울림이 크고 풍성한 목소리. 들꽃을 꺾으며 모현이 그 노래를 따라 불렀다.

"장구를 치며 춤추던 어여쁜 낭자의 넋을 먹어버렸지."

한 가지에서 갈라져 나온 바람이 둘 사이를 돌았다. 두근거림을 억누른 채로 모현은 오래도록 명과 시선을 맞추고 있었다.

여자들이 소곤거렸다. 웃고 있었다. 방안은 어두웠다. 대낮임에도 바닥에는 비단 금침이 펼쳐져 있었다. 이 방의 주인에게는 아직까지 밤이나 마찬가지라는 의미였을까.

베개에 팔을 대고 누운 채로 천이는 머리를 늘어뜨리고 있었다. 풀어헤친 머리카락이 한여름 날의 폭포수 같았다. 그 머리를 빗질해주고 있던 이는 희현이었다. 저고리 섶이 벌어져 가슴팍을 동여맨 치마허리가 들여다보였다.

천이가 철부지 소녀처럼 키득거렸다. 희현이 천이의 머리카락을 쓸어내렸다. 동백기름을 묻힌 손가락이 달고 기름졌다.

천이가 소반에 놓여 있던 술잔을 집어 들었다. 속적삼이 젖은 살결에 달라붙어 있었다. 사기잔을 붙든 손이 떨려 천이는 술 몇 방울을 손등에 흘리고 말았다. 그 술마저 천이는 게걸스럽게 핥아먹었다. 한 방울도 남겨서는 안 되는 보약인 것처럼. 귀하디귀한 핏방울이기라도 한 것처럼.

문이며 창이며 할 것 없이 꽉꽉 걸어 잠근 방이 단향으로 넘실거리고 있었다. 그건 희현이 마련해간 술에서 풍기는 냄새였다. 술잔에 담긴 청주의 색이 새빨갰다. 빛깔만큼 붉은 향기였다.

천이는 취해 있었다. 술에, 향기에, 쾌락에. 희현이 선사하는 환희에 중독돼 있었다. 비어버린 잔에 희현이 다시금

술을 따랐다. 몸도 제대로 가누지 못하면서 천이는 서둘러 술잔을 입으로 가져갔다. 천이가 술 몇 잔을 연이어 마셔버렸다.

취기에 몸가짐이 느슨해진 천이가 속적삼마저 벗어 던져 버렸다. 흐리멍덩한 눈으로 천이가 희현을 올려다보았다.

"이상한 노릇이군. 솔개가 보이지 않아. 그림자처럼 나를 따라다니며 보필하던 이가. 무슨 일이라도 생긴 건가. 솔개는 어디로 가버렸는가. 심부름이라도 보냈는가."

"천이 님께서 물러가라 하지 않으셨습니까. 수령을 감시하던 중에 관비 년과 눈이 맞아 의무를 소홀히 했다고 불같이 화를 내며 쫓아내 버리신걸요."

빈 술잔을 소반에 내려놓으며 희현이 대답했다. 병풍 앞에 꿇어앉아 있던 청년이 못 들을 말이라도 들은 것처럼 어깨를 움찔거렸다. 두 뺨에 여드름 자국이 선명하던 그는 하지였다.

솔개가 어떤 파국을 맞았는지 터득하고 있음에도, 이를 천이에게 고해바칠 담력이 하지에게는 없었다. 희현은 하지 같은 자를 잘 알았다. 자기 소유가 아닌 위력에 빌붙어 사는 사내들. 힘의 부스러기를 받아먹기 위해서라면 바닥에 엎드려 개처럼 꼬리라도 흔들어댈 족속들. 그러면서도 제 한 목숨을 구하기 위해서라면 신의 같은 건 헌 신짝처럼 던져버리고 말 비겁자들. 그런 치들을 어떻게 다루어야 하는지도.

"솔개를 쫓아버렸다고? 내가? 내가 정녕 그랬단 말이냐?"

천이가 멍하게 눈을 끔뻑였다.

"네. 그리하셨지요."

거짓을 고하면서도 희현은 눈썹 하나 까딱하지 않았다.

"다시는 내 앞에 나타나지 말라 호통치신걸요."

희현이 천이에게 올리는 술의 불온함을 누구보다 먼저 파악한 건 솔개였다. 자식을 잃은 부모란 언제든 반미치광이로 돌변할 수 있음을 영민한 그 여자, 천이는 어째서 몰랐단 말인가. 솔개로서는 도무지 이해하기 어려웠다. 방심이란 그 자신의 눈에만 보이지 않는 돌부리 같은 걸지 몰랐다. 희현의 눈동자 속 살의를 알아차린 솔개는 몰래 계획을 세웠다. 자기 손으로 희현을 처리해 제 충고를 무시한 천이에게 따끔하게 경고하는 한편으로 수하로서 보다 확고한 신임을 얻어낼 작정이었다.

그 밤, 자신이 함정에 빠졌다는 걸 꿈에도 알아차리지 못하고 솔개는 희현의 뒤를 밟았다. 희현을 따라 인적 드문 샛길로 접어들었다. 천변의 그 길에서 희현은 솔개를 공격할 계획이었다. 솔개를 제압하는 일은 결코 쉽지 않았다.

미련하기가 수소 같은 자였다. 희현의 기세에 기겁해 달아나기는커녕 사내로서 육체적 우위를 맹신한 것이 그날 솔개가 저지른 치명적인 실수였다.

어렵기는 했어도 소득이 전혀 없었던 건 아니었다. 솔개의 몸에 올라타 목을 꺾어버리기 전 그를 어르고 겁박해 희현은 필요한 정보 몇 가지를 얻어낼 수 있었으므로.

개울물에 수차례 머리를 처박힌 솔개는 울먹이며 실토했다. 애초 천이가 그를 제물로 지목한 건 단오의 사주 때문이었다고. 고분고분한 구석이라곤 없이 악착같고 고집스러운 아내를 없애 단오는 이전의 방종한 생활로 돌아가고자 했다고. 젖은 낯을 훔치며 솔개가 변명하듯 웅얼거렸다.

"이 섬에 호랑이 같은 건 존재하지 않아. 제수를 붙들어 탐하고자 한 건 호랑이가 아니라 천이의 몸에 든 귀신이야. 그 귀신이란 놈이 천이를 조종하고 있어. 제물 간택이니 범굿이니 하는 것들은 마을을 혼란에 빠뜨리기 위한 모략에 불과해. 놈이 수많은 사람을 죽이고 그 혼백을 모아 자신의 염원을 이루려 하고 있어. 육신을 되찾고 막대한 힘을 회복해 하늘나라에 올라가기 위해. 그럴 수만 있다면 이 세상에 못 이룰 일이란 없으니까. 나를 놓아줘. 계략을 꾸민 건 악귀야. 무당의 몸에 들러붙은 귀신이라고."

솔개가 모르는 바가 있었다면 희현 역시 신을 가장한 악귀의 음성에 이미 홀려 있다는 사실이었다. 신을 모독한 죗값을 물어서라도 질문에 순순히 답한다면 해치지 않고 보내주겠다는 약속과 달리 희현은 놈을 벌하는 수밖에 없었다.

천이가 또다시 물었다.

"홍옥은? 그 작자의 신변에는 변함이 없고? 놈을 붙잡아야 해. 장군님의 현현을 위해 그놈이 꼭 필요해."

들릴 듯 말 듯한 한숨을 쉬며 희현이 대답했다.

"솔개 놈이 자기 역할을 다하지 못했는데 어찌 수령을 손끝이라도 건드릴 수 있었겠습니까. 그 양반은 멀쩡히 살아 있습지요. 허나 염려 마십시오. 제게는 놈을 덫에 빠뜨릴 묘안이 있으니까요. 그자가 두려워하는 것이 무엇인지 알아내고 말았으니까요."

희현이 천이의 머리채를 가슴팍으로 넘겨 매만져주었다.

"생쥐 같고 밤새 같은 소녀가 제게 귀띔해주었답니다. 가엾은 그 아이는 질시라는 불구덩이 속으로 스스로를 굴러 떨어뜨리기 직전이지요. 천이 님께서도 아시다시피 잃을 것을 겁내는 자들은 연약하지 않겠습니까. 지켜야 할 것들을 등 뒤에 세우고 있는 사람들은 쓰러뜨리지 쉽지요. 제게 맡겨주십시오. 실수 없이 처리하겠습니다."

천이가 눈을 내리뜨고 중얼거렸다.

"요사이 왜 이렇게 깜빡깜빡하는지."

천이가 손짓하자 희현이 재떨이에 걸쳐져 있던 담뱃대를 집어 건네주었다.

"심지어 며칠 전에는 말이지. 새벽녘에 정신을 차려보니 뜬금없이 사냥하고 있지 뭔가. 모르긴 몰라도 노루를 쫓고 있었던 듯하네. 잠깐 사이 놈은 떨기나무를 넘어 달아나 버렸지만. 흡사 나 자신이 한 마리 짐승으로 탈바꿈해버린 것 같았어. 품 안에 소중하게 끌어안고 있던 보퉁이 하나를 잃어버린 것 같았지. 이제 와 내가 놓쳐버린 것이 무엇인지 알아낼 방도가 없다고 해도."

천이가 담배를 빼끔거렸다. 알맹이는 먹혀버리고 껍데기로 간신히 존재를 유지하고 있는 것처럼 그 눈동자가 공허했다.

"피로해 눈을 붙이는 동안 나쁜 꿈을 꾸신 모양입니다."

희현이 담뱃대를 받아들며 말했다.

"꿈이란 본디 무척 요망하지 않겠습니까. 세상일이란 것부터가 한바탕 어지러운 꿈과 닮아 있지만요. 걱정하실 것 없습니다. 제가 천이 님의 곁에서 성심껏 보살펴드리고 있으니까요."

천이를 부축해 희현이 보료에 다시금 몸을 누이게 했다. 자신도 옆에 누워 희현이 천이를 보듬었다. 천이의 눈이 감겼다.

아이를 어르듯 한참 동안 천이의 등을 쓸어주던 희현이 하지를 돌아보며 옆자리를 두드렸다.

"자네도 이리 오게."

하지가 놀라 손사랫짓했다.

"저는 괜찮습니다."

"얼른 와보게. 자네의 소임이 막중하지 않겠는가."

묘한 미소를 지으며 희현이 하지가 앉은 방석을 당겼다.

"즐거움은 나누면 나눌수록 불어나는 법."

희현이 하지의 손에 술잔을 쥐여주었다. 사기잔에서 붉은 내음이 피어올랐다. 희현이 하지의 팔꿈치에 보란 듯이 가슴을 눌러왔다. 더는 거절할 엄두를 내지 못하고 하지는 얼결에 술 한 모금을 홀짝이고 말았다.

"조금만 더 마셔보게. 더, 조금 더, 옳지."

희현이 집요하게 술을 권했다. 술 한 잔을 들이켠 하지는 빈 잔이 진홍빛 액체로 차오르기 무섭게 그것을 받아 꿀꺽꿀꺽 달게 받아마셨다. 석 잔, 넉 잔. 어느새 술이 바닥나버렸다.

나직한 웃음을 터뜨리며 희현이 하지의 허리에 팔을 둘렀다. *이로써 이 사내의 넋도 내 수중에 들어왔군. 수족으로 부려먹을 수 있는 놈을 처음부터 결딴낼 필요는 없겠지. 천*

천히, 조금씩 맛보는 거야. 그러다 더는 쓰임새가 없어졌다 싶을 때 단번에 쓰러뜨리는 거지. 그 편이 내게 훨씬 유리하니까.

하지가 입은 무명저고리 속으로 희현이 손가락을 밀어 넣었다.

"이 향기, 젊은 사내의 체취는 다르군. 이 기쁨을 우리 같이 누려보는 게 어떻겠나. 열락의 끝이 어디인지 함께 헤아려보자고."

천이가 하지의 무릎을 베고 누웠다. 하지는 거절하지 못했다. 아니, 욕망이 그를 집어삼켜 그 물결에 자신을 떠내려 보내는 수밖에 없었다. 희현의 입술이 하지의 그것을 뒤덮었다. 천이의 손가락이 하지의 종아리를 더듬어 올랐다.

어둠 속에서 세 남녀의 육체가 꿈틀거리며 얽혀들었다.

초여름으로 넘어갈 즈음. 송아지를 앞세우고 언덕을 오른 소년이 깜빡 잠들었다 깨어났을 때 해는 사라져버린 뒤였다. 저녁볕은 시들었고 공기는 식어 있었다. 소년이 물고 있던 강아지풀을 뱉어냈다. 한시라도 빨리 외양간으로 돌아가 쉬고 싶다고 보채는 것처럼 얼룩소가 음매, 울었다.

소년이 가지에 묶어두었던 고삐를 풀어냈다. 반대 방향으로 대가리를 끄는 송아지를 다독여 언덕을 내려갔다. 마을에 닿기 전까지 어떻게든 참아내려 했지만 대숲 언저리에 다다랐을 무렵 오줌보가 터질 듯해 더는 요의를 억누르기 힘들었다.

소년이 바지를 내렸다. 쏴, 소리와 함께 오줌 줄기가 마른 땅에 흩뿌려졌다.

바지춤을 추스른 소년이 고삐를 당기며 돌아서려던 찰나였다. 대숲으로 무심코 던진 시선의 끝에 희끄무레한 형체가 꿈틀거리고 있는 것이 보였다. 바람이 대나무 사이 짙푸른 여백을 훑어오자 후각을 마비시킬 만큼 강렬한 피비린내가 끼쳐왔다. 소년은 놀라 고삐를 놓칠 뻔했다. 당장이라도 몸을 돌려 달아나고 싶었지만 다리가 뜻대로 움직여주지 않았다. 얼룩소가 눈치도 없이 음매, 음매, 울음을 터뜨렸다.

놈이 머리를 들었다. 어둠에 익숙해진 소년의 눈이 대번에 놈의 정체를 꿰뚫어 보았다. 피로 범벅된 입가. 두 뺨을 불끈거리며 생 살점을 씹던 입놀림.

방금 소피를 누지 않았더라면 소년은 충격에 못 이겨 바지를 적셨을지 몰랐다. 제정신이 아닌 와중에도 고삐를 놓치지 않고 소년은 소를 몰아 집으로 돌아왔다. 그가 왜 자신을 쫓아오지 않았는지 소년은 모르겠노라고 했다. 염소의 배를 갈라 피로 버무려진 내장을 뜯어 배를 채울 만큼 채워서였을까.

소년은 고했다. 대숲에 숨어 염소의 사체를 먹고 있던 자는 천이, 무당 천이였다고.

소년의 양친이 입단속을 시켰음에도 불구하고 그 증언은 마른 잎에 옮겨붙은 불길처럼 마을 전체로 퍼져갔다. 어르고 꾸짖어 무마하는 데 능한 어르신들은 아이가 밤의 계교에 홀려 헛것을 보고 말았거니 넘겨짚는 눈치였다. 하필이면 천이를 지목하다니 그 고약한 언사를 어찌 믿을 수 있단 말인가. 하늘에 기도를 올리며 영육의 정결함을 유지하기 위해 곡기마저 끊었다는 사람이 아닌가. 그토록 결벽적인 성정의 위인이 하물며 짐승의 내장을 꺼내 먹다니.

이건 차라리 모함이라 해야 하지 않을까.

그럼에도 한번 나돌기 시작한 풍문은 막을 길이 없었다. 이곳저곳에서 천이에 대한 소문이 잇따라 터져 나왔다.

"이보오, 그러고 보면 천이가 전과 달라 보이지 않소? 넋 나간 사람처럼, 갓난쟁이나 말 못하는 것들처럼 기이한 소리를 늘어놓는 것을 내 두 눈으로 똑똑히 목격하지 않았겠소."

"아니, 이 양반아. 내가 무엇을 노리고 거짓을 지어낸단 말인가. 하늘에 맹세하건대 내 이야기에 일말의 허풍이라도 섞여 있다면 내일 당장 번개를 맞아 죽는다고 해도 억울하지 않을 걸세."

의견은 엇갈리고 모두가 서로를 의심하고 있을 무렵, 적의에 찬 사람들을 진정시키려는 듯 비꽃이 듣는가 싶더니 우레 비가 퍼부었다. 빗줄기가 대지의 주름살을 채웠다. 내를 범람하게 하는 한편으로 들녘을 푸르게 했고 낮잠 자는 꼬마들의 키를 자라게 만드는 빗방울이었다.

비 그치고 난 뒤의 땅은 질퍽거렸다. 뚜껑을 덮지 않은 항아리에 물이 차올라 있었다. 지렁이들이 흙탕물 속을 기어 다녔다. 당산나무 앞 흙길에 불그스름한 얼룩이 져 있었다.

비쩍 마른 개 한 마리가 그 물을 할짝거렸다.

짚신도 벗어버리고 뜀박질하던 소녀가 어디에서 시작됐는지 모를 선홍빛 궤적을 따라 당산나무를 돌았다. 핏물 같기도 꽃물 같기도 한 빛깔이 짙어졌다. 발바닥이 붉게 물들어버린 것도 모르고 물웅덩이를 찰박거리던 소녀가 걸음을 멈추었다.

우물물이 넘쳐흐르고 있었다. 그 색이 치 떨리도록 새빨갰다.

그 밤, 검은산 꼭대기에서는 잿빛 연기가 피어올랐다. 발밑이 진동해 어느 집에서는 아귀가 맞지 않은 문짝이 삐걱거리는가 하면 살강 위 그릇들이 달그락거렸다. 아무리 담이 큰 장부라 할지라도 그날만큼은 깊은 잠을 이룰 수 없었으리라. 밖의 진동이 그 안까지 뒤흔들어 잠에 빠진 이들을 현기증 나게 만들었을 것이므로.

두려움은 말에서 기인했고 말은 또 두려움에서 비롯됐으니 그것들은 서로의 꼬리를 문 뱀들 같았다.

흉측하다 못해 불가사의하기까지 한 사건들은 사람들로 하여금 닫힌 문 안에 스스로를 가두도록 했다. 빨래터며 시장은 한산해졌다. 늦은 시각 골목을 배회하는 취객은 찾아볼 길 없었다. 한밤의 밀회에 몸달아 있던 정인들조차 일찍 잠자리에 들었다. 마구간에 갇힌 채로 조랑말들은 금방이라도 울타리를 박차고 나갈 듯 뒷발질했다. 어미들은 별 것 아닌 소음에 잠을 설쳤고 그러는 동안에도 아가들은 토실토실 살이 올랐다.

억누른 나날들이 지나갔다. 거처 밖을 자유롭게 활보하고 다닌 것이 언제인지 모현은 가물가물할 지경이었다. 말은 안 했어도 답답해 몸이 근질거리는 건 여민 역시 마찬가지인 성싶었다. 며칠 전부터 그 아이는 일손이 비어 한가할 때마다 섬돌을 깔고 앉아 땅이 꺼져라 한숨만 쉬어댔으므로.

울담 옆에 서서 모현이 나무 그림자를 구경하고 있을 때였다. 모현을 붙들어 마루에 끌어다 앉히며 여민은 연신

숨을 헐떡였다.

“너도 구경 갈 거지? 광대놀음 말이야. 장마당에서 광대들이 연희를 펼칠 거래.”

여민이 물었다. 그 간절함을 모현은 차마 모른 척할 수 없었다.

“어? 어.”

모현이 내키지 않은 답을 웅얼거렸다. 기껏 텃밭이며 대숲 인근을 어슬렁거리는 하루하루가 모현에게도 몹시 지루했던 참이었다. 누구 눈치 볼 것 없이 큰소리로 웃어젖히며 놀이판을 구경하고자 하는 마음이 없었던 건 아니었지만 그럼에도 이를 위해 발돋움한 사람들 사이에 끼어 있어야 한다니 상상만으로도 등골이 오싹해지는 기분이었다. 장터에 공공연하게 나와 있는 자신을 발견하고 사람들이 어떤 표정을 지을지 걱정됐다. 혹여 악심을 품은 무리에게 붙들려 해코지를 당하는 건 아닐까 하는 두려움도 지울 수 없었다.

더불어 이것이 이치에 맞는 일이기는 한지 모현은 매우 근심스러웠다. 사람이 죽어나가고 섬뜩한 사건이 잇따르는 와중에 놀음놀이를 벌이려 하다니. 놀이란 진정 생명의 위협을 무릅쓸만한 가치가 있는 행위일까.

그렇다고 마냥 즐거워하는 동무 앞에서 시큰둥한 반응

을 보여 산통을 깨고 싶지도 않았지만.

"네가 그러고 싶다면야."

모현이 덧붙인 한 마디에 여민이 와아, 탄성을 터뜨렸다.

"좋아. 약속한 거다."

여민이 고집을 부려 모현은 마지못해 동무와 새끼손가락을 걸었다. 일은 수월하게 풀렸다. 그 무렵 격무에 시달려 서너 일 넘게 밤잠을 설쳤다는 홍옥은 외출을 허락받고자 하는 모현에게 선선히 고개를 끄덕였다.

"그럼. 다녀와야지. 솔직하게 털어놓자면 이번 일을 승낙하는 데 자네를 위하는 마음이 없지는 않았어. 자네에게도 기꺼운 구경거리일 테지? 걱정 말게. 수하들을 시켜 그 일대를 물 샐 틈 없이 감시하게 할 것이니. 나 역시 그 자리에서 자네를 지켜보고 있을 것이야."

무슨 바람이 불었는지 몰라도 연화마저도 그날만큼은 이렇다 할 트집을 잡지 않았다. 수리가 설거지까지 서둘러 마치도록 배려해준 덕분에 둘은 평소보다 일찍 거처로 돌아올 수 있었다. 머리를 새로 땋은 여민은 홍화꽃잎 가루를 덜어 기름에 갠 다음 입술이며 뺨을 발그스름하게 물들이기까지 했다. 그래 봐야 아침부터 해 질 녘까지 육체노동에 시달린 소녀의 안색은 부잣집 자식들의 그것에 비하면 볼품없이 해쓱할 뿐이었지만.

모현이 여민과 더불어 관노청을 벗어나려는 찰나였다. 등 뒤에서 후다닥 발소리가 들리는가 싶더니 소년 종 하나가 그들을 불러 세웠다.

"오늘 오후에 침장과 함께 광에 다녀왔다며?"

수줍음을 타는 건지 어색한 건지 소년이 발끝을 쏘아보며 중얼거렸다. 여민이 어리둥절한 표정으로 자신을 가리켜 보였다.

"어? 나 말이야?"

"그래, 너. 물건 두어 개가 비는 모양이야. 같이 가서 확인해줘야겠어."

여민의 낯이 대번에 구겨졌다.

"하필이면 이런 날!"

울상을 지으며 여민이 모현을 향해 다급한 눈짓을 보냈다.

"먼저 가 있어. 좋은 자리를 맡아놔야 해. 끝나는 대로 곧장 따라갈게. 알겠지?"

모현이 얼떨떨하게 손을 흔들었다. 뒤늦게 상황을 이해한 모현이 뭐라 말을 꺼내기도 전에 여민이 소년을 들볶아 둘은 순식간에 시야에서 사라져버렸다. 모현의 눈동자에 수심이 어렸다. 이렇게 난처할 데가. 그렇다면 장마당까지 혼자 걸어가야 한다는 소리인데. 그 거리를 자신이 아무렇지 않게 지나다닐 수 있을지 모현은 내심 불안했다. 손을 맞잡은 동무의 응원 없이, 뒤통수로 쏟아지는 불유쾌한 시선들 속에서 말이었다.

그렇다고 여민과 한 약속을 깨뜨릴 수도 없는 노릇이었다. 그 아이도 나도 손꼽아 기다려온 나들이 아니겠는가.

마음을 추스른 모현이 큰길가로 조심스럽게 발길을 옮겼다. 해가 저물어가는 즈음임에도 낡아서 해진 의복이나마 그럴싸하게 차려입고 행인들이 무리 지어 걷고 있었다. 오늘 저녁으로 예정된 광대놀음 때문이겠지? 새끼고양이를 품에 안은 사내아이가 동무들과 더불어 흙길을 뜀박질했다. 딸아이를 앞세운 아비의 눈가에 미소가 서려 있었다. 그 걸음걸이들이 근심걱정이라곤 없이 가벼웠다.

모현이 경계하며 발을 놀렸다. 그럼에도 그 남자의 말소리가 정수리에 쏟아졌을 때는 뜨거운 물이라도 뒤집어쓴 것처럼 화들짝 놀라는 수밖에 없었지만.

"예서 만나는군?"

그자였다. 이방인 사내, 명. 잿빛 직령을 벗어던지고 명은 백색 바지저고리에 연보라색 도포를 차려입고 있었다. 비단 천이 뿜어내는 광채 때문인지 가뜩이나 활달한 이목구비가 도드라져 보였다. 자신을 굽어보는 명의 키가 어찌나 크던지 모현은 그와 눈을 맞추기 위해 한참 동안 시선을 더듬어야 했다.

"그래, 그간 잘 지냈소?"

모현은 적잖이 당황스러웠다. 저 작자의 얼굴을 쏘아보며 난처하다기보다는 기쁘고 반갑다는 생각이나 하고 있는 자신이. 격의 없는 그 인사에 대꾸도 없이 모현이 무작정 앞으로 달려나간 건 그 때문일 것이었다. 당황스러워서. 그런 자신을 용납할 수 없어서.

"장터에 가려는 모양인가 보오? 광대소리를 들으려고?"

굴하지 않고 따라붙어 명은 모현과 보폭을 맞추고자 했다. 모현이 오른발을 내밀 때 자신도 함께 오른발을 뗐고 왼발을 움직일 때 더불어 왼발을 놀렸다. 그 둘을 행인들이 곁눈질했다. 음흉한 그 눈초리들, 감출 의지라곤 없는 호기심이 모현은 신경에 거슬렸다.

갈림목에서 넓은 길을 포기하고 마을 바깥을 둘러 가는 소로를 선택한 건 그 때문이었다. 농사꾼들이 가축들을 몰고 집으로 돌아가 버린 시각, 들녘을 지르는 그 길은 적요할 것이었으므로. 그런 모현의 흉심을 아는지 모르는지 명은 늘어진 갓끈을 만지며 묵묵히 곁을 지켰을 따름이었다.

휘파람새 한 쌍이 그들 사이의 침묵을 깨며 날아올랐다. 무논에 자란 풀들이 갓 태어난 아기의 머리칼 같았다.

"보시오, 거참 구름 한 점 없이 쾌청한 날 아니오."

명이 다시금 인사 비슷한 말을 건넸다. 거칠 것 없이, 명랑하게. 먼 산에 시선을 고정시킨 채로 모현은 묵묵부답이었지만.

"왜 이다지 말이 없소? 그 낭랑한 목소리 좀 들려주구려."

방금 전의 기세는 어디로 가버렸는지 그 어조가 맥 빠진 듯 시무룩했다.

"입을 다물어버릴 만큼 내가 싫소? 인사도 나누고 싶지 않을 만큼 끔찍스러운가 말이오."

치미는 웃음을 삼키며 모현은 자문했다. 저 사내를 나는 곯려주고 싶은 걸까. 울려버리고 싶을까. 빗소리 같고 바람 소리 같은 저 음성을 그저 한마디라도 더 듣고 싶은 걸까. 그때 명이 모현을 막으며 앞서 나오는가 싶더니 길 쪽으로 쏟아지다시피 한 나뭇가지를 붙들어주었다. 가시나무의 가지에 모현이 낯을 긁히지 않도록. 가시 끝에 도포 자락이 걸려 올이 뜯기는 소리가 났지만 명은 전혀 개의치 않는 눈치였다.

모현이 그를 삐딱하게 치어보았다.

"저기, 거기 말이에요."

모현이 드디어 말문을 연 것에 반색하며 명이 달뜬 말투로 물었다.

"그래. 뭔가. 거기라니 어디 말인가."

명의 오른 어깨를 가리키며 모현이 대답했다.

"벌레 한 마리가 붙었습니다만."

끄응, 소리를 낸 명이 허둥지둥 어깻죽지를 털어내려 했다. 모현이 만류하듯 다가가 섰다.

"그러지 마십시오. 죄 없는 미물이지 않겠습니까."

명을 잡아 상체를 낮추도록 한 모현이 도포에 붙어 있던 애벌레를 떼어냈다. 제 손으로 옮겨온 연초록색 벌레를 모현은 수풀 속에 내려주었다.

"고맙소."

명이 겸연쩍어하며 중얼거렸다.

"별말씀을."

모현이 새침하게 쏘아붙였다. 쌀쌀맞은 그 반응에 오히려 기운을 얻은 듯 명은 묻지도 않은 말까지 주절거리며 늘어놓았다.

"오해는 말아주시오. 나 또한 광대놀음을 구경하러 가는 길이니. 그쪽을 번거롭게 하려는 의도는 없었다오."

모현은 실소를 억누를 수 없었다. 그 따위 빤한 거짓말을 늘어놓다니. 그렇다면 왜 갈림길에서 대로를 택해 걷지 않았단 말인가. 자신을 쫓아 인적 드문 길로 무작정 따라 들어온 주제에. 다 큰 어른이 애벌레 한 마리에 기겁하는 꼴은 어찌나 우습던지.

모현의 표정이 이전과 달라졌음을 알아챈 명이 한결 편안한 태도로 대화를 이어갔다.

"그러고 보니 댕기 끝이 그을려 있군."

"그게, 아궁이에서 불티가 튀어서 그만."

등허리께로 늘어진 댕기 머리를 의식하며 모현이 중얼거렸다.

"댕기야 눈에 잘 띄지도 않고……."

고개를 숙인 모현의 뺨이 붉어져 있었다. 명이 물었다.

"새 댕기는 없소?"

모현은 곧장 붉은 비단 댕기를 떠올렸다. 꿈에서 깨고 난 뒤에도 자신의 손에 쥐여 있던 그것.

"없습니다. 내게 댕기는 이것 하나뿐입니다."

"안타깝게 됐구려. 그럼 새 댕기는 필요 없소?"

명이 모현의 안색을 살피며 질문을 던졌다.

"관아에서 허드렛일이나 돕는 주제에 새 댕기는 무슨."

모현은 단박에 후회하고 말았다. 바보, 왜 쓸데없는 소리를 지껄여선.

"그럴 리가 있나. 예쁜 글자가 수 놓인 어여쁜 새 댕기가 그대에게는 필요해 보이오."

명의 음성에서 웃음이 묻어났다. 돌다리를 건너기 직전

이었다. 냇물이 비늘을 반짝였고 잔돌들이 자그락거리며 노래를 불렀다.

뒷짐 진 팔을 풀어 명이 모현을 향해 오른손을 내밀었다. 말없이. 질문이라도 던지는 것처럼. 될 대로 되라는 듯 입술을 베어 물며 모현은 그 손을 움켜쥐었다. *황혼 때문이야.* 속으로는 온갖 변명을 주워섬기며. 오늘 *저녁에 펼쳐질 놀이 탓이야. 기대에 부풀어 있어서야. 두근거리는 마음 때문이 아니야.*

저치를 좋아해서가 절대 아니라고.

힘센 손가락이 모현의 손등을 눌러왔다. 모현은 확신할 수 있었다. 이 남자는 쉽게 연정을 거두는 사람이 아니라는 것을. 그의 정수는 건실하고 완강하다는 것을. 저 산을 두른 검디검은 바윗돌처럼.

들길의 끝에 다다라 포개져 있던 손은 떨어졌지만 그럼에도 모현의 손등에는, 명의 손가락에는 상대의 감촉이 묻어 있었다. 난폭한 박동과 살갗을 녹여버릴 듯 과격한 열기도.

장마당이 가까워질수록 행인들의 수는 늘어났고 말소리는 커졌다. 땅거미가 지기 무섭게 물건을 걷어 귀가하기 일쑤이던 시정아치들까지 이날을 맞아 난전에 좌판까지 벌여 놓고 번드르르한 말재간을 뽐내고 있었다.

"향낭이오. 비단으로 짓고 정성스럽게 자수를 놓은 주머니를 구경하고 가시오. 아가씨, 시간을 좀 내주시구려. 고운 손을 더 곱게 만들어줄 가락지도 있다오."

면경을 들여다보며 모현이 귀밑머리를 만졌다. 거울 한편에 명의 얼굴이 비쳐 있었다. 그 시선이 적나라할 만큼 노골적이었다. 노리개며 비녀, 향나무 빗, 각배며 짐승 뼈 부적 등 진열대에는 갖가지 물건들이 진열돼 있었다. 비단 꾸러미에서는 달콤한 향이 풍겼고 벌레를 쫓으려는 듯 향을 피워 아이들이 연신 재채기를 했다.

좌판 위로 드리워져 있던 천들이 알록달록했다. 소녀들은 짓궂었고 소년들은 점잖았다. 여자들은 홀가분했고 사내들은 즐거워 보였다.

걱정했던 바와 달리 그들은 모현을 기분 나쁜 눈초리로 흘끔거리지 않았다. 간만의 구경거리에 정신을 빼앗겨 있어서였을까.

사람들의 시선을 염려한 탓인지, 명은 제법 멀찍이서 모현의 뒤를 따라왔다. 그때 벌어져 있던 문틈 새로 수탉이 닭장에서 뛰쳐나왔다. 닭 장수가 고함을 지르며 그 뒤를 따랐다.

"요 녀석이 어딜 도망가려고."

뒷걸음질하던 모현이 그만 돌부리에 걸려 넘어지려는 찰

나, 명이 달려와 그를 받다시피 품에 안았다. 모현의 정수리에 물기 어린 숨결이 느껴졌다.

"모현아. 여기야, 여기."

그때 인파 속에서 팔 하나가 튀어나온다 싶더니 꼬마들을 헤치며 여민이 모현에게 다가왔다. 돌담길을 달려온 탓인지 여민의 코 아래에 땀방울이 맺혀 있었다.

"한참 찾았잖아. 게다가 나보다 늦게 도착하다니. 어디서 뭘 하고 있었던 거야?"

투덜거리던 여민은 모현과 어지간히 가까워진 다음에야 뒤편에 서 있던 명을 발견하고 눈을 크게 떴다.

"저치잖아?"

여민이 눈치도 없이 떠들어댄 탓인지 주위의 이목이 그들에게 한꺼번에 쏟아졌다. 언제 그렇게 넋을 빼놓고 있었느냐는 듯 표정을 굳히며 명이 옆으로 물러났다.

"대답해봐, 얘. 어디서 뭘 하고 있었는지."

여민이 소곤거렸다.

"뭘 하다니?"

"내 말은 그러니까 저 남자와 무슨 관계냐고."

"관계는 무슨."

모현이 시치미를 뗐다.

"요 앞에서 우연히 맞닥뜨렸을 뿐이야. 저치가 그 사람이라는 것도 방금 알았는걸. 말 한마디 섞지 않았어. 진짜야."

거짓말. 모현은 스스로를 나무랐다. *너는 지금 거짓 변명을 늘어놓고 있어.*

하나뿐인 동무에게 진실을 고할 수 없다는 사실이 모현으로서는 난감하기 그지없었다. 여민에게 작금의 상황을 어떻게 설명할 수 있단 말인가. 요전번 심부름을 하러 나갔을 때 저 남자가 대뜸 내 앞길을 막아섰다고? 자신에게 이름을 알려달라 간곡하게 부탁했다고? 그 모습에 울화가 치밀어 나도 모르게 발등을 밟아주고 말았다고?

여민은 다행히도 이 이상 추궁할 생각이 없어 보였다. 어쨌거나 조만간 기대했던 난장이 벌어질 예정이었으므로. 유희에 굶주린 소녀의 마음은 오로지 광대놀음에 대한 기대감으로 가득 차 있었다.

"어서 움직이자."

여민이 모현을 잡아끌었다.

"이러다 광대들 얼굴도 못 보겠네. 그래, 저기 담 옆으로 걸어가 보자."

난전을 구경하는 사람들 틈바구니를 둘은 요리조리 비집고 나아갔다. 인파는 마당을 둥글게 에워싸고 있었다. 여민이 돌담에 팔을 얹었다. 그곳에서는 놀음판의 측면이나

마 제대로 들여다보였다. 탈을 쓴 사내 하나가 구경꾼들과 농을 주고받았다. 본격적인 연희에 앞서 목을 풀려는 심사였을까.

여민이 허리에 달고 온 주머니를 풀었다. 모현이 여민에게서 곡식 한 줌을 받아 들었다.

“하여간, 자기네들이 개수를 잘못 세놓고 왜 죄 없는 사람을 오라 가라 난리인지.”

“그래도 금방 끝났으니 다행이네.”

여민이 흥, 콧방귀를 뀌었다.

“애초에 부를 일을 만들지 않았으면 좋았을 뻔했지 뭐야.”

뒷줄에 자리 잡고 있던 사내아이들이 밀고 당기며 장난을 치는 와중에 여민의 등을 떠미는 실수를 저질렀다. 여민이 보란 듯이 인상을 구겼다. 여민의 눈치를 살피며 소년들이 슬그머니 자세를 바로잡았다.

여민이 알곡을 입에 털어 넣었다. 어금니 사이에서 꽈득 콩알이 부서지며 경쾌한 파열음을 냈다.

“곧 시작하려나 보다.”

여민이 발꿈치를 치들었다. 모현 역시 발을 돋우었다. 소년들 또한 목을 빼고 몸을 세웠다.

한편 높으신 나리들은 놀음놀이판의 정경이 한눈에 내

다보이는 앞줄에 앉아 술상을 끌어안고 있었다. 술잔에는 곡주가 넘쳐흘렀고 그릇에는 고기 안주가 푸짐하게 쌓여 있었다. 너털웃음을 터뜨리며 그치들은 점잖게 담소를 나누고 있었다. 색색의 비단옷을 차려입은 채로 거드름 피우는 꼴이 화려한 깃털을 자랑하는 수컷 새들 같았다. 이를테면 장끼 같은.

귀하신 분들이 천것들과 함부로 어울릴 수 없다 이거지. 자신과 그들을 나눈 보이지 않는 금을 모현은 또렷하게 감지할 수 있었다. 모현은 여기가 편했다. 그 선 바깥의 삶이. 죽음이 자신을 해방시키기 전까지 단 하루의 자유도 얻지 못하고 매일 고단한 노동을 반복해야 한다 할지언정.

어둠이 짙어지면서 횃불이 밝아졌다. 관리들이 창을 쥐고 마당 둘레에 도열해 있었다. 그래, 그들은 무방비하지 않았다. 보호받고 있었다. 홍옥은 사려 깊은 지도자였다.

공연을 기다리며 이곳저곳을 둘러보던 모현은 구경꾼들 속에서 홀로 비죽한 키 큰 사내를 발견했다. 명이었다. 깃대 옆에 팔짱을 끼고 선 채로 그는 모현을 응시하고 있었다. 무릎이 휘청거려 모현은 돌담에 옆구리를 가져다 붙이는 수밖에 없었다.

저 남자는 언제부터 나를 지켜보고 있었을까. 모현의 심장이 손닿을 수 없는 아래로 곤두박질했다.

어깻죽지가 울리기 시작했다. 달아올랐다. 그 박동이 머리부터 발끝까지, 모현을 난폭하게 뒤흔들었다.

저치는 왜 자꾸 내 앞에 나타나는 거지? 어이해 내 속을 뒤집어놓는 걸까. 분통을 터뜨리게 만드는 걸까. 들뜨게 하려는 수작일까. 잠시도 평안하지 않도록. 휘저어놓으려는 걸까. 내게서 무엇을 얻어내려고.

"나리야. 홍옥 나리께서 이쪽을 바라보고 계셔."

여민이 속삭여 오고 나서야 모현은 명에게서 시선을 뗄 수 있었다. 맙소사. 어깨를 누르고 있던 손을 거두며 모현은 스스로를 꾸짖었다.

나는 왜 저이의 존재를 알아채지 못한 거지? 양반들 가운데서도 상석 중에 상석을 차지하신 분, 기이할 만큼 아름다운 사내, 내 생명의 은인을.

펼친 부채 위로 홍옥은 모현을 쏘아보고 있었다. 댓살에 붙여진 비단 천에 그려져 있던 짐승은 용이었다. 포효하는 청룡 한 마리.

무당굿 놀이가 펼쳐지던 밤. 목검을 내두르며 춤추는 홍옥과 마주했던 때와는 달랐다. 까마득하게 멀었다. 홍옥은 웃지 않았다. 그토록 다감하던 이가. 무섭도록 돌변해 있었다. 냉담했다. 모현의 미소에도 눈썹조차 꿈틀거리지 않았다.

광대들의 행렬에 정신을 빼앗겨 있던 여민은 동무의 이 같은 번뇌에 대해 알아차리지 못한 눈치였지만.

"우와. 저 탈 좀 봐. 멋있지 않니?"

꽹과리 소리가 울렸다. 놀음놀이가 막을 올렸다.

열다섯.

천이가 눈을 부릅떴다. 호롱불이 깜빡이는 간극이 밭아진다 싶더니 느릿하게나마 의식이 돌아왔다. 요즘 왜 이렇게 뒤숭숭한지. 무엇이 어떻게 잘못돼버렸기에 이리도 빈번하게 넋을 놓게 되는지. 불쑥불쑥 덮쳐오는 옛 기억에서 벗어나고자 가슴을 부풀려 천이가 향냄새를 들이마셨다.

신당 안이었다. 반상을 사이에 두고 천이는 남자와 마주 앉아 있었다. 왼눈 옆에 사마귀가 나 있던 그는 천이의 오랜 단골이었다.

"그래서 말이지. 무슨 뾰족한 수가 없겠는가."

남자가 사정했다.

"여보게, 나를 좀 도와주게. 아버지께 저지르려 했던 일이 들통이라도 나는 날에는……. 이 사람아, 내가 무슨 말을 하려는 건지 자네도 알고 있지 않은가."

사내가 턱수염을 쥐어뜯었다. 자신이 벌이고자 하는 수작이 스스로 생각하기에도 감당하기 힘들 만큼 부도덕한 까닭이었을까.

"그럼요, 나리."

어지럼증 속에서도 입술을 달싹여 천이가 나직한 목소리를 밀어냈다.

"나리께서 무엇을 염원하는지 이 몸이 누구보다 잘 알고 있지요."

하, 고약한 작자 같으니. 천이가 입속으로 들리지 않게 탄식했다. 군살이라곤 박혀 있지 않은 저 손으로 저자는 밭이라도 한번 갈아본 적 있을까. 자기 방의 요강이라도 비워본 적 있으려고. 아버지가 쌓아온 부에 기대 무위도식해온 주제에 작금에 다다라 늙어 기력이 쇠한 그에게 변고를 일으켜주기를 청하다니.

인간이란 어쩌면 이렇게 간악하단 말인가.

"부적을 써드리지요. 택일하고 몸과 마음을 정결히 할 시간이 필요하니 오늘 당장은 어렵겠습니다. 목욕재계하고 따로 기도를 올려보도록 하지요. 급하게 효험을 보려 하지 마십시오. 큰일을 도모함에 있어 무엇보다 신중해야 하지 않겠습니까."

"고맙네, 천이. 참으로 고마워."

아둔한 그 작자는 안심이라는 듯 빙글거리며 천이의 손을 붙들었다. 그 손길의 뻔뻔함에 천이는 속이 뒤집어질 지경이었다. *그래, 내게 권력을 안겨준 사내들의 흉금에 이 같은 욕망이 없지는 않겠지. 그 시커먼 속을 내가 어찌 모르겠는가. 적당히 무시하고 맞장구치며 내게 유리한 쪽으로 다스려왔을 뿐.*

"다만 이 일은 어디까지나 우리 둘만의 비밀로 간직하도록 하세. 약조해줄 수 있겠는가. 부탁하네."

"아무렴요. 여부가 있겠습니까."

천이가 흩어져 있던 낱알을 치웠다. 사내가 소반 가장자리에 팔꿈치를 얹었다.

"근래 마을의 분위기가 어찌나 험악한지. 입에 못 담을 소문이 파다한 판에 호사가들만이 즐겁지 아니하겠는가 말이지. 덕분에 아이들은 물론이고 어른들까지 바깥출입을 끊어 장사치들의 불만이 이만저만이 아니라네. 지난번 광대놀음이라도 없었다면 시정아치는 물론이고 마을 사람들 모두 들고 일어났을지 몰라."

사내의 말 속에 도사린 가시 때문이었을까. 순간 발아래가 꺼지기라도 한 것처럼 아득해져 천이가 소반 모서리를 그러쥐었다.

"눈치채고 있겠지? 거기에 자네와 관련된 뒷말이 없지는 않다는 걸. 짐승의 간을 꺼내 먹는 걸 목격했다든가 예전의 영검함을 잃어버리고 영 투미해져 버렸든가 하는."

남자가 천이의 손목을 어루만졌다. 그 손가락을 털어낼 기력도 없는 듯 두 눈에 힘을 주고 천이는 다만 가물거리는 정신을 붙들었다.

"제게 이런 수작을 거시는 이유가 무엇입니까?"

"수작이라니. 장삼이사들이 지어낸 헛소리에 흥분할 이유가 없지 않겠는가. 이야기에 무슨 힘이 있다고. 말 따위 살아 있는 사람의 머리카락 한 올 해칠 수 없는데."

"말 따위라니요. 이야기란 준엄한 것입니다. 모든 말에는 이루어지고자 하는 의지가 깃들어 있고요. 입 밖으로 내뱉은 것들을 주워 담을 수 없는 건 당연한 이치이지 않겠습니까."

허를 찌르는 논박에 민망해하며 사내가 헛기침을 했다. 천이가 파리하게 질린 낯을 들었다.

"나리, 저는 마을을 지키기 위해 노력했습니다. 호랑이로부터, 재앙과 역신으로부터. 당신네들, 비단옷 입고 거들먹거리는 이들을 가까이에서 보필했지요. 재산을 불려주었고 위엄을 높여주었어요. 저는 당신네들의 충실한 종이었습니다."

천이가 가빠진 호흡을 가다듬었다.

"나리께서도 따님이 있으시지요. 호랑이에게 바쳐질 제수로 그 댁의 아기씨가 지목되지 않은 이유가 무엇이라고 생각하십니까."

사내는 답하지 않았다. 천이의 손등을 희롱하던 오른손을 거두었을 뿐.

"야장네 넷째 딸이 제물로 간택돼 위기를 모면한 사람이 누구겠습니까? 그 아이가 나리의 씨를 품고 있었다는 사실을 저만 아는 것은 아니겠지요. 종들을 시켜 대숲으로 끌고 가 수차례 겁탈했다지요?"

"자네가 나를 위해 해준 일들을 부정하려는 게 아니야."

사내가 변명 비슷하게 주절거렸다. 주먹을 움켜쥐어 천이가 손가락의 떨림을 감추었다.

"제가 어떤 심정으로 죽음을 선고했겠습니까. 힘없고 가난한 여자들, 살날이 산 날보다 까마득하게 많은 그들의 딸들에게. 그 업보는 얼마나 무겁겠습니까."

"내 말은, 그런 의미가 아니야."

남자가 허둥지둥 핑곗거리를 늘어놓았다.

"나라고 언제까지나 자네를 두둔해줄 수는 없다는 걸 알려주고 싶었을 뿐이야. 다른 의도는 없었네. 내 뜻을 곡해하지 마시게."

이마에 흥건한 땀을 훔치며 천이가 잘라 말했다.

"돌아가십시오. 죽어야 할 이는 제때 명을 거둘 것이니 남은 자들은 그 운을 나눠 가지게 될 것입니다. 제게 주어진 임무에 저는 한 치도 소홀하지 않을 것이고요."

그때 떨떠름한 표정을 지워낸 남자가 기막힌 발상이라도 떠올랐다는 듯 빙글거렸다.

"그래. 한 가지만 더 물어보지."

남자가 방석에 궁둥이를 뭉그러뜨렸다.

"자네, 희현이라는 여자와는 무슨 사이인가. 자네가 호랑이의 신부로 지목했으나 그 동생을 산으로 대신 올려보내게끔 한 아낙 말일세."

"그건 또 무슨 해괴한 물음입니까?"

천이가 눈꼬리를 벼렸다.

"그저 조금 궁금해져서 말이지. 그 아낙과 대식(對食)했다고들 떠드는 자들이 있네만……. 그렇다면 자네라는 사람은 남자와는 통정할 수 없단 말인가."

사내가 천이의 오른손을 낚아챘다. 팔목이 비틀린 천이가 억, 소리를 냈다

"수없이 그려보았다네. 자네가 내 품에 안겨 오는 모습을. 그 고운 입술을 취하며 치마 속을 헤집을 때 얼마나 큰 전율이 일지. 이봐, 천이. 나는 자네에게 비밀 한 가지를 털

어놓았어. 그러니 자네도 내게 그에 상응하는 곡절 하나를 알려줘야 하지 않겠나. 그래야지만 이 거래가 성사될 수 있을 터. 나는 위험 같은 건 무릅쓰고 싶지 않거든."

"아무리 천한 무당이라 할지언정 제가 이런 무례를 당해야겠습니까."

천이가 그 팔을 뿌리치려 했다. 그를 놓아주기는커녕 한층 거칠게 자기 쪽으로 당겨오며 사내가 재차 질문했다.

"솔직히 대답해보게. 자네, 남자와는 몸을 섞은 적이 없는가. 한 번도? 진정 단 한 차례도 없었던 건가."

천이가 도리질했다. 남자가 천이를 바닥에 쓰러뜨렸다. 소반이 넘어가고 술이 쏟아졌다.

"그건 무슨 뜻인가. 맞다는 건가, 아니라는 건가. 천이, 이 몸의 궁금증을 풀어주게. 자네는 사내놈이 싫은가."

자존심을 다친 남자의 악심을 당해낼 재간이 없음을 깨달은 천이가 급기야는 혼이 나가 중얼거렸다.

"솔개야, 어디 있는 게냐. 네놈은 이런 때 어디로 가버린 것이야. 솔개야, 솔개야."

"이미 뒈져버린 놈은 찾아서 뭐 하려고?"

남자가 이기죽거렸다.

"그래, 정신이 오락가락한다는 소문이 영 틀린 말은 아닌 성싶어."

그 즉시 눈을 부릅뜨고 천이가 대들었다.

"나리께서는 신의 노여움을 살 것이 두렵지도 않으십니까."

"신이라."

남자가 저고리 안으로 손을 찔러 넣었다. 천이가 몸부림쳤다. 사력을 다한 주먹질에도 남자는 실없이 웃기만 할 뿐 가슴을 쥔 손을 풀지 않았다.

신당 밖에서 말 울음소리가 들렸다. 눈물방울이 뺨을 적시는 것을 느끼며 천이는 생각했다. *그래, 이 작자는 조랑말을 타고 여기로 올라왔겠지. 사내종이 말고삐를 쥐고 그 옆을 따랐을 거고. 양반이란 놈들은 종복 없이는 바지춤도 추스르지 못하니까. 지금쯤 그 종놈은 주인이 볼일을 마치고 나오기를 기다리고 있을 거야. 말을 매어놓은 울타리 옆에서 내가 지르는 고함에도 아무 소리도 듣지 못한 것처럼 천연덕스럽게 귀를 후벼 파면서.*

그 주인에 그 종이라니. 끔찍한 작자들.

"하지야, 도와다오. 희현아, 내 목소리가 들리지 않느냐."

눈앞이 빙글빙글 돌았다. 뇌리가 흐려지고 있었다. *이럴 수는 없어. 견뎌야 해. 하필이면 지금 같은 때 혼절해버릴 수는 없어.*

다문 입속으로 천이는 빌었다. *장군님, 신령님, 제 기도에*

답하시어 이 괴물 같은 자를 벌해주십시오. 제발, 당신의 충실한 심복을 보살펴주십시오.

“그렇게 앙탈을 부려봐야 소용없어.”

발버둥 치는 천이를 깔아뭉개며 사내가 킬킬거렸다.

“하긴, 요런 것들을 굴복시키는 일 또한 각별한 즐거움이기는 하다만.”

남자가 바지끈을 끄르는 틈을 노려 천이가 머리에 꽂은 비녀를 뽑아냈다. 그럼에도 비녀 끝으로 그치의 눈알을 파내버리기는커녕 티끌만 한 상처도 입히지 못하고 버선발에 차여 나뒹굴고 말았지만.

“하여간 천것들이란.”

쓰러진 천이를 남자가 짓밟았다.

“험한 꼴을 당해야지 사람 말을 듣는다니까. 가축이나 다를 바 없지 뭔가.”

남자가 혀를 끌끌거렸다. 버선 앞부리가 피로 물들어 있었다. 이 지경에 처했음에도 머리를 조아리고 빌기는커녕 터진 입술을 씰룩이며 천이는 그를 노려볼 뿐이었다. 그 모습에 기가 질린 사내가 욕설을 지껄이며 신당 문을 걷어찼다. 나무문이 덜컹이고 조랑말이 울었다.

천이가 거친 숨을 헐떡였다. 말발굽 소리가 멀어져갔다. 주먹 쥔 손으로 바닥을 짚으며 천이가 어금니를 뭉그러뜨렸다. 상처 입은 몸뚱이를 끌어 꿈틀거리며 제단 앞으로 기어갔다.

한기가 칼날처럼 몸을 저몄다. 수백 날을 굶주린 것처럼 끔찍하게 허기졌다. 천이는 고갈돼 있었다. 그를 뭇 인간들 속에 우뚝하도록 만든 신의 영은 물론이고 제 자신의 혼까지 희현에게 좀먹혀버렸으므로.

내 안에는 아무것도 담겨 있지 않구나. 신이여, 넋이여, 부디 이 몸을 떠나지 말아주시오. 당신의 뜻을 받들지 않고 나는 그 무엇도 꿈꿀 수 없으니.

천이는 까무룩 정신을 놓아버리고 말았다.

제단 앞에 손을 모은 채로 희현은 서 있었다. 야심한 시각. 풀벌레 소리마저 끊겨 있었다. 성신이 자신을 지켜보고 있음을 희현은 알 수 있었다. 그 시선이 엄중하다 못해 섬뜩하기까지 했다. 촛불은 꺼질 듯 꺼지지 않았다.

어둠이 사물의 정체를 가리고 공간의 경계를 흐려놓을 무렵 희현은 살그머니 방에서 빠져나왔다. 치성을 드리기 위해. 밤의 정기 속에서 그분의 존재에 한결 분명하게 감응하고자.

희현은 나날이 굳세어졌다. 차올랐다. 무당이 비어갈수록 사위어갈수록 그가 잃은 힘을 가로채 품으며 온전해졌다. 천이는 이제 껍데기에 불과했다. 살아 있되 온전히 살아 있지 않았다. 이미 절반쯤 죽어버린 것이나 다름없었다.

그분께서 천이를 버리고 자신을 선택한 것을 희현은 매우 합당한 처사로 여겼다. 그분의 소망을 실현시킬 인물로 이 몸이 적임이라는 데 어찌 의문이 있을 수 있다고. *나는 그분의 사랑을 독차지할 자격이 있어. 별의 기운을 받아 태어났으니까. 운명의 흐름을 단숨에 뒤바꿔놓을 크고 붉은 별 아래.*

땀이 밴 손바닥을 마주 붙이며 희현이 기도문을 외었다. 전심으로 빌었다. 검은산의 정상에서 그분의 염원이 이루어지기를. 자신의 손을 빌려 육신을 되찾은 그분과 더불어, 천제가 보낸 군사들을 물리치고 하늘길을 따라 세상 최고로 높은 곳에 다다르게 될 것을. 그리고 다짐했다. 해방되고 말 것이라고. 이 땅의 불문율로부터, 거미줄처럼 그를 옭아매고 억압하는 인세의 규칙으로부터, 부당한 질서들로부터 달아날 것이라고.

그 전에 자신을 고통스럽게 한 자들에게 응분의 대가를 치르게 해줘야겠지만. 희현은 원통해 견딜 수 없었다. 단오 놈이 죽어버리다니. 놈을 결딴내는 것이 다른 누구도 아닌 이 몸이었어야 했는데. 마음 같아서는 놈이 죽은 자리를 더듬어 흙을 파헤치고 그 뼈를 흩어 분질러놓고 싶었다.

무당에게 나를 제물로 택하기를 사주하다니. 그 많은 구경꾼들 앞에서 목숨을 구걸하게 만들다니. 나를 그 같은 치욕에 빠뜨리다니.

그분의 신력을 빌려 희현은 비밀스럽게 복수할 계획을 꾸몄다. 그 정도 즐거움이야 그분께 충절을 바치는 대가로 누려 마땅하지 않을까. 천이는 그 힘에 굴복하는 수밖에 없었지만, 희현은 그가 맞은 파멸을 피할 자신이 있었다. 희현은 양심의 가책에 시달리지 않았으니까. 주저하지도 않았다. 그는 장군님의 온당한 반려였다. 파국의 둘도 없는 짝이었다.

희현은 살육을 원했다. 두 손에 원수들의 선혈을 묻히기를 진심으로 갈망했다.

그에 비하면 천이, 그 여자는 얼마나 연약하고 부서지기 쉬운 그릇이었을지.

그럼에도 잠식되지 않은 마음 한편으로나마 희현은 어렴풋하게 인지하고 있었다. 자신 역시 망설였다는 것을. 그렇지 않았다면 그날 불시에 그를 만나러 온 모현을 손가락 하나 부러뜨리지 않고 순순히 돌려보냈을 리 없었으므로. 죽여버릴 수 있었다. 힘들게 독에 중독시킬 필요 없이 그 자리에서 목을 따 버릴 수 있었다.

그 밤, 두 번째 살인을 저지를 수도 있었다.

신의 눈을 빌려 희현은 암흑 속에서도 돌담 밑에 피어난 들꽃의 모양을 구분했다. 딱정벌레를 물고 비행하는 까마귀의 깃털을 헤아렸고 물살을 거슬러 오르는 물고기의 비늘에 눈부셔했다. 신의 코로 먼 데서부터 너울거리며 번져 오는 말의 분뇨 냄새를 맡았고 입으로는 이웃집 감나무를 시들게 하는 주문을 시험했다. 신의 귀로 유채밭 속에서 정사를 벌이는 정인들의 신음과 웃음, 그 사이사이에도 처마 끝에서 똑, 똑, 떨어지던 물방울 소리를 엿들었다. 신의 팔은 희현이 원하는 것이라면 무엇이든 사로잡을 수 있게 해주었고 그 다리는 어떤 장애물도 수월하게 뛰어넘을 수 있도록 도와주었다.

희현은 날로 민첩해지고 지혜로워지고 아름다워졌다. 그것이 광기의 한 형태임을 스스로는 깨닫지 못하고 있었겠지만.

나방 한 마리가 촛불 속으로 뛰어들었다. 이마에 달라붙어 있던 머리칼을 쓸어 올리며 희현이 중얼거렸다. *안 돼, 다른 방도를 찾아야 해.* 희현이 내리깔고 있던 눈을 치떴다. *그저 그런 짐승이며 인간 몇을 해치우는 것만으로는 어려워. 꺼져버린 정신들을 밝히기에는, 소멸한 육신을 되살리기에는 한참 모자라. 그분의 허기는 절망적일 만큼 깊으니까. 뿌리는 말라붙었고 잎은 시들어버린 지 오래니까. 이곳*

은 섬이 아닌가. 금방 꼬리를 잡히고 말겠지. 군관들에게 붙들려 비참한 최후를 맞을 수도 있어.

날개를 다친 듯 제단 위에서 퍼덕거리고 있던 부나방을 희현이 낚아채 쥐었다. 불가능한 일은 아닐 거야. 한 번의 살인으로 사람 여럿을 한꺼번에 해치운 것과 같은 기운을 얻는 것도. 범상한 인간이 아닌 존재, 그분의 신력을 단번에 채워줄 혼백을 찾아낸다면.

희현이 돌연 고개를 쳐들었다. 검은 눈동자가 기쁨으로 반짝였다. *그래, 무당도 말하지 않았던가. 그 사내, 홍옥. 그에게서 기이한 힘이 뿜어져 나오는 것을 느꼈다고. 그건 수십 수백의 혼들을 대신하고도 남을 강력한 기운이었다고. 그래, 시도해볼 만한 일이지. 놈을 미몽에 빠뜨리는 거야. 그 넋을 먹어치우는 거야. 아름다운 만큼 고결한 사내, 홍옥의 영은 얼마나 먹음직스러울지.*

상상만으로도 군침이 도는 듯해 희현이 입술을 핥았다. *동생아, 미안하지만 네 명은 여기까지다.* 오그린 손아귀에서 나방이 뭉그러졌다. *그간 그치의 품에서 재롱을 떨며 즐거웠겠지만 각오하는 게 좋을 거다. 머지않아 그와 안녕을 고해야 할 때가 올 테니까. 네년을 곧 그곳에서 끌어내 줄 것이야. 네가 그를 죽일 실마리라니 이 얼마나 기막힌 우연인지. 우리는 진정으로 서로를 밟고 설 수밖에 없는 운명인 거야.*

우리의 생이 이토록 뒤엉켜 있다니 즐겁지 않은가 말이지.

호뭇한 미소를 흘리는가 싶던 희현이 고개를 틀어 서녘 하늘을 올려다보았다. 그 시선이 닿은 곳에서 붉은 별 하나가 깜빡이고 있었다.

기도 소리가 드높아졌다.

광대놀이가 벌어지고 몇 날이 지났을 즈음 모현은 까닭 없는 조급증에 시달리고 있었다.

밤새조차 울지 않는 밤. 모현은 뒤척이며 맨발로 벌판을 달리고 싶은 열망을 식혔다. 당장이라도 뛰어나가 별빛이 수 놓인 밤공기를 호흡하고 싶었다. 언제까지 이런 식으로 갇혀 지낼 수는 없었다. 감금되다시피 거처에 머물러 있을 수는 없었다. 모현은 알아버렸다. 하늘을 우러르며 숲을 거니는 자유를. 허공을 가르는 살을 응시하는 순간의 기쁨을.

달이 차오르고 있었다.

여민의 숨소리를 듣고 있던 모현이 제 그림자보다 먼저 몸을 일으켰다. 이성보다 욕구가 앞서 움직였다. 모현은 관노청을 빠져 나가기로 결심했다. 홍옥의 호위 없이. 그의 허락을 구하지 않고. 그렇지 않고서는 근원을 짐작하기 힘든 이 두근거림을 달랠 수 없을 성싶었다.

서고로 숨어들어 가 병풍 뒤 궤에서 활이며 화살을 챙

겨 들고 모현은 마을과 들의 경계를 넘었다. 언덕에 올라 검은산을 마주하고 섰다. 손바닥을 파고드는 활의 감촉이 새삼스러웠다. 모현이 활줄에 화살을 먹였다. 목표 지점이 차츰, 눈에 띄게 명확해졌다.

모현이 시위를 놓았다. 살이 솟구쳤다. 어둠을 관통해 겨냥한 지점을 향해 날아갔다.

풀숲을 헤치고 모현이 화살이 꽂힌 자리를 탐색하고 나섰다. 간만에 현을 당긴 오른팔이 저릿했다. 모현이 목표로 한 곳은 무성하게 잎을 드리운 팽나무였다. 모현이 주위를 두리번거렸다. 화살이 보이지 않았다. 수꿩의 깃을 달아 만든 질 좋은 죽시였다. 꿩 깃 사이 깃간에는 홍옥의 이름이 음각돼 있었다.

어디로 날아가 버린 걸까. 근간에 모현은 목표물을 빗맞힌 적이 거의 없었다. 얼마간 활쏘기를 게을리했다고 이런 실수를 저지르다니. 속이 쓰릴 지경이었다.

그때 새벽이슬로 단장한 풀이파리들이 좌우로 쓰러졌다. 정체를 숨길 의향이라곤 없는 발소리. 모현이 시복에서 화살을 뽑아 활줄에 걸었다. 이 밤에 뒷산을 활보하고 다니는 존재라니. 산짐승일까. 설마하니 마을을 혼란 속으로 몰아넣은 범인을 이런 식으로 마주하게 되는 건 아니겠지?

"그러다 사람이라도 맞추겠소."

그가 밉살스럽게 지껄였다. 명! 짙푸른 도포를 걸친 그 남자는 밤으로 빚어진 듯했다. 아니, 밤 그 자체인 성싶었다. 그토록 의뭉스러웠다. 확신에 찬 태도가 한편으로는 대단히 고아해 보였다.

모현은 목덜미의 잔털이 곤두서는 걸 느꼈다. 부엌간을 노닐다 고양이 앞으로 달려들고 만 간 큰 생쥐처럼. 이 얼마나 이질적인 사내들이란 말인가. 모현은 생각했다. *저치는 홍옥 나리와 달라. 비슷한 데라곤 없는 남자들이야.*

"지난번부터 낌새가 이상하다 했는데 설마 나를 미행하고 있는 것입니까?"

모현이 궁현에 손가락을 걸었다. 여차하면 쏴버리겠다 경고라도 하는 것처럼 시위가 팽팽해졌다.

"그 연유가 무엇입니까? 내게서 무엇을 얻어내고자 하는 것입니까?"

"미행이라니, 하하. 그런 농은 접어주시오. 나는 그대와 다투고 싶은 마음이 추호도 없소이다."

그가 어떤 갈망을 품고 있는지 모현은 알고 싶지 않았다. 그것은 위험한 호기심이었다. *가버려. 허락하지 마. 그게 무엇이든지 간에. 그래서는 안 돼.*

"나와 말을 섞고 싶지 않다면 그래, 알겠소. 그래도 헤어지기 전에 화살은 받아 가야 하지 않겠소."

명이 오른손에 쥐고 있던 화살을 내밀어 보였다. 달빛을 머금은 각명이 또렷했다. 저 남자의 손바닥에 놓여 있던 건 홍옥의 죽시가 분명했다. 모현이 그것을 낚아채려 하자 명이 손을 접으며 한 걸음 뒤로 물러났다.

화가 치민 모현이 아랫입술을 물어뜯었다. 지금 당장 달려들어 저자의 정강이를 걷어차 줄 수 있다면. 저치가 나는 왜 이렇게 얄미운 걸까. 이건 연정일까. 노여움일까. 소망만큼 강렬한 두려움일까.

"나와 좀 거닙시다, 그러면 돌려주겠소."

"야밤에 외간남자와 숲을 헤매고 다닐 수는 없습니다만."

모현이 쏘아붙였다. 거듭 느끼는 바지만 염치없기가 놀라울 지경인 사내였다. 희미한 미소를 머금고 있는가 싶던 명이 다시금 제안했다.

"그렇다면 옳지, 사냥은 어떤가."

"죄 없는 짐승을 죽여 쓰러뜨리는 짓 또한 그다지 즐기지 않습니다."

"그럴 리가. 고기를 요리해 먹는 이상 우리 모두는 무고한 생명을 해치며 사는 것 아니겠소. 그에 있어서는 인간 역시 맹수와 다를 바 없을 터."

명의 대거리가 영 틀린 주장은 아니라는 생각이 들어서였을까. 미움조차 억누르지 못한 두근거림 때문이었을까.

그가 자신을 쫓아오는 것을 모현은 저지하지 않았다. 어깨 너머로 짙푸른 옷의 사내를 부단히 넘겨보면서 모현은 소나무 숲을 낀 내리막을 너른 보폭으로 걸었다.

"방금 그 소리, 들었소?"

속삭이다시피 목소리를 낮추며 명이 턱짓했다.

"여우요."

명이 코를 킁킁거렸다. 그 모습이 덩치 큰 짐승 같아 보여 모현은 자신도 모르게 쿡쿡거리고 말았다.

"여우란 놈들은 교활하다오. 사냥감은 물론이고 자신을 사냥하려 하는 것들까지 속이고 골탕 먹이는 데 익숙하거든. 포획하기 쉽지 않은 족속이란 말이오."

명이 모현이 차고 있던 시복에서 죽시 하나를 끄집어냈다. 모현이 화살을 받아 줄에 먹였다.

"숲 언저리, 맞아, 거기요. 붉은빛이 섞인 노란 털. 암놈이군."

그랬다. 귀를 쫑긋 세운 채로 여우는 바윗돌 뒤에 웅크리고 있었다. 놈 역시 그들처럼 야음을 타 사냥을 준비하고 있었던 걸까.

"대가리를 겨냥하시오. 지금, 지금이오."

모현이 활줄에 걸고 있던 손가락을 풀었다. 낯선 사내와 동행하고 있다는 데서 비롯된 흥분 탓이었을까. 확신을 실어 쏘아 보낸 살은 애석하게도 여우의 꼬리께를 스쳐지나 바윗돌을 맞고 튕겨 오르고 말았다. 캳, 소리를 지르면서 여우가 나무 사이 음영 속으로 달아났다. 모현이 탄식했다.

"맞출 수 있었는데!"

그때 기괴한 소리와 함께 짐승 한 마리가 튀어 나왔다. 멧돼지였다. 모현의 화살이 엉뚱한 놈을 도발한 모양이었다. 모현은 급히 시복으로 손을 뻗었다. 그러나 피할 틈도 없이 엄니를 번뜩이며 멧돼지는 곧장 그들을 향해 질주해 왔다.

"어딜 감히."

모현의 앞을 가로막으며 명이 맹수의 울음을 닮은 노호를 터뜨렸다. *"어흥!"* 멧돼지가 끼깅거리며 그 자리에 나자빠졌다. 놀라 혼절할 지경인 건 모현 역시 마찬가지였다. 공포에 압도당해 새파랗게 질린 채로 모현은 뻣뻣하게 굳어버렸다.

"어어흥 어어어어흥." 명이 거듭 포효했다. 놈은 허둥지둥 달아났다. 달아나는 멧돼지의 살찐 궁둥이를 바라보면서 명이 배꼽을 잡고 대소했다. 쾌활한 그 웃음이 홍옥의 미소와는 완전히 달랐다.

모현이 시큰거리는 심장께를 손바닥으로 눌렀다.

"이렇게 실망스러울 데가. 세상의 사내란 사내는 모조리 합친 것보다 담이 좋은 여자라고 믿었는데."

뒷짐을 지고 명이 발걸음을 옮겼다. 이에 질세라 모현이 명을 앞질러 걸었다. 어깻죽지가 쿵쿵 뛰놀았다. 상처 부위에서 느껴지던 통증. 그것은 불쾌하기는커녕 쾌락적이기까지 한 감각이었다.

직녀성이 반짝였다. 반딧불이들이 계곡을 따라 난 돌길을 밝혀주었다. 명의 눈동자가 호박색에 가까운 광채를 띠었다. 모현의 걸음걸음이 거침없었다. 산골짜기 가장 깊고 은밀한 치마폭에서 질풍이 불어 닥쳤다. 꽃과 열매와 잎사귀의 냄새, 별들의 광채와 뭇 짐승들의 울음을 싣고 달음질쳐오던 산바람을 모현은 가슴 가득 받아들였다.

이 남자와 함께 걷는 한 무엇도 나를 위협하지 못할 거야. 모현은 생각했다. *이자가 줄 수 있는 것을 나리는, 홍옥 나리께서는 결코 내게 선물하지 못하시겠지.*

둘은 뛰었고 웃었고 희롱했다. 산 그림자 속에서 두 마리의 들짐승처럼.

"잘 가시오."

돌다리 위에서 명이 모현에게 작별을 고했다. 그럼에도 아무 대답도 하지 않고 명을 올려다보며 모현은 알쏭달쏭한 미소만 지었다. 명이 모현에게 화살을 내어주었다. 명의 손가락이 모현의 손바닥에 닿을 듯 말 듯했다.

명이 한숨을 섞어 말했다.

"잠깐이었지만, 즐거웠소. 그대와 다시 거닐 수 있기를."

그 목소리가 기대와 불안으로 걷잡을 수 없이 떨렸다. 그때 용건이 남은 사람처럼 미적거리던 모현이 입을 열었다.

"모현이에요."

눈을 가늘게 뜨고 명이 물었다.

"뭐라고? 방금 뭐라고 하셨소?"

"내 이름은 모현이라고요."

명이 자신을 붙들어 세우기 전에 모현은 얼른 뒤돌아섰다. 댕기 머리를 까불어대며 흙길을 달려 내려갔다. 한바탕 숲을 뛰어다닌 기분이 산뜻했다. 짚신을 신은 발이 춤이라도 추는 듯했다. 모현이 들을 가로지를 때 이슬이 맺힌 수풀을 뭉그러뜨리며 긴 꼬리의 괴수가 산자락을 타 넘었다.

그날 새벽 아랫마을은 돌연한 안개로 뒤덮였다. 뇌성이 밤하늘을 할퀴며 아스라하게 울려 퍼졌다. 만족감에 취해 깊이 잠들어버린 모현은 그 소리의 작은 부스러기조차 전해 듣지 못했지만.

다음 날 아침, 낯을 씻으려 물을 퍼 올리던 모현은 발치로 드리워진 그림자를 발견했다. 고개를 들었을 때 거기에는 홍옥이 서 있었다. 심부름 차 내아를 오가며 예기치 않게 맞닥뜨린 적은 있어도 홍옥이 스스로 이곳을 찾아온 것은 처음이었다. 비장마저 물리치고 이 시각에 홀로.

반갑고도 의아한 마음에 모현이 소리 높여 물었다.

"나리, 이 누추한 곳까지 어쩐 일이십니까?"

홍옥은 묵묵부답이었다. 밤새 잠 한숨 못 이룬 사람처럼 가뜩이나 하얀 얼굴이 걱정스러울 만큼 창백했다.

"나리?"

그러고도 한참 동안 말이 없던 홍옥이 불쑥 한 마디를 내어놓았다.

"오늘 밤 종이 아홉 번 울릴 때 내아로 오너라."

"내아로 말입니까?"

"그래."

인사도 없이 홍옥은 돌아서 버렸다. 모현이 물 얼룩 진 땅을 쏘아보며 생각했다. *나리께서는 설마 알아차리신 걸까. 내가 간밤 명, 그 남자와 숲길을 거닐었다는 것을. 그때 내 심장이 격렬하게 고동쳤다는 것을. 설마하니 그 일을 자신에 대한 배신으로 받아들이신 건 아니겠지?*

그날 하루를 모현은 무슨 정신으로 보냈는지 몰랐다. 소름 끼치도록 매몰찬 말투며 표정. *나리께서는 내게 어떤 용무가 있으신 걸까. 꾸짖으시려는 걸까. 다만 몹시 그리워서는 아니겠지? 만나서 싶어서. 내 손을 붙들고 다정한 인사말을*

나누고 싶어서.

뜬눈으로 밤을 지새우던 모현은 아홉 번째 종소리가 거두어지기 무섭게 발소리를 죽이고 내아로 나아갔다. 돌기둥마다 등이 걸려 있었다. 빗장이 풀어진 문을 지나 앞뜰로 들어가기 무섭게 긴 팔이 뻗어와 모현을 채갔다.

"자네를 기다리고 있었다."

홍옥이 뱉은 날숨이 모현의 뒷덜미에 끼얹어졌다.

"자네를 이렇게 놓아버릴 수는 없었네."

그토록 고집스러운 포옹에 모현은 숨이 막힐 지경이었다. 그럼에도 그를 뿌리치기는커녕 가련한 사내의 허리에 팔을 두르고 더욱 깊이 안겨들었을 뿐이지만.

"언젠가 이런 날이 오리라는 것을 예감하고 있었지. 그렇다고 해도 받아들일 수 없네. 이런 식으로는, 안 돼. 그럴 수는 없어."

맞붙인 뺨이 축축했다.

"나리."

그의 목에 매달려 모현이 쉬 쉬, 소리를 냈다.

"울지 마세요, 나리, 홍옥 나리."

어둠 속에서 홍옥의 눈동자가 위아래로 길어져 있었다. 모현이 홍옥의 눈까풀에 입을 맞추었다. 얼굴 곳곳을 더듬던 홍옥의 입술이 마침내 제 입술에 와 닿았을 때 모현은 눈을 감지 않았다. 그건 놀랍지도, 이상하지도 않은 사건이었으니까. 모현은 홍옥을 함락시키고 지배할 운명이었고 이 순간 신분의 차이는 둘을 얕은 물웅덩이만큼도 떨어뜨려 놓지 못했다.

입맞춤이 깊어졌다. 모현이 홍옥이 걸치고 있던 저고리의 매듭을 풀었다. 홍옥이 팔을 당기자 엷은 광휘를 발하던 비단 저고리가 아래로 흘러내렸다. 모현이 홍옥을 밀쳐냈다. 익어가는 달빛 아래 이 고운 남자를 바라보고 싶었다. 그의 모습을 두 눈에 아로새기고 싶었다.

홍옥의 오른팔, 희디흰 살결에 흉터가 선명했다. 활촉으로 파놓은 것 같은 둥근 상처.

그와 동시에 모현의 기억이 완전해졌다. 홍옥에게서 얻은 안온함의 근거를 모현은 비로소 납득할 수 있었다.

언젠가 뒤뜰에서 마주했던 구렁이 한 마리. 놈은 화살을 맞고 괴로워하고 있었다. 모현은 그때 겁에 질리기보다는 기이한 연민에 사로잡혔다. 고통에 못 이겨 쉭쉭거리던 길짐승을 달래며 위로의 말을 건네자 흡사 인간의 언어를 알아듣기라도 하는 것처럼 놈은 얌전히 꼬리를 늘어뜨렸다. 모현은 놈의 몸에 꽂혀 있던 화살을 뽑아내 주었고 찢어낸 치맛자락으로 상처 부위를 동여매 주었다. 그렇게나 크고 늙은 구렁이는 신령스러운 존재라 믿어 의심치 않았기에.

입을 맞추고 또 맞추고 끌어안고 또 끌어안은 연후에야 홍옥은 모현을 놓아주었다. 홍옥은 그를 제 방으로 이끌고 가지 않았다. 안타까운 듯 눈물을 흘리며 모현의 손등에 수없이 입을 맞추었을 따름이었다. 만약 홍옥이 요구했다면? 모현은 묻고 싶었다. 그의 손을 붙들고 댓돌에 신을 벗어 던지며 못 이긴 척 문턱을 넘어 들어갔을까? 달뜬 숨을 토하며 비단 보료에 몸을 누였을까?

홍옥이 애원했다. 비통에 차 모현에게 호소했다.

"나를 저버리지 말게, 약속한 사람아. 심장을 저미는 이 고통을 제발 헤아려주게."

새벽녘. 거처로 돌아온 모현은 웅크리고 잠들었다. 꿈이 모현의 손을 잡고 전혀 다른 세계로 인도해갔다. 그 끝에서 누군가 모현을 부르고 있었다. 모현, 모현, 모현이라고, 앓아 죽어가듯, 그것만이 자신에게 허락된 유일한 이름인 것처럼, 모현을 호명하는 일에 제 모든 삶이 달려 있기라도 한 것처럼.

닿기도 전에 바스러져 버리던 메아리. 모현!

모현은 그를 알았다. 그 음성을 기억하고 있었다. 상대의 이름을 따라 외치려던 모현이 움찔거리며 입술을 맞물렸다. 남자의 이름, 그 한 글자를 발설하는 것이 무엇을 뜻하는지 떠올리면서. 그럼에도 참을 수 없었다. 내리누를 수 없었다.

모현은 그 사내와 마주 서고 싶었다. 남자의 손바닥, 그 위로 이어진 발자국을 들여다보고 싶었다. 귓불을 입술로 간질이고 싶었다. 오른팔과 왼팔, 왼팔과 오른팔을 포개고 싶었다. 남자의 가슴에 귀를 붙이고 까마득한 아래에서 울려오는 소리의 향방을 쫓고 싶었다.

욕망. 그것이 욕망임을 모현은 깨우쳤다.

욕망마저 본능적이지 않음을, 자연스럽게 터득하게 되는 것이 아님을, 배우고 익혀야 한다는 것을. 홍옥과의 입맞춤이 구겨진 채로 움츠리고 있던 자신을 피어나게 했다는 것을. 자신의 욕망이 느리나 완연하게 깨어나고 있음을.

"목소리가 들리지 않아요. 어디죠? 왜 숨어 있는 건가요."

모현이 간청했다.

"모습을 보여줘요. 그대, 그대를 보고 싶어."

모현이 비척거리며 걸었다. 어디로 향해야 할지 모르면서, 발길이 이끄는 대로 무작정 앞으로 나아갔다.

"만나고 싶어. 눈 맞추고 싶어. 만지고 싶어."

침묵만이 소용돌이칠 뿐 남자는 답하지 않았다. 모현은 소리치고 싶었다. 나는! 그대를! 원해! 격렬한 고뇌 끝에 입술 새로 비어져 나온 음성은 제 안의 열기를 조금도 들키지 않으려는 듯 담담했지만.

"알아, 명, 호랑이 남자. 나를 부른 건 명, 그대였어."

순간 목 놓아 우는 소리와 함께 암흑에서 무정형의 조각이 철벅거리며 떨어져 나왔다. 끈적이는 검은 덩어리가 뭉쳐지고 짓이겨지고 부풀어 오르는가 싶더니 그는 달빛이 쏟아지는 들녘을 짐승처럼 네 발로 전력을 다해 달려왔고 민들레 군락에 다다라 불안정한 자세로나마 두 발로 대지를 디디고 서더니 마침내 인간 남자의 형상으로 바뀌어 너른 어깨를 들먹이며 모현을 향해 걸어왔다.

그랬다. 꿈속의 그 남자는 명, 호랑이였다. 진즉부터 알고 있던 사실, 감추고 있던 욕망을 모현은 이제야 받아들일 수 있게 됐다. 꿈 너머 닿지 않는 저편에서 명이 자신을 애끓게 연호하고 있었음을.

명이 자신의 어깨에 상처를 새겨놓은 바로 그 호랑이라는 것을.

"내 이름을 불러주기를 기다렸소."

모현이 다시금 재차 정인의 이름을 외쳤다.

"명, 명!"

그러자 흐릿하던 얼굴에 윤곽이 생기고 높낮이가 더해지면서 코가 솟았다. 눈동자가 광채로 번뜩이는가 하면 턱께가 또렷해지면서 점차로 환해졌다. 입술을 달싹여 명이 모현을 호명했다.

"모현."

나를 무에서 건져내 준 사람, 내 구원.

"그대가 나를 찾아주기를 얼마나 염원했는지 몰라."

명이 모현에게 입을 맞추었다.

"그것이 내가 그대에게 오는 유일한 길이었으니."

모현이 저고리의 고름을 풀었다. 명이 머리를 수그렸다. 모현은 제 어깨의 표식을 핥는 명의 혓바닥을 느꼈다. 모현의 귓가에 노랫소리가 울려 퍼졌다.

범의 범의 범의 그 범의 자식에게 인간 소녀가 점지되니 그는 성신에게서 비밀을 전해 듣지.

동시에 여민의 소곤거림이 뇌리를 스쳐지났다. *깊고 깊은 꿈속으로 그리운 이를 만나고자 달음질할 수도 있다는 거야.*

인간 여자와 범 사내가 서로의 품속으로 파고들었다. 둥글게 휘감겼다.

완전해졌다.

꽃잠.

열여섯.

영원히 되풀이될 것 같은 밤이 끝나고 아침이 밝았다. 열락 속에서 몇 번이나 그와 몸을 섞었을까. 강건한 사내를 종아리 사이에 가둔 채로 얼마나 반복적으로 그의 이름을 불렀을까.

여민이 일어나 하품할 때 모현은 벌써 면경을 들여다보며 머리를 땋고 있었다.

"네가 나보다 먼저 일어나다니. 오늘은 해가 서쪽에서 떴으려나."

모현이 웃으며 옷고름을 정돈했다. 여민이 미심쩍은 눈초리로 모현을 곁눈질했다.

"너, 밤새 무슨 일 있었어?"

"응? 왜?"

"글쎄. 새 댕기를 드리우고 있어서 그런가."

모현의 모습을 위아래로 훑어보며 여민이 고개를 갸웃거렸다. 모현이 방문을 열었다. 쫑쫑 땋아 늘어뜨린 머리끝에는 붉은 비단 댕기가 매여 있었다. 곱고 화려한 새 댕기였다.

아침볕을 만끽하며 반빗간으로 걸어갈 때 모현은 느티나무 뒤에 호리호리한 사내가 서 있음을 알아차렸다. 갓 그림자에 얼굴이 가려지다시피 한 그는 쓰러지기 직전인 듯 나무에 몸을 대고 있었다. *언제부터 그 자리를 지키고 계셨을까. 저분께서는 어떤 마음으로 나를 기다리셨을까.*

모현이 웃는 듯 우는 듯 눈가에 주름을 잡았다. *나리께서는 정녕 확인하셔야 했을까.*

어젯밤 내가 어떤 결단을 내렸는지. 예언은 이루어지고 만다는 것을.

홍옥은 움직이지 않았다. 부릅뜬 눈을 모현에게 완강하게 고정한 채로, 석상처럼 같은 자리에 멈춰 있을 뿐이었다.

나리께서는 이 댕기의 의미를 아실까? 어젯밤 내가 꾼 꿈을 엿보신 걸지도 몰라. 찢기고 부서진 마음을 짐작하면서도 모현은 그저 담담히 걸음을 뗐을 뿐이었다. 그건 홀로 감당해야 하는 시련이었으므로. 홍옥이 자신을 원망하지

않을 것임을, 저분께서 자신으로부터 듣고자 하는 말이 겉치레에 불과한 위로가 아님을 모현은, 모현만큼은 확신할 수 있었기에.

이런 날조차 시간은 무람없이 흘렀다. 절망 앞에서도, 쾌락 앞에서도 누구에게나 잔인하도록 공평했다.

오후 내내 수리를 도와 찹쌀을 찌고 떡메를 치느라 수고한 여민을 돌려보내고 모현은 연화와 함께 뒷정리를 맡아 했다. 햇발이 함부로 금을 밟는 꼬마처럼 문턱을 넘어 들어와 있었다. 설거지도 거의 끝났을 무렵 깜빡깜빡하는 자신을 꾸짖기라도 하는 것처럼 무릎을 치면서 연화가 중얼거렸다.

"참, 단철장에 맡겨둔 물건을 찾아와야 하는데."

"제가 가볼게요."

모현이 자진하고 나섰다.

"단철장이라면 언덕 밑에 있잖아요. 비석 바위를 끼고 내려가는 오솔길이 지름길이지요?"

"아니다. 야공에게는 네가 갈 것이라 일러두기는 했으나 시간도 늦었고 내가 직접 다녀오도록 하마. 다른 누구도 아니고 너를 보내 구설에 휘말릴 것을 생각하면 성가시기도 하고. 이만 들어가 쉬려무나."

"아니에요. 그렇게 먼 길도 아닌걸요."

"왜. 손가락 하나 까딱하기 싫어하는 늙은이가 직접 나가보겠다고 하니 이상한 것이냐. 나도 간만에 바깥바람 좀 쐬자꾸나. 늙어 탈 난 몸은 나날이 처지기만 할 뿐이니."

그럼에도 연화의 기색을 살피며 모현은 선뜻 자리를 뜨지 못했다. 연화가 웃었다.

"그렇게 눈치 볼 필요 없다. 내게는 너처럼 잔심부름이나 하던 시절이 없었을 것 같니? 나 역시 그랬단다. 바가지에 담은 보리를 엎지르는가 하면 질그릇을 깨 먹기도 했지. 갖은 실수를 저질러서 부엌 어멈들의 걱정을 샀어."

머릿수건을 푼 연화가 쪽머리를 매만졌다. 연화의 머리카락이 하얗게 세어 있었다. 꼬장꼬장한 저 여자가 이곳에 얼마나 오래 머물렀는지 모현은 한번도 궁금해한 적이 없다는 것을 깨달았다. 그 긴 세월 동안 하루에 세 번 꼬박꼬박 밥을 짓고 상을 들어 날랐을 것이다. 무수한 사람을 먹여 기운 차리게 했으리라. 멋모르는 어린 소녀들이 문지방을 넘나들며 눈물짓는 광경도 여러 번 목격했으리라. 여민과 모현, 그리고 연화 자신이 그랬던 것처럼.

"시간은 금방 흐른단다. 지금 네 눈에 나는 영영 닥치지 않을 먼 훗날처럼 보이겠지. 그러나 얘야, 언젠가는 아궁이 앞에 쪼그리고 앉아 내 말을 되새길 날이 올 거다. 나도 이렇게 늙어가는구나, 매운 눈을 끔뻑이며 중얼거리게 될 거야."

모현의 어깨를 두드리며 연화가 덧붙였다.

"다녀오마. 오늘 일은 끝났으니 그만 돌아가도 좋다."

연화가 떠나고 모현은 반빗간의 문을 닫아걸었다. 불 꺼진 방으로 기어들어 가 눕자마자 모현은 잠들어버리고 말았다. 간밤의 꿈 때문인지 노곤해 초저녁부터 몸을 가누기 힘들었다.

단잠에 빠진 모현을 깨운 건 난폭한 손길이었다.

"어서 일어나."

이 사람은 누구일까. 여민일까. 왜 나를 깨우는 거지? 눈을 감은 채로도 모현은 그 말소리에 서린 수심을 들여다볼 수 있었다. 모현이 마지못해 눈까풀을 밀어 올렸다.

"무슨 일이야?"

눈가를 발그스름하게 물들인 여민이 따라오라는 듯 손짓하면서 문턱을 넘었다. 모현이 짚신에 발을 넣었다. 앞뜰을 거닐 때까지만 해도 하품이 나오고 눈이 감겨 모현은 졸음을 떨치기 위해 여러 번 뺨을 두드려야 했다.

여민이 모현을 데리고 간 곳은 동헌 앞마당이었다. 횃불이 밝혀진 가운데 구실아치들이 일렬로 도열해 있고 부하들을 좌우에 거느린 채로 홍옥은 반보 가량 앞서 나와 있었다. 이 늦은 밤에 무슨 난리인가 싶으면서도 홍옥의 모습을 확인하고 모현은 피가 식는 기분이었다. 지쳐 있어서일까. 절망해서일까. 홍옥의 안색이 잿빛이었다. 폭풍우가 몰아치던 날, 탈진한 자신을 부축하며 걷던 아름다우나 강인한 사내는 존재하지 않았다.

지금 이곳에 서 있는 자는 비애 속에서 허우적대는 남자였다. 사랑하는 여자의 마음을 얻지 못한 사내, 열패자였다. 홍옥의 표정에 드러나 있던 괴로움이 한눈에 알아볼 수 있을 만큼 깊어 모현은 더불어 서러워졌다. 누가 저이를 저토록 불행하게 만들었나. 저 고운 낯에 수심이 깃들게 했나. 죄책감을 떨치지 못하고 안타까워하는 한편으로 모현은 안도의 한숨이 새어 나오는 걸 억누를 수 없었다.

홍옥이 견뎌야 하는 고통의 강도가 애정의 그것과 같다면 그는 모현을 진정으로 사랑했을 것이므로. 자신이 거절한 애정이 거짓은 아니었으리라는 확신에.

그때 여민이 모현의 팔을 붙잡았다. 모현의 눈이 휘둥그레졌다.

"맙소사."

마당 한복판에 놓인 거적 밖으로 발 하나가 불거져 있었다. 짚신은 벗겨지고 없었다. 낡아 해진 곳마다 색이 다른 천을 덧대 기운 버선이 피에 절어 있었다.

그 버선이 눈에 익었다. 모현이 경악해 숨을 멈추었다.

저 여자는, 연화잖아.

붉어진 눈으로 모현이 여민을 응시했다. 여민이 고개를 끄덕였다. 맞아, 이 일 때문이었어, 응답하는 것처럼. 연화가 살해당한 바로 이 사건 때문에 우리 모두 이곳에 불려 나와 있는 거야, 설명이라도 하는 듯.

모현은 비명을 지르고 싶었다. 그 길을 자신이 걸었어야 했다고. 비석 바위를 지나 단철장으로 가야 했던 사람은 연화가 아니라 바로 자기 자신이라고.

뒤늦게 나타난 모현을 뚫어져라 바라보면서 홍옥이 그들 모두를 향해 말했다.

"종들의 일터라고는 하나 반빗간 역시 엄연히 관아에 속해 있는 장소인 터. 이 일이 의미하는 바가 무엇이겠느냐. 나를, 나아가 나라님을 부정하고 이 마을의 질서를 무너뜨려야겠다는 도전이나 다름없는 것이야."

모현이 허물어지는 몸을 곧추세우려 안간힘을 썼다. 때때로 연화를 미워한 적이 없지는 않았지만 이런 식의 고통을 받게 해달라 빌어본 적은 한 번도 없었다. 달려가고 싶었다. 주저앉고 싶었다. 이미 숨져버린 연화를 붙잡고 통곡하고 싶었다.

"자네들을 여기로 부른 것은 단서를 모으기 위해서다. 티끌만 한 실마리조차 놓치지 않아야 한다. 이자는 그 시각 어이해 그 길을 혼자 걷고 있었느냐."

금방이라도 박차고 나갈 듯 모현이 몸을 움찔거렸다. 그런 모현을 제지하며 마당 한가운데로 나아간 수리가 수령 앞에 예를 갖추었다.

"수리라고 합니다. 결례를 무릅쓰고 한 말씀 올리자면 연화는 오늘 저녁 단철장에 물건을 받으러 간 것으로 압니다."

"물건이라고?"

"네, 나리. 야공에게서 날을 간 칼을 받아오기로 한 참이었습니다."

걷잡을 수 없는 충격에 빠져 있는 중에도 수리는 침착해 보였다. 수리가 무엇을 걱정해 자신을 막아 세웠는지 모현은 짐작할 수 있었다. 그렇다고는 해도 저 사내의 등 뒤에서 이대로 계속 숨죽이고 있을 생각은 추호도 없었지만.

모현이 부복하며 목소리를 높였다.

"연화는 저 대신 죽은 것이나 마찬가지입니다."

"그건 무슨 소리인가?"

홍옥의 말소리가 흥분한 기색이라곤 없이 나직했다.

"반빗간을 나서기 전 연화가 제게 말했습니다. 야공에게 제가 들를 것이라 일러두었다고요. 시간도 늦은 데다 제 안위를 염려해 연화는 스스로 단철장에 가기로 마음먹은 것입니다."

모현이 부르짖었다. 눈물이 번져 세상이 무지갯빛으로 어룽거렸다.

"어쨌든 야공을 찾아 물으면 밝혀질 부분이군. 참고하도록 하겠네."

모현에게서 시선을 거두고 홍옥이 사람들을 돌아보았다.

"다들 귀 기울여 들으시게. 억울하게 숨을 거둔 자를 살아 돌아오게 하기란 불가능한 일일 것이나 그 죽음에 마땅한 대가를 치르게 해줄 수는 있는바. 지금 이 시각부터 해당 사건을 최우선에 놓고 조사하기를 명하노라. 내 짐작하건대 최고로 의심스러운 용의자를 먼저 추문하도록 하겠다."

서슬 퍼런 그 선언에 어려 있던 감정은 노기였을까. 아니면 질시와 좌절, 복수심이었을까.

"근간에 마을에 정착한 사내, 명이라는 작자를 끌고 와 조사하고 그 거처를 살펴보도록 하라. 지금까지 벌어진 살인사건들의 이면에 그치가 도사리고 있음이 명백한 터. 그 남자가 등장한 이후로 사람 셋이 연이어 죽어 발견되지 않았겠느냐."

그 즉시 모현이 눈물로 얼룩진 낯을 쳐들었다.

"그자는 아무 죄가 없습니다. 나리께서는 돌이킬 수 없는 실수를 저지르시는 겁니다."

찬물이라도 끼얹은 것처럼 좌중이 삽시간에 조용해졌다. 모현에게 쏟아지던 시선이 각양각색이었다. 수리가 마른 뺨을 쓸었고 여민은 입까지 벌린 채로 굳어 있었다.

홍옥은 말이 없었다. 특유의 담박하나 냉랭한 어조로 모현을 에둘러 나무라지도 않았다. 위로하는 듯한 눈초리로 소녀를 묵묵히 내려다보았을 뿐.

살얼음 같은 정적을 깨고 모현이 고함을 질렀다.

"저는 그것이 합당한 사실에 근거를 둔 의심이라 생각지 않습니다. 단지 시기상으로 의혹을 품을 구석이 있다고 해 그 남자를 범인으로 지목하는 건 모략에 불과할 겁니다. 그 이유가 아니라면 명, 그 사내가 이 사건의 배후라는 증거는 어디에도 없습니다."

더는 억누를 수 없었다. 연화의 죽음, 그 한을 풀어주기 위해서라도 일이 이런 식으로 틀어져 버려서는 안 됐다.

수리가 고개를 가로저었다. *틀렸어, 수령이 아무리 관대한 자라고는 하나 이런 불경까지 참아낼 수 있을 리가. 저 아이는 옥에 갇힌 채로 밤새도록 고초를 겪게 될 것이야.*

"그 남자를 범인으로 지목한 진짜 이유가 무엇입니까. 혹 사사로운 감정 때문은 아닙니까? 나리, 대답해보세요. 대답해보시란 말입니다."

홍옥은 반문하지 않았다. 한 고을의 수장다운 권위를 발휘해 호통치지도 않았다. 텅 비어버린 눈으로 홍옥은 그저 모현을 마주 바라보았을 따름이었다. 섬뜩하도록 검은 눈동자에는 그 어떤 감정의 잔해도 남아 있지 않았다.

반면 홍옥의 됨됨이를 믿어 의심치 않는 일부 심복들은 노여움을 가누지 못해 주먹 손을 바들거리고 있었다. 수령이 그 작자에게 사사로운 감정을 품고 있을 리 만무했다. 그를 모략하고자 하는 이유는 또 무엇이란 말인가. 한낱 외지인을. 그치들은 이 마을 저 마을 떠돌아다니는 철새 같은 존재인데. 수령 또한 토박이가 아니라고는 하나 저이는 엄연히 나라님이 임명한 벼슬아치가 아닌가. 어찌 비교할 수 있다고. 뿌리를 짐작하기 힘든 불한당과는 격이 다른 인물인데.

슬픔에 넋이 나가버렸다 한들 수령 나리께 대들다니. 몰락 양반의 자식 따위가 감히.

그럼에도 모현은 멈추지 않았다. 그럴 수 없었다. 가슴을 터뜨려버릴 듯한 이 언사들을 어떻게든 토해내야 했다.

"사적인 정에 눈이 가려 더 큰 악을 밝혀내지 못한다면 우리 죄가 얼마나 깊어지겠습니까?"

통렬한 그 주장은 동시에 자신을 질책하기 위함이기도 했다. 모현은 예감하고 있었으므로. 희현이 연화의 살해에 일조하고 있음을. 피비린내 나는 이 소동의 이면에 언니가 어떤 식으로든 관여하고 있을 것임을. 희현의 심중에 타인을 해치고자 하는 갈망이 도사리고 있다는 건 의심할 수 없는 사실이었으니까.

놀랍게도 수리의 예상은 빗나갔다. 불호령을 내리기는커녕 홍옥은 지친 어깨를 늘어뜨린 채로 뒤돌아서 버렸다.

“이만 돌려보내라. 내 따로 조사하겠네.”

수리가 안도하며 가슴팍을 쓸어내린 데 반해 일부 사내종들은 대놓고 눈을 부라렸다. 모현이 목 놓아 부르짖었다.

“나리, 나리!”

모현의 외침에도 홍옥은 돌아보지 않았다. 수하들이 일사불란하게 움직였다. 홍옥의 뒷모습을 응시하며 모현은 입술을 짓씹었다. 여민이 울음을 터뜨리며 그 자리에 엎어졌다. 여종 서넛이 다가와 연화의 명복을 빌었다. 거적에 덮인 연화의 시체를 곁눈질하며 종들은 삼삼오오 동헌 앞을 떠났다. 마당이 삽시간에 휑뎅그렁해졌다.

죽은 연화에게 다가가 모현이 눈물로 호소했다.

“저를 용서해주세요. 부디, 용서를. 안 돼. 이렇게 떠나보낼 수는 없어.”

모현이 통곡했다.

수리가 팔을 걷어붙이고 일어나지 않겠다 억지를 부리

는 두 소녀를 일으켜 세웠다. 온순하기 그지없는 사내의 얼굴이 벌겋게 익어 있었다. 그 역시 나름의 아픔을 삭이고 있었던 걸까. 하기야 셋 가운데 연화와 가장 오랜 세월을 보낸 건 다른 누구도 아닌 수리일 것이므로.

"네 탓이 아니다. 네 잘못이 아니야."

모현을 달래는 수리의 음성에서 쇳소리가 묻어났다.

모현은 한숨도 이루지 못했다. 이 밤, 한 여자가 시체로 발견됐다. 제 신변과 가까운 사람, 그가 가야 했던 산길을 걸은 이가. 부르튼 입술을 물어뜯으며 모현은 수차례 다짐했다. 연화, 당신을 살해한 자들이 누구든지 간에 용서하지 않겠다고. 당신이 나를 대신해 죽임당해야 했다면 내가 당신을 대신해 그 대가를 치르게 해주겠다고.

한편으로는 가엾은 그 여자가 살해돼 발견된 것과 달리 자신은 여전히 살아 있다는 사실에 안도하면서. 그 같은 생각이나 하고 있는 스스로를 역겨워하는 동시에 극심한 죄악감에 몸서리치기도 하면서.

여민 역시 한순간도 잠들지 못했다. 소맷자락으로 쉼 없이 흐르는 눈물방울을 찍어내면서 여민은 그날 그 자리에서 밝혀진 사실들을 곱씹었다. 애초 오늘의 심부름을 맡기로 예정돼 있던 사람은 모현이었다. 그렇다면 그 시각 비석 바위를 낀 산길을 거니는 이 역시 모현이어야 했음은 당연한 사실이었다. 그것들이 이끄는 진실이란 무엇이겠는가. 더군다나 다른 곳도 아닌 동헌에서 목숨을 내놓지 않고는 허락받지 못할 말들을 쏟아내는데도 수령은 모현에게 아무런 힘을 쓰지 못했다. 여민은 자기 안에 식어버린 시기심이 불꽃처럼 일어나는 것을 느꼈다.

손바닥 안의 구슬을 굴리듯 여민은 각기 다른 근거들을 어루만졌다. 어느 날 골목 안 으슥한 모퉁이에서 맞닥뜨린 희현이 속삭여준 이야기를. 수차례에 걸친 만남과 천이의 이름을 빌려 전해오던 은밀한 제안을. 독기 어린 혓바닥의 약속을. 희현의 제의를 여민은 단박에 거절했다. 귀를 열고 듣고 있으면서도 흘려버리려 노력했다. 지금에 이르러 유혹적일 만큼 보드라운 그 음성은 끊이지 않고 되돌아오는 반향처럼 머릿속을 떠나지 않았지만.

"네게는 좋은 동무일지 몰라도 그 아이는 이 마을에 있어 화의 근원이야. 여민아, 그 아이가 사라진다고 상상해봐. 모현이 없어져 버린다면. 나리께서는 누구를 바라보시게 될까. 내가 도와주마. 천이 님이 네 소망을 이루어주실 거야. 그분의 비방을 따라. 어렵지 않을 거야. 내 말을 믿어."

이불을 쥐어뜯으며 여민은 가시지 않는 충격에 이를 달그락거렸다. 모현이 수령님께 그런 불경을 저지르다니. 무수한 사람들 앞에서 성을 내며 대들 때 그분의 낯이 어땠는지. 얼마나 절망적이었는지. 그것이 용서받을 수 없는 불충이요 무례임을. 그와 더불어 광대놀이가 벌어지던 날 장터에서 만난 이방인 사내의 얼굴을 눈앞에 그려보았다. 명이라는 작자가 모현을 어떤 눈길로 쓰다듬었는지. 그 표정이 얼마나 애틋했는지. 애정이란 기침이나 하품 따위만큼 억누를 수 없다는 것을.

미움과 시기라, 그제야 헝클어져 있던 생각의 타래가 풀려가는 느낌이었다.

여민은 천천히 사건의 전말을 더듬었다. 어쩌면 그날 동헌 앞에 모여 있던 이들 가운데 유일하게.

열일곱.

홍옥과 수하들이 애를 쓴다고는 하나 목격자도 없는 살인사건의 범인을 밝혀내기란 불가능에 가까웠다. 다음날 용의자들이 관아에 불려왔다 반나절 만에 풀려났다. 명 역시 문초를 당한 뒤 돌려 보내졌다. 의심과 증오는 아랫마을에 흔한 질병이었다. 어떤 약으로도 치유할 수 없는 돌림병이었다.

연화가 사라지자 반빗간에는 침묵만 흘렀다. 수리야 워낙에 말수가 적은 사람이었으므로.

그날 저녁, 여민은 불 꺼진 방에 요를 깔고 누워서야 동무의 이름을 불렀다.

"모현아."

"응?"

"그냥. 자나 해서."

눈을 감고 있던 모현이 물었다.

"왜 그래? 잠이 안 와?"

그 물음에 답은 않고 여민이 혼잣말을 했다.

"나는 가끔 상상하곤 해. 우리가 친자매였다면 어땠을까?"

"뭐야, 느닷없이. 나한테는 네가 진짜 자매나 마찬가지인걸."

모현이 희미하게 웃으며 덧붙였다.

"그러고 보니 너와 처음 만난 날이 떠오르는데. 언니가 일 나가고 마당에 앉아 울고 있던 내게 오이를 건네줬잖아. 근처 밭에서 서리해왔다며. 소매에 문질러 가시를 벗겨낸 뒤 베어 먹어보라고. 시원하니 아주 맛있을 거라고. 그날 오후 내내 우리 같이 개울에서 물장구를 치며 놀았잖아. 밭두렁에서 낮잠을 자고 일어나 네가 내 발톱에 봉숭아 꽃물을 들여줬는데. 기억나니?"

"그럼. 네가 옻이 올라 고생했던 것도 어제 일처럼 생생한걸. 그 숲에는 옻나무가 많으니 절대 들어가면 안 된다고 그렇게 주의를 줬건만. 자기는 옻독 같은 건 모르는 사람이라며 바득바득 우겨놓고 몇 날 며칠을 고생했잖아."

시든 뺨을 한 채로 둘은 쿡쿡거리며 웃었다. 여민이 말했다.

"미안해."

뜬금없기까지 한 사과에 모현이 의아해하며 물었다.

"뭐가?"

"아니야, 아무것도."

"갑자기 왜 그래?"

"나는 그저."

여민이 아랫입술을 지그시 물었다 놓았다.

"소망을 이루고 싶었을 뿐이야."

여민의 눈동자가 이채를 띠었다. 그 눈빛이 모현에게는 어쩐지 께름칙하게 느껴졌다.

"나도 한 번쯤은 원하는 걸 가져보고 싶었어."

여민이 이불을 올리며 돌아누웠다. 완강한 그 태도에 모현도 더는 대화를 이어갈 엄두를 내지 못했다.

그 밤은 요사스러웠다. 얕은 잠에 빠져 이 꿈 저 꿈 넘어다니는 가운데 모현은 쥐 울음소리를 들었다. 찍찍거리는 소리와 이곳저곳을 마구잡이로 헤집는 듯한 소음.

현실이 아니라고 여기기에는 그 울음이 기괴할 만큼 선명했다. 이러다 나까지 해코지를 당하는 건 아니겠지? 어떤 쥐들은 자기보다 덩치가 큰 짐승은 물론이고 인간에게까지 덤벼든다던데. 섬뜩해진 모현이 일어나 앉으려 했지만 몸이 말을 듣지 않았다. 강건한 손아귀가 팔다리를 내리누르고 있는 듯했다. 가슴팍에 큼지막한 돌덩이라도 얹혀 있는 것 같았다. 답답했다.

여민을 부르고 싶었지만 목소리가 나오지 않았다.

그때 잘고 뾰족한 이빨 같은 것이 버선 끄트머리를 물어 당기는 느낌이 들었다. 등덜미에 잔털이 일었다. 모현이 옴짝달싹도 못 하는 신세임을 알아차린 듯 놈들은 한층 부산하게 서까래를 오르내렸다. 거리낌 없이 모현의 등허리를 타 넘었다. 잇새로 터져 나오지 못한 비명이 신음으로 번져 사그라졌다.

식은땀을 흘리며 모현은 생각했다. *이것들은 대관절 어디에서 나타난 놈들일까? 흙벽 아래 구멍을 통해 침입해온 걸까. 오줌을 누러 나가며 여민이 닫지 않은 방문을 넘어 들어온 걸까. 그렇다고는 해도 이렇게 대담하다니. 집쥐들 주제에. 분수도 모르고.*

그러는 동안 바닥에서 영문 모를 열기가 끼쳐왔다. 등 언저리가 화끈거리는가 싶더니 뒤통수가 절절 끓었다. 뜨거워. 화기가 얼굴 쪽으로 번져가는 걸 느끼며 모현이 웅얼거렸다. 피곤에 절어 드러누워 버리기 직전 등잔불 끄는 것을 잊었던 걸까. 그러다 바람결에 심지 불이 흔들리며 궤짝 위에 개켜둔 옷가지에 불길이 옮고 말았다거나.

눈을 떠야 해. 깨어나야 해. 숯덩이로 변해버릴 거야. 얼른, 달아나.

그럼에도 무슨 영문인지 몸을 뒤집기조차 불가능했다. 제 육신의 의지를 다른 누군가에게 빼앗긴 것처럼. 어떤 강력한 주문에 걸려버린 것처럼. 그 사이에도 화염은 이글거리며 커져갔다. 탁, 타닥, 소리를 내며 튕겨 오르던 불티들. 어디선가 지독한 탄내가 풍겼다. 이건 *설마 내 머리카락이 타들어 가는 냄새일까?*

뭔지 모를 그것은 버선을 지분거리는 데서 만족하지 못하고 급기야는 모현을 공격하기에 이르렀다. 날카로운 이빨이 손가락을 갉작였다. 있는 힘껏 고함을 지르며 몸부림치고 싶었지만 모현은 눈도 뜨지 못하고 끙끙거렸다.

이제 모현을 공격하는 짐승은 한두 마리가 아니었다. 모현의 팔이며 종아리에 달라붙어 이를 박아 넣었다. 머리카락이 뜯겨 나갔고 손등의 피부가 파 먹혔다. 그와 동시에 온몸에 불꽃이 타올랐다. 불길이 자신의 귓불을 집어삼키는 것을 모현은 소름 끼칠 만큼 생생하게 감지할 수 있었다.

동통은 뜨거우면서도 날카로웠다. 사람을 돌아버리게 만드는 괴로움이었다.

모현은 울지도 못했다. 식어버린 눈물이 눈시울에 고였다.

극심한 고통 속에서 모현이 소리 없는 사투를 벌이고 있을 때 아득하게 먼 곳에서 가냘픈 속삭임이 들려왔다.

"이대로 놓, 아버리, 면 안 돼요."

모현이 입술을 빼끔거렸다. 메말라버린 목소리를 길어 올리고자 안간힘을 쓰면서.

"지, 지 말아, 요. 져, 버, 리면 안 돼요. 포기, 하, 지 마세요."

누구세요. 나를 구하러 오신 분인가요?

"일, 어나, 세요. 머뭇, 거릴 시간이 없어요."

명인가요? 홍옥 나리인가요? 누구든 상관없어요. 도와주세요. 나를 이 끔찍한 악몽에서 꺼내주세요. 제발요.

"두려워 말아요."

떠나지 말아요. 나를 두고 가지 말아요.

"스스로를 믿어야 해요. 일어나요. 겁박의 주술은 깨어졌으니."

여자들, 소녀들, 여러 겹의 각기 다른 말소리들. 그것들이 누구의 음성인지 모현은 결코 밝혀내지 못할 것이었다. 묻혀버린 소녀의 목소리라는 것을. 버려지고 지워져 간 이들의 노랫소리라는 것을.

모현은 비로소 감고 있던 눈을 뜰 수 있었다. 저주는 그 목적을 달성하지 못했다.

"이놈들!"

모현이 손끝에 달라붙어 있던 검은 형체를 뭉개 터뜨려 버렸다. 호롱불 하나 켜져 있지 않았음에도 방안이 대낮처럼 훤했다. 짚자리가 깔린 바닥에서 꿈틀거리고 있던 짐승들. 쥐였다. 쥐들이 맞았다. 누가 무슨 짓을 해놓았는지 몰라도 털을 부풀린 몸뚱이들이 불길에 휩싸여 있었다. 한 마리 한 마리가 살아 움직이는 횃불 같았다.

쥐 떼들이 한꺼번에 모현에게 달려들었다. 치마를 타고 오르고 소매에 붙어 늘어졌다. 옷자락을 사르며 거센 불길이 일렁였다.

"물러가."

끓어 넘치는 듯한 통증 속에서도 당당하게, 모현이 소리쳤다.

"내가 겁낼 것 같아?"

그 즉시 바지께에 매달려 있던 쥐 두어 마리가 재로 변해 흩어졌다. 금세 불길이 잦아들더니 쥐들이 찍찍거리며 달아났다.

이에 멈추지 않고 모현이 팔을 치켜들었다. 그 손길이 지나는 곳마다 세상이 갈가리 찢겨져 나갔다. 무너져 내렸다. 진짜 삶이 아닌 것처럼. 몇 마디 주문으로 쌓아 올린 허상에 불과한 것처럼.

정신을 차렸을 때 모현은 자신이 산꼭대기에 서 있다는 것을 깨달았다. 검은산 정상. 밤하늘에 별이 총총했다. 남실바람이 목덜미에 맺힌 땀을 식혀주었다. 버선발로 디디고 선 바윗돌, 그 틈에 밴 거무스름한 얼룩이 오래전 도륙당한 짐승들의 피라는 것을 모현으로서는 알 수 없었겠지만.

층쌘구름이 머리 위를 떠돌았다. 이렇게나 지척이라니. 황홀경에 빠진 채로 모현이 되뇌었다. 뒤꿈치를 들고 손을 뻗으면 닿을 수 있을 것 같은데. 바람결에 몸을 띄우면 올라갈 수 있을 성싶은데. 이 땅을 떠나 자유롭게 날아오를 수 있을 것 같은데. 조금만, 조금만 더 발돋움하면.

"깨어나야 해."

다급한 외침.

"이대로 잠들어 있으면 안 돼. 모현아, 모현아."

몸 이곳저곳을 마구 흔들어대는 손놀림. 모현은 대번에 산 아래로 끌어 내려졌다. 그악스럽게 붙들어 당기는 손길 같은 잠을 털어냈다.

젖은 이마에 손등을 얹고 모현이 우물거렸다.

"여민아? 맙소사, 이토록 생생한 꿈이라니."

여민이 안도의 한숨을 쉬면서 물러앉았다.

"다행이야, 저주가 통하지 않았구나."

"저주? 흉한 꿈을 꾸기는 했지만. 저주라니 그게 무슨 말이야?"

"이대로 있다가는 큰일이 벌어질 판이다."

가타부타 설명도 않고 그렇게 중얼거리곤 여민이 자리에서 일어났다.

"나가자. 일단 여기를 벗어나고 보자."

"왜 그래?"

이대로 넘겨버릴 수 없다는 듯 모현이 강경한 태도를 보였다.

"내가 잠들어 있는 동안 무슨 일이라도 있었던 거야?"

여민이 대답을 얼버무렸다.

"나리, 홍옥 나리를 구하러 가야 해."

"뭐라고?"

"나리께서 거기에 계셔. 무당의 처소, 신당에. 이건 무당을 떼어놓고 생각할 수 없는 일이니까. 신명이 관계하고 있음이 틀림없으니까. 신의 위력이 분명한 장소. 서둘러. 꾸물거렸다가는 영영 돌이킬 수 없게 될 거야."

"그게 무슨 소리야? 알아듣게 설명을 좀 해봐."

모현이 허둥지둥 정신 사납게 굴던 여민을 붙잡았다.

"말해봐. 홍옥 나리가 왜 무당에게 붙들려 있다는 건지. 지금까지 어디에서 뭘 하다 온 거야? 나리께서는 무슨 사건에 휘말린 거고. 대답해봐, 당장."

"사실 오늘밤 내아에 술상을 들고 갔어."

여민이 더듬거리며 말문을 열었다.

"근래 나리께서는 통 밤잠을 이루지 못하셨으니까. 오늘 역시 주무시지 못하고 괴로워하고 계실 거라고 생각했어."

해는 이울었고 마당 한편에서는 쑥불이 타고 있었다. 반빗간에서 불빛이 깜빡인다 했는데 문 안에서 달그락거리는 소리가 들렸다. 술과 안주 몇 가지를 올린 소반을 들고 여민은 신중하게 걸음을 뗐다. 반빗간을 나와 내아를 향해 갔다.

하루에도 몇 번씩 들뜬 마음으로 오간 길이었다. 누군가 눈을 감고 걷기를 지시한다 해도 기둥에 이마를 찧거나 문턱에 발이 걸려 넘어지는 일 없이 담과 건물 사이를 지나 내문을 넘어, 여민은 일말의 주저도 없이 성큼성큼 그곳으로 나아갈 수 있었다.

홍옥 나리께서 거기에 계셨으니까. 꿈속에서조차 여민은 언제나 팔작지붕의 기와집, 그 주인의 곁을 맴돌았다.

술병 주둥이에서 붉은 향기가 어른거렸다.

홍옥은 대청마루에 걸터앉아 있었다. 동헌에서 업무를 처리하다 방금 풀려났는지 그때까지도 소매가 구겨진 단령을 걸치고 있었다. 흑혜는 벗지도 않은 상태였다. 여민의 기척을 알아차리지 못한 듯 홍옥은 홀로 고요히 매화나무를 응시하고 있었다.

정적 속에서 말을 건넬 기회를 엿보던 여민이 굳은 입술을 뗐다.

“나리, 여민입니다. 주안상을 가지고 왔습니다.”

홍옥이 뺨을 문지르며 앉은 자세를 고쳤다.

“이런. 잠깐 넋을 놓고 있었군.”

그런 연후에도 이마에 주름을 잡은 채로 한참 동안 무슨 생각인가에 잠긴 듯하던 홍옥이 해쓱한 얼굴을 들며 물었다.

“내가 술상을 부탁한다고 따로 언질을 넣었던가.”

당황한 기색이라곤 없이 여민이 차분하게 대답했다.

“전갈받지는 못했습니다만 혹시 몰라 챙겨와 봤습니다. 어제 뜻밖의 고초를 겪으시기도 했고요. 괜한 짓을 벌였다면 죄송합니다.”

입 꼬리를 움직여 미소 비슷한 것을 띠며 홍옥이 말했다.

“아니네. 고맙다. 내 감사히 받겠네.”

여민이 주안상을 마루에 내려놓았다. 신을 벗고 정좌한 홍옥이 여민의 시중을 물리치고 제 손으로 술을 따랐다. 잔에 술이 차올랐다. 그 향기가 어찌나 농후하던지 네댓 발짝 밖에 물러나 있던 여민의 정신마저 혼미하게 만들 지경이었지만 가련한 이 사내는 아무 냄새도 맡지 못하는 듯 몹시 태연해 보였다. 그제 밤 내면이 주저앉다 못해 산산조각나는 경험이 그의 오감을 망가뜨려 놓은 탓이었을까.

홍옥은 보고도 보지 못했고 듣고도 듣지 못했다. 이토록 진한 향취마저도 마음속 높은 장벽 안에 들어앉은 사내를 흔들어놓지 못했다. 홍옥이 술잔을 들어 올릴 때 여민은 긴장하다 못해 앞니로 입술을 찢어 상처를 입히고 말았다.

홍옥이 잔을 기울였다. 적색의 액체가 그의 목을 적셨다. 홍옥이 빈 잔에 다시 한번 술을 채웠다.

백자의 병에 들어 있던 것은 미몽주였다. 그 술이 희현이 여민에게 준 비방이었다. 마개로 막은 술병을 여민에게 건네며 희현은 이 밤 이를 홍옥에게 마시게 할 것을 종용했다. 그렇게 해야지만 그분에게서 모현을 지워낼 수 있다고, 그것이 그를 가질 유일한 방법이라고도 했다.

홍옥이 자신을 바라보게 만들 수 있다면 여민은 무슨 짓이든 벌일 수 있었다. 하물며 주술의 힘을 빌리는 것 따위는 일도 아니었다.

모현의 낯이 붉으락푸르락했다. 감당할 수 없는 노기 때문에 머리가 지끈거렸다.

"그래서 나리께서 너를 안아주셨니?"

분심을 억누르다 못해 쉰 목소리로 모현이 따져 물었다.

"너를 바라봐주셨어? 네게 연모한다 속삭여주셨느냐고."

"그분은 말이야, 술 몇 잔을 허겁지겁 비우셨어."

여민이 몽롱하게 중얼거렸다.

"지독한 갈증에 시달리고 계시기라도 한 것처럼. 그러다 상을 밀어 넘어뜨리며 갑작스럽게 자리를 박차고 일어나셨어."

신발도 신지 않고 홍옥은 마루에서 내려왔다. 두 팔을 벌리고 하늘을 우러러 만월을 향해 섰다. 그 모습이 여민의 눈에 말로는 못다 할 만큼 아름다워 보였다. 달빛을 맞으며 홍옥은 그 자세 그대로 한참 동안 멈춰 있었다. 문득 허락받지 않은 광경을 훔쳐보고 있다는 생각에 죄책감을 느낀 여민이 비틀거리며 물러났다. 매화나무 뒤에 몸을 숨겼다. 밤하늘을 올려다본 채로 홍옥이 혼잣말을 중얼거렸다.

그 소리가 들릴 듯 말 듯 애를 태워 여민이 귀를 곤두세웠다. 그건 이름이었다. 누군가의 이름 두 자.

"모현, 모현, 모현, 네 이름을 나리께서는 하염없이 부르고 계셨던 거야."

눈물이 넘쳐흐르는 눈으로 여민이 모현을 바라보았다.

"이제 만족하니? 주변 사람들 모두를 절망에 빠뜨려놓고 혼자 행복하냐고. 연화가 죽은 건 너 때문이야. 애초 너를 노리고 벌인 짓이니까. 그날 네가 단철장으로 갔더라면 연화는 죽지 않았을 거야. 지금까지 살아 있었을 거라고."

"말도 안 되는 소리는 집어치워."

모현이 고함을 질렀다.

"너는 그저 나에 대한 질시로 그런 거잖아. 홍옥 나리에 대한 연정 때문에, 그분의 눈길을 받지 못해서."

"그래, 맞아!"

여민의 눈 밑에 눈물 꽃이 피어났다.

"그분을 그리며 얼마나 긴 시간 마음에 병이라도 난 것처럼 앓았는지 몰라. 그런데도 너는 나리를 아프게만 했잖아. 내가 연모하는 이를. 나는 그분을 위로해드리고 싶었을 뿐이야. 그것이 얼마나 쓰라린 고통인지 누구보다 잘 아니까."

꾸짖는 듯한 눈길 앞에서 수치를 감추려는 듯 여민이 붉어진 뺨을 감싸 쥐었다.

"나무 뒤에 숨어 얼마나 오래 그분을 바라보고 있었을까. 누군가 담을 넘어 마당으로 뛰어내렸어. 눈 깜짝할 사이에 나리를 당겨 지붕을 타고 올랐지. 그 움직임이 암만 봐도 인간이 아닌 듯했어. 도사나 선인, 인간의 형상을 빌린 맹수 같았어. 그는 내 존재를 눈치채지 못했지만 나는 알았지. 그자가 네 언니, 희현이라는 걸."

모현이 도리질했다. 아니라는 듯, 부정하고 싶은 것처럼 세차게. *언니가 홍옥 나리를 데리고 갔다고? 무당이 아니라 언니가, 나리를?*

"네가 있는 거처 둘레에 불에 지진 쥐를 묻으며 주문을 읊으라 명한 것도 네 언니였어. 그래야지만 나리가 네게서 정을 뗄 수 있다고, 너를 미워하다 못해 두 번 다시 눈길을 주지 않을 거라고 했어. 그것이 무당이 내린 또 다른 비방이라고."

모현은 그제야 자신을 옭아맨 환영의 이면을 꿰뚫어 볼 수 있었다. 불붙은 쥐와 옴짝달싹도 하지 않던 몸, 화염처럼 맹렬하던 악의의 근원을.

거기에 자신의 잘못이 전혀 없다고 할 수는 없었다. 나리의 마음을 거절한 죄, 언니가 미쳐가는 것을 막지 못한 죄, 동무의 흉금을 헤아리지 못한 죄. 죄. 죄.

"이러고 있을 때가 아니야."

눈물을 닦은 여민이 궤짝을 끌어왔다.

"함께 가자. 나리를 구해야 해. 나 혼자서는 힘들 거야. 네게 저지른 일들에 대해서는 나중에 반드시 사과할게. 그러니 이번 한 번만 나를 도와줘. 부탁해."

여민이 궤를 열어 모현의 장도, 어머니에게서 물려받은 날붙이를 찾아냈다.

"그분을 구해야 해. 내가 저지른 과오를 바로잡아야 해."

그때 문밖에서 웅성거리는 말소리가 들렸다. 여민이 밖을 살폈다. 사내종 서넛이 횃불을 들고 앞뜰을 지키고 있는 가운데 그들 앞을 누군가가 막아서고 있었다. 턱수염이 덥수룩하던 그는 칼자, 수리였다.

"이 무슨 어리석은 짓이란 말인가?"

그들을 수리는 어떻게든 설복하려 했다.

"그 아이를 벌한다고 죽은 사람이 살아 돌아오는 것도 아니지 않은가. 그만두게."

모현은 머릿속이 하얗게 비워지는 것을 느꼈다. *저치들은 나를 끌어내려는 거야. 하필이면 홍옥 나리마저 사라져 버린 때에 맞춰 이곳에 나타나다니, 이것 역시 언니가 꾀한 계획의 일부일까? 호랑이의 신부를 보내야 재액을 피할 수 있다는 말을 저자들은 곧이곧대로 믿어버린 거야. 있지도 않은 호랑이의 위협에서 스스로를 보호하려는 거야. 그 범이 어떤 존재인지 알지도 못하면서.*

비명이라도 지르려는 듯 모현이 입술을 벌렸다. 쉿, 소리를 낸 여민이 손에 쥔 장도를 치마허리에 찔러 넣었다.

여민이 창문 밑으로 궤짝을 가져와 붙였다.

"도망쳐야 해. 먼저 올라가."

여민이 모현을 끌어 궤를 딛고 올라서게끔 했다.

"창을 넘어가는 거야. 어서, 움직여."

여민이 모현의 다리를 받쳐주었다. 창문턱에 걸터앉아 있던 모현이 벽 아래에 쌓인 짚단으로 몸을 던졌다. 겹겹이 포개진 볏짚들이 모현을 받아 안아주었다. 창 밑을 쥐고 벽면에 매달린 채로 여민은 신중하게 발을 내렸다.

수리를 밀치고 사내종들은 기어이 방안으로 들이닥친 듯싶었다. 성마른 고함소리가 뒤뜰까지 쟁쟁하게 울려 퍼졌다.

"제길. 어디로 달아나버린 거지?"

"멀리 가지는 못했을 거야. 흩어져서 찾아보자고."

여민은 이대로 관아에서 벗어날 작정인 듯했다. 모현이 여민을 멈추게 했다. 여민이 품은 저 칼만으로는 힘들었다. 그보다 훨씬 치명적인 부상을 입힐 수 있는 무기가 필요했다.

"서고에 들러야 해. 거기에 활이며 화살이 보관돼 있어."

소녀들은 불이 밝혀진 자리를 피해 뜰을 가로질렀다. 여민과 함께 서고로 숨어 들어간 모현이 병풍 뒤에 감추어져 있던 함을 끌어냈다. 화살은 넉넉했다. 과녁이나 짐승이 아닌 인간을 쏘기 위해 시위에 화살을 먹이게 될 것이라고 모현은 미처 예상하지 못했다. 자신의 손이 살의로 움직이게 될 것이라고는.

모현이 궁대며 시복을 착용했다. 준비는 끝났다. 여민이 모현의 앞을 막아서며 다짐받듯 물었다.

"괜찮겠어? 위험할 거야. 다칠 수도 있어. 네 언니와 싸워야 할지도 몰라. 대답해봐. 너, 언니를 해칠 수 있어?"

세찬 고갯짓과 함께 모현이 대답했다.

"홍옥 나리는 내 목숨을 구한 은인인걸. 더는 숨어 있고 싶지 않아. 숨죽인 채로 도망쳐 다닐 수 없어. 내 피붙이라고 해도 이 악행을 이대로 지켜보고 있을 수는 없잖아."

모현이 궁대를 세게 한번 쥐었다 놓았다.

"너야말로 괜찮겠어? 나를 잡으려고 사내들이 관노청 안을 이 잡듯 뒤지고 있을 거야. 저치들이 아무리 살기등등하다 해도 나와 같은 방에서 기거했다는 이유만으로 너까지 해하려 하지는 않을 거야. 차라리 나를 보내고 여기에 혼자 남으면……."

"아니."

메마른 낯에 미소를 띤 채로 여민이 모현을 돌아보았다.

"내게는 다른 길이 없어. 나리를 찾으러 가는 것밖에. 그게 나를 살릴 유일한 방법이야."

모현은 궁금했다. 무엇이 여민을 여기로 내몰았는지. 이리도 절절히 갈구하게 만들었는지. 어떤 삶이 한 소녀로 하여금 보답받을 수 없는 애정에 스스로를 불사르도록 했는지.

여민이 서고 문을 열었다.

"가자. 홍옥 나리를 구하러."

문 밖에서 광휘가 쏟아져 소녀들이 어깨를 움츠리며 얼굴을 가렸다. 불을 든 남자들이 서고를 둘러싸고 있었다. 달아날 길은 없었다. 엎친 데 덮친 격이라니. 모현이 이를 악물었다. 홍옥을 구하러 가기 전에 관노들의 위협에서 벗어나는 게 먼저였다.

앞줄에 서 있던 나이 지긋한 사내가 목에 핏대를 세우며 외쳤다.

"네년이 여기에 있구나!"

그가 낫 든 손을 치켜세웠다. 떨리는 마음을 진정시키며 모현이 각궁을 꺼내 쥐었다.

"비켜주시오."

"에구머니, 이년 보게. 저 흉악스러운 활은 어디서 가져왔담!"

낫을 든 사내가 화들짝 놀라 자빠졌다. 여민이 앞으로 나서며 사정했다.

"일각이 다급한 일입니다. 이 마을이 살 길은 우리를 보내주는 것뿐이에요. 부탁드립니다."

공포에 눈 멀고 귀가 틀어막혀버린 자들은 진심 어린 그 청에 동요하기는커녕 금방이라도 그들에게 달려들어 날붙이를 휘두를 듯 디딘 발에 힘을 주었을 뿐이지만.

"어허, 이년이. 그래도 사람 말귀를 못 알아듣고."

다른 사내가 조소했다.

"네년들이 어떤 처지에 몰렸는지 아직도 이해가 가지 않는 모양이군. 저년을 데리고 네년이 가기는 어디를 간단 말이냐."

여민은 품속에 넣어두었던 장도를 꺼내 쥐었다. 모현이 활줄에 살을 걸었다. 그 기세에 움츠러든 젊은이 몇이 슬그머니 뒷걸음질했다.

"시간 낭비 말고 얼른 끌고 가세."

작금의 이 형국이 영 못마땅한 듯 인상을 구기고 있던 사내종 하나가 날랜 몸동작으로 여민을 붙들었다. 모현이 궁현을 당겼다. 그럼에도 산 자에게 화살을 날려 보낼 엄두는 나지 않는 듯 줄에 건 손가락을 풀어내지는 못했지만.

"놔주시오."

팔죽지를 잡힌 채로 여민이 발버둥 쳤다.

"그 아이를 보내줘."

모현이 소리쳤다.

"붙잡아. 놓아주어서는 안 돼."

장정 두엇이 달려들어 모현을 제압하려 했다. 그들의 손아귀에서 벗어나 모현은 어떻게든 화살을 쏠 거리를 가늠하려 했다. 엎치락뒤치락 몸싸움을 벌여대는 와중에 모현의 손가락이 어그러지면서 살이 활줄에서 튕겨 나가고 말았다. 화살이 바람을 일으키며 서고 문에 날아가 박혔다.

"맙소사. 저년 보게!"

흥분한 젊은이가 막무가내로 무기를 내둘렀다. 날붙이가 공기를 가르며 윙윙거렸다. 그때 누군가 모현을 덮쳐 엎드리게 했다. 모현을 끌어안은 채로 여민이 무너졌다. 피가 흐르는 옆구리에 낫이 꽂혀 있었다.

"안 돼."

모현이 비명을 질렀다. 자신이 저지른 짓에 제가 더 놀란 듯 여민을 공격한 젊은이가 얼굴을 감싸며 신음했다. 예상치 못한 사고에 남자들은 입을 다문 채로 볼 근육만 씰룩거렸다.

"여민아, 여민아."

모현이 울부짖었다. 여민이 손을 들어 목이 쉬도록 제 이름을 외치던 동무를 밀어냈다.

"가."

후회도 원망도 없는 목소리.

"나리를, 홍옥 나리를 구해줘."

여민은 떨고 있었다. 겨울밤 추위에 시달리는 어린아이처럼. 누구에게 단 한 번도 따뜻하게 안겨본 적 없다는 듯.

"나는 못 가도 너는 그분에게 닿을 수 있으니."

여민이 거친 숨을 토해냈다.

"모현아, 부디."

여민이 숨을 멈추었다. 피눈물이 뺨을 타고 굴러 떨어졌다. 모현이 흙바닥에 떨어져 있던 장도를 집어 들었다. 삶과 죽음의 경계에서 여민은 망설이지 않았다. 자신을 바쳐 동무를 구했다. 모현이 땅을 짚으며 일어서려고 할 때 청년들이 달려들어 그를 붙잡았다. 억센 힘으로 모현을 짓눌러 움직이지 못하게 했다. 모현이 울면서 몸부림쳤다.

그때 뒤쪽 담벼락에서 무시무시한 소리가 터져 나왔다.

"어흥!"

일순간 좌중에 싸늘한 침묵이 돌았다. 공포감을 느끼기도 전에 바지를 적신 자도 있었다. 입을 떨어뜨린 채로 사내종들은 일제히 무너져 내린 흙담 밖 번뜩이는 한 쌍의 광휘를 바라보았다. 주저앉아버린 담을 넘어 놈이 모습을 드러냈다. 집채만 한 짐승, 호랑이였다. 호랑이가 으르렁거리며 그들을 향해 다가왔다. 몇이 눈치를 살피며 뒷걸음치는 사이 몇은 뒤도 돌아보지 않고 도망쳤다. 모현을 둘러싸고 있던 무리는 순식간에 흩어져 한 명도 남지 않게 됐다.

눈물로 낯을 씻으며 모현이 후들거리는 다리를 놀렸다. 호랑이가 사라지는가 싶더니 다음 순간 그 자리에는 키가 크고 장대한 사내가 나타나 있었다. 명이 모현을 부둥켜안았다. 갈망으로 벌어진 입술이 모현의 그것을 더듬었다.

"명!"

입맞춤은 현기증 날 만큼 길었다. 명이 귀엣말을 속삭였다.

"기다리고 있었어. 그대 주위를 하염없이 맴돌면서. 그 밤을 떠올렸어. 그대와의 재회를 고대하면서."

모현이 울음을 터뜨리며 명의 가슴팍에 이마를 부딪쳤다.

"동무가 죽었어요. 나를 살리려다 그만. 겁에 질려 손을 떨어대면서 나는 한 발의 화살도 제대로 쏘아 보내지 못했어요."

눈물을 훔치며 모현이 그에게서 떨어졌다.

"그러니 범님이여, 나는 가야 해요. 동무의 청을 지키러, 무당의 거처로. 당신과 나, 마을 모두의 안녕을 위해."

명이 다가가자 모현이 그보다 빨리 물러났다.

"홍옥 나리는 내게 은인이나 다름없는 분이에요. 그분께서 위험에 빠졌다는 사실을 안 이상 이렇게 주저하고 있을 수 없어요."

달아나려던 모현을 명이 붙들었다. 어깨를 잡고 자신을 똑바로 바라보도록 했다.

"외면하지 마시오, 모현. 고개를 들어줘."

그 말소리가 어딘지 모르게 서글프게 느껴졌다.

"두려워할 것 없어. 괴로워할 필요도 없지. 지금에 이르러 이것이 나를 이 마을로 이끈 운명의 내막이라는 생각이 드는군. 그대를 돕는 것."

명이 선언했다.

"나도 그대와 함께 가리다."

만월을 머금은 눈동자가 금으로 빚은 주화 같았다. 꽃 같고 등화 같았다.

"그대를 끝까지 돕겠어. 그로 인해 어떤 대가를 치르게 되든지 간에."

모현은 더는 명을 외면하지 않았다. 눈물이 샘솟아 흐려진 눈을 부릅뜨고 그와 같은 소망을 빌었다.

"거절은 용납하지 않을 것이오. 나를 부디 그대의 종으로 삼아주시기를."

모현은 납득할 수밖에 없었다. 그에게도 힘이 필요했다. 천이를 조종하고 희현을 미치게 한 넋이란 검은산의 정상에 올랐다는 장수의 그것일 터. 천제가 보낸 부하들에 맞서 아흔아홉 날을 싸웠다는 그에게 함께 맞설 아군이 있어야 했다.

호랑이는, 범님은 이 땅의 수호신이었다. 비탄에 빠진 백성들을 보살피고 지켜주는 존재였다.

"범님이여, 산군님이여, 내게 당신의 힘과 지혜를 빌려주세요."

정인이자 둘도 없는 동료의 손을 그러쥐고 명이 유쾌하게 웃었다.

"그야 물론이지."

어둠을 겁내지 않는 맹수들처럼, 둘은 사이좋게 밤길을 달렸다.

열여덟

언덕 저편에서 불빛이 어른거렸다. 배꽃이 져 가느다랗게 뻗은 가지마다 연초록 잎들이 나부꼈다. 기척을 죽이고 두둑을 지나올 때 모현은 문득 궁금해졌다. 무당은 어이해 이 외딴곳에 홀로 기거하고 있는지. 어떤 여자들은 왜 군중 속에 섞여 살지 못하는지. 기댈 식구 하나 없이 자기 재주에 의지한 채로 외로이 명을 부지해야 하는지. 왜. 무슨 이유로.

그들은 무엇을 피해 도망친 걸까. 아니면 쫓겨난 걸까. 그들을 고립시킨 광기의 연원은 어디에 있을까.

집 둘레에는 목책이 세워져 있었다. 그 무렵 모현의 마음을 흩어놓던 감상은 거두어진 지 오래였다. 명은 발소리를 내지 않고 움직이는 데 능했다. 거소 옆에 따로 지어진 건물에서 말소리가 흘러나왔다. 신당이었다. 무당이 제 몸에 받아 안은 신에게 봉헌한 집.

모현과 명이 시선을 주고받았다. 명이 발끝으로 나무문을 밀어냈다. 삐거덕 소리가 오싹할 만큼 크게 들렸다. 열린 문틈으로 신당 안 풍경이 들여다보였다.

저마다의 자리에서 둥글게 피어나 있던 등잔불들. 모현의 발치를 돌아 들어온 바람이 심지에 붙은 불을 흔들었다. 그와 동시에 코끝으로 훅 끼쳐오던 냄새. 그것은 얼마 전 희현이 모현에게 마시도록 종용한 차의 향기와 놀랍도록 흡사했다.

모현이 입을 틀어막으며 뒷걸음질했다. 흙바닥에 깔아놓은 자리 위에 홍옥과 희현이 뒤엉켜 있었다. 격렬한 정사를 벌이고 있었다. 희현의 가슴에 낯을 묻은 채로 홍옥이 알아들을 수 없는 말을 중얼거렸다. 희현이 킬킬거리며 홍옥의 머리를 쓰다듬었다.

문틈으로 향내가 빠져나갔다. 홍옥의 목덜미에 이를 박고 있던 희현이 하아, 날숨을 토해내며 고개를 젖혔다.

"손님이 오셨군. 죽지 않고 용케 여기까지 찾아오셨어. 심지어는 옳지, 범님까지 대동하고 나타나셨겠다. 자네로군. 그 껍질 아래 도사리고 있는 것이 예사 인간은 아님이 분명하렷다."

침묵 속에서 신랄한 눈길들이 오갔다. 명이 모현을 건드려 주위를 둘러보도록 했다. 제단 앞에 여자 하나가 쓰러져 있다 했는데 자세히 보니 옥색 치마저고리 차림의 그는 천이였다. 입 주위를 피로 물들이고 천이는 얼굴을 돌린 채로 엎어져 있었다.

그것이 희현이 신의 위력을 빌려 행한 첫 술법의 결과였다. 장군님을 불러낼 제단의 희생물.

보름이었다. 그간 정성을 들여 올린 기도 때문이었을까. 무시무시할 만큼 짙고 강력한 신의 힘과 제물들, 그리고 천이의 넋과 더불어 하지에게서 갉아먹은 기운이 넘쳐흘러 희현은 그 어느 때보다 가뿐했다. 미몽에 빠진 홍옥을 붙들고 솟을지붕을 타 넘을 때 어찌나 유쾌하던지. 그분의 말씀대로였다. 힘이란 그를 대리한 자들을 정녕 자유롭게 해주었다.

제단 앞에 엎드려 숨만 간신히 붙어 있던 천이를 응시한 채로 희현은 자신의 힘을 시험했다. 그 즉시 천이가 피를 토하며 거꾸러졌다. 희현은 전율했다. *그래, 그분께서는 진정으로 내 안에 깃드신 거야. 이제 그분께 온전한 육신을 되찾아드릴 차례야.*

그러기 위해서는 먼저 홍옥에게서 얻어내야 할 것이 있었다.

홍옥의 손을 잡아 가슴에 올려놓으며 희현이 천진한 표정으로 모현을 돌아보았다. 자신에게는 아무런 잘못도 없다는 듯. 죄가 죄임을 깨닫지 못하고 악을 탐하곤 하는 철부지 아이처럼.

모현이 시위에 살을 건 다음 활촉이 희현을 향하도록 자세를 잡았다.

"나리를 풀어줘, 당장."

희현이 낄낄거리며 홍옥을 밀쳐냈다. 홍옥은 속이 빈 물건처럼 맥없이 넘어가 버렸다.

"동생아, 설마하니 나를 쏘려는 작정인 게냐."

희현이 몸을 일으켰다. 발치에서부터 기다랗게 뻗어 있던 그림자가 지하 깊숙한 곳에서 헤치고 나온 태곳적의 악령 같았다. 한으로, 가시지 않는 화로 희현을 떠받치고 있는 듯했다.

호롱불이 맹렬하게 점멸했다.

"보렴, 내 동생아. 나는 말이다. 무당에게 받아 마땅한 처벌을 내렸을 뿐이야. 저년은 내게 거짓을 일삼았거든. 그로 인해 불구덩이를 뒹구는 것보다 더 큰 고통으로 몸부림쳐야 했어. 자신의 말을 따르면 아이는 죽지 않을 것이라고, 내 아들을 살릴 수 있다고 큰소리쳤지. 거짓말인 줄도 모르고 저년의 세 치 혀에 넘어간 거야!"

희현이 사나운 눈초리로 제단 앞에 고꾸라진 천이를 노려보았다. 옷가지가 뜯어지는 소리가 들리는가 싶더니 천이의 시체가 끔찍하게 뒤틀렸다. 이미 죽어버린 몸임에도 극심한 통증에 못 이겨 바닥을 기며 꿈틀거리는 것처럼 보였다.

"너도 알고 있잖아. 죽음이 아이의 심장을 틀어쥘 동안 나는 아무것도 해주지 못했어. 내게 남은 유일한 희망을 빼앗긴 거야. 온전한 내 것, 하나뿐인 자식을 저년의 거짓말 때문에 죽음으로 내몰고 만 거야."

희현이 뱉은 한 마디 한 마디에 말로는 담지 못할 증오가 넘쳐흘렀다. 제 손이 떨리고 있음을 알아차린 모현이 정신을 다잡고 이를 악물었다. 명이 경고의 의미를 실어 나지막이 으르렁거렸다. 모현이 팔을 젖혀 활시위를 당겼다.

"내게는 힘이 생겼어. 동생아, 이 순간을 얼마나 기다렸는지. 그분께서 내게 말씀하셨어. 내 아이를 되살려줄 거라고. 드디어 때가 온 거야. 장군님께서 현현하실 거야. 내 염원을 이뤄주실 거야."

희현이 만면에 미소를 머금었다. 작심한 모현이 시위에 걸려 있던 손가락을 놓았다.

"당신은 내 언니가 아니야!"

바람을 가르는 소리와 함께 화살이 시위에서 튕겨 나갔

다. 희현을 스쳐지나 활촉은 벽으로 파고들었다. 그때를 놓치지 않고 명이 희현에게 달려들었다. 시복에서 화살을 끄집어내며 모현이 되뇌었다. 머뭇거림을 떨쳐내지 못한 자신을 설복시키려는 것처럼.

"당신은, 괴물일 뿐이야."

모현이 다시금 현에 살을 먹이려는 순간이었다. 명의 공격을 피해낸 희현이 모현이 서 있던 곳을 향해 팔을 뻗었다. 명이 모현을 향해 고함을 질렀다.

"피해!"

그럼에도 모현은 제때 비켜서지 못했다. 혓바닥이 말려들어가 가느다란 신음조차 내지 못하고 그 자리에 굳어버렸다. 사람의 외형을 던져버리고 명은 어느새 호랑이로 변신해 있었다. 명이 발을 들어 희현을 할퀴려 했다. 그제야 속박에서 풀려나 모현이 거친 숨을 내쉬며 목을 더듬었다.

호랑이의 발톱을 의식해 뒤로 물러난 희현은 숨찬 기색도 없이 다음 공격에 나섰다. 희현이 손을 움직이기 무섭게 무엇인가에 잡아 당겨지듯 화살이 벽에서 뽑혀 나왔다. 모현이 달아나려 했지만 살은 활촉의 방향을 바꾸며 더욱 빠른 속도로 날아왔다. 찰나에 불과한 시간이었지만 모현은 너무 늦었다는 걸 직감했다.

그때 모현의 어깨가 젖혀지더니 누군가 그를 제치고 달

려 나왔다.

"나리!"

홍옥이었다. 고통 속에 주저앉으면서도 홍옥은 화살이 더는 움직이지 못하도록 허릿간마디를 온 힘을 다해 움켜쥐고 있었다. 활촉이 가슴을 관통해 저고리의 앞섶이 시뻘겋게 물들었다. 의식을 놓아가는 홍옥을 붙들고 모현이 다친 부위를 더듬었다.

"나리, 홍옥 나리."

홍옥은 미동조차 하지 않았다. 죽은 사내를 안고 간청하는가 싶던 모현이 눈을 크게 떴다. 벌어진 옷깃 사이로 드러난 살결에 묘한 윤기가 감돈다 했는데 비늘이 돋아 있었다. 잔 비늘이 상반신을 타고 순식간에 번지는가 싶더니 얼굴 전체에 일어났다. 그와 동시에 근육질의 팔이 줄어들고 목은 한없이 늘어나는 한편으로 몸 전체가 불어나면서 점차로 길어졌다.

홍옥은 탈바꿈하고 있었다. 죽음과 더불어 변해가고 있었다. 본디 모습, 기백 살 먹은 이무기로, 되돌아가고 있었다.

모현의 추측이 옳았다. 홍옥은 이무기였다. 과거 언젠가 모현에게 생을 빚진 바 있는 구렁이. 죽을 위기에 처한 은인을 돕고자 인간 사내의 형상을 빌려 나타난 신령한 짐승. 겨울잠도 포기하고 추운 계절을 사력을 다해 버텨낸 괴수.

깊은 잠에 빠지기라도 한 것처럼 고요하게, 이무기는 귀틀집 안에 똬리를 튼 채로 웅크리고 있었다.

놀랍도록 거대했다. 희현이 기억하고 있는 것보다 수배는 크고 굵다랬다.

명이 노호하며 겅중 뛰어올랐다. 그 바람에 꼬리 끝이 화등잔을 쳐 넘어뜨려 불 하나가 꺼져버렸다. 제단이 엎어졌다. 명과 희현이 맹렬하게 맞붙었다.

그때 모현의 뇌리에 노래 한 구절이 떠올랐다. *그러나 그 연정은 가시밭길을 걸으리니 낙타 머리에 사슴뿔을 달고 뱀의 목을 한 괴물이 피를 빌려 마시리라.* 치마허리에서 모현이 칼을 꺼냈다. 장도의 날을 세워 모현이 제 팔을 그었다. 빌고 또 빌면서. 노랫말처럼 홍옥이 되살아나리라 소망하며.

통증이 살갗을 갈랐다. 이무기의 아가리를 벌리고 모현은 그 안으로 방울져 흐르는 피를 흘려 넣어주었다.

주둥이를 다물리며 모현이 선언하듯 한 글자 한 글자 힘주어 말했다.

"잃을 수는 없습니다. 돌아와 주셔야 합니다. 살아나셔야 합니다. 여민을 위해. 그 아이의 죽음을 헛되이 만들지 않기 위해서라도. 당신을 구해내고 말겠어요."

이무기로 변한 홍옥을 끌어안고 얼마나 오래 같은 기도를 되뇌고 있었을까. 늘어진 길짐승의 목 언저리에서 희미

하나 분명한 맥이 느껴졌다. 강렬한 빛무리가 지글거리는가 싶더니 모현의 품에서 벗어나 이무기가 허공으로 꿈틀거리며 떠오르기 시작했다. 광채에 에워싸인 채로 홍옥이 나무토막을 얽어 만든 천장을 뚫고 솟구쳐 올랐다. 귀청을 찢을 듯한 괴성을 지르면서. 높이, 높이, 까마득하게 높이.

그 바람에 지붕이 꺼지면서 흙 알갱이며 나무 동강이, 주먹만 한 돌들이 쏟아져 내렸다.

흙먼지가 일어 시야가 흐려졌다. 머리를 가린 채로 엎드려 있던 모현이 눈물콧물을 흘리며 마른기침을 했다. 명과 희현마저 다툼을 멈추었다. 아수라장 속에서 서로를 노려보며 사납게 포효했다. 등화가 한꺼번에 꺼져버렸다.

먼지구름이 걷히면서 사위가 또렷해지는 즉시 모현이 자리를 박차고 일어났다. 찢겨 나가다시피 한 지붕 밖 밤하늘을 올려보았다.

달이 휘황찬란했다. 화살처럼 천공을 꿰뚫던 괴수.

홍옥은 달라져 있었다. 이무기가 아니었다. 달빛을 튕겨낸 비늘 하나하나가 영롱하게 빛났다. 청룡이 만월을 향해 비상했다. 모현이 홀린 듯 외쳤다.

"청룡이야. 홍옥 나리께서 용으로 승천하셨어."

사태가 녹록지 않음을 직감한 희현이 밖으로 뛰쳐나갔다. 먹장구름 위를 맴돌며 청룡이 노호를 터뜨렸다. 그 소리가 구름 저편으로 빠르게 멀어져갔다.

호랑이가 다가와 모현 앞에 엎드렸다. 모현이 그 등에 올라앉았다.

호랑이가 밤을 가르며 달음질했다. 바람이 휘파람을 불었다. 다리 안쪽에 힘을 넣어 모현이 호랑이의 등판에 납작 달라붙었다. 호랑이의 등허리가 광야처럼 드넓었다. 격렬하게 운동하는 짐승 사내의 육체.

격랑이 이는 숲으로 희현의 모습을 한 그것은 쏜살같이 달려갔다. 인간사의 규율이라곤 통하지 않는 절대적인 어둠 속으로. 청룡의 울음이 그것의 머리를 지끈거리게 했고, 호랑이의 포효가 등줄기를 서늘하게 만들었다. 이윽고 검은산에서 굉음이 울려 퍼지는가 싶더니 천지가 요동쳤다. 산 정상에서 시커먼 연기가 뿜어져 나왔다. 노한 것처럼. 지상의 질서를 어지럽히는 그 행각을 도무지 두고 볼 수 없다는 듯.

호랑이는 지친 기색도 없이 내달렸다. 그것의 뒤에 바짝 따라붙어 모현이 화살을 쏘았다. 안타깝게도 살은 매번 아슬아슬하게 그것을 비껴갔다. 또 한 발의 살이 그것의 옆을 지나 무성하게 우거진 나뭇잎 속으로 빨려 들어갔다.

그 길의 끝은 낭떠러지였다. 호랑이의 등에 앉아 맞은바람을 이겨내며 모현이 화살을 날려 보냈다. 그것의 치맛자락이 나무들 사이로 하얗게 펄럭이다 감추어졌다. 전나무 꼭대기로 올라간 그것이 이 가지에서 저 가지로 몸을 던지며 손을 뻗었다. 모현의 빈틈을 노린 공격이 매서웠다. 모현을 보호하고자 하는 일념으로 호랑이가 앞발을 뻗으며 뛰어올랐다.

모현은 그만 수풀 속으로 굴러떨어지고 말았다. 저주의 주술을 뒤집어쓴 호랑이가 고통스러워하며 옆구리부터 나자빠졌다.

"명!"

모현이 비명을 지르며 일어났다. 호랑이가 대가리를 쳐들고 울부짖었다. 모현은 명의 의중을 이해했다. 정인에게 다가가 상처의 깊이를 확인하는 대신 시복에서 화살을 뽑아 들고 살의를 담금질했다.

별빛을 흩뜨리며 청룡이 곤두박질했다. 기다란 몸뚱이로 천공을 유린하며 전나무 군락으로 내리꽂혔다. 그 공격을 피해 달아나기는커녕 발악이라도 하듯 다가들며 그것이 악다구니를 썼다.

"네까짓 것들이 나를 무찌를 수 있을 줄 아느냐? 천제에 맞서 아흔아홉 날을 싸우며 버텨낸 몸을. 어림도 없지. 네놈들이 나를 어찌 막아 세우겠다고."

그것이 주술을 부렸다. 용이 발톱을 휘두르고 꼬리로 분탕질하며 술법의 진을 찢어발겼다. 이때를 놓치지 않고 모현이 궁현을 당겼다. 그러나 기세 좋게 날아오른 화살은 근처에도 가지 못하고 맥없이 고꾸라져버렸다.

으르렁, 소리를 터트리며 호랑이가 다시금 앞발을 쳐들었다. 희현의 인두겁을 쓴 그것이 주술을 부려 또 한 번 명을 내동댕이쳤다. 호랑이가 포효했다. 청룡이 발톱을 세우고 적에게 달려들었다. 두 괴수의 공격에도 한 치도 물러서지 않고 맞서는가 싶던 놈이 일순간 나뭇가지를 잘못 짚고 비틀거렸다. 입술 새로 핏줄기가 흘러내렸다. 머릿속에서 메아리치는 절규를 듣지 않기 위해 이를 악문 탓이었다. 그 속에 갇힌 희현의 외침이 그것의 정수, 수백 년에 걸쳐 벼린 목적의식마저 잠식하려 하고 있었다.

내 아이를 살려내, 춥고 어두운 땅속에서 일으켜 세워줘, 되돌려줘, 보듬을 수 있게, 다시 한번 팔 안에 끌어안고 자장가를 불러줄 수 있게.

그 순간이 절호의 기회임을 알아차린 청룡이 놈을 향해 발톱을 내둘렀다. 호랑이가 온 힘을 다해 박차고 올랐다. 모현이 활줄에 살을 걸었다.

귀밑머리가 흩날린다 싶더니 숲 바람마저 멎었다.

고요했다. 정적의 배꼽, 그 한가운데.

모현이 시위를 놓았다. 박차고 전진하는 힘이 단호한 궤적을 그으며 솟아올랐다. 밤하늘에 상처를 내고 별들을 헤집으며 화살은 기어코 그것의 품에 가 안겼다. 굳어버린 심장을 박살내 놓았다.

희현이 떨어져 내렸다. 꽃잎처럼. 불운을 몰고 온다는 살별처럼. 운명에 저항하고자 했으나 실패하고 만 애처로운 넋처럼. 까마귀들이 우짖으며 한꺼번에 날아올랐다.

모현이 활을 던지고 달려갔다.

"언니!"

이끼가 깔린 대지에 화살에 가슴이 꿰뚫린 채로 희현은 누워 있었다. 달빛 아래 그 모습이 평온해 보였다. 기이하도록 아름답기까지 했다.

"아이, 내 아이."

허공 속 어딘가를 뚫어져라 바라보며 희현이 기쁨에 차 중얼거렸다.

"드디어, 다시 내 곁으로 오는구나. 아아."

그러다 시야에 들어온 사람이 모현임을 깨닫자 환희는 거두어지고 희현의 얼굴은 절망과 비탄으로 어두워졌다.

"내 동생."

희현이 웃음 짓듯 눈을 찡그렸다. 핏줄기가 여러 갈래로 흩어지며 턱을 타고 흘렀다. 모현의 눈 밑에서 눈물방울이 불거졌다.

"언니, 미안해. 내 잘못이야."

"쉿. 내 말을 들어봐."

희현의 목구멍에서 피가 끓었다.

"있잖아, 모현아."

울음을 터뜨리지 않기 위해 모현은 이를 악물었다.

"나는 네가 죽어버렸으면 했어."

모현이 눈을 감았다 떴다. 모현의 속눈썹에 맺혀 있던 눈물 한 방울이 희현의 뺨으로 굴러떨어졌다. 그 동그란 뜨거움.

"너를 죽이고 싶었어. 진정으로. 죽여버리고 싶었어. 내 곁에 끈질기게 살아남아 있던 너를."

모현이 희현의 손등에 입을 맞추었다.

"너를 시기했어. 끔찍이도 미워했지. 모현아, 나는 너를 저주했어. 저주하고 저주했어. 그 마음에 숨이 막혀버릴 듯했어. 이건 말이야. 그런 내게 하늘이 내린 벌일 거야."

희현이 몸을 뒤틀며 쿨럭거리는가 싶더니 핏덩이를 토해냈다.

"언니!"

모현이 기겁하며 희현의 손을 움켜쥐었다.

"나를 용서해."

희현이 웃었다.

"고통스러운 날에도 네 그림자를 들여다보지 마."

모현이 희현의 뺨을 어루만져주었다. 쓸쓸한 그 감촉.

"나는 말이야, 어릴 적에."

희현의 마지막 숨은 가늘고 길었다. 고통 끝에 몰아쉬는 안도의 한숨 같았다.

희현의 옆에 주저앉아 모현은 자리를 뜰 기미가 없었다. 죽은 자매를 끌어안고 그가 바다 건너 먼 길 떠나는 모습을 그려보았다. 사자의 안내를 받아 서녘으로, 서녘으로 하염없는 여정을. 이 섬에 함께 당도했지만 더불어 벗어나지는 못한 자신들의 곡절 많은 삶을 반추하면서.

그때 모현의 발치에 엎드려 있던 호랑이가 머리를 들었다. 수림 저편에 꽃들이 돋아 있는가 했더니 손가락을 꼽아 세기도 힘들 만큼 급격히 늘어났다.

주홍 꽃송이들. 점멸하는 불빛들. 밝아지는 빛과 함께 그들 앞에 모습을 드러낸 것은 인간들이었다. 여자며 남자, 어른이며 아이, 노인들.

등이며 횃불을 치켜든 채로 마을 사람들이 숲 그림자를 헤치며 걸어 나왔다. 핏줄이 불거진 손에는 곡괭이니 낫이니 하는 무기들이 쥐어져 있었다.

광휘로 일렁이는 얼굴들이 볼썽사납게 일그러져 있었다. 그들의 낯에 들러붙어 있던 얼룩 같은 감정의 근원은 공포였다. 한 줌 씨앗에 불과하던 그것을 감당할 수 없는 환란으로 키워낸 것이 다른 누구도 아닌 그들 자신임을 스스로는 모르고 있겠지만.

앞장선 무리 중에서도 선두에 나와 있던 자는 하지였다. 하지가 미유를 윽박질러 앞으로 나아가게끔 했다. 혹독한 추문에 시달린 탓인지 소녀는 얼이 빠져 있었다. 그럼에도 숨이 끊어진 의붓어머니를 발견하고 어김없는 울음을 터뜨리고 말았지만. 길지 않은 소녀의 생에 죽음이 또 한 획을 더했다.

"어라, 그년이 죽어 있지 않은가. 희현, 그 망할 년이."

술에 취하기라도 한 것처럼 불콰한 낯으로 하지가 지껄여댔다. 그가 미유의 등을 떠밀어 아이는 그만 무릎을 찧으며 넘어지고 말았다.

"미유야!"

조카의 이름을 부르며 모현이 달려왔다. 만면에 저열한 웃음을 띤 채로 하지가 그를 가로막았다. 보란 듯이 들이민 손에는 시퍼렇게 날을 세운 도끼가 들려 있었다.

"네 조카의 생사가 이 손에 달렸다."

호랑이가 잇새로 으르렁거리는 소리를 흘렸다.

흠칫 놀란 하지가 손짓하자 장정들이 몽둥이를 고쳐 쥐었다. 대치상태가 한층 팽팽해졌다.

자신이 끌고 온 군중의 기세를 믿고 하지가 거드름을 피웠다.

"그 언니는 천이를 조종해 마을을 혼란에 빠뜨렸고, 동생은 호랑이로 하여금 사람들을 잡아먹게 했겠다!"

"나는 당신들을 해칠 생각이 없어."

가당치 않은 그 주장에 흥분하기는커녕 모현은 무덤덤하게 대꾸했다. 그때 젖먹이를 안고 있던 아낙이 고함을 질렀다.

"거짓말!"

그러자 쟁기를 든 남자가 소리쳤다.

"네년은 우리 마을에 액운을 가져왔잖아."

"가축들을 도륙했지."

"제물을 바치게 하는가 하면 죄 없는 사람들을 죽게 했고 말이야."

연이어 쏟아지던 원성. 그럼에도 모현은 턱을 되든 채로 속눈썹 한 올 떨지 않았지만.

"아니, 마을에 불행을 가져온 건 그대들 자신 아닌가!"

모현이 일갈했다. 그 주장의 옳음에 마음을 찔린 사람들이 움찔거리며 입을 다물었다.

"무고한 소녀들을 죽음으로 몰아넣은 것 역시 스스로 내린 결정이었지. 그대들은 겁쟁이야. 누구 하나 자기 힘으로 구해내지 못했어. 떠올려봐. 이 비극 속에서도 손끝 하나 다치지 않은 자들이 누구인지. 그대들의 진정한 적이란 과연 누구인지. 마을에 증오라는 독을 풀어놓은 이들의 정체를 헤아려 기억해야 할 것이다."

비단 옷의 작자들이 주위를 의식하며 시선을 떨어뜨렸다. 논리정연한 그 말에 아무도 반박할 배포를 품지 못했다. 그때 하늘에서 우르릉 소리와 함께 청룡이 나타났다. 놀란 군중들이 하나둘 무기 쥔 손을 늘어뜨렸다.

그 틈을 빌어 산과 바다에 동시에 울리도록 모현이 목청 높여 외쳤다.

"들어라. 무당은 죽었다. 그 몸을 지배하던 장수의 넋 역시 사라졌다. 범님이, 용님이 그대들을 지켜주셨다."

땅에서는 호랑이가 울었고 하늘에서는 용이 부르짖었다.

"내 그대들에게 이르노니 더는 인신공양을 올리지 말기를. 어떤 어려움이 닥치더라도 약한 이를 바쳐 목숨을 부지하려 하지 말지니 다만 서로를 도와 마을을 구원하도록 해라. 그것이야말로 진정으로 사람을 살리는 일인 바."

그 선언에 힘을 보태려는 듯 호랑이가 다시금 포효했다. 횃불마저 꺼뜨릴 듯 힘찬 울부짖음. 용이 꼬리를 끌며 밤하늘을 유영했다. 그 비상이 참으로 유려했다.

"범님! 용님!"

초로의 여자가 감격에 겨운 듯 울먹이며 갑작스레 그 자리에 꿇어앉았다.

"산군님이, 용왕님이 우리를 보호하고 계셨어. 범님과 용님이 이토록 긍휼히 우리를 보살펴 주시고 계셨다고."

와, 와, 함성과 함께 날붙이를 던져버리고 군중들이 앞다투어 부복했다. 고개를 조아려 감사의 기도를 올렸다. 하지조차 이마를 땅에 대고 슬그머니 엎드렸다.

너울이 일고 별들이 부서지는 가운데 그 언덕에 우뚝 서 있는 사람이라곤 모현 하나밖에 없었다.

"가자."

모현이 미유를 일으켜 세웠다. 눈물을 거둔 아이의 눈에는 슬픔도 걱정도 없었다. 맑고 검었다.

"우리, 더 넓은 세상으로 떠나자."

호랑이가 그들 옆으로 다가왔다. 집채만 한 몸집의 맹수를 가까이에서 마주한 미유가 겁을 먹고 뒷걸음질하자 모현이 그의 목덜미를 쓰다듬으며 웃었다.

"괜찮아. 이분은 우리를 도와주실 테니까. 섬 밖으로 우리를 데리고 나가주실 거야."

모현의 손길에 기꺼워하며 범이 기분 좋게 그르렁거렸다. 모현의 도움을 받아 미유가 호랑이의 등허리에 올랐다. 횃불이며 제등 따위를 들어 올리고 부락민들이 일제히 기립

했다.

"잘 가시오."

"무탈하시기를. 살아 돌아온 소녀여, 안녕, 안녕히."

다정한 인사말들이 긴 여정에 오른 둘을 배웅했다. 모현이 손을 흔들었다. 그것을 신호로 어둠이 깔린 숲길을 범은 날 듯 뜀박질했다. 범 남자의 목을 끌어안은 채로 미유가 즐거운 비명을 터뜨렸다.

두 소녀를 태우고 호랑이는 겅중거리며 바윗돌을 타 넘었다. 꼬불꼬불한 고갯길을 질주했다. 아랫마을이 멀어져갔다. 숲 냄새가 지워지는가 싶더니 바닷바람이 불어왔다. 이 새벽, 그들은 호랑이와 더불어 바다를 건널 것이었다. 그 여로의 끝에서 무엇이 그들을 기다리고 있을지 지금으로서는 알쏭달쏭할 뿐이었지만.

모현이 미유에게 밤하늘을 올려보도록 했다.

청룡이 그들을 호위하고 있었다. 보름달 주위를 원을 그리며 돌면서 푸른 비늘을 뽐내고 있었다. 언덕 꼭대기에서 노랫소리가 메아리쳤다. 남자니 여자니 노인이니 아이니 할 것 없이 마을 사람들이 한목소리로 그들의 앞날을 축복해주었다.

"옛날 옛적 한 소녀가 호랑이 등에 올라타 바다를 건너오니."

미유가 그 노래를 받아 불렀다.

"그 섬에도 그리하여 범의 자식들이 살게 됐도다."

다디단 공기를 가슴 가득 받아 마시며 모현이 함께 흥얼거렸다.

"그 섬에도 그리하여 범의 자식들이 살게 됐도다."

달 밝은 밤이었다.

〈끝〉

오직 달님만이

1판 1쇄 찍음 2019년 11월 28일
1판 1쇄 펴냄 2019년 12월 5일

지은이 | 장아미
발행인 | 박근섭
편집인 | 김준혁
펴낸곳 | 황금가지

출판등록 | 2009. 10. 8 (제2009-000273호)
주소 | 06027 서울 강남구 도산대로 1길 62 강남출판문화센터 5층
전화 | **영업부** 515-2000 **편집부** 3446-8774 **팩시밀리** 515-2007
홈페이지 | www.goldenbough.co.kr

도서 파본 등의 이유로 반송이 필요할 경우에는 구매처에서 교환하시고
출판사 교환이 필요할 경우에는 아래 주소로 반송 사유를 적어 도서와 함께 보내주세요.
06027 서울 강남구 도산대로 1길 62 강남출판문화센터 6층 민음인 마케팅부

ISBN 979-11-5888-604-2 03810

㈜민음인은 민음사 출판 그룹의 자회사입니다.
황금가지는 ㈜민음인의 픽션 전문 출간 브랜드입니다.